dtv
premium

Charlotte Sandmann

Kalte Zärtlichkeit

Roman

Deutscher Taschenbuch Verlag

FSC
Mix
Produktgruppe aus vorbildlich
bewirtschafteten Wäldern und
anderen kontrollierten Herkünften

Zert.-Nr.GFA-COC-001278
www.fsc.org

Originalausgabe
März 2009

www.dtv.de
Ein Projekt der AVA international GmbH
Autoren- und Verlagsagentur, Herrsching
www.ava-international.de
Umschlagkonzept: Balk & Brumshagen
Umschlaggestaltung unter Verwendung
einer Fotografie von Sheila Metzner und
einer Illustration von mauritius images
Satz: Greiner & Reichel, Köln
Gesetzt aus der Caslon 10,5/13˙
Druck und Bindung: CPI – Ebner & Spiegel, Ulm
Gedruckt auf säurefreiem, chlorfrei gebleichtem Papier
Printed in Germany · ISBN 978-3-423-24699-6

Sommer 1853

Die Karten lügen nicht

1

»Wollen Sie wissen, was die Zukunft für Sie bereithält, schönes Fräulein, liebes Fräulein?«

Henriette Dalbeck wandte sich um und sah im lärmenden Getriebe des Volksfestes auf der Münchener Praterinsel eine grotesk aufgeputzte Person hinter sich. Von Kopf bis Fuß in schwarze Seide gehüllt, lang und dürr wie eine Vogelscheuche, trug die Frau ein Nest aus geringelten, pechschwarzen und ganz offensichtlich falschen Locken auf dem Kopf, gekrönt von einem mit Talmisteinen besetzten Diadem, aus dem eine Pfauenfeder wuchs. Die Hand, die sie Henny entgegenstreckte, war eine raffgierige Klaue, runzlig und mit gelben, blutlosen Nägeln.

»Wollen Sie in die Zukunft schauen? Ich lege Ihnen die Karten. Die Karten lügen nicht, liebes Fräulein.« Dabei deutete sie einladend auf ein Zelt, dessen Eingang halb offen stand. Das Zelt hatte die Form eines Hexenhuts und war mit grinsenden Monden, Sternen, Sphingen, schwebenden Geistern und kabbalistischen Zeichen bemalt.

Henny drehte zögernd den Griff ihres rüschenbesetzten Sonnenschirms zwischen den Fingern, lachte und wandte sich an ihre Anstandsdame. »Ich möchte schon. Kommst du mit, Gusti?«

Fräulein Auguste blickte sie tadelnd an. »Also wirklich! Das schickt sich doch nicht für eine junge Dame.«

Wie immer, wenn Auguste eine Einladung ablehnte, war Henny nur umso entschlossener, sie anzunehmen. Sie lachte laut, winkte ihrer Begleiterin zu und folgte der Sibylle in ihr Zelt, dessen dunkle Höhlung nur von einer grünlich schimmernden Ampel erhellt wurde.

Sofort schlug ihr ein Übelkeit erregender Geruch nach Räucherkerzen, Haarpomade und geschmorten Zwiebeln entgegen, der hauptsächlich von einem im Hintergrund hockenden Mann ausging. Kaum hatte er Henny gesehen, griff er mit beiden Händen in die Tasten eines Pianinos und begann eine schwermütige, geisterhafte Melodie zu spielen. Die Zukunftsschau konnte beginnen. Auf dem Tisch in der Mitte des Zeltes stand die Hexenkugel auf ihrem hölzernen Fuß, der aus drei einander angeifernden chinesischen Drachen bestand, daneben zwei ägyptische Statuetten aus Ebenholz und Messing, Horus und Anubis, und – quasi als Rückversicherung gegen den Verdacht der Hexerei – eine gipserne Marienstatue. Die Wahrsagerin bot Henny einen Platz im abgewetzten Besuchersessel an, setzte sich ihr gegenüber und mischte mit geübten Händen ein Päckchen Tarotkarten.

Henny starrte auf die farbenfrohen Bilder, die sich vor ihr auf dem Tisch auffächerten. Sie war sich nicht ganz sicher, ob sie die Wahrsagerei eigentlich ernst nahm oder ob sie einfach zu den skurrilen Attraktionen eines Volksfestes gehörte, aber eine eigentümliche Beklemmung hatte sie jetzt ergriffen. Die leiernde, trauermarschähnliche Musik im Hintergrund kratzte an ihren Nerven. Sie wünschte, sie wäre nicht gekommen. Aber wieder zu gehen, dazu war sie zu stolz. Ob die Sache nun Spaß oder Ernst war, was konnte denn schon passieren? Sie konnte ja jederzeit aufspringen und diese unbehagliche und lächerliche Szenerie hinter sich lassen.

Sie richtete den Blick auf die Sibylle. Die hatte bereits damit begonnen, den Spruch der Karten zu deuten. Henny musste sich konzentrieren, um die mystischen Botschaften zu verstehen, die die Frau vor sich hin murmelte. »Ein Kind reicher Leute … auf Rosen gebettet bist du … ah, da ist auch schon ein Mann, der dich liebt, sehr von Herzen liebt. Er ist reich, er ist angesehen. Aber du wirst ihn nicht heiraten, nein. Du wirst einen anderen wählen. Oh! Ein schöner, dunkler Mann, ein Fremder. Verzehrende Leidenschaft fühlst du für ihn. Schlecht, sehr schlecht … der Tod umgibt ihn, vielhundertfacher Tod. Heute übers Jahr wirst du alles verloren haben, was du besitzt … ich sehe dich im Hemd auf der Straße stehen.«

Sie murmelte weiter und weiter, bis Henny der Kopf schwirrte. Dann blickte die Alte sie mit gehässiger Genugtuung an, offensichtlich befriedigt, dass sie dem »auf Rosen gebetteten« jungen Mädchen Unheil prophezeien konnte. »Du wirst viel gewinnen, aber auch viel verlieren. Heute übers Jahr wird die Welt, in der du zu leben gewohnt bist, so nicht mehr existieren.«

Damit raffte sie die Karten zusammen, und die Trauermusik im Hintergrund verstummte.

Henny sprang auf, die Hand aufs Herz gepresst. Auf ihrem Gesicht unter dem weißen Schutenhut bildeten sich rote Flecken. Wütend stieß sie hervor: »Sie wollen mir Angst machen, und ich finde das überhaupt nicht amüsant.« Mit verächtlicher Geste warf sie ein Geldstück auf den Tisch. »Da – das genügt für Ihr böses Geschwätz.«

Sie raffte ihre weiten Röcke zusammen und schritt mit hocherhobenem Kopf und grußlos davon. Hinter sich im Halbdunkel hörte sie die Frau und den Mann lachen, schrill und keckernd wie Affen.

2

Ihr Herz hämmerte noch immer, als sich längst die fröhliche Menge zwischen sie und das unheimliche Zelt geschoben hatte. Wie ein böser Traum breitete die Begegnung mit der Wahrsagerin ihren Schatten über das Vergnügen, auf das sie sich so sehr gefreut hatte. *Heute übers Jahr wirst du alles verloren haben, was du besitzt … ich sehe dich im Hemd auf der Straße stehen.* Vergeblich versuchte sie sich selbst zu beschwichtigen, sich einzureden, dass solche Prophezeiungen nichts weiter als Narretei seien. In einem vernünftigen, nüchternen Kaufmannshause aufgewachsen, war sie allem Wunderbaren und Wunderlichen gegenüber skeptisch – und doch wollte die Unruhe, die sie angesichts der Sibylle ergriffen hatte, nicht weichen.

»Henny! Wohin warst du verschwunden?« Durch die Menge um sie herum drängte sich ein untersetzter junger Mann mit einem platten Gesicht und dickem, hellbraunem Haar, das wie mit dem Brenneisen onduliert wirkte. »Papa hat sich schon Sorgen gemacht, dass dich jemand entführt hätte, so schön, wie du bist.«

»Unsinn, Mops. Wo ist Papa denn überhaupt? Immer noch beim Schießstand?«

»Vermutlich ja. Jedenfalls drängt sich dort ein ganzer Haufen alter Herren, und jeder prahlt mit seinen Schießkünsten. Wenn du das ärgste Jägerlatein hören willst, geh nur hin! Die Hirsche, die sie alle schon geschossen haben, sind inzwischen groß wie Elefanten und natürlich schnell wie der Blitz.« Er zwinkerte ihr schalkhaft zu. »Aber ich glaube, du bist mehr daran interessiert, wo Rudolf ist. Da drüben. Komm.«

Beiden war bewusst, dass sie einen grotesken Anblick boten, das hochgewachsene, anmutige Mädchen mit dem Madonnengesicht und ihr Begleiter, der ihr gerade bis zum halben Oberarm reichte. Nach einem Reitunfall in der Kindheit war Gustav Dalbeck nicht mehr richtig gewachsen, so dass er wenn auch nicht gerade ein Zwerg, so doch auffallend kurz und gedrungen war. Seine gnomenhafte Erscheinung hielt ihn jedoch nicht davon ab, sich in jedes Vergnügen der Stadt zu stürzen, von den mondänen Bällen und Sommerfesten angefangen bis zu den eher zwielichtigen Belustigungen in den Studentenbuden und Künstlerkneipen. Als Chemiker in einem landwirtschaftlichen Institut kam er zudem viel im Bereich der Universität und der bedeutenden Laboratorien herum, und es gab kaum einen halbwegs interessanten Menschen in München, den er nicht kannte.

Henny beneidete ihn oft um das freie und zuweilen auch wüste Leben, das er führte, aber sie hielt diesen Neid sorgfältig vor den anderen geheim. Nicht etwa deshalb, weil man ihr heftige Vorwürfe gemacht hätte, sondern weil sie sich schämte, ein Privileg, das sie ja doch nie bekommen würde, so sehr zu ersehnen. Wer hatte jemals davon gehört, dass eine Frau ein Leben führen konnte, das sie selber gewählt hatte?

Ihr Kavalier, der junge Freiherr von Lauderbach-Sillern, bemerkte ihre Missstimmung und fragte Anteil nehmend: »Sie sehen sehr unzufrieden aus, Fräulein Henriette. Ist Ihnen das Getriebe hier lästig?«

Sie schüttelte den Kopf, nestelte die Bänder ihres Huts auf und fächelte sich mit der steif plissierten Kopfbedeckung Kühlung zu. »Nein. Aber ich würde mich gerne setzen und etwas trinken.«

Galant bot er ihr den Arm und führte sie zu der überdachten Terrasse der »Praterwirtschaft«, die der Insel inmitten der Isar ihren Namen gegeben hatte. Der Gastwirt, der sich 1810 als Erster dort »ansiedelte«, hatte seinem Etablissement den Namen zu Ehren des berühmten Wiener Vergnügungsparks gegeben, und um auch dessen Flair einzufangen, hatte er in dem kleinen Park vor dem Gasthaus ein Karussell aufgestellt. Seither waren ein geräumiger Tanzsaal und ein halbes Dutzend weiterer Attraktionen dazugekommen, und die Veranstaltungen auf der Insel erfreuten sich beim einfachen Volk wie bei der gehobenen Gesellschaft gleichermaßen großer Beliebtheit. Bis zum letzten Platz waren die Tische besetzt. Das junge Paar und seine Begleiter mussten warten, bis eine andere Gruppe aufbrach, um einen bequemen Platz mit Blick auf die Festwiese zu bekommen.

Henny ließ sich seufzend in einen Korbstuhl sinken und faltete ihren Sonnenschirm zusammen, den sie hier, im Schatten unter den dicht belaubten Bäumen des Parks, nicht mehr brauchte. *Ich wünschte*, dachte sie, *ich könnte dieses verdammte Korsett und dazu mindestens die Hälfte meiner Kleider ablegen.* Ihr pfirsichfarbenes, mit Resedablüten besticktes Sommerkleid mit den wolkigen Volants sah ja sehr luftig und duftig aus, aber das Darunter … Was für eine Qual, bei dieser drückenden Hitze in Knöpfstiefeln, Zwirnstrümpfen und hochgeschlossener Bluse herumlaufen zu müssen! Ach, hatten die Männer es gut! Zwar steckten sie in Gehröcken aus schwarzer Wolle, Stiefeln und bis unters Kinn geschlossenen Hemden, aber mehr Luft zum Atmen hatten sie doch – wie sie auch im Leben viel mehr Bewegungsfreiheit hatten als die Frauen.

Henny bemerkte, dass ihr viele der umsitzenden und vorbeiflanierenden Männer interessierte Blicke zuwarfen, und fragte sich, ob diese Blicke ihrem Aussehen oder ihrer Stellung als einziger Tochter des Handelshauses Dalbeck galten. Eher Letzterem, nahm sie an, denn ihr Reichtum war sagenhaft, ihr Aussehen nicht unbedingt, das wusste sie selbst. Jedenfalls entsprach sie mit ihrer magnolienfarbigen Blässe und dem nussbraunen Haar nicht dem rosigen, rundwangigen und flachsblonden Mädchentyp, der in Bayern als reizvoll galt. Wenn man sie nur flüchtig betrachtete, wirkte ihr wohlgeformtes Madonnengesicht mit seinen regelmäßigen Zügen ein wenig langweilig, erst bei genauerer Betrachtung bemerkte man ihre starken, dunklen Brauen und den entschlossenen, ja trotzigen Mund, die charakteristischen Züge der Familie Dalbeck.

»Was darf ich Ihnen bestellen?« Rudolf von Lauderbach erwies sich, wie immer, als perfekter Kavalier. »Das Scherbet hier soll sehr gut sein.«

Der Freiherr war ein kräftiger junger Mann, dem man den Landjunker auf den ersten Blick ansah. Dickes, dunkelbraunes Haar, das Bürste und Pomade trotzte, wellte sich über einem eckigen Gesicht mit klaren, festen Zügen und eisblauen Augen. Sein Körperbau, breitschultrig und muskulös, verriet einen Mann, der sich viel sportlicher Betätigung widmete. Er bewegte sich leicht und geschmeidig.

Seine Eltern und Verwandten waren derbe Landedelleute, bei denen sich alles um Jagen, Fischen und Pferde drehte. Auf ihrem Gut im bayrischen Hinterland war auch Rudolf zu einem ausgezeichneten Reiter und Pferdekenner, Landwirt und Jäger herangewachsen. Eigentlich hatte niemand erwartet, dass aus diesem robusten Naturburschen einmal ein Gelehrter würde, aber er hatte sein Medizinstudium in Rekordzeit durchlaufen, hatte *summa cum laude* promoviert, und man erwartete, dass er rasch

Karriere machen würde, sei es in der Praxis oder in der Forschung. Alles in allem war er der Bewerber um Hennys Hand, der sich die besten Chancen ausrechnen durfte.

Nach einer kurzen Diskussion einigte man sich auf süßes Gebäck, Scherbet und Weißwein.

Fräulein Auguste genoss ganz offensichtlich den Ausflug ins bunte Getriebe. Sie war so aufgedreht, dass sie keinen Augenblick still sitzen und schweigen konnte. Das ältliche Mädchen mit dem faltigen Gesicht und den roten Händen, knotig und grob wie die eines Arbeiters, war eine mittellose entfernte Verwandte, die auf die übliche Weise versorgt wurde, indem man sie als Gesellschafterin engagiert hatte. Sie plapperte aufgeregt über die mit Spannung erwartete Deutsche Industrieausstellung, für die König Maximilian II. auf dem Gelände des Botanischen Gartens eine riesige Halle errichten ließ. Im kommenden Juli sollte die Ausstellung eröffnet werden, und jetzt schon redete ganz München davon, dass Bayern noch nichts Vergleichbares gesehen habe.

»Stellt euch vor!« Cousine Auguste war so entzückt, als sei die Ausstellung ihre höchst eigene Idee gewesen. »Rund 7000 Aussteller werden erwartet und Gäste aus der ganzen Welt und sogar gekrönte Häupter – König Friedrich August II. von Sachsen hat bereits sein Kommen zugesagt, es soll eine prächtige Parade für ihn abgehalten werden.«

»Im Juli?«, fragte Henny stirnrunzelnd. »Wie soll denn das möglich sein? Das sind nur noch zehn Monate – die kurze Zeit reicht der Baugesellschaft doch nicht einmal, um die Riesenmengen Holz und Ziegel zu beschaffen, die sie für Ausstellungshallen in dieser Größe brauchen.«

»Ja, das stimmt, und deshalb baut der Architekt Voigt das Ganze nur aus Eisen und Glas, genau so, wie er den königlichen Wintergarten gebaut hat. Wird das nicht wundervoll? Wie ein Märchenschloss aus Kristall wird es aussehen!«

Gustav gefiel sich – einmal mehr – in seiner Rolle als Spaßverderber. »Ich glaube nicht, dass es dir gefallen wird, liebe Gusti. Ich kenne die Baupläne. Es wird eher aussehen wie eine gläserne Schuhschachtel – ganz ohne Verzierungen und Schnickschnack.«

»Ohne Verzierung? So kann man doch kein Haus bauen! Es muss doch zumindest einen Giebel haben und einen Portico und …«

Henny, in Gedanken noch immer bei der unheilvollen Prophezeiung, hörte nicht länger zu, sondern musterte den ansehnlichen jungen Mann, der ihr gegenübersaß. Sie mochte Rudolf. Sie konnte sich vorstellen, dass er ein zuverlässiger Gefährte fürs Leben war. Aber mehr als freundschaftliche Zuneigung empfand sie nicht, und nach allem, was sie aus den unzähligen Romanen wusste, war sie überzeugt, dass eines Tages noch ein anderer Mann in ihr Leben treten würde. Einer, bei dem sie auf Anhieb spürte, dass er der Richtige war.

Ah, da ist auch schon ein Mann, der dich liebt, sehr von Herzen liebt. Er ist reich, er ist angesehen. Aber du wirst ihn nicht heiraten, nein. Du wirst einen anderen wählen.

Sie zweifelte nicht daran, dass Rudolf sie liebte, aber sie war als Tochter eines erfolgreichen Kaufmanns aufgewachsen und machte sich keine Illusionen über die Rolle, die das Geld in der Welt spielte. Gleichgültig, wem sie ihre Hand reichte, es würde ein Mann sein, der nach Macht und Einfluss gierte, ob er nun reich oder arm war, und der Freiherr machte da keine Ausnahme. Gewiss, er hatte eigenes Vermögen, er würde nach dem Tod seiner Eltern ein Schloss am Ammersee und das Stadtpalais erben, aber welcher reiche Mann wollte nicht gerne noch reicher werden? Und Rudolf war ehrgeizig. Der Schwiegersohn eines Senators durfte auf einen raschen beruflichen Aufstieg hoffen. Als ihr Ehemann konnte er damit rechnen, in Kürze trotz seiner Jugend zum Professor an der Königlich-Bayrischen Universität München ernannt zu werden. Nein, auch wenn er es selbst nicht wahrhaben wollte, uneigennützig war seine Liebe zu ihr ganz gewiss nicht. Kein Mann würde sie jemals um ihrer selbst willen lieben. Alle Liebesschwüre, die sie jemals hören würde, klängen von vornherein falsch.

Ich habe Glück, dachte Henny Dalbeck. *Papa würde mich nie zwingen, einen Mann zu heiraten, den ich verabscheue. Und wenn ich mir nicht einen ganz grässlichen Menschen aussuche, wird er zweifellos auch erlauben, dass ich den heirate, der mir am besten gefällt.*

Winter 1853/54

Der Heiratsmarkt

1

Henriette Dalbeck hörte, wie das Blut in ihren Ohren rauschte. Sie warf einen Blick in den Spiegel und sah mit Entsetzen, wie leichenblass ihr Gesicht unter dem kunstvoll zu Korkenzieherlocken geringelten, nussbraunen Haar geworden war. Die Augen, von dunklen Ringen umschattet, starrten rund und ängstlich. Einen Augenblick lang überfiel sie ein so heftiger Schwindel, dass sie Angst bekam, sie könnte vor den Augen sämtlicher Ballgäste auf dem polierten Parkettboden landen. Alles um sie herum verschwamm zu einem Kaleidoskop aus wirbelnden silbernen und goldenen Flecken – die hellen Gaslampen, der glitzernde Schmuck der Damen, die Wogen von Damast, Tüll, Brüsseler Spitzen und Straußenfedern, die Lakaien in ihren rot-weißen Uniformen, die männlichen Gäste, schwarz wie Krähen und steif wie Grabsteine. Darum bemüht, kein Aufsehen zu erregen, drückte sie sich durch den nächstgelegenen Türbogen und stolperte hinaus ins Vorzimmer, wo die Luft kühler und frischer war. Ihre Hoffnung, sie würde sich rasch erholen, trog. Sie rang nach Luft und stützte sich auf eine der mit rotem Samt gepolsterten barocken Récamièren, die in den Fensternischen standen.

»Ist Ihnen nicht wohl, gnädige Frau?«

Die Stimme, die durch den schwirrenden Funkenregen drang, war tief und weich, eine Stimme in Moll, aber zugleich sehr bestimmt, eine augenblickliche Antwort fordernd.

»Mir ist … nur ein wenig schwindlig.« Sie keuchte beim Sprechen.

Eine energische Hand griff nach ihrem Ellbogen und stützte sie. »Setzen Sie sich.« Jemand umfasste ihre Beine an den Knöcheln und hob sie auf die Récamière. »Lehnen Sie sich zurück und atmen Sie tief durch«, befahl die Stimme.

Henny ließ sich zurücksinken und atmete so tief, wie das eng geschnürte Korsett es erlaubte. Ein Fenster neben ihr wurde geöffnet. Kalte, vom Regen gesättigte Luft wehte herein und kühlte ihre erhitzten Wangen.

Die frische Luft und das Hinlegen halfen. Das Herzrasen und der Schwindel ließen nach. Ihr Blick wurde allmählich wieder klar. Sie setzte sich vorsichtig auf.

Ein verschwommener Schatten tauchte auf und reichte ihr ein Glas Champagner. »Trinken Sie. Aber nicht zu hastig.«

Sie erholte sich rasch, während sie in winzigen Schlucken an der kalten, perlenden Flüssigkeit nippte. Sie lächelte schuldbewusst. »Es geht mir schon wieder gut. Mir war nur schwindlig vor Aufregung. Es ist mein erster Ball.« Als müsste sie ihre Worte beweisen, zupfte sie an den Falten des Ballkleides – einer gewaltig aufgebauschten Riesenblüte aus altrosa Seidenblättern, abgesetzt mit karminrotem, strassbesticktem Samt, aus der ihr zarter, eng geschnürter Oberkörper so unvermutet filigran hervorragte wie der einer Teepuppe.

Der Schatten verwandelte sich in einen jungen Mann im Frack. Er beugte sich zu ihr und sah sie mit ernsten, aufmerksamen Augen an. Der Ausdruck auf seinem bleichen Gesicht stand in krassem Gegensatz zu seiner einschmeichelnden Stimme. Es war ein Ausdruck von rein klinischem Interesse, fast so, als wollte er nur sehen, wie sie auf seine Behandlung reagierte. Ein Gedanke fuhr ihr durch den Kopf: *Er ist Wissenschaftler. Nur ein Wissenschaftler kann eine Frau ansehen, als wäre sie ein Reagenzglas voll Chemikalien.*

Verärgert über die demütigende Art, mit der er sie betrachtete, erwiderte sie seinen Blick fest und forschend. Mit höchst unweiblicher, beinahe unverschämter Aufmerksamkeit musterte sie jede Einzelheit seiner Erscheinung. Er war Ende zwanzig, hochgewachsen, mit schlaksigen Gliedmaßen und schmalen, knochigen Händen, deren Finger ungewöhnlich gelenkig waren und sich, scheinbar unabhängig vom restlichen Körper, bewegten, als spielten sie die Begleitmelodie zu seinen Gedanken auf einem unsichtbaren Instrument. Sein glatt rasiertes Gesicht unter dem straff zurückgekämmten dunklen Haar war von fremdartiger Schönheit. Es hatte eine seltsame Ähnlichkeit mit den Gesichtern byzantinischer Ikonen: die lange, gerade Nase, die mandelförmigen, onyxschwarzen Augen, der gesamte, ein wenig maskenhafte Ausdruck. Als er sich aufrichtete und die leere Sektflöte aufs Fensterbrett stellte, tat er das mit Bewegungen wie eine an zu lockeren Schnüren geführte Marionette. Alles an ihm schien stückweise auseinanderzufallen und sich wieder zusammenzufügen, sobald er seinen hageren Körper in Bewegung setzte.

Plötzlich lächelte er Henny an, einen Augenblick lang nur, ehe er hastig und schuldbewusst wieder seine starre Maske aufsetzte. Sein Lächeln wirkte ebenso flüchtig wie seine Bewegungen, aber einen Herzschlag lang barst die Maske und gab das Gesicht eines empfindsamen, verletzlichen Menschen frei. Als müsste er die Hilfe, die er ihr hatte angedeihen lassen, rechtfertigen, erklärte er rasch: »Ich bin Arzt. Gestatten: Dr. Aaron Nicolai. Assistenzarzt im wissenschaftlichen Stab von Professor Max Pettenkofer an der Königlich-Bayrischen Universität München.«

Seine Unbeholfenheit rührte Henny. Sie schenkte ihm ein freundliches Lächeln. »Ich bin Henriette Dalbeck. Ich bin Ihnen sehr dankbar, dass Sie mir geholfen haben, Dr. Nicolai. Es wäre mir schrecklich peinlich gewesen, vor allen Leuten in Ohnmacht zu fallen. Sie haben mir eine schlimme Demütigung erspart.«

Sie hoffte, er würde noch einmal dieses bezaubernde Lächeln sehen lassen, aber sie wurde enttäuscht. Sein Blick glitt missbilligend über ihr zur Wespentaille geschnürtes Korsett und den weit ausladenden, in gefältelten Kaskaden von rosa Seide zu Boden fallenden Rock ihres Ballkleides, der mit frischen Rosenknospen übersät war. »Ihr Korsett ist zu eng geschnürt«, konstatierte er schroff. »Sie wissen nicht, was Sie Ihrem Körper mit dieser lächerlichen Mode antun.« Er verneigte sich knapp. »Da es Ihnen wieder gut geht, entschuldigen Sie mich bitte.«

Mit langen Schritten eilte er davon, fast als flüchtete er vor ihr, und verschwand durch den mit Gipsrosetten geschmückten Torbogen in den Ballsaal. Ein Wirbel von Farben und Formen verschlang ihn, als er in den zwei Stockwerke hohen, glasüberkuppelten Raum mit den Spiegelwänden und blumengeschmückten Säulen trat.

Henny folgte ihm in einigem Abstand, den Blick abgewandt, als interessiere der Mann sie nicht im Geringsten. Ein Mann – vor allem ein Arzt – durfte einer Dame zu Hilfe kommen, wenn sie in Ohnmacht zu sinken drohte, aber jede andere Form des Zusammenseins mit einem Fremden hatte unter den wachsamen Augen der Familie stattzufinden. Schließlich wurden solche prunkvollen Bälle wie dieser im Palais der Familie der Freiherren von Lauderbach-Sillern nicht zum Vergnügen veranstaltet, sondern damit Väter und Mütter der Debütantinnen die prospektiven Heiratskandidaten abschätzen, sich über sie informieren und entscheiden konnten, ob sie zu Besuchen im Familienkreis zugelassen werden sollten. Diese prächtige Veranstaltung, dachte Henny mit einiger Verbitterung, war nichts anderes als ein Sklavenmarkt, auf dem die Söhne und Töchter der oberen Zehntausend zum Verkauf angeboten wurden. Sie wusste längst, dass es bei den meisten Ehen nicht um Liebe ging, sondern um Vermögen und Familienpolitik. Frauen heirateten nicht, sie wurden verheiratet. Viele von ihnen bekamen altersschwache, bösartige oder ausschweifende Männer an den Hals gehängt und konnten sich nicht dagegen wehren. Und den jungen Männern ging es nicht nennenswert besser. Obwohl sie von Gesetzes wegen in ihrer Wahl frei waren, hatten sie kaum eine Chance, sich dem Druck der Familie zu widersetzen.

Natürlich stand auch sie selbst zum Verkauf – als Luxusartikel. Henriette Dalbeck, einzige Tochter des Handelshauses Dalbeck, sechzehn Jahre jung und recht angenehm anzusehen, aufs Beste erzogen in Fräulein Frida Schweringers berühmtem »Institut zur

Erziehung und Bildung von Mädchen aus guter Familie« und vom Vater mit einer Mitgift versehen, die goldenen Bergen gleichkam. Irgendein junger Mann würde sich eines Tages sehr glücklich schätzen, dieses in Gold gefasste Juwel erobert zu haben.

Sie blieb unter den baumhohen, tiefgrünen Palmen stehen, die dem Saal das Aussehen einer Orangerie verliehen, und blickte sich um. Der Ballsaal des Palais Lauderbach-Sillern war überwältigend schön. Henny stand im Herzen einer riesenhaften schmiedeeisernen Blüte, deren zierlich aufschießende Seitenpfeiler sich in der Höhe der Kuppel zu einem so komplexen Wirrwarr von Linien verschlangen, dass Henny außer einem allgemeinen Eindruck von Harmonie nichts mehr aufzunehmen vermochte. Handtellergroße Spiegel an den in schwellender Ornamentik ineinander verknoteten Streben fingen das Licht der Gaslampen auf und bildeten einen künstlichen Sternenhimmel über den Tanzenden. Und nicht nur das Auge, auch das Ohr wurde überwältigt. Auf einem Podium, das von schweren, rotsamtenen Bühnenvorhängen umrahmt wurde, spielte ein Orchester, das zwischen den Rhythmen der einzelnen Tänze im Hintergrund Potpourris aus den Klassikern zum Besten gab. Die Musik erfüllte den Saal mit ihren süßen, schwebenden Kadenzen, als wäre sie ein lauer Wind, der durch das Glasgewölbe strich und in den Palmwedeln raschelte.

Henriette hielt einen der vorbeieilenden Lakaien fest und trug ihm auf, ihre Zofe zu holen, die jenseits der Tanzfläche an den Tischen der Honoratioren auf sie wartete. Theresa eilte sofort diensteifrig herbei, und Henriette flüsterte ihr zu: »Schau, ob du irgendwo einen Raum findest, wo ich mein Korsett aufschnüren kann, ich halte es nicht mehr aus.«

Theresa machte sich auf die Suche. Wenige Minuten später kam sie zurück und lotste ihre Herrin zu einer Garderobe am Ende des Flurs, die sich von innen abschließen ließ. Mit flinken Fingern half sie ihr aus dem Oberteil des Ballkleides und lockerte die straff angezogenen Bänder des Korsetts. Henny stieß ein lustvolles Stöhnen aus, als ihre Lungen sich weiteten und das gnadenlos zusammengepresste Fleisch wieder seine normale Form annahm. Ach, tat das gut!

»Mir war übel«, erklärte sie dem Mädchen. »Ich wäre beinahe in Ohnmacht gefallen. Jetzt ist mir besser. Oh, ich hasse dieses Korsett!«

Theresa wartete geduldig ein paar Minuten lang, dann wagte sie den Vorschlag zu machen: »Soll ich es jetzt wieder schnüren?«

»Ja, aber nur ganz locker.«

»Oh, Fräulein, dann sehen Sie aber nicht so elegant aus wie vorher!«

»Mach schon!«, knurrte Henny. Sie wusste selbst, dass eine »dicke Taille« als unverzeihlicher Schönheitsfehler galt, aber sie wollte nicht noch einmal in Ohnmacht fallen, sie wollte heraus aus der erstickenden Umklammerung von Fischbein, Draht und straffem Satin und … sie wollte Dr. Nicolai sehen lassen, dass sie seinen Rat beherzigt hatte. *Warum in aller Welt tue ich das?*, dachte sie und verstand sich selbst nicht. Seit der Erfindung des Korsetts schimpften die Ärzte darüber, wie gesundheitsschädlich es sei, und die Frauen ignorierten ihre Bedenken, weil nun einmal nur eine Wespentaille als attraktiv und elegant galt – und jetzt auf einmal riskierte sie die gefürchtete dicke Taille, nur weil dieser eine spezielle Arzt sie deswegen kritisiert hatte …

»Nicht so fest! Locker, sagte ich! Locker!«

Theresa zog die gekreuzten Bänder einen Zoll weiter auf. Henny konnte ihr Gesicht nicht sehen, war aber sicher, dass die Zofe sie vorwurfsvoll musterte. Schließlich war es die Aufgabe dieser dienstbaren Geister, ihre Herrinnen unter Aufbietung aller Kräfte ins Korsett zu schnüren, bis sie einer Sanduhr ähnelten. Daran bemaß sich der Fleiß der Zofe.

»Oh, Fräulein …«, jammerte sie.

»Schluss damit, Theresa.« Es klang ungewöhnlich gebieterisch, denn Henny selbst war sich alles andere als sicher, ob sie nicht mit dem gelockerten Korsett womöglich unangenehm auffiel. Sie warf einen prüfenden Blick in den raumhohen Wandspiegel. Von dicker Taille konnte keine Rede sein. Aber das Schönheitsideal, das verlangte, ein Mann müsse mit beiden Händen die Taille einer Dame umspannen können, erreichte sie natürlich nicht. Der einzige Mann, der wohl mit ihrer Erscheinung zufrieden sein würde, war Dr. Nicolai.

Und das allein war ihr wichtig. Hatte es mit dem perlenden Schaumwein zu tun, dass ihr die kurze Begegnung mit dem Arzt so bedeutsam erschien? Vielleicht gaukelte der erste Schwips ihres Lebens ihr ja auch nur Empfindungen vor, die gar nicht da waren?

Ein schöner, dunkler Mann, ein Fremder. Verzehrende Leidenschaft fühlst du für ihn.

Sie schickte die immer noch schmollende Theresa weg und schritt mit rauschenden Röcken den Flur entlang, zurück zum Ballsaal. Scharen von Damen und Herren drängten sich rund um die Tanzfläche. Die Herren waren alle gleich und nicht sehr aufregend gekleidet. Sie trugen entweder Galauniform oder dunkle Abendkleidung, aber die Frauen glitzerten und schimmerten von mehr oder minder echten Juwelen. Ihre weißen, rosafarbenen, gelben und himmelblauen Ballkleider waren mit Bouquets frischer Blumen geschmückt, die viele auch als Haarschmuck trugen, und ihre farbig bemalten Fächer flatterten wie die Flügel exotischer Schmetterlinge.

»Henny, wach auf!« Ihr Bruder drängte sich durch die Menge und stupste sie an. »Du träumst ja mit offenen Augen! Ich habe dich schon gesucht. Du warst weg, und ich dachte schon, es hätte dir nicht gefallen und du wärst heimgegangen.«

Sie schreckte aus ihren Gedanken auf. »Ach, Mops. Sei nicht albern. Ich war nur ein paar Minuten draußen im Vorzimmer, um Luft zu schöpfen, weil mir so heiß war.« Warum erzählte sie ihm nichts von dem jungen Arzt, der ihr zu Hilfe gekommen war? Sonst hatte sie nicht sehr viele Geheimnisse vor ihrem Bruder. Beide waren sie mutterlos aufgewachsen, Henny war erst sechs, Gustav zwölf Jahre alt gewesen, als ihre Mutter gestorben war, und so hatte sich zwischen ihnen ein Gefühl enger Zusammengehörigkeit entwickelt, die die Kluft zwischen den Geschlechtern überbrückte. Und dennoch hatte sie den Wunsch, ihm den an sich so unbedeutenden Vorfall zu verschweigen. »Lass uns zu Papa und Fräulein Auguste zurückgehen«, schlug sie hastig vor.

Ihr Bruder verbeugte sich tief und führte sie zurück in den Saal.

Nach einer kurzen Pause hatten die fröhliche Musik und der Tanz wieder eingesetzt, so dass sie sich nicht weiter unterhalten konnten. Wortlos drängten sie sich an der dahinwirbelnden Menge vorbei zu den Sitzgruppen auf dem mit Orangenbäumchen geschmückten Podium, das den besten Familien Münchens vorbehalten war. Henny schauderte ein wenig, als sie auf dem Ehrenplatz die alte Freifrau Antoinette von Lauderbach entdeckte. Ein fast neunzigjähriges Weiblein, im Alter zu Kindsgröße verhutzelt, reckte ihren mageren Hals aus den schwellenden, purpurnen Wolken eines Ballkleides im Stil ihrer Jugend zur Zeit der französischen Revolution – einer Jugend, in der aus der bayrischen Antonia eine Pariser Antoinette geworden war. Unter einer grotesk hochgetürmten, weißen Rokokoperücke im längst veralteten Stil blickte eine Mumie hervor, mit Äuglein wie schwarze Jettknöpfe im verschrumpften, kalkweiß getünchten Gesicht, auf dem sich scharf ein paar aufgeklebte Schönheitspflästerchen in Form von Herzen, Palmen und Diamanten abzeichneten. Ihr Mund war scharlachrot geschminkt, und ebenso rote, kreisrunde Kleckse brannten auf ihren Wangen. Niemand wusste, was die Greisin noch an solchen gesellschaftlichen Ereignissen fand, aber sie ließ es sich nicht nehmen, bei jedem Ball im Palais Lauderbach-Sillern anwesend zu sein.

Gustav drückte Hennys Arm und zog sie energisch mit sich. »Ich habe Hunger. Lass uns zum Büfett gehen.«

Entlang der Saalwände war auf weiß gedeckten Tischen ein kunstvolles Büfett aufgebaut, eine endlose Landschaft aus Delikatessen, die in Kränzen von frischem Asparagus, Orangen und Zitronen zu bunten Ornamenten angeordnet auf den silbernen Platten lagen. Es begann mit Käsegebäck, Blätterteiggebäck, Schinkenhörnchen und Pastetchen in weißen Papierkrausen und endete am anderen Ende der Tafel mit den Süßspeisen: Eispunsch und Scherbet, Cremeschnitten, Apfelstrudel, Quarktorte, schneeweiße, braune und punschrosa Cremes mit Sahnehäubchen. Als der Ball zwei Stunden zuvor eröffnet worden war, hatte Henny gedacht, keine noch so beachtliche Menschenmenge könnte dieses ungeheure Büfett jemals leer essen, aber sie hatte den Appetit der Münchner unterschätzt. Wie Ameisen, die Futter in ihren Bau schleppen, eilten in ununterbrochenem Strom Damen und Herren an den Tischen entlang und wiesen die Lakaien an, mit welchen Speisen sie ihre Teller beladen sollten.

Henny legte sich selbst ein paar mit Trüffelscheiben und Schnepfenwürfeln gefüllte Torteletten auf den Teller und als Süßspeise einen ringförmigen, glasierten Savarin mit Sahne und frischen Früchten. Wenn sie so weiterfutterte, dachte sie schuldbewusst, würde sich die Frage der schlanken Taille bald ohnehin nicht mehr stellen. Aber sie musste jetzt etwas essen. Der Champagner, den Dr. Nicolai ihr aufgedrängt hatte und den sie auf nüchternen Magen getrunken hatte, versprühte ein Feuerwerk in ihrem Hirn, und sie beeilte sich, ihm nachträglich eine solide Unterlage zu verschaffen.

Verzehrende Leidenschaft fühlst du für ihn.

Sie schüttelte sich, als könnte sie den Gedanken, der sie zu überwältigen drohte, mit einer körperlichen Bewegung vertreiben.

Gemeinsam kehrten die Geschwister zu der geschmückten Loge an der Stirnwand des Ballsaals zurück, wo die Münchener Honoratioren ihre Plätze hatten. Der Senator hatte den Tisch verlassen, um sich mit Freunden in den Rauchsalon zu begeben, wie Cousine Auguste ihnen mitteilte. Sie hatte Hennys Debüt mit mehr Aufregung entgegengesehen als diese selber und war schon den ganzen Abend wie berauscht dagesessen, versunken in den malerischen Anblick und das muntere Treiben. Sie bat darum, sich kurzfristig entfernen zu dürfen, da sie sich in den aufgeputzten Räumen umsehen wollte, und Henny, die sie nur zu gerne loswurde, lächelte ihr zu. »Gustav achtet schon auf meinen guten Ruf. Geh nur und amüsier dich.«

Sie atmete auf, als sie mit ihrem Bruder allein war. Da sie kein auffallendes Interesse an Dr. Nicolai zeigen wollte, verwickelte sie Gustav in ein Gespräch über die anwesenden Herren, und der junge Mann, der gerne Klatsch und Tratsch weitertrug, wies auf einen nach dem anderen und erzählte ihr alles, auch das, was diese Herren lieber verschwiegen hätten. Seine ätzende Bosheit schälte den glänzenden Lack von den aufgeputzten Militärs und würdigen Frackträgern. Da war ein hochverschuldeter Spieler, dort ein adeliger Lebemann, der einen Skandal nach dem anderen provozierte, da ein Offizier, von dem es hieß, dass er zwar unbedingt heiraten wollte, aber seine Rekruten bevorzugte … und so weiter, bis Gustav endlich zu dem Mann kam, der Henny als Einziger interessierte.

»Der lange Dunkle dort drüben, das ist Professor Pettenkofers Assistent, Dr. Nicolai.«

Henny runzelte die Stirn. »Professor Pettenkofer … Das ist ein sehr gelehrter Mann, nicht wahr? Ich habe den Namen schon öfters in der Zeitung gesehen.«

»Gelehrt ist gar kein Ausdruck, Henny. Er ist ein Genie.«

»Dann …« Henny tastete sich vorsichtig weiter vor. »Dann ist sein Assistent wohl auch ein sehr kluger Mann?«

»Oh, der Moische ist ein brillanter Arzt, der es noch weit bringen wird. Der Professor behandelt ihn wie seinen eigenen Sohn.«

»Moische? Du meinst, er ist Jude?«

»Hundertprozentig. Sephardische Juden, die im vorigen Jahrhundert aus dem Orient gekommen und seither in München ansässig sind. Jetzt sind sie angeblich gute Katholiken, aber ich sage dir, dieser Firnis ist dünn. Nicolai macht auch gar keinen Hehl daraus, dass er sich nicht als Christen betrachtet. Er ist auf den Namen Carl Ludwig getauft, aber er stellt sich überall mit dem Namen vor, bei dem er von seiner Familie gerufen wurde: Aaron. Er sagt, das sei er den Vorfahren schuldig, die ihm seinen Verstand vererbt hätten. Die Familie hat etliche Gelehrte hervorgebracht. Jede Menge Lorbeeren – aber kein Geld.« Gustav lachte spöttisch. »Doch Aaron ist eifrig dabei, das zu ändern. Du kennst doch Clara Colberg? Sie sind noch nicht offiziell verlobt, aber viel fehlt nicht mehr. Wahrscheinlich werden sie es an Claras achtzehntem Geburtstag bekannt geben.«

Henny spürte, wie sich bei diesen Worten eine graue Aschewolke von Verdruss in ihr breitmachte. Verlobt! Und ausgerechnet mit Clara Colberg, diesem Äffchen! Wie konnte ein offensichtlich begabter und intelligenter Mann, der sich die Wertschätzung des genialen Professor Pettenkofer erworben hatte, dieses putzsüchtige, geistlose Püppchen heiraten? Die Colbergs waren die schwerreichen Besitzer einer Reihe von Kleiderfabriken, aber Reichtum war auch schon alles, was Clara zu bieten hatte. Zugegeben, sie war recht niedlich anzusehen, aber man musste sie nur kurz kennen, um zu merken, dass das Gold der äußeren Erscheinung billiges Blech verdeckte. Flatterhaft, launisch und wetterwendisch, hatte die Fabrikantentochter kein anderes Interesse im Leben als das an ihrer eigenen Person.

Ein schwacher Stich durchfuhr Henriette, als ihr bewusst wurde, dass sie eifersüchtig auf Clara war. Sie verschränkte die Arme über der Brust, als könnte sie damit das Gefühl unter Kontrolle bringen. Lächerlich! Man verliebte sich nicht in einen Menschen, mit dem man kaum drei Sätze gewechselt hatte.

»Warum akzeptieren ihn die Colbergs als Schwiegersohn, wenn er kein Geld hat?«, fragte sie. Aber noch bevor Gustav antworten konnte, fiel es ihr selbst ein. Die Kleiderfabrikanten waren Neureiche, und da sie wussten, wie abgrundtief die Adeligen und Patrizier der Stadt sie verachteten, suchten sie ihren Status zu verbessern, indem sie Gelehrte, Künstler und andere Berühmtheiten in ihren Salon luden.

Gustav ignorierte ihre Frage, er war schon wieder dabei, die anwesenden Herren einen nach dem anderen zu decouvrieren. »Oh, siehst du den Offizier dort drüben? Lang, blond, mit einer Hakennase? Das ist Major Otto Edler von Koenitz, einer der schlimmsten Wölfe, die hier herumlaufen. Aus den Frauenherzen, die er schon gebrochen hat, könnte man eine Kette rund um den Englischen Garten schmieden. Ein Mädchen hat sich seinetwegen sogar umgebracht – grässliche Geschichte. Sie trank eine Flasche Karbolsäure. Aber ungestraft ist er nicht geblieben. Er hat Glück, dass der Kragen seiner Uniform so hoch ist, da sieht man das Venushalsband nicht, das er trägt.«

Henny, die nicht verstanden hatte, was er meinte, runzelte die Stirn. »Er trägt ein Halsband?«

»O ja. Die weißen Flecken rund um den Hals, die die Syphilis verraten. Er ist verseucht wie eine Hafenhure, und es wird nicht mehr lange dauern, bis er statt der Nase ein stinkendes Loch im Gesicht hat. Jetzt sucht er unschuldige junge Mädchen in der Hoffnung, sie könnten ihn kurieren, wo Quecksilber nichts mehr ausrichten kann.«

Henny entfuhr ein leiser Ausruf des Ekels. Zwar war sie die unverblümte Redeweise ihres Bruders seit Jahren gewöhnt, aber hin und wieder gelang es ihm doch noch, sie zu schockieren.

Er lachte darüber, wie angewidert sie war, und fuhr gnadenlos fort, die Fäulnis unter der glänzenden, blumenduftenden Oberfläche der Münchener Gesellschaft aufzudecken. »Und der mickrige Knabe dort im zu weiten Frack, dem haben sie die Approbation zum Apotheker entzogen, kaum dass er sie erlangt hatte, weil er einer Freundin ein Mittel gegen unerwünschte Schwangerschaften verabreicht hat.«

»Ein Mittel, das das Kind tötet?«, stieß sie entsetzt hervor.

»Nein, das nicht. Nur ein Mittel, das die Befruchtung verhindert. Aber das war skandalös genug.«

Henny war froh, als in diesem Augenblick Rudolf von Lauderbach auf sie zutrat und mit einer höflichen Verbeugung um den nächsten Tanz bat. Rudolfs Gegenwart war wie ein erfrischender Windhauch, der den Gestank all der Verderbtheit vertrieb. Sie ergriff beschwingt seine Hand und folgte ihm auf die Tanzfläche.

Ihre Wangen röteten sich vor Freude, als sie sich der Musik überließ und dem berauschenden Gefühl, erwachsen zu sein. Mit ihrem ersten Ball war sie in die Gesellschaft eingetreten, die sie bislang nur aus der Perspektive des Kindes betrachtet hatte. Von jetzt an würde man sie – natürlich gemeinsam mit ihrer Anstandsdame – zu Sommerfesten und Soireen, Picknicks und Maskenbällen einladen.

Sie wünschte nur, ihre Mutter hätte das alles noch erleben können. Frau Dalbeck war zehn Jahre zuvor gestorben, und da der Senator nicht wieder geheiratet hatte, war Henny unter der Obhut verschiedener Kindermädchen und Gouvernanten erwachsen geworden. Für gewöhnlich kam sie gut damit zurecht, aber jetzt hätte sie eine Mutter gebraucht, eine, die sie verstand, die sie schützend begleitete auf diesem schwindelerregenden Schritt in die wirkliche Welt.

Rudolf hatte bemerkt, dass sie traurig wurde. Er flüsterte ihr ins Ohr: »Was ist mit Ihnen, Fräulein Henriette? Haben Sie Kummer?«

»Ich dachte nur daran, wie schön es wäre, wenn Mama jetzt hier wäre. Gerade heute, wo das richtige Leben beginnt.« Sie lächelte ihn an, während Tränen in ihren Augen glitzerten.

Der Druck seiner Hand, die die ihre hielt, wurde stärker. »Ja, das verstehe ich gut. Aber bald werden Sie eine eigene Familie haben.« Sein Ton machte klar, dass er fest damit rechnete, das Oberhaupt dieser künftigen Familie zu sein.

Während sie tanzten, ließ Henny den Blick immer wieder unauffällig durch den Saal schweifen, ob sie Dr. Nicolai irgendwo entdeckte. Und tatsächlich, da war er. Er saß ins Gespräch mit dem Fabrikanten vertieft in einem Winkel des Podiums und überließ es den anderen Bewerbern um Claras Hand, die junge Frau zum Tanz zu führen, was Clara sehr zu verdrießen schien. Leidenschaftlich konnte seine Liebe zu der Erbin jedenfalls nicht sein, wie Henny mit einiger Befriedigung registrierte.

Als sie sich dann eine Ruhepause in den bequemen Polstersesseln auf dem Podium gönnten, streifte auch Rudolfs Blick den jüdischen Arzt, und er bemerkte mit einem säuerlichen Lächeln: »Sieh an, mein liebster Feind ist auch da.«

»Feind?«, fragte sie überrascht. »Was hat er Ihnen getan?«

Das Thema musste ihn sehr beschäftigen, denn er redete sich rasch in Eifer. Er überschüttete Henny mit exotischen Worten wie Miasma, Humoralpathologie, Vitalismus und Antikontagionisten, die keinen Sinn für sie ergaben. Sie stellte jedoch erleichtert fest, dass Dr. Aaron Nicolais unverzeihliches Verbrechen lediglich darin bestand, einer anderen wissenschaftlichen Theorie anzuhängen als Rudolf von Lauderbach. Sie kannte Rudolf bereits als Eiferer, der außer sich geriet, wenn jemand sich weigerte, seine Sicht der Dinge zu akzeptieren, daher nahm sie seinen persönlichen Groll gegen Pettenkofer und dessen ergebenen Assistenten nicht ernst.

Sie war froh, als er das medizinische Thema mit der Bemerkung beschloss: »Es wundert mich sehr, dass Nicolai sich dazu durchgerungen hat, einen Ball zu besuchen. Nun«, fügte er bissig hinzu, »für Fräulein Colbergs Geld tut man doch einiges, was einem sonst nicht einfiele.«

»Geht er denn sonst nicht auf Bälle?«

»Nein. Aus irgendeinem Grund hat er panische Angst davor, sich unter tanzende Menschen zu mischen. Dabei machen ihm sonst Menschenmengen nichts aus ... nur Tänzer erträgt er nicht. Seltsame Schrulle, aber bei diesen Leuten weiß man ja nie, was in ihnen vorgeht.«

Henny bemerkte in harmlosem Plauderton: »So wie er aussieht, hat er sicher schon viele Mädchenherzen gebrochen.«

Rudolf hätte das nur zu gerne bestätigt und mit skandalösen Details aufgewartet, aber er musste passen. »Nein, keineswegs. Ganz im Gegenteil. Die Frauen laufen ihm zwar nach, aber ich habe noch nie gehört, dass er eine Geliebte oder eine Affäre gehabt hätte, und das will etwas heißen – an der Universität wird jeder mit Argusaugen beobachtet, und vor allem die ehrgeizigen jungen Ärzte tun nichts lieber, als einen Konkurrenten schlechtzumachen. Wenn die nichts finden, findet niemand etwas.«

»Wie ungewöhnlich. Man hört viel von tugendhaften Mädchen, aber selten von tugendhaften Männern.«

»Wenn Sie mich fragen, so ist er nicht tugendhaft, sondern nur schlau. Er will nicht riskieren, dass er seine Gesundheit ruiniert oder in einen Skandal verwickelt wird. Nicolai ist durch und durch berechnend. Er hat geduldig gewartet, bis er eine Gelegenheit bekam, einen Goldfisch zu angeln, erst dann hat er seinen Charme spielen lassen.« Das Thema begann ihn zu langweilen, er stand auf und verneigte sich. »Wollen wir wieder tanzen?«

Henny lächelte ihn an und ergriff seine Hand, als die ersten Takte einer Polka erklangen.

2

Kurz nach ein Uhr nachts endete der Ball. Unter vielen anderen müde getanzten und teilweise angetrunkenen Gästen stieg auch die Familie Dalbeck die gewundene Marmortreppe hinunter. Henriette ging als Letzte, und so bemerkte es niemand von den anderen, als inmitten des Gedränges in dem dämmrigen Treppenhaus einen flüchtigen Augenblick lang eine Hand ihre Taille umfasste und eine rau-warme Stimme an ihrem Ohr flüsterte: »Ich sehe, Sie haben ein wenig Vernunft angenommen, Fräulein Dalbeck, aber ich würde Sie lieber ganz ohne diese Zwangsjacke sehen.« Sie fuhr herum, aber da war er schon weitergegangen, gefolgt von den lärmenden Colbergs, und nichts verriet, dass er sie berührt oder etwas zu ihr gesagt hatte.

Er hatte also bemerkt, dass sie ihr Korsett gelockert hatte, und ihr Gehorsam befriedigte ihn. Das hatten Ärzte so an sich. Aber die zweite Hälfte des Satzes … *Ich würde Sie lieber ganz ohne diese Zwangsjacke sehen.* Hatte er damit nur gemeint, es wäre ihm lieber, wenn das Korsett bald wieder aus der Mode käme? Oder etwas sehr viel Persönlicheres? Der Schauder, den die unerwartete Berührung wachgerufen hatte, bebte in ihr nach. Sie spürte, dass sie errötete, und hoffte, die Umstehenden würden es nicht bemerken.

Was für ein doppelgesichtiger Mensch! In der Art, wie er sie behandelt hatte, hatte er den typischen Mediziner hervorgekehrt, schroff, kurz angebunden, beinahe unfreundlich. Aber sein unerwartetes Lächeln war hinreißend gewesen, mehr das Lächeln eines empfindsamen Mädchens als das eines Mannes.

Sie fröstelte. Freudige Erregung und die Furcht, sie könnte in dieser Nacht ihrem Schicksal begegnet sein, kämpften in ihr. Selbst der Pelzmantel, den Theresa ihr brachte, konnte sie nicht wirklich wärmen.

Eisiger Wind fauchte ihr entgegen, als sie durch das Haustor trat. Auf den beiden steinernen Urnen links und rechts der Treppe häufte der Sturm den Schnee auf, blies ihn weg und häufte ihn wiederum auf. Draußen vor dem mächtigen, zweiflügeligen Gittertor warteten in langer Reihe die Kutschen mit brennenden Lampen. Auf den Rücken der Pferde setzten sich Schneeflocken ab. Die schläfrigen Kutscher gähnten verstohlen.

Sie ignorierte das geistlose Geschnatter ihrer Anstandsdame und beachtete auch ihren Vater und Bruder kaum. Sollten sie doch alle denken, sie sei zu müde, um sich an der Konversation zu beteiligen! Tatsächlich war sie überhaupt nicht müde, es waren nur Gedanken in ihr aufgestiegen, die verlangten, dass sie sich auf der Stelle mit ihnen befasste.

Sie musste Dr. Nicolai unbedingt wiedersehen, aber war überhaupt noch Zeit dafür? Claras Geburtstag war, soweit sie sich erinnerte, im Februar – noch zwei Monate. Wenn die Verlobung erst einmal öffentlich bekannt gegeben worden war, war der Mann so gebunden, als wäre er schon verheiratet. Konnte sie es in dieser kurzen Zeit arrangieren, ihn zu treffen? Und wer sagte, dass er irgendein Interesse an ihr hatte? Vielleicht fühlte er sich nur belästigt, wenn sie ihm näherzukommen versuchte, und das wäre ihr außerordentlich peinlich gewesen. Nun, warum sollte er sich auch für sie interessieren? Er war ja längst vergeben. An Clara Colberg, das Äffchen.

Sie stieg die Trittleiter hinauf und kuschelte sich im Inneren der eiskalten Kutsche tief in ihren Pelzmantel. Die Peitsche des Kutschers knallte. Die Pferde, die sich während des Balls im warmen Stall des Palais Lauderbach ausgeruht hatten, zogen energisch an, und die Räder rumpelten über das Kopfsteinpflaster. Geisterhaft erhellt vom Licht der Wagenlaternen, zog das nächtliche München vorbei.

Henny starrte durch das Fenster, auf dem sich wässrige Schneeflocken absetzten. Was Gustav ihr erzählt hatte, klang ihr misstönend in den Ohren. Ein bettelarmer Gelehrter, der sich in ein golden gepolstertes Nest zu setzen versuchte. Ein Mitgiftjäger. Eine jähe Niedergeschlagenheit überkam sie, ein Gefühl von Traurigkeit und Leere.

»Du siehst so bekümmert aus, Henriette.« Auguste, die in ihren Pelzumhang eingemummelt neben ihr in der Kutsche saß, blinzelte sie neugierig an. »Hat dir denn der Ball nicht gefallen?«

Henny wehrte ab. »Doch, doch. Sehr gut sogar. Aber es war schrecklich anstrengend, ich bin zum Umfallen müde.«

3

Es war halb drei Uhr morgens, als Dr. Aaron Nicolai aus der Droschke stieg, die ihn zu seiner Wohnung gebracht hatte. Sein Kopf schmerzte, er spürte den Champagner im Magen, und alle Knochen taten ihm weh vor Müdigkeit. Es war ein harter Tag für ihn gewesen. Der Ball hatte ihn angestrengt. Er hatte nichts übrig für solche Lustbarkeiten, er verabscheute sie – schlimmer noch, er fürchtete sie. Fürchtete die unerträglichen Erinnerungen an Paris, die der Anblick der quirlig dahinwirbelnden Menge heraufbeschwor. Und danach, als er schon sehr müde gewesen war, hatte er noch die Colbergs heimbegleiten müssen. Für sie war es bereits selbstverständlich, dass er für Clara den Kavalier machte … und das bedeutete, dass er rasch handeln musste.

Er bezahlte die Mietkutsche – eine eigene konnte er sich nicht leisten – und sperrte das Haustor auf. Ein muffig riechendes, stockdunkles Foyer empfing ihn. Er sperrte die Türe hinter sich ab und tastete dann nach der Kerze, die an ihrem gewohnten Ort in einer Wandnische stand. Das Streichholz sprühte Funken und verbreitete beißenden Phosphorgeruch. Am hinteren Ende der Halle führte eine ausgetretene Wendeltreppe ins Dunkel des oberen Stockwerks. Wie viele Männer seiner Familie hatten in solch jämmerlichen Verhältnissen gelebt, hochbegabte Gelehrte, die über ihren Studien halb verhungerten, weil sie zu einfältig oder zu stolz waren, nach dem Geld anderer Leute zu greifen! Nun, er selbst war weder einfältig noch stolz. Er brauchte Geld, und er würde es sich verschaffen.

Im Flur oben knarrte eine Tür. Dann erschien auf den obersten Treppenstufen ein krummer, verhutzelter Greis in Nachthemd und Nachtmütze, der eine Kerze in die Höhe hielt und jammernd rief: »So spät, Herr Doktor, so spät! Und morgen müssen Sie so früh wieder aufstehen!«

»Schon gut.« Aaron eilte mit langen Schritten die Treppe hinauf. Oben nahm er dem Diener die Kerze aus der Hand. »Geh wieder ins Bett, Jakob. Hast du am Ende auf mich gewartet?«

Der Alte, der in seinem Nachtgewand und der weißen Zipfelmütze eher einem spukenden Hausgeist ähnelte als einem Bediensteten, nickte. »Ich war im Bett, aber ich kann nicht schlafen, wenn Sie nicht da sind.« Und mitleidig fügte er hinzu: »War der Ball sehr schlimm für Sie?«

Aaron seufzte. »Du weißt ja, wie es ist. Die Erinnerungen kommen wieder.« Dann erhellte sich sein Gesicht. Verschmitzt lächelnd vertraute er dem Diener an: »Aber es hat sich gelohnt. Ich habe einen Schatz entdeckt.«

»Wirklich, Herr Doktor?« Jakob, an dessen Hand er seinerzeit das Laufen gelernt hatte, bezeichnete ihn seit seiner Promotion nie anders als mit einem ehrfürchtigen »Herr Doktor«.

»Ja. Hör zu: die Tochter eines Senators. Sechzehn Jahre alt. Schwerreich. Und noch zu haben.«

»Oh! Das hört sich gut an. Wie sieht sie aus?«

Aaron zuckte die Achseln. »Nicht auffallend. Ich meine, sie ist weder schön noch hässlich. Eines von diesen Madonnengesichtern und eine noch etwas unausgereifte Figur. Aber ich will sie ja nicht wegen ihrer Schönheit heiraten.« Er lachte kurz auf. »Schön bin ich selber.«

Jakob schüttelte vorwurfsvoll den Kopf. »Nu, so schön auch wieder nicht! Viel zu dünn sind Sie, das sage ich Ihnen immer wieder. Aber was machen Sie jetzt mit Fräulein Clara Colberg? Ihre Verlobung sollte doch demnächst bekannt gegeben werden?«

»Noch bin ich nicht verlobt, Jakob. Und diese Gelegenheit kann ich mir nicht entgehen lassen. Wünsch mir Glück, dass es klappt.«

»Glück wünsche ich Ihnen doch immer.«

»Du bist ein Lieber. Geh schlafen, ja? Gute Nacht.«

Aaron Nicolai war müde, aber er wollte nicht zu Bett gehen, ohne noch einen Blick auf seine Schätze zu werfen. Er machte sich nicht die Mühe, das Gaslicht anzuzünden, sondern schritt im Schein der Kerze durch die hintereinanderliegenden Räume. Sein Labor befand sich am anderen Ende der weitläufigen Mietwohnung, jenseits einer Flucht ungeheizter Zimmer, in denen die Möbel der eigentlichen Besitzer unter weißen Laken herumstanden. Mit seinen kargen Mitteln hatte er es nur behelfsmäßig einrichten können, aber immerhin verfügte er über einen erstklassig sortierten Giftschrank. Er lächelte zufrieden vor sich hin, als er den mannshohen braunen Kassenschrank mit einem Schlüssel aufsperrte, den er unter dem Hemd um den Hals trug. Die massive Eisentüre schwang knarrend auf. Darinnen standen, auf gelochten Regalen aufgereiht, spannenlange, sorgsam verstöpselte Flaschen, alle in seiner peniblen Handschrift genau bezeichnet. Im untersten Fach lag das dicke Buch, in dem er seine Bestände auflistete: den Namen des Toxins, die Nummer der Flasche, die Menge und der Verwendungszweck. An einer Seite steckte ein Lesezeichen und markierte die Stelle:

»Nr. 154. Aconitum napellus, Blauer Eisenhut, auch genannt Gifthut, Venuskutsche, Wolfswurz, Würgling oder Ziegentod. Alle Pflanzenteile, besonders jene der Wurzel, sind stark giftig. Bereits 0,2 g der Wurzel bewirken Vergiftungserscheinungen, 2 g der Wurzel sind tödlich. Albertus Magnus benutzte den Blauen Eisenhut gegen Lepra und Aussatz, Paracelsus setzte ihn als Abführmittel ein. 0,1 g getrocknete und geriebene Wurzel verwendet für Jakobs Rheumasalbe, zubereitet am 12. Dezember 1853, zur äußerlichen Anwendung.«

Es war nur eine von zahllosen Eintragungen in der klaren Schrift des Gelehrten.

Der junge Arzt stand reglos vor dem offenen Schrank und betrachtete den Inhalt im bräunlich-gelben Schimmer des Kerzenlichts mit dem Blick, mit dem eine Frau ihre Juwelen ansieht. Was er hier versammelt hatte, waren seine Schätze, faszinierend, raffiniert, gefährlich, unberechenbar. Wie wunderschön allein schon ihre Namen klangen! Cannabis. Belladonna. Datura. Akonitin. Antimon. Thallium. Hyoscin. Quecksilber. Wie die Namen eines Schwarms lieblicher Succubi, wie die Namen der Jungfrauen im Paradies der Mohammedaner. Wenn man den Inhalt all der Flaschen zusammennahm, hätte man halb München damit in den Tod schicken können. Aber wenn er die Bestien mit seiner Erfahrung, einer ruhigen Hand im Umgang mit Messglas und Waage und seinen Kenntnissen über ihr Wesen und ihre Eigenart zähmte, dann konnte er damit Wunder der Heilkunst bewirken.

Mit einem Lächeln schloss er die Türe wieder, versperrte sie und hängte sich das Kettchen mit dem Schlüssel um den Hals.

Jetzt spürte er die Eiseskälte, die alle Räume mit Ausnahme der stets gut geheizten Küche erfüllte. Er beeilte sich, in sein Schlafzimmer zu kommen. Ohne darauf zu achten, wohin sie fielen, zog er sich die Kleider vom Leib, schlüpfte ungewaschen ins Nachthemd und kroch unter die Bettdecken. Ein Silberfaden stieg von der Kerze auf, als er sie auspustete. Die Müdigkeit ließ ihn so heftig frösteln, dass er sich eine ganze Weile unter der Decke zusammenrollte, die Knie ans Kinn zog und die Arme darumschlang. Erst als ihm wieder einigermaßen warm geworden war, streckte er sich aus und lag, die Arme unter dem Kopf verschränkt, mit offenen Augen da. Trotz seiner körperlichen Erschöpfung konnte er nicht einschlafen.

Die Ereignisse hatten ihn aus dem Gleichgewicht gebracht. Er war überzeugt gewesen, dass er sich um nichts mehr zu kümmern brauchte, und jetzt musste er die Karten noch einmal neu mischen. Was für ein unglaublicher Glücksfall, dass die Colbergs ihn gegen seinen Widerstand überredet hatten, den Ball zu besuchen, und dass dem Dalbeck-Mädchen übel geworden war! Die Vorsehung meinte es gut mit ihm. Ein paar Wochen später wäre die Verlobung mit Clara bereits offiziell bekannt gegeben worden. Noch war er frei, noch konnte er sich für eine andere entscheiden.

Hier geschah etwas, über das er keine Gewalt hatte. Er hatte seine Pläne geschmiedet, aber der Allmächtige hatte offenbar Besseres mit ihm vor. Er wollte ihm beides schenken, den begehrten Reichtum und die gesellschaftliche Position, nach der er sich sehnte. Er wollte ihn ganz nach oben befördern, weit hinaus über die Klasse reich gewordener Kleiderhändler mit ihren albernen Töchtern. Die Familie Dalbeck gehörte zu den alteingesessenen bayrischen Kaufmannsfamilien, deren Name so gut wie ein Wappen war, und das Mädchen …

Eigentlich sahen seine Pläne gar nicht vor, dass das Mädchen, das ihm den erhofften Reichtum bringen sollte, auch noch schön und intelligent war. Er hatte Clara Colbergs entsetzliche Dummheit hingenommen als Preis, den er für die Erfüllung seiner Wünsche bezahlen musste. Aber an der Debütantin im Rosenkleid war etwas Ungewöhnliches gewesen, etwas, das ihn von der ersten Sekunde an gefesselt hatte.

Zunächst hatte er ihr gar nicht ins Gesicht geschaut, war ganz damit beschäftigt gewesen, sie wieder auf die Beine zu bringen. Schließlich konnte er als Arzt nicht einfach vorübergehen, wenn eine Dame vor seinen Augen in Ohnmacht zu fallen drohte. Erst als er gespürt hatte, wie sie ihn musterte, hatte er sie angesehen – und es war ihm heiß durch den ganzen Körper gefahren. Seit seinem unvergesslichen Erlebnis mit Cordula hatte noch keine Frau ihn so angesehen. Henriette Dalbeck hatte ihn Zoll für Zoll mit den Augen abgetastet, bis er vor Verlegenheit nicht aus noch ein gewusst hatte und beinahe erstickt war vor Angst, sein verräterischer Körper könnte ihn in eine unerträglich peinliche Situation stürzen. So war ihm nur die Flucht vor diesem Blick geblieben, doch zu spät: Der Wille des Allmächtigen hatte ihn längst eingeholt.

Also hatte er keine Zeit verloren, Erkundigungen über sie einzuholen.

Für gewöhnlich legte Dr. Nicolai nicht den geringsten Wert darauf, private Gespräche mit dem Major von Koenitz zu führen, den er von dessen zahlreichen Quecksilberkuren in der Universitätsklinik kannte, aber als er im Rauchsalon des Palais Lauderbach-Sillern auf ihn stieß, hatte er sich daran erinnert, dass der Mann ihm zweifellos alle Informationen liefern konnte, die er brauchte.

Und der berüchtigte Lebemann war ihm tatsächlich von Nutzen gewesen. Schon reichlich angeheitert vom Champagner und den vielerlei Schnäpsen, die am Büfett serviert wurden, ließ von Koenitz sich bereitwillig ausfragen: Henriette Dalbeck war eine der reichsten Erbinnen von München. Erstklassige Erziehung im Mädcheninstitut sowie durch Hauslehrer und Gouvernanten. Der Vater Senator. Die Mutter früh verstorben. Das war gut, mit Vätern war leichter zurechtzukommen als mit den misstrauischen, scharfäugigen Müttern.

Dann war Aaron eingefallen, dass er ihren Bruder flüchtig kannte, wie man eben jemand kannte, der einem in der engen Welt der Wissenschaft allerorten über den Weg lief. Gustavs krummbeinige Missgestalt blieb einem im Gedächtnis. Und ebenso waren Dr. Nicolai einige Ereignisse in Erinnerung geblieben, die kein gutes Licht auf den jungen Mann warfen. Solche Erinnerungen mochten sich jetzt als nützlich erweisen, um die nötigen Kontakte zur Familie Dalbeck zu knüpfen.

Von Koenitz hatte ihm erzählt, dass das Mädchen so gut wie verlobt sei – wenn auch noch nicht offiziell –, und ausgerechnet mit Rudolf von Lauderbach-Sillern! Dr. Aaron Nicolai verschwendete seine Energie nur selten daran, Menschen zu hassen, an deren Existenz er doch nichts ändern konnte, aber Rudolf hasste er aus tiefstem Herzen – und er wusste, dass diese Abneigung gegen den Freiherrn von Lauderbach auf Gegenseitigkeit beruhte. Die Ursache hierfür lag nur zum Teil in dem wissenschaftlichen Streit, der sie trennte. Damit hätte er leben können.

Was ihn viel tiefer traf, war die Art und Weise, wie der Kollege auf ihn herabblickte: weil er keinen Adelstitel trug, weil er arm war, weil er keinen gesellschaftlichen Schliff besaß … und natürlich, weil er Jude war.

Er lachte bitter. Ja, der Gedanke daran, Rudolf von Lauderbach die Braut wegzunehmen, hatte etwas Reizvolles. Schon allein deswegen würde es sich lohnen, alle verfügbaren Kräfte in die Schlacht zu werfen – nur durfte er darüber nicht das Hauptziel aus den Augen verlieren …

Eine starke junge Frau, hatte von Koenitz gesagt. Wieder sah er in Gedanken den Blick, mit dem sie ihn gemustert hatte, unverschämt, ernst und unbarmherzig. Cordulas Blick, der über seinen nackten Körper strich, ehe sie die Hand auf ihn gelegt hatte. Bei der Erinnerung ging ein heftiges Zucken durch seine Oberschenkel, und er schob im Schutz der Bettdecke die Hand unter das Hemd. Dann zog er sie rasch wieder hervor. Für wollüstige Träumereien hatte er jetzt keine Zeit.

Plötzlich setzte er sich auf, warf die Decken beiseite und schwang die langen Beine aus dem Bett. Er konnte ohnehin nicht einschlafen. Er würde sich am nächsten Tag bei Professor Pettenkofer entschuldigen lassen – der sicher annehmen würde, dass er nach der rauschenden Ballnacht zu verkatert war, um zu arbeiten – und den Rest der Nacht dazu verwenden, Pläne zu schmieden. Fröstelnd in der kalten Wohnung, zündete er die Kerze wieder an und setzte sich, die Bettdecke um die Schultern gewickelt, an den Schreibtisch. Er nahm ein Blatt Papier und begann die nötigen Schritte aufzulisten, die ihn zu einer Ehe mit Henriette Dalbeck führen würden.

4

Dr. Rudolf von Lauderbach saß, in einen Schlafrock gehüllt, in seinem Zimmer vor dem offenen Kamin und versuchte sich nach dem ermüdenden Getriebe des Balles bei einem Glas Rotwein zu entspannen. Er war froh, dass er sich endlich hierher in sein Refugium hatte flüchten können, einen Raum, der fleißiger Arbeit und revolutionären Gedanken gewidmet war. Quer hinter ihm stand der Mahagonischreibtisch, an dem er zu arbeiten pflegte, ein schönes Stück mit karmesinroter Lederplatte. Das gesamte Mobiliar war altehrwürdig, edel und gepflegt: Kommoden mit Schubladen, an denen Porzellanknöpfe glänzten, eine vergoldete Uhr, Aktenschränke und bis in den letzten Winkel vollgestopfte Bücherregale, die alle mit ruhiger Selbstsicherheit eine Menge Platz einnahmen, als wüssten sie, dass es ihnen zustand sich auszubreiten. Die Stühle und Sessel waren von derselben Machart wie der Schreibtisch: feinstes Leder, erlesenes Holz und kunstvolle Handwerksarbeit. Ein dicker siegelwachsroter Teppich mit kobaltblauem Schmetterlingsmuster bedeckte den Boden. Schwere Vorhänge im selben warmen Farbton waren vor die Fenster gezogen. Über dem weißen Marmorkamin hingen zwei Ölgemälde, von denen eines den Römer Marcus Terentius Varro zeigte, das andere den Jesuiten Athanasius Kircher, zwei frühe Vorläufer der neuen medizinischen Schule, der der Freiherr mit Eifer anhing. Nichts in diesem Raum war neu oder billig, alles atmete den Geist der Familie Lauderbach.

Rudolf nippte an seinem Glas. Er hatte es vermieden, Champagner zu trinken, und er war froh, dass der Lärm verstummt war und die Menschenmassen sich verzogen hatten. Bälle waren ein notwendiges Übel, wenn man zur besseren Gesellschaft gehörte. Man musste sie veranstalten, und man musste sie besuchen, wenn jemand anderer sie veranstaltete, aber glücklich war er damit nicht.

Viel lieber hätte er den Abend in angeregten Diskussionen mit einem der Kollegen verbracht, die seine Ansichten teilten. Er spürte, dass der momentane wissenschaftliche Streit auf einen Höhepunkt zustrebte, dass es nicht mehr lange dauern konnte, bis eindeutig erwiesen war, dass er, Rudolf, auf das richtige Pferd gesetzt hatte – sofern man einen so vulgären Begriff auf eine medizinische Entwicklung anwenden konnte, die das Ende der seit

Hippokrates anerkannten Lehre von den Krankheiten auslösenden Miasmen bedeuten würde. Der Disput zwischen den medizinischen Schulen befand sich einer brandheißen Phase, die man schon als offenen Krieg bezeichnen konnte. Wer sich als Anhänger der einen Fraktion zu erkennen gab, wurde von allen anderen mit Dreck beworfen. Auf der einen Seite standen die beiden alten medizinischen Schulen, deren Ansichten seit dem Mittelalter als gültig angesehen wurden: Die Kontagionisten vertraten die Auffassung, Krankheiten würden durch einen leblosen, klebrigen Schmutz, den »Krankheitsstoff« übertragen. Sie lagen in erbittertem Streit mit den Anhängern der schon von Hippokrates propagierten Miasmatologie, die dem Erdreich entsteigende Verunreinigungen und giftige Dämpfe als Ursache von Seuchen ansahen. Beide Gruppen wiederum waren spinnefeind mit den Homöopathen, Naturheilern und Ernährungsaposteln, und diese spien ihrerseits Gift und Galle gegen die Schulmedizin. Die unbedeutendste und zugleich lautstärkste Gruppe bildeten die Anhänger der neuartigen »Bazillen-Theorie«, als deren Gallionsfigur in München der Freiherr von Lauderbach galt. Im Zeichen eines stürmischen Aufeinanderprallens alter und neuer, durchdachter und abstruser Lehrmeinungen war die Universität in diesem Jahr 1854 ein gefährliches Pflaster: Vorträge endeten nicht selten im Tumult, in marktschreierischen Pamphleten diffamierte ein Professor den anderen, während die Studenten sich gegenseitig Grobheiten an den Kopf warfen. Es war ein Wunder, dass es unter den würdigen Äskulapjüngern noch nicht zu Handgreiflichkeiten gekommen war.

Doch statt kluge Gespräche über diesen Richtungsstreit zu führen, hatte Lauderbach den ganzen Abend in einem unbequemen Frack herumlaufen und mit aufgedonnerten Gänschen Konversation machen müssen. Natürlich hatten sich die Debütantinnen auf ihn gestürzt – schließlich war er eine der besten Partien in ganz München. Aber da kamen sie zu spät. Sein Herz hatte bereits eine Entscheidung getroffen.

Er liebte Henriette Dalbeck mit der Leidenschaft eines ungestümen und selbstherrlichen Mannes, der es gewohnt war, zu bekommen, was er wollte. In alter Zeit hätte er sie wahrscheinlich mit kühnem Griff gepackt, in den Sattel seines Pferdes gehoben und wäre mit ihr davongaloppiert, seinem einsamen Schloss zu. Er tat sich schwer mit all den lästigen Regeln der guten Gesellschaft, dem Antichambrieren beim Senator, den zermürbenden Anstandsbesuchen, bei denen Henny mit ihrem Stickrahmen in einem Winkel des Salons unter der Lampe saß, während er mit ihrem Vater und Bruder Konversation machte. Immerhin sah es so aus, als sollte dieser unwürdige Zustand bald ein Ende haben. Dalbeck war mit seiner Brautwerbung einverstanden, und Henriette zeigte sich zwar nicht begeistert, aber auch nicht abgeneigt.

Er runzelte die Stirn, als ihm das Gespräch mit ihr einfiel. Schade, dass es so unmöglich war, mit Frauen über wissenschaftliche Themen zu sprechen. Er hatte sich hinreißen lassen, ihr von dem Medizinerstreit zu erzählen, und hatte mittendrin bemerkt, dass sie kein Wort davon verstand. Nun, wie sollte sie auch. Frauen waren nicht zur Gelehrsamkeit geboren. Es war sein eigener Fehler gewesen, dass er sie mit wissenschaftlichem Zeug behelligt hatte, anstatt die belanglose Konversation zu machen, die bei einer Dame angebracht war.

Es pochte an seiner Türe, und auf sein »Ja bitte« streckte der Sekretär seines Vaters den Kopf durch die Türe. Der junge Hugo Messerschmitt war kleingewachsen, mit einem weichen, bartlosen Gesicht, das harmlos, ja unschuldig wirkte, bis man die kalten, wässrig blauen Augen hinter dem Pincenez entdeckte. Sein Haar war dünn, blond und wellig und verstärkte den weiblichen Eindruck.

»Ich wollte mich nur von dir verabschieden, Rudolf. Es war ein schöner Abend.«

Der Arzt brummte nur. Ein schöner Abend, an dem man sich zu Tode langweilte! Der einzige Lichtblick war die Begegnung mit Henriette Dalbeck gewesen. »Komm doch herein, Hugo. Trink noch ein Glas mit mir.«

Der Sekretär wehrte die Einladung mit einer schlaffen Handbewegung ab. »Kein Wein für mich, danke. Nicht nach dem vielen Champagner. Aber ich leiste dir gerne Gesellschaft, während du dein Glas trinkst.« Er zog sich einen Sessel heran, kauerte sich bequem darin zusammen und zog sein Zigarettenetui aus der Tasche. Gleich darauf war die Luft gesättigt mit einem süßlichen, beißenden Geruch.

Rudolf betrachtete ihn mit verächtlich herabgezogenen Mundwinkeln. Konnte der Mensch nicht Zigarren rauchen wie andere Männer auch statt dieser lächerlichen, dünnen Röllchen, die kürzlich in Mode gekommen waren?

»Willst du eine interessante Neuigkeit hören?«, fragte Hugo.

»Bleib mir vom Leibe mit Klatsch und Tratsch.«

Der Sekretär ließ sich nicht einschüchtern. »Ich habe eine Tanzpause im Rauchsalon verbracht, und weißt du, wen ich dort getroffen habe? Den syphilitischen Major, ins Gespräch vertieft mit Dr. Nicolai. Sie haben sich über Henriette Dalbeck unterhalten.«

Rudolf setzte sich mit einem Ruck auf. »Nicolai? Was zum Teufel hat der mit Henny zu schaffen?«

»Er angelt nach ihr.«

»Doch nicht im Ernst!«

»Ich fürchte schon. Jedenfalls hat er aus dem Major alles herausgekitzelt, was der über Fräulein Dalbeck wusste. Und wenn Aaron Nicolai einmal herausgefunden hat, dass ein Mädchen reich und ungebunden ist, dann hält ihn nichts mehr. Henriette ist mindestens doppelt so vermögend wie Clara Colberg, und wenn du mich fragst, würde ich sie auch lieber nehmen als dieses Gänschen.«

Rudolf lachte spöttisch. »Du? Du würdest doch lieber einen Straßenarbeiter nehmen als eine von beiden.«

»Zugegeben.« Hugo, der sich nicht im Geringsten beleidigt fühlte, grinste. »Jedenfalls würde ich an deiner Stelle zusehen, Nägel mit Köpfen zu machen, bevor der Moische Zeit hat, sich an sie ranzumachen. Und das wird er. Du weißt doch, wie das mit den Frauen ist. Sie sind leicht einzuwickeln, wenn es einer nur richtig anfängt.«

Rudolf presste die Lippen zusammen. Er spürte, wie seine Handflächen feucht wurden. »Wenn er sich an Henny heranzuschleichen versucht, breche ich ihm das Genick!«, knirschte er.

Hugo lächelte dünn. »Das würde zu viel Aufsehen erregen, Rudolf. Es wäre besser, wenn du bei Senator Dalbeck darauf dringst, sofort eure Verlobung bekannt zu geben. Dann sind Nicolai die Hände gebunden.«

»Das habe ich schon versucht, aber er lässt sich nicht drängen, erst recht nicht, wenn ich ihm lästig falle.«

Sein Freund beugte sich vor und dämpfte die Stimme. »Es gibt gute Gründe, warum sich auch ein zögernder Vater beeilen könnte, eine Verlobung und eine Eheschließung zu gestatten. Du weißt, was ich meine.«

Rudolf begriff nicht gleich. Dann überzog eine leichte Röte sein Gesicht. »Du bist ein Schwein, Hugo. Meinst du im Ernst, ich soll Henriette kompromittieren, damit sie mich so rasch wie möglich heiraten muss?«

Hugo hob beschwichtigend beide Hände. »Schon gut, schon gut. Es gibt ja auch noch andere Möglichkeiten. Wir könnten Nicolai kaufen.«

Der Vorschlag gefiel dem Freiherrn schon wesentlich besser. »Ja. Versuch, ihm Geld anzubieten, aber mach es über einen Mittelsmann, ich will da nicht genannt werden. Er ist bitterarm, vielleicht ist ihm ein Beutel Gold bar auf die Hand lieber als das riskante Spiel um Hennys Vermögen.«

»Das vermute ich auch.«

»Und wenn er nicht darauf eingeht?«

Hugo war nie um einen guten Rat verlegen. »Dann versuchen wir zu bluffen. Wir lassen ihm ausrichten, man wüsste etwas über ihn, das ans Licht kommen würde, wenn er sich weiter um Henny bemüht. Irgendeine Leiche hat er sicher im Keller, und er wird denken, wir hätten sie gefunden.«

Rudolf kaute eine Weile auf dem Mundstück seiner Zigarre

herum, während er nachdachte. Dann nickte er. »Ja … das könnte funktionieren. Ich staune immer wieder, was dir alles einfällt! Aber sprich nicht selber mit ihm, sonst kann es passieren, dass er den Spieß umdreht und *dich* unter Druck setzt.«

Hugo verzog den Mund, als hätte er etwas Saures geschmeckt. »Das ist ihm durchaus zuzutrauen! Nein, ich werde einen Agenten einschalten, von dir wird keine Rede sein. Wir werden es so drehen, als stecke jemand von der Familie Dalbeck dahinter – vielleicht der Bruder des Senators, Rechtsanwalt Dalbeck. Ich mache mich gleich auf den Weg.« Er drückte seine Zigarette im Aschenbecher aus und verschwand – trotz der vorgerückten Stunde.

Rudolf von Lauderbach blieb allein zurück, erfüllt von einem nagenden Gefühl der Eifersucht – und der Angst. Als Wissenschaftler verabscheute er jeden Aberglauben. Er hielt sich streng an beweisbare Fakten und ließ nur gelten, was er im Mikroskop sehen oder im Experiment nachprüfen konnte. Als Mann jedoch war er abergläubisch. Er wusste, wie Aaron Nicolai auf Frauen wirkte, und hatte Angst, dass dieser über geheime, für anständige Männer nicht zugängliche Mittel verfügte, sie zu beeinflussen.

Rudolf wusste selbst nicht, wie er sich diese »geheimen Mittel« eigentlich vorstellte, aber er war von ihrer Existenz überzeugt. Obwohl die Familie seines Rivalen seit rund hundert Jahren in München ansässig war, war Aaron in seinen Augen noch immer ein Fremder, und zwar ein Fremder aus dem gefährlichen Orient, dessen dunkle und unheilige Geheimnisse er, Rudolf, als biederer Bayer niemals durchschauen würde. Wenn Nicolai wirklich hinter Henriette her war – und niemand zweifelte daran, dass er in seiner Situation ein Mitgiftjäger übelster Sorte war –, dann befand sich das Mädchen in größter Gefahr. Wie sollte sie, die behütete, unschuldige Sechzehnjährige, sich gegen einen solchen Schurken zur Wehr setzen? Sie würde ihm beim ersten Angriff zum Opfer fallen.

Rudolf hielt es nicht mehr in seinem bequemen Sessel. Er sprang auf und begann, das Weinglas in der einen, die brennende

Zigarre in der anderen Hand, im Zimmer auf und ab zu gehen. Was Messerschmitt ihm erzählt hatte, war zweifellos die Wahrheit. Hugo würde ihn niemals belügen. Der Sekretär war ihm ergeben wie ein Hund.

Es war eine merkwürdige Freundschaft, die zwischen den beiden Männern bestand. Von Anfang an hatte Rudolf sich von Hugo angezogen gefühlt, anfangs ohne zu wissen, warum. Eine erotische Anziehung war es gewiss nicht. Eher war es der Umstand, dass Hugo ihm niemals als Mann Konkurrenz machen würde, dass er erst gar nicht mitmachte bei den Hahnenkämpfen, wie sie zwischen jungen Männern üblicherweise stattfanden. Mit Hugo konnte er über alles reden, ohne fürchten zu müssen, dass dieser sein Vertrauen ausnutzen würde.

Als der alte Lauderbach um ein Haar die Vorliebe seines Sekretärs für Männer entlarvt und ihn aus dem Haus geworfen hätte, war Rudolf eingesprungen, hatte ihn gedeckt und den argwöhnischen Vater beschwichtigt. Hugo hatte ihm diesen Beistand in höchster Not nie vergessen. Ein Glück, dass der Bursche die Ideen nur so aus dem Ärmel schüttelte, wenn man ihn brauchte, und dass es fast immer ausgezeichnete Ideen waren.

Er selber hätte lieber den Weg gewählt, den Eindringling in sein Revier zum Duell zu fordern. Aber das erschien ihm unmöglich. Dr. Aaron Nicolai mochte Akademiker sein wie er, dennoch war er in Rudolfs Augen nicht satisfaktionsfähig. Außerdem verstand er sich weder auf den Umgang mit dem Degen noch mit Pistolen, und Rudolfs Ehrgefühl ließ es nicht zu, einen Mann abzuschlachten, der nicht wirklich in der Lage war, sich zu wehren.

Er setzte sich wieder und schenkte sich ein neues Glas Wein ein, aber aus seinem behaglichen Nachsinnen war ein düsteres Brüten geworden, und er wusste, dass er in dieser Nacht nicht gut schlafen würde.

5

Trotz des schlechten Wetters und der späten Stunde machte Hugo Messerschmitt sich in der Kutsche der Lauderbachs auf den Weg zu dem Agenten, den er Rudolf gegenüber erwähnt hatte. Den Kragen seines Pelzmantels hochgeschlagen, den Zylinder tief in die Stirn gedrückt, kauerte der Sekretär sich im hintersten Winkel des eiskalten und zugigen Gefährts zusammen und wünschte, er könnte die lacküberzogenen Schnürstiefel ausziehen und sich die vor Kälte erstarrten Zehen reiben. Die Fahrt in dem schaukelnden, eisigen Fuhrwerk war eine Qual für ihn, aber für Rudolf tat er Dinge, die er nie für einen anderen getan hätte.

Hugo Messerschmitt mochte in vielerlei Hinsicht ein Schurke sein, aber seinen Freunden hielt er die Treue, und er vergaß keinen, der ihm etwas Gutes getan hatte. Er hätte jeden Auftrag ausgeführt, den sein adeliger Freund ihm erteilte. Aber Dr. Nicolai dorthin zurückzujagen, wo er hingehörte, war ihm auch ein persönliches Anliegen, so selbstverständlich, wie es für ihn gewesen wäre, einem Hund, der es sich auf dem Sofa bequem gemacht hatte, einen Fußtritt zu verpassen. Die Welt war einfach so geschaffen, dass es Hohe und Niedere gab, die am besten jeder für sich in ihrem Revier blieben. Wenn Aaron Nicolai meinte, er müsste sich unter Leute mischen, in deren Gesellschaft er von Natur aus nichts zu suchen hatte, dann durfte er sich nicht wundern, wenn man ihm die kalte Schulter zeigte.

Allerdings war Hugo klar, dass er sehr vorsichtig zu Werk gehen musste. Nicolai war kein Dummkopf, und selbst ein Dummkopf hätte bemerkt, dass mit Hugo irgendetwas nicht stimmte – dass er sich anders bewegte, anders sprach, in seinem ganzen Wesen anders *war* als andere Männer. Wenn er nicht aufpasste, würde Nicolai anfangen, *seine* Leichen im Keller auszugraben, und damit wäre er im streng katholischen Bayern ruiniert.

Er fand das Kontor des Agenten in einem nach außen hin respektablen Bürgerhaus am Rande der Innenstadt, das jedoch einige fragwürdige Existenzen beherbergte – was sich schon daran erkennen ließ, dass der Arbeitstag der meisten erst spätabends begann. Auch der Agent, der den passenden Namen Winckelmann trug, wickelte seine wirklich einträglichen Geschäfte erst zu einer Stunde ab, wenn sein ehrbares Kontor für Arbeitsvermittlung längst geschlossen hatte.

Hugo war ihm nicht unbekannt. Er führte ihn sofort ins gemütliche Hinterzimmer, das von einer Hängelampe mit Perlfransen erhellt wurde, ließ ihn auf dem Sofa Platz nehmen und bot dem durchfrorenen Kunden einen dampfenden Grog zu trinken an. »Was darf es sein, Herr Messerschmitt? Das Übliche? Wir hätten da –«

Hugo unterbrach den kurzbeinigen, fülligen Mann mit dem Kahlkopf mitten im Satz. »Diesmal nicht. Ich brauche einen diskreten Vermittler für ein etwas heikles Geschäft.«

»Würde ›Franz, der Flinke‹ passen?«

»Ja, ich denke schon. Aber hören Sie erst zu, ich sage Ihnen jetzt, was er zu tun hat.« Hugo mied möglichst jeden persönlichen Kontakt mit den Fachleuten, die Winckelmann ihm zur Verfügung stellte. Dass der Agent Einblick in seine Umtriebe hatte, ließ sich nicht vermeiden, aber er hatte keine Lust, in der Münchener Unterwelt als häufiger Auftraggeber bekannt zu sein.

Nachdem er dem Mann wort- und detailreich erklärt hatte, was er vom Flinken Franz erwartete, hatte er noch ein weiteres Anliegen. »Ich brauche noch jemand. Eine Frau. Je schöner und schamloser, desto besser.«

Winckelmanns Augenbrauen zuckten. Er nahm sich seinem langjährigen Klienten gegenüber die Frivolität heraus, zu bemerken: »So kenne ich Sie ja gar nicht, Herr Messerschmitt.«

»Unsinn! Nicht für mich. Sie soll einem Kerl Pfeffer in den Arsch streuen, den ich gerne kompromittiert sehen möchte. Sparen Sie nicht am Honorar, ich will das Beste vom Besten. Und ich will möglichst bald Resultate sehen. Je übler der Skandal, desto höher der Lohn. Sagen Sie das der Dame.«

Der Agent, der sich während dieser Rede Notizen gemacht

hatte, nickte. »Olga. Eine Ungarin. Hat den Teufel im Leib. Die beißt den Männern den Kopf ab und schluckt ihn runter, ohne zu kauen.«

»Gut. Fräulein Olga soll sich um diesen Mann kümmern.« Er schrieb Aaron Nicolais Adresse auf einen Zettel und schob ihn dem Kahlkopf zu. »Und nicht vergessen: Je mehr der Dreck stinkt, desto besser wird honoriert.«

Er nahm einen Schluck vom Grog und zündete eine seiner neumodischen Zigaretten an. Während er den Rauchkringeln nachsah, fragte er: »Wie ist das nun eigentlich, Herr Winckelmann ... einmal angenommen, ich brauchte jemand für eine gröbere Aktion, könnte ich mich da an Sie wenden?«

Der Agent kniff die Augen zu schmalen Schlitzen zusammen. »Prügel?«, fragte er mit gedämpfter Stimme.

»Mehr als das.«

»Blut?!«

Hugo nickte. »Ist noch nicht spruchreif, aber falls nötig, werden Sie mir doch sicher behilflich sein können?«

»Zu einem Preis, der dem Risiko entspricht, ja.«

Hugo lächelte. »Der Preis ist kein Problem.« Er stand auf und legte ein steifes Kuvert auf den Tisch. »Das ist die Anzahlung für Ihre Leute. Den Rest gibt es nach Erledigung des Auftrags. Gute Nacht, Herr Winckelmann.«

Er verließ mit einem freundlichen Nicken das Kontor und stieg die Wendeltreppe hinunter. Seinen Pelzmantel eng um sich ziehend, stapfte er durch den tief verschneiten, nur von einer einzelnen Gaslampe rötlich erhellten Hof, in dem der Sturm heulte wie ein gefangenes Tier. So, dachte er zufrieden. Fürs Erste hatte er einmal alles geregelt. Vielleicht würden schon die ersten Maßnahmen greifen. Die Moisches waren doch alle geldgierig und geil, da hatte er den richtigen Köder in die Falle gelegt. Wenn es wider Erwarten nichts werden sollte, musste er eben andere Saiten aufziehen.

Hugo – selbst ein Sohn alteingesessener bayrischer Gutsherren – teilte Rudolfs Verdruss über den Eindringling in die gute

Gesellschaft, aber er hielt nichts von dessen altväterlicher Ritterlichkeit. Sein eigenes Credo lautete: *Wenn du einen Feind hast, dann vernichte ihn, mit welchen Mitteln auch immer!*

6

Henny, die noch nie bis lang nach Mitternacht aufgeblieben war, fühlte sich wie beschwipst, als sie endlich ins Palais Dalbeck zurückgekehrt war und sich in ihrem behaglichen Schlafzimmer von Theresa auskleiden ließ. Nach der eisigen Kutschfahrt genoss sie die Wärme des Feuers, dessen Schein sich auf den rosenroten Seidentapeten spiegelte, und den Anblick des aufgeschlagenen Bettes, in das eine fürsorgliche Magd bereits eine Wärmeflasche gelegt hatte. Sie war todmüde, spürte aber, dass sie nicht würde einschlafen können. In ihrem Kopf drehte sich alles, und eine leichte Übelkeit machte sich in ihrem Magen breit. *Zu viel gegessen, zu viel getrunken,* dachte sie, und das zu einer Zeit, in der ihr Körper zu ruhen gewohnt war. Und natürlich die Aufregungen, die sie in dieser langen Nacht wie Fieber durchgeschüttelt hatten.

Sie achtete nicht weiter auf Theresas Geschwätz, die ihre eigenen amourösen Erlebnisse im Ballsaal zum Besten gab, sondern hing ihren Gedanken nach. Sie wusste jetzt, warum sie so übellaunig war. Da war sie mit dem heutigen Tag aus der Welt der Kindheit in die Welt der Erwachsenen getreten – und ahnte bereits, dass diese Welt ihr auch nicht mehr zu bieten hatte als das Kinderzimmer. Der Ball, der sie anfangs so begeistert hatte, erschien ihr nun als ein Spiegelbild des Lebens, das sie als Erwachsene führen würde. Vergnüglich. Luxuriös. In guter Gesellschaft. Und zerfressen von einer nagenden inneren Leere. Auch wenn sie Rudolf heiratete, würde sich nicht viel daran ändern. Sie würde im Salon sitzen, Teekränzchen ausrichten, sticken, lesen, ein wenig malen, mit Fräulein Auguste französische und englische Konversation üben und im Englischen Garten ausreiten … ein Leben lang. Sie würde sich zu Tode langweilen, und schlimmer noch: Ihr Hunger nach Wissen, nach Erfahrungen, nach Dingen, die des Nachdenkens wert waren, würde für immer ungestillt bleiben, denn Rudolf dachte ganz gewiss nicht daran, sie an seiner Bildung teilhaben zu lassen. Er behandelte sie, als sei sie nicht einfach nur ungebildet, sondern von Geburt an schwachsinnig, so dass es ohnehin vergebliche Liebesmühe war, ihr irgendetwas erklären zu wollen.

Henny ärgerte sich, als sie an das fruchtlose Gespräch zurückdachte. Warum kam er nie von selbst auf den Gedanken, ihr zu erklären, wovon er sprach? Er wusste, dass sie eine im Vergleich zu ihm rudimentäre Ausbildung erhalten hatte, er wusste aber auch, dass sie eifrig bemüht war, sich über das von ihren Gouvernanten vermittelte Maß hinaus zu bilden. Hätte er kurz und übersichtlich zusammengefasst, worum es bei dem wissenschaftlichen Streit ging, so hätte sie ihn verstanden. Aber er legte ja gar keinen Wert darauf, dass sie dem Gespräch folgen konnte. Er redete nur so drauflos, weil ihm gerade danach war, und hätte die Geschichte genauso gut einem Chinesen erzählen können.

Dann schweiften ihre Gedanken ab zu Dr. Nicolai. Je länger sie an ihn dachte, desto faszinierender erschien er ihr. Es war mit ihm wie mit dem Duft eines teuren Parfüms: Tupfte man es auf die Haut, so entfaltete sich nur allmählich und zögernd das betörende Bouquet. Wie geheimnisvoll fremdartig sein Gesicht mit den klaren, männlichen Zügen war! Die Elfenbeinblässe der Haut, das glatte, pechschwarze Haar, die dunklen, glänzenden Augen unter langen Wimpern machten ihn zu einem Fremdling unter all den jungen Bayern rundum, von denen die meisten, blond und rosig, wie das blühende Leben selbst aussahen. Um ihn war etwas Orientalisches, etwas Süßes und Verführerisches und zugleich etwas Bedrohliches, das sie ungemein anzog.

Sie hörte Theresa, die mit den Häkchen ihres Ballkleides beschäftigt war, hinter ihrem Rücken plappern: »Ach, Fräulein Henriette, haben Sie die Blicke der Männer gesehen? Ich wette, der Herr von Lauderbach war sehr eifersüchtig an diesem Abend! Alle haben Sie angesehen, als wollten sie Sie fressen!«

»Allesamt Wölfe«, bemerkte Cousine Auguste, die auf einem samtbezogenen Hocker nahe am Feuer kauerte und darauf wartete, dass Theresa nach dem Auskleiden der Dame des Hauses auch ihr zur Verfügung stand. »Ich hoffe, es ist dir keiner zu nahe getreten, liebe Henny?«

Henriette, die mit dem Rücken zu ihr stand, verzog das Gesicht. Die alte Jungfer würde keine Ruhe geben, ehe sie sie nicht über jede einzelne Minute der Ballnacht aufs Genaueste ausgefragt hatte, aber sie konnte lange warten, ehe Henriette ihr etwas über Dr. Nicolai erzählte. Cousine Auguste war ihre ständige Begleiterin, denn die gute Sitte verlangte, dass ein junges Mädchen niemals allein anzutreffen sein durfte. Aber sie war keine Freundin. Es gab so vieles, worüber sie mit ihr nicht sprechen konnte, vor allem nicht über Herzensangelegenheiten.

Für Auguste, die in ihrer Jugend alles Geld und Glück an einen Schurken verloren hatte, der sich dann glücklicherweise erhängt hatte, waren grundsätzlich alle Männer Diebe, Räuber und Mörder. Sie liebte nichts mehr als den ›Pitaval‹ und die Berichte in der ›Illustrierten Zeitung‹, die in grausigen Details die Tücke mörderischer Ehegatten und blutige Eifersuchtstaten enttäuschter Liebhaber schilderten, denn darin fand sie ihren Abscheu bestätigt. Und wenn einmal die Rede aufs Heiraten kam, gab sie unheilvolle Prophezeiungen von sich.

Henny schüttelte sich, als wollte sie Augustes blutrünstige Fantasien loswerden. Viel lieber wollte sie an etwas ganz anderes denken: an die Berührung durch eine schmale, aber kräftige Hand, die sich um ihre Taille legte, sanft und zugleich fordernd, als wollte der zu dieser Hand gehörige Mann sie an sich reißen.

Schlingen und Fallen

1

Das luxuriös ausgestattete Palais Dalbeck lag in einem parkähnlichen Garten am Ufer der Isar. Es war ein ruhiges Haus. Der Senator lebte hier mit seinen erwachsenen Kindern, mit Cousine Auguste und dem Personal, und die Tage vergingen gemächlich, einem festgelegten Rhythmus folgend, der für einen jungen Menschen wenig Aufregendes bereithielt. Henriette langweilte sich häufig, vor allem im Winter, wenn es nicht einmal Picknicks und Kahnfahrten auf der Isar gab. Zwar pflegte Rudolf sie immer wieder einzuladen, sie möchte ihn auf einem Ausritt oder einer Schlittenfahrt begleiten, aber daran fand sie kein Vergnügen. Der Winter war in ihren Augen in erster Linie eine Zeit, in der man Gefahr lief, sich Nase und Ohren abzufrieren, und die – Weihnachten ausgenommen – wenig Erfreuliches bot.

Sie wandte sich an Auguste, die ihr am Frühstückstisch im Blauen Salon gegenübersaß – die beiden Damen hatten die Gewohnheit, für sich allein zu frühstücken, da sie später aufstanden als der Senator und Gustav – und darauf wartete, dass der Kaffee hinreichend abkühlte, um getrunken zu werden. Das Malteserhündchen der Gesellschafterin lag zusammengerollt in seinem Körbchen vor dem Kaminfeuer und gab behagliche Schnarchgeräusche von sich, erstaunlich laut für ein so kleines Tier.

Henny bemerkte: »Bertha sagt, heute Morgen hätte der Schnee vor der Eingangstüre so hoch gelegen, dass sie kaum darüber hätte hinweggucken können, und die Eiszapfen an der Dachrinne seien so lang wie ihr Arm gewesen. Und wie kalt es ist! Nicht einmal am Kamin wird einem richtig warm. Am liebsten würde ich bei dem Wetter den ganzen Tag im Bett bleiben und lesen.«

Wie gewöhnlich hörte Auguste ihr nicht zu, sondern raschelte mit der Zeitung und verkündete: »Hör mal, was hier steht!« Und mit bebender Stimme verlas sie einen Kriminalbericht über den Giftmord einer Berliner Metzgersfrau an ihrem Gatten. Sie, die sich nachts nicht einmal vor die Türe wagte, um die Katze hinauszulassen, genoss die schauerlichen Einzelheiten einer solchen Untat wie Delikatessen. »Hör dir das an, Henny …«

Henny antwortete kurz angebunden: »Siehst du, es gibt eben auch Frauen, die ihre Männer kaltblütig meucheln.«

»Sicher hat der Metzger die Unglückliche so grausam behandelt, dass ihr gar nichts anderes übrig geblieben ist«, erklärte Auguste, die sich ihre schlechte Meinung von den Männern auch von blutdürstigen Ehefrauen nicht nehmen ließ. Scheinbar zusammenhanglos – aber Henny erkannte den Zusammenhang sehr wohl – fügte sie hinzu: »Ich war gestern äußerst besorgt deinetwegen. Alle diese jungen Männer, die sich um dich herumgedrängt haben wie Wölfe um ein Lamm. Ich bitte dich, sei nur vorsichtig! Man kann nie wissen, was sie vorhaben.«

Henny blickte gereizt auf. »Was sollen sie schon vorhaben: Sie wollen sich bei mir einschmeicheln, um an meine Mitgift zu kommen.«

Einen Augenblick lang war Auguste schockiert über diese unverblümte Äußerung, aber dann nickte sie zufrieden. »Wie recht du hast! Alle sind sie nur hinter dem Geld her. Und so skrupellos! Wenn ich da nur an das arme Fräulein Colberg denke! Sie soll sich ja mit einem ganz üblen Menschen eingelassen haben, einem jüdischen Arzt, von dem es heißt …« Sie dämpfte die Stimme zu einem verschwörerischen Flüstern. »Es heißt, er hätte die ärztliche Approbation verloren, weil er Frauen Mittel gegeben hat, die eine Schwangerschaft beenden. Ein Engelmacher, stell dir das vor! Wahrscheinlich hat er sie verführt, so dass sie ihn jetzt heiraten muss, bevor der Skandal herauskommt. Ich sage immer …«

Sie kam nicht dazu, zu wiederholen, was sie schon immer gesagt hatte, weil Henny mit einer brüsken Bewegung aufstand und dem Frühstückstisch den Rücken kehrte. Eine Hand auf den Fensterrahmen gestützt, stand die junge Frau da und starrte durch den zarten Spitzenschleier des Vorhangs hinaus in einen kristallklaren Wintertag. Ganz München lag unter einer kniehohen, puderigen Schicht von Neuschnee. Im Garten der Dalbecks verschwand das dunkle Grün der Taxushecken völlig unter der Schneelast.

Ohne sich umzudrehen, sagte sie: »Der mit dem Verlust der Approbation war ein anderer, liebe Cousine, und ich würde dir raten, vorsichtig zu sein mit dem, was du sagst. Das ist doch alles nur bösartiges Geschwätz.«

»Wo Rauch ist, ist auch Feuer!«, verkündete Auguste, die sich viel auf ihre Lebensweisheit zugutehielt.

»Dr. Nicolai ist ein sehr angesehener Mann und der engste Mitarbeiter von Professor Pettenkofer!«

Auguste schien nicht sonderlich beeindruckt. »Pettenkofer? Dieser schmutzige Bursche, der sich mit Abtritten und Abwasserkanälen beschäftigt? Wirklich, Henny – er mag ja berühmt sein, aber ich möchte nicht mit ihm an einem Tisch essen!«

»Dann wirst du demnächst besser mal in der Küche essen, denn ich werde Papa bitten, ihn einzuladen.«

Sie hatte ihren Entschluss gefasst. Das Risiko, abgewiesen zu werden, musste sie eben eingehen, aber sie rechnete sich gute Chancen aus. Sie war nicht so schön wie die blondlockige Clara, aber sie hatte deutlich mehr Verstand – und viel mehr Geld. Henny machte sich keine Illusionen darüber, dass dieses letzte Argument wohl den Ausschlag geben würde. Es war nun einmal eine traurige und schändliche Tatsache: Dr. Aaron Nicolai war bereit, sich für Geld, Gut und Ansehen an eine Frau zu verkaufen, die er nicht liebte. Da sie aber bereits sehr verliebt war, verteidigte sie den Geliebten im Herzen: Man konnte einen Wissenschaftler von Rang nicht mit einem der faulen und verderbten Jünglinge vergleichen, die sich geldgierig an reiche Erbinnen heranpirschten. Nicolai arbeitete hart und leistete viel, das hatten sogar Gustav und Rudolf ihm zugestanden, die sich sicher nicht zu seinen Anwälten machten. Konnte man es ihm verübeln, wenn er den Wunsch hegte, sich aus den Fängen der Armut zu befreien? Nein. Sie hatte Verständnis für ihn. Sie war auf seiner Seite. Sie musste nur einen geeigneten Weg finden, ihn das wissen zu lassen. Und mit weiblicher List hatte sie bereits einen Weg gefunden: Der Senator würde sich leicht dazu bewegen lassen, den berühmten Professor einzuladen, und ganz nebenbei konnte man es arrangieren, dass auch der Assistent eingeladen wurde.

Auguste runzelte die Stirn: »Warum in aller Welt willst du Pettenkofer einladen? Hast du etwa – Henriette! Man sagt, er sei ein schöner Mann!«

»Ach, lass mich in Ruhe! Du kannst wohl an nichts anderes denken als an Männer!« Henny warf ihre zusammengeknüllte Stoffserviette auf den Frühstückstisch und rauschte aus dem Salon. Sie ärgerte sich immer, wenn Auguste – die um ein Beträchtliches älter war als sie – ihr gegenüber die lebenserfahrene Lehrerin hervorkehrte. Als hätte sie jemals mehr gelernt und erfahren, als sich den Seiten der ›Neuen Illustrierten Zeitung‹ entnehmen ließ!

Wenn das langweilige Leben im Hause Dalbeck Henriette zu sehr verdross, suchte sie meistens Zuflucht in der Bibliothek, und zwar beim untersten Regal, in dem schwer und behäbig das schon etwas betagte ›Damen Conversations Lexikon‹ aus dem Jahr 1834 und daneben die ersten Bände von Joseph Meyers hochmodernem ›Großem Conversations-Lexicon für die gebildeten Stände‹ standen. Dort schlug sie dann alles nach, was sie gehört oder gelesen und nicht verstanden hatte, und trug es mit sorgfältiger Handschrift in ihr Tagebuch ein. Sie wusste, dass ihr Vater diese Art der Wissensgewinnung nicht billigte, schließlich standen in dem Lexikon ja auch Dinge, von denen ein behütetes Mädchen nichts hören und sehen sollte. Aber da der Senator keinen Streit mit seinem Liebling wollte, tat er so, als wüsste er nichts von Hennys Ausflügen in die Welt des Allgemeinwissens.

Sie zog einen der schweren Wälzer heraus, legte Tagebuch und Bleistift bereit und begann das Wort nachzuschlagen, das sie von allen am meisten interessierte.

»Als Sephardim bezeichnen sich die Juden und ihre Nachfahren, die bis zu ihrer Vertreibung 1492 in Spanien und Portugal lebten und sich nach ihrer Auswanderung im östlichen Mittelmeerraum und in Nordafrika, aber auch in Nordeuropa ansiedelten. Ihre Kultur basierte weiterhin auf der iberischen Kultur. Darin unterscheiden sich Sephardim von den kulturell deutsch geprägten Aschkenasim aus Mittel- und Osteuropa.«

Spanische oder portugiesische Vorfahren hatte Dr. Nicolai also – wie romantisch das klang! Von denen hatte er wohl die betörenden Augen, die musikalische Stimme und die strengen, vornehmen Züge. Man konnte sich gut vorstellen, dass König Salomo so ausgesehen hatte, schön und überaus klug zugleich … Kein Wunder, dass die Königin von Saba die lange Reise aus Äthiopien auf sich genommen hatte, um seine Bekanntschaft zu machen und von seiner Weisheit zu lernen. Henny seufzte. Wie gern wäre sie die dunkelhäutige Königin gewesen, die an der Seite des weisesten aller Männer sitzen und ihn alles fragen durfte, was ihr Herz begehrte.

Sie wusste genau, was die Männer in ihrer Umgebung dachten: Frauen hatten ein Gehirn wie eine Nuss, es brauchte nicht viel, es zu füllen. Mann und Kinder, ein paar gesellschaftliche Pflichten, ein wenig Vergnügen, und die Nuss war voll. Sogar ihr Vater, der sie von Herzen liebte, hatte wenig Verständnis für sie. Er fand, dass er ihr mehr als genug Bildung hatte zukommen lassen, als er sie in Fräulein Schwerings Institut schickte. Was wollte sie denn noch mehr? Auch Rudolf dachte so. Und Dr. Aaron Nicolai? Der hatte sie angesehen, als sei sie kein Mensch, sondern eine stehengebliebene Uhr, die er rasch und geschickt wieder in Gang gesetzt hatte.

Aber sie würde es ihnen zeigen, sie würde es ihnen allen zeigen! Vor Erbitterung ballte sie die zarten Hände zu Fäusten. Sie würde niemals nachlassen, alles, was sie nicht verstand, im Lexikon nachzuschlagen, bis sie eines Tages genauso viel wissen würde wie die Männer.

Dann warf sie einen Blick auf ihre Liste der unverstandenen Wörter und blätterte weiter zum nächsten Eintrag. *Mikroben. Prophylaxe. Vitalismus. Infektion.* All die Wörter, die Rudolf gebraucht hatte, ohne ihr zu erklären, was sie bedeuteten.

Sie fand die meisten der rätselhaften Begriffe, aber obwohl sie im Lexikon las, bis ihr die Augen tränten, verstand sie nicht, wovon in Rudolfs ärgerlicher Tirade die Rede gewesen war. Sie hatte nun zahlreiche Bausteine vor sich liegen, die sich jedoch nicht zu einem Gebäude fügen wollten. Sie hätte jemand gebraucht, der ihr den Zusammenhang erklärte, aber wer sollte das sein? Die Männer in ihrem Umfeld hielten es für unnötig, ja schädlich, dass sie Bescheid wusste, und die Frauen hatten selbst keine Ahnung – und wollten auch gar keine Ahnung haben.

Gab es unter Hennys weiblichen Bekannten auch nur eine einzige, die wissen wollte, was Mikroben waren?

Kein Wunder, dass die Männer die Frauen für dumm hielten. Die meisten von ihnen waren es tatsächlich.

Mit einem Seufzer schlug Henny das Lexikon schließlich zu und stellte es ordentlich ins Regal zurück. Sie fühlte sich in ihrer Unwissenheit wie in einem finsteren Kerker, in dem auch Meyers Konversationslexikon nur schwaches Licht spendete, und dieses Eingeschlossensein versetzte sie in Rage.

Das Schlimme dabei war, dass die Männer ihr das Wissen nicht aus Bosheit vorenthielten, sondern weil sie ehrlich überzeugt waren, dass es Frauen nicht guttat, zu viel zu wissen – als könnte man sich an zu viel Bildung den Magen verderben wie an zu viel gebratener Ente!

Und das Allerschlimmste war, dass Dr. Aaron Nicolai ganz gewiss auch so dachte. Es war vielleicht doch besser, ihn Clara zu überlassen. Die hatte nicht das geringste Bedürfnis danach, irgendetwas zu lernen.

Verärgert stand Henny auf und schloss die Türe der Bibliothek hinter sich.

Sie wollte eben in die Küche hinuntersteigen, um von Frau Gödel zu erfahren, was es zum Mittagessen geben sollte, als das Dienstmädchen ihr entgegenkam. Bertha war eine kurzbeinige, pummelige, rosige Person, deren Augen ständig vor Aufregung glänzten, als sei noch die unbedeutendste Kleinigkeit im Haus eine Schlagzeile wert. Ständig musste man sie ermahnen, ihr Häubchen gerade aufzusetzen und ihr blondes Haar davor zu bewahren, dass es sich trotz Dutzender Haarnadeln dem Knoten entzog, zu dem es auf dem Hinterkopf zusammengedreht war.

Jetzt rief sie im Ton einer Jubelfanfare: »Oh, Fräulein Henriette, da ist ein Brief für Sie! Ich habe ihn zu der anderen Post auf den Tisch in der Halle gelegt. Soll ich ihn bringen?«

»Nein, schon gut, Bertha. Ich gehe ohnehin hinunter.«

In der dämmrigen Halle, die nur von einer kunstvoll geschmiedeten, aber wenig leistungsfähigen Ampel erhellt wurde, schimmerten die Briefe auf dem Tischchen weiß wie Blütenblätter. Die meiste Post bekam naturgemäß der Senator. Gustav war vorsichtig genug, sich seine Post nicht nach Hause schicken zu lassen. Henny korrespondierte nur wenig, zumeist mit Schulfreundinnen aus Fräulein Schwerings Institut. Als sie den an sie adressierten Briefumschlag umdrehte und sah, dass er keinen Absender trug, war sie überzeugt, dass er von Louise stammte, einer schusseligen jungen Frau, die schon in der Schule immer die Hälfte vergessen hatte.

Aber als sie ihn dann öffnete, erkannte sie ihren Irrtum. In gestochener Blockschrift verfasst, lautete die Nachricht:

> »Liebes Fräulein, seien Sie gewarnt! Es hat eine gewisse männliche Person, Namen möchte ich nicht nennen, da ich sonst befürchte, vielleicht plötzlich verdächtig zu erkranken und zu sterben, wenn ich mir diesen Feind mache, sich sehr ausführlich nach Ihnen erkundigt und die Leute ausgehorcht, wer Sie sind. Seien Sie nur vorsichtig, denn der Mensch ist auf Ihr Geld aus! Es warnt Sie ein treuer Freund.«

Henny las, und ein Stich fuhr ihr durchs Herz – aber nicht etwa, weil die Warnung sie beunruhigt hätte, sondern weil sie daraus erfuhr, dass Aaron Nicolai sich *sehr ausführlich nach ihr erkundigt* hatte. Das hieß doch, dass er an ihr interessiert war! Nun, warum nicht? Sie kannte ihren Wert, und er kannte ihn offenbar auch. Er war ein kluger Kopf, er hatte sofort erfasst, dass sie ein weitaus lohnenderes Ziel für seine Werbung war als Clara Colberg!

Mit klopfendem Herzen huschte sie die halbdunkle Treppe hinauf, den anonymen Brief fest an die Brust gepresst.

2

Betrat man das Café Manila nahe der Universität, so erschien es als eine aus vielen dämmrigen Gewölben bestehende Höhle, in die von oben die Stalaktiten der Pendellampen mit ihren Schirmen aus Glasstäbchen hereinhingen. Braune Damastportieren, überreichlich mit Troddeln und Quasten geschmückt, trennten die einzelnen Räume voneinander. Überheizt, dumpf und bis in die hinterste Ecke von Tabakrauchschwaden gebeizt, galt das Manila seinen Stammgästen als der Inbegriff der Gemütlichkeit. Es war das typische Café der Professoren, Studenten, Künstler und gelangweilten Nichtstuer.

In einem der hinteren Räume, durch die samtgepolsterte Nische vor neugierigen Augen und Ohren geschützt, saßen Dr. Aaron Nicolai und Gustav Dalbeck einander gegenüber. Nicolai wirkte völlig entspannt, während er in kleinen Schlucken seinen brühheißen türkischen Kaffee trank. Er lächelte sein Gegenüber an – ein ganz anderes Lächeln als das, mit dem er Henny so bezaubert hatte.

»Dalbeck«, sagte er mit weicher, einschmeichelnder Stimme. »Ich verlange doch nicht, dass Sie es umsonst für mich tun. So befreundet sind wir ja nicht. Sagen wir, Sie tun es im Austausch für meine Diskretion, was Ihre ... Privatangelegenheiten betrifft.«

Gustav schluckte. Er spürte, wie ein kalter Schauder seinen schwitzenden Rücken entlanglief. »Das ist Erpressung«, zischte er. Eine Welle von Widerwillen hob ihm den Magen. Es war nicht nur die Drohung, die ihm Nicolai sofort verhasst machte. Er verabscheute die Moisches als solche und sah diesen Abscheu als etwas ganz Natürliches an – in etwa wie das angeborene Grausen, das einen vor Spinnen und Schlangen zurückschrecken lässt. Und am meisten verabscheute er jene, die sich einbildeten, mit einer Schöpfkelle voll Taufwasser den ihnen anhaftenden Geruch muffiger Lumpen abwaschen zu können. Wie lächerlich das Ganze war – als wollte sich ein Neger einbilden, dass er weiß wurde, wenn man ihm ein wenig geweihtes Wasser über den Kopf goss! In seinen Augen hatte Dr. Nicolai damit seinen sonstigen Lastern auch noch das der Heuchelei hinzugefügt.

Der junge Arzt lachte. »Erpressung? Unsinn! Ich schlage Ihnen ein Tauschgeschäft vor, bei dem wir beide gewinnen. Und waren es nicht Ihre Jesuiten, die den Satz prägten: ›Der Zweck heiligt die Mittel‹?«

»Welcher Zweck?«, keuchte Gustav mit rotem Gesicht. »Dafür, dass Sie über gewisse Peinlichkeiten den Mund halten, soll ich Ihnen meine Schwester verkaufen?«

Nicolai wehrte mit erhobenen Händen ab. »Jetzt werden Sie doch nicht melodramatisch, mein Lieber. Ich erwarte nichts weiter von Ihnen, als dass Sie mir Gelegenheit geben, im Hause Dalbeck eingeführt zu werden und Fräulein Henriette in aller Ehrbarkeit kennen zu lernen.«

»Interessieren Sie sich für Henny oder für ihre Mitgift?«, fragte Gustav, der vor Wut beinahe erstickte. Er wusste, er hätte aufstehen und sein Gegenüber zum Teufel wünschen sollen, aber er hatte nicht den Mut dazu. Das Lächeln sagte ihm, dass Nicolai ein gefährlicher Gegner war, und Gustav war nicht sonderlich mutig. Er hatte keine Lust, von seinem Vater für gewisse … Privatangelegenheiten zur Rechenschaft gezogen zu werden, wenn der Arzt seine Drohung wahr machte.

Nicolai verdrehte angewidert die Augen. »Das ist wieder die alberne Frage: ›Würdest du mich auch lieben, wenn ich arm, dumm und hässlich wäre?‹ Natürlich spielt es eine Rolle, dass Ihre Schwester eines der reichsten Mädchen von München ist. Umgekehrt wird es gewiss auch für Fräulein Henriette von Bedeutung sein, dass ich kein Hausknecht bin, sondern in einigen Jahren einer der führenden Wissenschaftler in Bayern sein werde. Im Übrigen liebe ich sie.«

»So, wie Sie Fräulein Clara Colberg geliebt haben?«, fragte Gustav sarkastisch. »Wie gedenken Sie überhaupt das unerhebliche Problem zu lösen, dass Sie mit einer anderen jungen Dame verlobt sind?«

»Ich bin keineswegs mit ihr verlobt. Ich bin ein Bewerber, der immer noch zurücktreten kann – zugunsten anderer junger Männer, die ein Auge auf das Colbert'sche Vermögen geworfen haben. Seien Sie versichert, Clara wird nicht lange um mich trauern. Sie ist viel zu dumm, um meinen Wert zu erkennen.«

Niedergeschmettert von so viel Selbstbewusstsein, stieß Gustav hervor: »Der alte Colberg wird Sie erwürgen, wenn Sie ihm im letzten Augenblick eine lange Nase drehen, und ich kann nicht sagen, dass es mir leidtun würde.«

Aaron Nicolais leises, samtiges Lachen erfüllte die Nische. »Das kann ich mir vorstellen. Aber bleibt es nun bei unserem Geschäft? Ja? Ich kann Ihnen versichern, Sie werden es nicht bereuen. Und Fräulein Henriette auch nicht. Jetzt passen Sie gut auf.« Er beugte sich vor und strich mit dem Zeigefinger über die braun marmorierte Tischplatte, als wollte er eine Skizze seines Planes aufzeichnen. »Professor Pettenkofer hat die Gewohnheit, jeden Samstag die Alte Pinakothek aufzusuchen, um sich vor den alten Gemälden zu entspannen. Sorgen Sie dafür, dass Sie mit Ihrer Schwester ebenfalls dort auftauchen. Dann verwickeln Sie den Professor in ein Gespräch über seine Pläne für das Münchener Gesundheitswesen und lassen ihn wissen, dass auch Senator Heinrich Dalbeck daran interessiert ist. Sie laden ihn zur nächstbesten Gelegenheit ein – ihn und natürlich auch mich. Danach sollte alles von selbst laufen.«

»Sie scheinheiliger Schuft.« Gustav glaubte in der Gegenwart des Mannes zu ersticken. »Wie kommen Sie eigentlich auf die Idee, dass Henny irgendetwas mit Ihnen zu tun haben will? Sie hat einen ernsthaften Bewerber, den Freiherrn von Lauderbach-Sillern, der Ihnen ja ein Begriff sein dürfte. Warum sollte sie sich mit Ihnen abgeben?«

Nicolai atmete tief durch und schloss einen Moment lang die Augen. Dann blickte er Gustav an und flüsterte lächelnd: »Weil ich es will.«

3

Das heftige Schneetreiben hatte aufgehört, aber es war bitterkalt und der Himmel bedeckt von grauen Wolken, die aussahen wie eine dicht gedrängte Horde dickbäuchiger, dämonischer Schafe. Jeder Stiefelschritt knirschte laut auf dem festgetretenen Schnee. Aaron Nicolai fror jämmerlich, nachdem er aus dem überheizten Kaffeehaus in den frostigen Tag hinausgetreten war. Er hätte einen wärmeren Wintermantel gebraucht, aber er musste sich entscheiden, ob er hungern oder frieren wollte, und da hatte er sich für das Frieren entschieden. Die Hände tief in den Taschen vergraben, die Schultern hochgezogen, stapfte er zu seiner Wohnung und wärmte sich an dem Gedanken, dass es ihm gelingen würde, Henriette Dalbeck zu der Seinen zu machen.

Wie viele andere Ungläubige auch hatte Aaron Nicolai sich eine eigene Religion geschaffen, von der er bedingungslos überzeugt war. Er glaubte fest daran, dass manche Dinge vorherbestimmt waren. Er war erst sechs Jahre alt gewesen, als er erkannt hatte, dass er Arzt werden und sich der Erforschung der Seuchen zuwenden musste, mit einer solchen Sicherheit, dass er von da an nie wieder Zweifel an seiner Berufung gehegt hatte. Dass sein Vater im Seuchenjahr 1932 in Paris an der Cholera gestorben war und er selbst, verwaist, allein und fremd im Land, die schrecklichsten Wochen seines Lebens in der vom Massensterben verwüsteten Stadt verbracht hatte, das war Schicksal gewesen. Die Hand des Allmächtigen. Jetzt war er ebenso sicher, dass Henny Dalbeck seine Frau werden würde. Er meinte ins Paradies zu blicken, wenn er an ihren Reichtum dachte. Allerdings gab es keine Rose ohne Dornen, und diese Rose hatte anscheinend eine ganze Menge davon. Von Koenitz hatte ihm erzählt, dass das Mädchen naseweis und eigensinnig sei, sich ihrer Stellung als Tochter eines Handelsherrn sehr bewusst war und romantische Vorstellungen von der Frauenemanzipation hegte.

Er schüttelte unwillkürlich den Kopf, so heftig, dass er schnell nach seinem Zylinder fassen und ihn geraderücken musste, ehe er ihm in den Schnee fiel. Was das nun wieder für eine Mode war! Seine Schwester Wilhelmina hatte auch solche grillenhaften Anwandlungen. Er hatte sie schon oft gefragt, warum Gott wohl Frauen und Männer geschaffen hatte, wenn er nicht gewollt hätte, dass sie unterschiedlich seien? Man richtete ja auch nicht eine Katze für die Jagd ab und schickte den Hund zum Mäusefangen in den Keller. Alles war so, wie es war, gut und richtig, und er verstand einfach nicht, warum sie sich derart darüber erboste. Als hätte sie nicht mit ihrem Frausein glücklich werden können, so schön und klug, wie sie war! Aber nein, dauernd wollte sie etwas anderes, als das Schicksal ihr bestimmt hatte, und nicht nur das, sie quälte ihn beständig damit – strich um ihn herum wie ein lauerndes Tier, wenn er arbeitete, wollte durch sein Mikroskop schauen, schnüffelte in seinen Büchern herum, drangsalierte ihn mit Fragen nach allem und jedem …

Bei der Vorstellung, eine Frau zu heiraten, die sich genauso benahm und den Ärger damit verdoppelte, wurde ihm etwas bang. Aber sooft er zögernd zurückweichen wollte, stach ihm der Glanz des Dalbeck'schen Goldes ins Auge. Er beruhigte sich damit, dass er nach der Hochzeit der Herr im Hause sein würde und seiner Frau kurzerhand verbieten konnte, ihn zu belästigen.

So tief in Gedanken war er versunken, dass er wie ein ertappter Dieb zusammenschreckte, als eine Droschke, die er nicht kommen gehört hatte, neben ihm hielt und eine weibliche Stimme ihn anrief: »Dr. Nicolai, was laufen Sie denn da in der Kälte herum? Steigen Sie doch ein, wir fahren Sie nach Hause!«

Er hob überrascht den Kopf. Eine Zwei-Personen-Kutsche,

von einem feisten, schneeweißen Pony gezogen, hielt neben ihm, und aus dem geöffneten Schlag blickte ein rundes, fröhliches und überaus verführerisches weibliches Gesicht heraus. Es gehörte zu einer in schimmernde Pelze gewickelten jungen Person, deren verlockende Fülle sich selbst unter den warmen Gewändern noch deutlich abzeichnete. Aaron, der eine Schwäche für mollige Frauen hatte, fühlte, wie ihn ein Schauer durchlief. Er konnte nicht anders als daran denken, was sich unter den Pelzen verbarg – ein pralles Bäuchlein, ein üppiger Busen, ein strammes Hinterteil. So ungestüm durchfuhr ihn die Lust, dass er zu zittern begann.

»Ach, Sie bibbern ja wie ein geschorenes Lamm!«, rief die Frau. »Herein mit Ihnen!« Dabei hielt sie einladend den Schlag auf.

Aaron war nahe daran, den verhängnisvollen Schritt zu tun, aber er hatte sich nicht umsonst jahrelang zur Selbstbeherrschung gezwungen. Was immer sein Körper verlangte, sein Verstand kontrollierte sein Tun. Und er hatte ein ausgeprägtes Gespür für Fallen und Intrigen. Blitzschnell schoss ihm durch den Kopf, was diese junge Frau wohl bewogen haben mochte, ihn einzuladen, obwohl er sie gar nicht kannte. Vermutlich war sie eine der überspannten Personen, die sich gelegentlich in ihn verliebten und ihn bedrängten, überzeugt, umso eher erhört zu werden, je lästiger sie ihm fielen. Wenn er jetzt einstieg, würde sie das als Zeichen ansehen, dass sie ihn auch weiterhin verfolgen durfte, und das wollte er vermeiden.

Also zog er höflich den Zylinder und antwortete: »Sehr freundlich, gnädige Frau, aber ich habe zu lange im verrauchten Kaffeehaus gesessen, ich muss mich ein wenig auslüften.«

»Ach, Unsinn! Ich sehe doch, wie Sie frieren.« Sie lächelte ihn verführerisch an, aber der entscheidende Augenblick war vergangen, er merkte jetzt deutlich, wie sie ihre Reize aufdringlich ins hellste Licht rückte, und das steigerte sein Misstrauen.

Mit einem höflichen, aber sehr entschiedenen »Nein, danke!« wandte er sich ab und schritt eilig davon, die Versucherin hinter sich lassend, wie der ägyptische Joseph das Gemach der Frau Potiphar verlassen hatte. Allerdings war es nicht seine Keuschheit, die ihn entweichen ließ, sondern seine Vorsicht. Jetzt, wo alles auf dem Spiel stand, durfte er sich nicht den geringsten Fehler leisten. Lieber sollten ihm Finger und Zehen erfrieren, als dass man ihn in der Kutsche einer fremden Frau sah. Und je länger er über den Zwischenfall nachdachte, desto stärker wurde sein Verdacht, dass es sich bei der pelzigen Dame nicht um eine der üblichen Verehrerinnen gut aussehender Ärzte gehandelt hatte. Das waren meistens blutjunge Patientinnen. Diese Frau aber hatte reif, selbstbewusst und auf eine Weise verführerisch gewirkt, die man nur durch lange Übung erwarb. Plötzlich kam ihm der Gedanke, dass sie nicht aus eigenem Entschluss versucht hatte, mit ihm Kontakt aufzunehmen, sondern von einem Dritten beauftragt worden war – jemandem, der ein Interesse daran hatte, ihn zu kompromittieren. Vielleicht, so dachte er, war er gerade noch einer Falle entkommen, die Rudolf von Lauderbach für ihn ausgelegt hatte. Umso besser, dann wusste er jetzt, wovor er sich in Acht nehmen musste.

Er klopfte sich selbst auf die Schulter für seine Geistesgegenwart und stiefelte, noch immer jämmerlich frierend, zu seiner Wohnung.

4

Am Sonntag nach dem Ball schritt Henny zur Tat, kaum dass sie vom Kirchgang heimgekehrt war. Ihr Herz klopfte, denn vom Kirchengestühl der Dalbecks oben auf der Empore aus hatte sie unter der Menge der Kirchenbesucher Dr. Aaron Nicolai entdeckt. Umgeben von den herausgeputzten Colbergs, hatte er aufrecht und aufmerksam in seiner Bank gesessen, den Blick fest auf den Priester gerichtet, so dass sie sich fragte, ob er den Zeremonien in ernstem Glauben folgte oder nur zu wohlerzogen war, um in der Kirche zu dösen.

Der Anblick des Geliebten inmitten der selbstzufriedenen, ihrer Beute sicheren Colbergs gab Henny den letzten Anstoß zum Handeln. Sie durfte jetzt nicht mehr warten, bis es ihr auf dem Umweg über Professor Pettenkofer gelingen würde, an ihn heranzukommen. Jeden Tag konnte es zu spät, die Verlobung mit Clara verkündet sein. Aber um überhaupt Kontakt mit Nicolai aufzunehmen, brauchte sie die Hilfe eines Mannes. Auf keinen Fall konnte sie es riskieren, ihm zu schreiben – nicht auszudenken, wenn der Brief in die falschen Hände geraten wäre!

Es nützte alles nichts, sie musste sich Gustav anvertrauen, obwohl sie seinen Zynismus fürchtete. Er musste ihr helfen. Falls er nicht wollte, würde sie ihn an eine Gelegenheit erinnern, bei der sie ihm geholfen hatte – mehr noch, bei der sie ihn aus einer entsetzlichen Klemme befreit hatte.

Nach dem Gottesdienst fand sie ihren Bruder in der Bibliothek, wo er bequem in einem Sessel vor dem Feuer lümmelte, rauchte und die Zeitung las.

Sie blieb in der Tür stehen. »Was für eine scheußlich muffige Luft hier drinnen, Mops! Ich muss unbedingt ins Freie. Es ist ein so herrlicher Wintertag. Komm mit! Lass uns in den Englischen Garten fahren.«

Gustav war überrascht, kannte er doch seine Schwester als eine, die den Winter am liebsten hinter dem Ofen verbrachte. Aber er war einverstanden, und wenig später rollte der maulbeerfarben lackierte Landauer der Familie Dalbeck mit halb geöffnetem Verdeck durch die Stadt.

Henny, eingekuschelt in einen langen Fuchsmantel und eine Wolldecke, lehnte sich bequem in die luxuriöse Polsterung zurück und ging in Gedanken noch einmal durch, was sie sagen wollte. Sie wählte eine ganz unschuldige Präambel. »Sag einmal, dieser Professor Pettenkofer, ist der jung oder alt?«

»Jung – für einen so arrivierten Akademiker. Er hat eine Blitzkarriere gemacht. Mit neunundzwanzig Jahren wurde er schon zum Professor für medizinische Chemie ernannt. Jetzt ist er sechsunddreißig.«

»Und warum ist er eigentlich so berühmt?«

Gustav, der – selbst Chemiker – besonders stolz auf den außergewöhnlich begabten Kollegen war, begann seiner aufmerksam lauschenden Schwester mit Vergnügen die Vorzüge dieses berühmten Münchners aufzuzählen. Kaum ein anderer zeitgenössischer Wissenschaftler, berichtete er, hatte bislang so erstaunliche Leistungen auf so vielen verschiedenen Gebieten erbracht. Max von Pettenkofer hatte das Periodensystem der Elemente entdeckt, arbeitete an einer verbesserten Methode zur Zementherstellung und entwickelte neue Metall-Legierungen für Münzen. Er hatte die Kupfer-Amalgam-Zahnfüllung erfunden und ganz nebenbei, gemeinsam mit dem Chemiker Justus von Liebig, auch den gepressten Fleischextrakt: die Suppenwürfel. Es gab fast nichts, womit er, der zum Doktor der Medizin, Chirurgie und Geburtshilfe promoviert war und außerdem eine Approbation als Apotheker besaß, sich nicht beschäftigt hätte, und immer mit Erfolg. An der Universität ging das geflügelte Wort um: »Wenn wir bei irgendeinem Problem nicht mehr weiterwissen, brauchen wir nur den Professor Pettenkofer zu rufen, der weiß bei allen Schwierigkeiten Rat.«

»Und sein Assistent, Dr. Nicolai? Er muss ein außergewöhnlicher Mann sein, dass ein so brillanter Gelehrter ihn zu seinem Assistenten gemacht hat.«

Gustav nickte. »Klug ist er, das muss man ihm lassen. Er hat alle Prüfungen mit Glanz und Gloria bestanden, und obwohl er noch so jung ist, gilt er als einer der besten Toxikologen an der Königlichen Universität München.«

»Was ist ein Toxikologe?«

»Ein Giftmischer«, erwiderte Gustav und lachte. »Nein, mach nicht so ein entsetztes Gesicht! Ein Toxikologe ist ein Arzt, der sich speziell mit der Wirkungsweise von Giften beschäftigt. Deshalb hat Pettenkofer ihn unter seine Mitarbeiter aufgenommen, weil er sehr geschickt darin ist, Bodenproben auf vorhandene Toxine zu untersuchen. Die Gifte sind sein Fachgebiet und seine Leidenschaft. Er ist ein Mensch, der für die Wissenschaft lebt – und zu jeder Schandtat bereit wäre, um weiterhin für sie leben zu können. Jetzt nutzt er Claras Dummheit und die Eitelkeit ihrer Eltern aus, um an ihr Geld zu kommen, und wenn er es einmal hat, wird er es dazu verwenden, sich ein eigenes Forschungslabor einzurichten. Dann braucht er nicht mehr für Pettenkofer Latrinen zu zählen.«

Er lachte laut über den verdutzten Ausdruck auf dem Gesicht seiner Schwester. »Doch, das macht er! Jeden Tag fährt er mit zwei Studenten in die Arbeiterviertel hinaus und notiert, wo sich offene Latrinen befinden – was bei fast jedem Haus der Fall ist – und wie der Boden rundum beschaffen ist. Sie schaufeln Bodenproben in Präparatgläser, und Pettenkofer untersucht sie in seinem chemischen Labor. Er hat da so eine Theorie, dass Seuchen deshalb immer an bestimmten Orten ausbrechen, weil dort der Boden verdorben ist.«

Henny holte tief Luft, dann sagte sie, wobei sie ihrem Bruder die Hand auf den pelzbekleideten Arm legte: »Meinst du nicht, Papa sollte ihn einmal einladen?« Sie hatte den Eindruck, dass sein Arm unter ihren Fingern zuckte, kümmerte sich aber nicht darum. »Alle reden davon, dass er bald so berühmt sein wird wie der Professor selber. Ich finde, wir sollten ihn nicht den albernen Colbergs überlassen.«

»Vor allem nicht Clara Colberg?«, fragte er rundheraus.

Henny verzog das Gesicht zu einem verschwörerischen Lächeln. »Genau, Mops. Vor allem nicht Clara Colberg. Ich bitte dich, das heißt Perlen vor die Säue werfen, einen Wissenschaftler ersten Ranges mit diesem Putzäffchen zu verkuppeln! Es würde ihm in kürzester Zeit leidtun, dass er sie jemals kennen gelernt hat.«

»Es würde ihm aber niemals leidtun, dich kennen gelernt zu haben?«

»Niemals.« Ihr Madonnengesicht nahm den entschiedenen Ausdruck an, der es hart und fast männlich erscheinen ließ.

Gustav schnaubte. »Es wird *dir* leidtun, dass du ihn kennen gelernt hast. Henny, du musst immer daran denken, dass du ein sehr reiches Mädchen bist. Das zieht gewisse gefährliche und zwielichtige Männer an. Ich habe dich gewarnt: Nicolai ist so, wie diese Moisches eben sind – feige, verschlagen, schmeichlerisch, immer bereit, aus allem seinen Vorteil zu ziehen, berechnend und geldgierig.«

Henny presste die Lippen zusammen. Sie fühlte einen schmerzhaften Stich im Herzen, als er so niederträchtige Worte über den Mann, den sie liebte, gebrauchte. In ihrem Zorn entschloss sie sich, alle ihre Karten offen auf den Tisch zu legen. »Mops, was auch immer du von ihm hältst, ich will ihn haben. Du musst mir glauben, wenn ich dir sage: Das ist der Mann, den ich heiraten will.«

»Und Lauderbach?«, erkundigte er sich vorsichtig. »Papa würde ihn gerne als Schwiegersohn sehen, und du hast ihm einigen Anlass gegeben zu glauben, dass du dich für ihn entscheiden wirst.«

Ihr Schulterzucken verriet Gleichgültigkeit. »Ich habe ihm noch nicht mein Jawort gegeben.« Sie rückte vertraulich an ihn heran. »Mops, du musst mir helfen. Du hast doch andauernd in der Universität zu tun. Als Mann hast du keine Schwierigkeiten, mit Dr. Nicolai Kontakt aufzunehmen. Du musst ihm sagen, dass ich ihn liebe und ihn heiraten will. Er muss Bescheid wissen, dass er eine Chance hat, etwas Besseres zu bekommen als Clara.«

»Und dann?«, fragte er zynisch. »Willst du mit ihm durchbrennen?«

»Unsinn!«, zischte sie. Gustav wurde daran erinnert, dass Dr. Nicolai das Wort in ganz dem gleichen Tonfall hervorgestoßen hatte. »Ich bin doch keine Närrin. Ich werde Papa überzeugen. Dr. Nicolai ist eine mindestens ebenso gute Partie wie der Freiherr von Lauderbach-Sillern. Er ist zwar arm, aber genauso intelligent und begabt. Also warum soll ich nicht den heiraten, den ich lieber habe? Was meinst du? Ich spüre, dass wir füreinander bestimmt sind.«

»Du kannst doch keinen Juden heiraten«, murrte er, verzweifelt nach einem neuen Argument suchend.

»Wieso Juden? Er ist katholisch getauft.«

»Eine getaufte Katze ist mehr Christ als er. Du brauchst nur mit dem Fingernagel an ihm zu kratzen, damit der römische Lack abfällt und der Sepharde hervorschaut.«

»Und wenn? So fromm sind wir ja auch nicht, oder? Er ist Katholik genug, dass wir kirchlich heiraten können.«

Sie ärgerte sich, dass Gustav und Rudolf den jungen Mann, der genauso als Kind getauft worden war wie sie selber, als »Moische« bezeichneten. In ihren Augen würde er niemals ein Christ sein, sondern immer nur ein getaufter Jude. Es mochte ja sein, dass er nicht viel auf die Kirche gab, aber Henriette kannte kaum einen Mann – und obendrein einen Wissenschaftler –, der ein begeisterter Kirchgänger gewesen wäre. Und niemand machte man daraus einen Vorwurf, außer Dr. Aaron Nicolai.

Aber sie durfte jetzt nicht mit Gustav streiten, wichtiger als ihr Groll war es, ihn auf ihre Seite zu ziehen. Ihre zarten Finger drückten Hilfe heischend, aber auch mit leicht bedrohlichem Nachdruck seinen Arm. »Mops. Ich habe dir doch auch geholfen – damals, als du deine schlimmen Schwierigkeiten hattest, du weißt schon. Da habe ich zu dir gehalten und geschwiegen, obwohl Papa mich so streng ins Gebet genommen hat. Das hast du doch nicht vergessen, oder?«

Gustav verzog das Gesicht. »Verflixte Erpresser! Lasst mich bloß in Ruhe, alle beide!«, stieß er hervor.

Daraufhin stürzte Henny sich förmlich auf ihn. »Was heißt hier: ›Alle beide‹? Hat Aaron etwa mit dir gesprochen?«

Gustav, der seine unbedachten Worte verfluchte, bemühte sich rasch, sie zu beschwichtigen. »Er hat sich nach dir erkundigt, wie einige andere Herren auch, die dich auf dem Ball gesehen haben. Alle wissen, dass ich dein Bruder bin. Da haben sie sich natürlich an mich gewandt.«

»Und was hast du ihm erzählt?« Es klang atemlos.

Gustav grinste hinterhältig. »Dass du bereits verlobt bist, was sonst.«

Wie er erwartet hatte, geriet Henny außer sich. »Ich bin nicht verlobt! Wie konntest du ihm so etwas sagen? Mops, ich hasse dich! Bring das sofort wieder in Ordnung! Mach ihm klar, dass noch längst keine endgültigen Entscheidungen gefallen sind.«

»Bei dir nicht, aber bei ihm. Die Colbergs betrachten ihn bereits als ihren Schwiegersohn.«

»Eine Verlobung ist erst gültig, wenn sie öffentlich bekannt gemacht wurde. Deswegen bitte ich dich ja um Hilfe! Ich muss sofort handeln, bevor Clara ihn bekommt. Das Mädchen hat doch nicht einmal Verstand genug, sich mit ihrem Hündchen zu unterhalten! Nicolai kann froh sein, wenn ich ihn aus ihren Fängen befreie! Sei lieb, Mops! Versuch ihn so rasch wie möglich zu sprechen.«

»Gut, ich werde mit ihm sprechen«, knurrte ihr Bruder. »Ich werde ihm sagen, dass du ihn zwar nicht kennst, aber völlig verrückt nach ihm bist und bereit, jeden Preis zu bezahlen, um ihn zu bekommen. Ich frage mich wirklich, wie er das macht, dass ihr Frauen ihm alle zu Füßen fallt! Braut er Liebestränke, ist er ein Mesmerist oder rezitiert er kabbalistische Formeln, die euch in seine Gewalt bringen?«

»Er ist einfach ein ganz besonderer Mann. Und wenn du ihm irgendeinen Unsinn erzählst und ihn damit vergraulst, spreche ich nie wieder mit dir und erzähle Papa, dass ich damals deinetwegen gelogen habe. Du weißt schon, bei welcher Gelegenheit.«

»Du raffinierte kleine Erpresserin. Aber gut, ich helfe dir – und wasche meine Hände in Unschuld. Wenn du ihn heiratest und zu spät merkst, dass du den Teufel geheiratet hast, sag nicht, dass ich mitschuldig bin. Ich weiche nur deinen Drohungen.«

5

Nachdem er Henny wieder zu Hause abgeliefert hatte, befahl Gustav dem Kutscher, ihn ins Café Manila zu fahren. Nicolai war jetzt sicher dort anzutreffen. Das war seine Art, den Sonntag zu heiligen: Er leistete sich ein Mittagessen im Café, trank einige Tassen türkischen Kaffees dazu und agitierte, wenn er Zuhörer fand, für Pettenkofers Ideen. Dabei konnte er in Erregung geraten wie ein Revolutionär, und Gustav, der das Revolutionsjahr 1848 als Knabe miterlebt hatte, sah dann einen gefährlichen Menschen vor sich. Er hatte lang genug unter Wissenschaftlern gelebt, um zu wissen, dass sie zu fast allem fähig waren, um ihren Ideen Geltung zu verschaffen. Sie stahlen, um ihre Sammlungen zu vervollständigen, sie logen und verleumdeten, um Kollegen aus dem Rennen zu werfen, sie fälschten Dokumente und bestachen Journalisten, sie verbündeten sich mit den Feinden des Vaterlandes, wenn diese ihre Forschungen finanzierten. Alles im Namen des wissenschaftlichen Fortschritts. Er war überzeugt, dass einige von ihnen nicht einmal vor Mord zurückschrecken würden.

Das warme Dunkel des Café Manila nahm ihn auf wie ein Mutterschoß, sobald er den frischen, eisig kalten Tag hinter sich gelassen hatte und der schwere Filzvorhang hinter ihm zufiel. Die Luft war zum Schneiden dick, gesättigt von Tabakrauch, dem Aroma von frisch gebrühtem Kaffee und dem Dunst der billigen Speisen, die dem schmalen Geldbeutel der Akademiker zuliebe hier aufgetischt wurden. Gustav fand den Mann, den er suchte, in einer der hinteren Nischen. Als er ihn sah, kam ihm plötzlich der Gedanke, wie absurd die Situation doch war: Da legte Aaron Nicolai mit viel List und Geschick Leimruten aus, um die Taube zu fangen, die sich längst bereitwillig auf seine Hand gesetzt hatte!

Der Arzt blickte überrascht auf, als Gustav sich, ohne zu fragen, ihm gegenüber an den Tisch setzte. »Gibt es Neuigkeiten?«, fragte er. Seine Stimme blieb ruhig, aber die Art, wie die Muskeln in seinen Wangen zuckten, verriet, wie angespannt er war.

»Ja. Eine vor allem: Sie hätten sich die Mühe sparen können, mich zu erpressen.«

Die schönen dunklen Augen zogen sich zu bedrohlichen Schlitzen zusammen. »Was soll das heißen? Wollen Sie von unserem Geschäft zurücktreten?«

»Es hat sich erübrigt. O nein – keine Aufregung. Sie werden ins Palais Dalbeck eingeladen, genau wie Sie wollten. Dafür sorgt meine Schwester schon.« Er beugte sich vor und dämpfte die Stimme. »Hören Sie … Henriette hat mich zu Ihnen geschickt. Sie möchte Sie so bald wie möglich kennen lernen – noch bevor Ihre Verlobung mit Fräulein Colberg offiziell bekannt gemacht wird.« Ein bösartiges Grinsen zog sich über sein Gesicht. »Nun? Ist das nicht eine wundervolle Nachricht für einen Mitgiftjäger? Das überrascht Sie, was? Sie brauchen den Baum nicht länger zu schütteln, die süße Frucht fällt Ihnen von allein in den Schoß.«

Tatsächlich sah Dr. Nicolai so verdutzt aus, dass Gustav ein Kichern nicht unterdrücken konnte. Es dauerte eine Weile, bis der Arzt sich von seiner Verblüffung erholt hatte. Seine Stimme zitterte ein wenig, als er fragte: »Fräulein Henriette hat Sie geschickt, mir das zu sagen? Wie ungewöhnlich für eine junge Dame!«

»Meine Schwester zögert nicht, sich über Konventionen hinwegzusetzen, wenn sie sich etwas in den Kopf gesetzt hat. Außerdem ist sie als Kaufmannstochter aufgewachsen, und so ist ihr das Prinzip nicht fremd: Was käuflich ist, wird gekauft!«

Nicolai schluckte die Beleidigung kommentarlos hinunter. Allmählich gelang es ihm, sich wieder zu sammeln. »Sie meinen, sie liebt mich?«

»Das ist doch wohl offensichtlich. Sie liebt Sie und hat sich in den Kopf gesetzt, Sie zu heiraten, ob Sie wollen oder nicht. Und natürlich werden Sie wollen, habgierig, wie Sie sind. Sie bekommen also das Geld und die Frau, und ich sage Ihnen jetzt schon, Sie werden sich wundern, was Sie sich da eingebrockt haben.« Das runde Gesicht glänzend vor böswilliger Befriedigung, fuhr er fort: »Sie werden sich noch wünschen, Sie wären bei Clara Colberg geblieben. Die hätten Sie in der Hand gehabt. Meine Schwester ist aus einem anderen Holz geschnitzt. An Henriette beißt sich auch ein Wolf wie Sie die Zähne aus.«

Dr. Nicolai musste lachen. »Dann müssen wir unsere Pläne ändern, mein lieber Dalbeck. Es geht ja nicht nur darum, Fräulein Henriettes Herz zu gewinnen, sondern auch und vor allem das

Wohlwollen ihrer Familie. Ich bitte Sie also ganz herzlich, im Palais Dalbeck freundlich über mich zu sprechen. Vergessen Sie nicht, meine zahlreichen Vorzüge zu erwähnen. Ich meinerseits werde tun, was ich kann, um mich Ihrem Herrn Vater angenehm zu machen.«

Gustav platzte der Kragen. »Haben Sie überhaupt keine Skrupel, Sie … Sie … Aasgeier!«

Aaron Nicolai hob mit beschwörender Geste seine schmalen, langfingrigen Hände. »Sie reden, als hätte ich vor, Ihre Schwester zu ermorden, um sie zu beerben! Dabei will ich sie nur heiraten, was sich ja offensichtlich auch mit ihren Plänen deckt.«

»Sie haben sie irgendwie behext, genau wie Fräulein Colberg!«

»Jetzt seien Sie doch nicht albern. Sie tun ja so, als wäre ich mit dem Teufel im Bund!« Er lächelte spöttisch. »Misstrauen Sie denn dem Urteil Ihrer Schwester? Nach allem, was ich gehört habe, ist sie klug, also können wir doch davon ausgehen, dass sie es sich gut überlegt hat.«

Dann wurde sein Gesicht ernst, und Bitterkeit malte sich auf den glatten, ikonenhaften Zügen ab. »Ich werde ihr kein schlechterer Gatte sein als jeder andere auch. Hat man mir bislang irgendetwas vorwerfen können? Bin ich ein Trinker? Ein Spieler? Ein Schuldenmacher, ein Liederjan? Nichts von alledem. Ich bin arm. Das ist mein einziges Verbrechen. Diese Armut hindert mich daran, meine Ideen zu verwirklichen und meine Pläne umzusetzen, und da ich in Bayern als Jude – wenn auch getaufter Jude – kaum jemals ein Professorengehalt beziehen werde, muss ich mich eben anderweitig umsehen, wie ich zu Geld komme.« Er lehnte sich in die verschossenen Polster zurück zum Zeichen, dass er alldem nichts mehr hinzuzufügen gedachte.

Ehe Gustav jedoch eine Antwort geben konnte, setzte er sich schon wieder auf und wurde geschäftsmäßig. »Passen Sie gut auf, Dalbeck, und vergessen Sie nichts von dem, was ich sage. Teilen Sie Fräulein Henriette mit, dass ich sehr glücklich über ihre Nachricht bin, dass ich ihre Gefühle von Herzen erwidere und –«

Gustav schnaubte verächtlich, aber Dr. Nicolai ließ sich nicht unterbrechen. »Dass ich ihre Gefühle erwidere und sie lieber heute als morgen heiraten würde, dass ich auch der Familie Colberg in keiner Weise verpflichtet bin … Ich bitte Fräulein Henriette daher, Herz und Hand für mich freizuhalten. Aber als Mann von Ehre muss ich darauf bestehen, dass dies für eine Weile die letzte persönliche Nachricht zwischen uns sein muss, da ich gewillt bin, meine Werbung auf den gesellschaftlich anerkannten Wegen vorzubringen. Schließlich bin ich nicht irgendein dahergelaufener *Amant*, sondern ein Mann mit ernsten Absichten. Ist das gut formuliert?«

»Zerbrechen Sie sich nur nichts«, brummte Gustav. »Wenn Henriette nicht so unsinnig in Sie verliebt wäre, würde sie Ihnen kein Wort glauben.«

Dr. Nicolai ignorierte den Einwurf und fuhr fort mit seinen Anweisungen. »Sie müssen auch mit Ihrem Vater sprechen. Er muss wissen, dass ich um Fräulein Henriettes Hand anhalte. Und vergessen Sie nicht, ihn davon zu überzeugen, dass ich in Ihren Augen ein ausgezeichneter Kandidat bin.«

»Hol Sie der Teufel!« Gustav stand auf und bedeutete dem Kellner, der mit seinem Bestellblock herbeieilen wollte, dass er bereits im Gehen begriffen sei. »Gut. Ich werde tun, was ich kann, damit Sie Henriette zur Frau bekommen. Und wissen Sie, warum? Weil ich Ihnen den Ärger gönne, den Sie mit dieser kleinen Hexe noch haben werden!«

Mit diesem Fluch wandte er dem Arzt den Rücken und verschwand. Die Aussicht, dass der Moische demnächst sein Schwager sein könnte, ließ ihm die Haare zu Berge stehen. Hatten solche Leute überhaupt kein Gefühl dafür, wie peinlich es war, wenn sie so völlig vergaßen, wo ihr Platz in der Welt war? Schuld an allem, dachte er erbittert, war die Französische Revolution. Damit hatte es doch angefangen, dass sich jetzt jeder Abschaum in den Kopf setzte, so gut wie bessere Leute zu sein. Kein Wunder, dass die Revolution in einem Blutbad geendet hatte, wenn man dem Gefüge der Gesellschaft so frevelhaft das Fundament entzog!

6

Dr. Aaron Nicolai verblüffte seinen betagten Diener damit, dass er mit einer Flasche teuren Kognaks in der Tasche vom Mittagessen heimkehrte und nach zwei Gläsern verlangte. »Komm, Jakob!«, befahl er. »Setz dich zu mir, ich muss dir etwas erzählen!«

Er ging ins Speisezimmer, dessen verblichener Prunk ihm als die geeignete Umgebung für seine Siegesfeier erschien, aber Jakob hielt ihn am Ärmel fest. »Herr Doktor, wollen wir uns nicht lieber in die Küche setzen? Dort ist es warm. Das Speisezimmer ist der reinste Eiskeller. Wie die anderen Zimmer auch. Kommen Sie, und ich mache aus dem Kognak da einen feinen Grog.«

Aaron gehorchte. Ein Zimmer, in dem einem Fingerspitzen und Zehen abfroren, war wirklich nicht der richtige Ort zum Feiern. Draußen war der sonnige Mittag in einen grauen Spätnachmittag übergegangen, dessen Nebel ein scharfer Wind aufwühlte. Schneeflocken tanzten vor dem Fenster, und Aaron erinnerte sich daran, dass die meisten dieser von kunstvoller Stuckatur umrandeten Fenster nicht dicht waren. Der eisige Wind hauchte in geisterhaften Atemzügen durch die Ritzen im verwitterten Holz. Jetzt, wo er im sicheren, wenn auch ungemütlichen Hafen seiner Wohnung angelangt war, ließ die Erregung nach, die ihn unterwegs erwärmt hatte. Er fröstelte. Und freute sich auf den angekündigten Grog.

Gehorsam folgte er dem Alten in die lang gestreckte, düstere Küche, deren tunnelartige Ausdehnung und monumentale Kochstelle für einen Zwölfpersonenhaushalt samt reichlichem Personal veranschlagt worden war, und zog sich einen Lehnstuhl an den Herd, der zugleich als Ofen diente. Mit dem Schürhaken öffnete er die schwarzen Gusseisentüren des unteren Teils und genoss das gemütliche Flackern des Feuers.

»Du wirst nie erraten, was passiert ist«, verkündete er, voll Vorfreude auf die Überraschung, die er dem alten Mann bereiten würde. In letzter Zeit hatte Aaron sich oft Sorgen gemacht, was aus dem immer gebrechlicher werdenden Diener werden sollte, wenn dieser seinen Dienst nicht mehr versehen konnte. Er würde jemand brauchen, der sich um den Greis kümmerte, und konnte es sich nicht leisten, einen Helfer dafür anzustellen. Bald war auch die Zukunft seines Dieners gesichert.

Jakob antwortete über die Schulter hinweg, während er Kognak, Wasser und Zucker mischte: »Auf jeden Fall war es etwas, das den Kauf einer Flasche Kognak rechtfertigte.«

»Ganz recht. Sogar extra teuer, weil ich sie am Sonntag nicht im Laden kaufen konnte, sondern den Oberkellner des Café Manila beschwatzen musste.« Er ließ den neugierigen Alten noch zappeln, bis auch dieser es sich in einem schäbigen Lehnstuhl bequem gemacht hatte und sie beide an dem duftenden Grog nippten. Dann erst erzählte er ihm von dem Gespräch mit Gustav Dalbeck.

Zu seiner Überraschung wiegte Jakob, statt in Freudenschreie auszubrechen, besorgt den weißhaarigen Kopf hin und her und sagte: »Oh-oh.«

»Was heißt oh-oh? Verstehst du nicht? Ich habe es geschafft. Ich habe erreicht, was ich will!«

»Nein, Herr Doktor. Sie haben erreicht, was diese junge Dame will.« Jakob liebte und verehrte seinen Herrn, aber er nahm kein Blatt vor den Mund, wenn er fand, dass eine Warnung angebracht war.

Aaron schwieg. Er spürte denselben schwachen, wunderlichen Groll in sich aufsteigen, der ihn auch schon während des Gesprächs mit Dalbeck überkommen hatte – ein Gefühl, dass die Dinge nicht richtig liefen, dass die ganze Geschichte sich gegen ihn kehrte. Er war ein durch und durch organisierter Mensch, und deshalb ärgerte es ihn, wenn etwas nicht genau so ablief, wie er es geplant hatte. Dass Henriette sich in den Vorgang einmischen sollte, war nicht vorgesehen gewesen, solche Geschäfte machten Väter und potenzielle Schwiegersöhne untereinander aus, ohne die Frauen zu konsultieren. Aber da war noch mehr, was ihn beunruhigte, und Jakob hatte es auf den Punkt gebracht: Henriette hatte sich nicht nur eingemischt, sie hatte den Gang der Ereignisse bestimmt. Eine sechzehnjährige Debütantin, die binnen einer Woche nach ihrem ersten Kennenlernen entschieden hatte, dass sie ihn zu heiraten wünschte, und ihm diesen Wunsch kurz und bündig ausrichten ließ! Offenbar hatte sie nicht den geringsten Zweifel gehabt, dass der Wunsch erfüllt würde. Er hatte das sofort als so demütigend empfunden, dass er Gustav am liebsten gesagt hätte: *Teilen Sie Ihrer verrückten Schwester mit, dass ich nicht im Traum daran denke, sie zu heiraten!* Aber natürlich hätte nur ein Vollidiot etwas Derartiges gesagt. Und was wollte er überhaupt? Hatte er nicht mit all seiner List und Intelligenz darauf hingearbeitet, ebendieses Ziel zu erreichen? Ihre Zustimmung machte eine lange, aufwändige Belagerung unnötig, die Festung, die er erobern wollte, hatte die Tore weit geöffnet.

Trotzdem wäre es ihm lieber gewesen, sie hätte sich seinem Angriff ergeben, statt die Initiative an sich zu reißen. Er fühlte sich als Eroberer, der sich plötzlich in der Zitadelle, die er eingenommen hat, in der Falle findet.

Jakob, der den finsteren Ausdruck auf seinem Gesicht ganz richtig gedeutet hatte, fuhr mit sanfter Stimme fort: »Sie wissen doch, lieber Herr Doktor, dass ich immer auf Ihrer Seite bin und zu Ihnen halte, deswegen will ich Sie jetzt auch warnen. Mit solchen Frauen ist nicht zu spaßen. Das Mädchen ist es gewohnt, seinen Kopf durchzusetzen, es bekommt, was es will, und kann machen, was es will. Seien Sie nur vorsichtig! Ich sage Ihnen, Sie haben jetzt einen Tiger am Schwanz: Sie können ihn weder festhalten noch loslassen, ohne gefressen zu werden.«

»Unsinn!«, widersprach Aaron tapfer. »Sie ist sechzehn und hat außer einem Mädcheninstitut noch nichts von der Welt gesehen, da werde ich doch wohl mit ihr fertig werden.«

»Nu, und was haben *Sie* schon von der Welt gesehen? Ein paar Hörsäle und Laboratorien. Außerdem ist es egal, wie alt sie ist. Sie gehört einer gesellschaftlichen Schicht an, in der man von allem Anfang an lernt, seinen Willen durchzusetzen. Und dass sie aussieht, als könnte sie kein Wässerchen trüben – ach was, es gibt genug junge Frauen, die so aussehen und doch jedem Mann einen Nasenring einziehen und ihn daran spazieren führen können.«

Aaron missfiel diese Äußerung. Er grollte vor sich hin. Natürlich wusste er, dass Jakob recht hatte, das war es ja. Eine Frau, die ihm aus heiterem Himmel ausrichten ließ, dass sie ihn – einen fast völlig Unbekannten – liebte und heiraten wollte, war zweifellos auch zu anderen unerhörten und schockierenden Handlungen fähig. Andererseits hatte er Clara Colberg jetzt schon satt, und der Gedanke, ein Leben mit ihr zu verbringen, stieß ihn zutiefst ab. Da hielt er sich doch lieber an diese furchtlose Kaufmannstochter.

Er teilte Jakob seine Überlegungen mit. »Das mag sein, wie es will, es ist jedenfalls die beste Chance, die ich jemals gehabt habe. Ich kann da nicht kleinlich sein. Wenn sie schlechte Eigenschaften hat, muss ich mich damit abfinden. Außerdem werde ich nicht viel von ihr sehen. Die Männer leben in der einen Welt, die Frauen in der anderen. Und wenn sie erst einmal Kinder hat, ist sie ohnehin mit denen beschäftigt.«

Jakob runzelte die Stirn und erhob drohend wie ein alttestamentarischer Prophet den knotigen Zeigefinger. »Hüten Sie sich, Herr Doktor, hüten Sie sich! Ich habe Sie gewarnt. Das kann ganz anders ausgehen, als Sie es sich vorgestellt haben.«

Aaron lachte. »Verdirb mir doch nicht die Freude, Jakob.«

7

Henriette Dalbeck war sehr zufrieden damit, wie sich die Dinge entwickelten. Während sie im Salon saß, über ihren Stickrahmen gebeugt, und mit flinken Stichen die Umrisse eines bunt gefiederten Papageis auf den Stramin zauberte, zog sie Bilanz. Gustav hatte Wort gehalten. Er hatte mit Dr. Nicolai gesprochen, und die Antwort, die er ihr überbracht hatte, hatte wie ein scharfer Windstoß das Feuer ihrer Verliebtheit zu heller Glut angefacht. Er liebte sie also auch – und wenn nicht, so hatte er doch ihren Antrag angenommen.

Sie lächelte vor sich hin. Wie schockiert wäre die prüde Auguste gewesen, hätte sie von dieser so absolut ungehörigen Initiative erfahren! Sogar Gustav hatte sich bemüßigt gefühlt, seine Schwester zu ermahnen, dass sie damit die Grenzen des Erlaubten weit überschritt. Das war ihr selbst klar, und sie war erleichtert darüber, dass der diskrete Dr. Nicolai entschlossen war, den offiziellen Weg zu gehen, als wäre alles seine Idee und nicht ihre gewesen. Sie hatte sich skandalös benommen. Aber was hätte sie tun sollen? Warten, bis er ihr irgendwann zufällig vorgestellt wurde – ein Mann, der sich ängstlich von allen Tanzveranstaltungen fernhielt?

Hätte sie nicht energisch eingegriffen, so würde er immer noch als Clara Colbergs Verlobter herumlaufen, was er jetzt nicht mehr war. Gustav hatte ihr die Nachricht überbracht, dass er sich im Colberg'schen Hause nicht mehr sehen ließ. Damit hatte er sich die Feindschaft der Eltern Colberg zugezogen, und Clara war außer sich vor Wut gewesen, aber sie hatte nichts unternehmen können, da sie kein verbrieftes Anrecht auf ihn hatte. Allerdings war sie nicht lange einsam geblieben. Kaum hatte sich herumgesprochen, dass sie wieder frei war, hatte sich eine ganze Meute junger Männer auf sie gestürzt.

»Fräulein Henriette?«

Sie blickte auf. Das Dienstmädchen war so lautlos eingetreten, dass es sich durch ein Räuspern zu erkennen geben musste.

»Der Herr Senator möchte Sie in seinem Arbeitszimmer sprechen.«

»Danke. Ich komme sofort.«

Sie stand auf, legte die Stickerei weg und strich das vom Sitzen zerknautschte, blassgelb und isabellfarben gestreifte Hauskleid glatt. Vor dem Spiegel überprüfte sie, ob ihr zum Chignon geschlungenes Haar ordentlich saß, und steckte ein paar lose Strähnen zurück. Dann eilte sie den Flur entlang und die Treppe hinauf zum Arbeitszimmer.

Der breit gewölbte Raum mit den Fenstern zum Garten war das Sanctum des Hausherrn, das auch von seinen Kindern nur mit besonderer Erlaubnis betreten werden durfte. Von klein auf hatten Gustav und Henriette eine ehrfürchtige Scheu vor dem Zimmer mit seinen wuchtigen schwarzbraunen Möbeln, dem abgetretenen Sarough-Teppich und der honigfarbenen Wandtäfelung empfunden. Vor allem aber hatten die Objekte sie fasziniert, die ihr Großvater von einer Reise nach Ägypten mitgebracht hatte: spannenlange Statuen aus Ebenholz und Gold, die Menschen mit Tierköpfen darstellten, Schmuckstücke aus Türkis oder Korallen und zwei Papyri, die hinter Glas und Rahmen an der Wand hingen – und das eindrucksvollste und zugleich schauerlichste: eine mumifizierte Affenpfote, deren lange schwarze Nägel aus den braun vertrockneten Fingern ragten. Da der Raum zumeist im Zwielicht lag, weil die mächtigen Bäume im Garten das Sonnenlicht aussperrten, wirkten die im Lampenlicht schimmernden Statuen beunruhigend lebendig. Als Kind hatte Henriette sich sehr vor dem Arbeitszimmer gefürchtet und hätte es niemals allein betreten, selbst wenn es ihr erlaubt gewesen wäre, aber jetzt erfüllte sein Anblick sie vor allem mit Zorn. Wie oft hatte sie versucht, von ihrem Vater mehr über die Statuetten zu erfahren, was sie darstellten, welche Bedeutung sie gehabt hatten, wie es in Ägypten aussah und wie man dort lebte, aber er hatte ihr immer nur sehr kurze und keineswegs befriedigende Antworten gegeben. Vermutlich, so dachte sie verbittert, nahm er – wie alle Männer – an, dass sie ausführliche Erklärungen ohnehin nicht verstehen würde.

In den Augenblicken allerdings, in denen sie ihm gerecht wurde, erkannte sie, dass ihr Vater selbst kein Mann tiefgründiger Gelehrsamkeit war. Tüchtig und gerissen als Kaufmann, gut informiert über alles, was das Handelshaus Dalbeck betraf, war er völlig uninteressiert an Wissenschaft, Politik, Philosophie und Kunst. Er ging in die Kirche, weil es sich so gehörte, lud gelegentlich Künstler und Gelehrte ein, weil es einen guten Eindruck machte, und schmückte sein Haus mit Kunstwerken, um seinen Reichtum zur Schau zu stellen. Wahrscheinlich hatte er selbst keine Ahnung von Ägypten.

Als sie die mit schalldämpfendem Filz bespannte Türe hinter sich schloss, schlug ihr der Duft einer brennenden Zigarre entgegen. Heinrich Dalbeck, ein kräftig gebauter, grauhaariger Endvierziger, thronte Ehrfurcht gebietend hinter seinem Schreibtisch in der Pose, die er immer einnahm, wenn es um geschäftliche Angelegenheiten ging. Doch bei Hennys Eintreten stand er auf und schritt hinüber zu der Sitzgarnitur, deren tiefe, mit magentarotem Samt gepolsterte Sessel seinen Freunden und Verwandten vorbehalten waren. »Komm her, Henny, setz dich. Es gibt etwas, worüber ich mit dir sprechen möchte.«

»Ja, Papa.« Sie setzte sich mit einer eleganten Bewegung, den weit gebauschten Rock zu Seite raffend, so dass der glänzende Stoff mit Schwung über ihre Knie fiel und um ihre Füße raschelte, und faltete wohlerzogen die Hände im Schoß.

Heinrich Dalbeck war anzumerken, dass er sich bei dem Gespräch nicht besonders wohlfühlte. Henny merkte es daran, dass er sich ein Glas Kognak einschenkte, obwohl er normalerweise erst nach dem Abendessen trank. Er zögerte auch eine ganze Weile, ehe er, zornig über seine eigene Unbeholfenheit, etwas zu heftig herausplatzte. »Sagt dir der Name Dr. Nicolai etwas?«

Henny blickte ihn unschuldig an. »Ich erinnere mich an ihn, er war auf dem Ball bei Lauderbachs. Wir haben einige Worte miteinander gewechselt. Mir wurde nämlich schwindlig von der stickigen Luft, und er war sehr hilfsbereit, da er ja Arzt ist. Gustav sagte mir, dass er eine glänzende Zukunft als Wissenschaftler hat.«

»Ja, Gustav ist sehr angetan von ihm. Nun, siehst du … der junge Mann war sehr beeindruckt von dir, und jetzt möchte er sich um deine Hand bewerben.«

Ihr Herz klopfte heftig. »Wirst du ihm das gestatten?«

»Ich möchte dazu deine Meinung hören. Ich hatte bislang den Eindruck, dass du dem Kandidaten meiner Wahl – dem Freiherrn von Lauderbach – zustimmst und keine weiteren Bewerber in Betracht ziehen willst. Ist das so?«

»Du selbst hast mir geraten, mich nicht zu schnell zu binden, sondern mich noch eine Zeit lang unter den Bewerbern umzusehen. Wenn Dr. Nicolai mich also kennen lernen möchte …«

»Willst du, dass ich ihn einlade? Vergiss aber nicht, dass du Rudolf von Lauderbach ziemlich hart vor den Kopf stößt, wenn du einen weiteren Bewerber akzeptierst.«

»Das mag sein, aber wir sind weder verlobt, noch habe ich ihm zugesagt, dass ich mich für ihn entscheiden würde.« Sie setzte sich steif auf, und das Blut stieg ihr in die Wangen, als sie eine kühne Erklärung abgab. »Ich werde es auch nicht tun. Papa, ich war sehr beeindruckt von Dr. Nicolai, obwohl es nur eine kurze Begegnung war, und ich bin überzeugt, dass er genau der Mann ist, den ich heiraten möchte.«

Heinrich zuckte zurück, als wäre etwas unter seiner Nase explodiert. »Henriette! Du willst doch nicht andeuten, dass es da … hinter meinem Rücken … bereits zu einer Bekanntschaft gekommen ist?«

Sie hob den Kopf, ganz gerechte Entrüstung. »Papa, wie könnte ich dir so etwas antun? Es ist hässlich von dir, dass du mir so etwas zutraust. Ich bin sehr überrascht, dass er an dich herangetreten ist. Aber seine Bewerbung entspricht voll und ganz meinen Wünschen. Wenn er sich um meine Hand bewirbt, bin ich entschlossen anzunehmen.«

Ihr Vater zuckte vor einer weiteren unsichtbaren Explosion zurück. »Ich muss schon sagen, du triffst deine Entscheidungen schnell. Bist du sicher, dass du nicht einer bloßen Laune nachgibst? Du kennst den Mann ja kaum.«

»Ich habe viel über ihn gehört und das Beste von den Leuten, die nicht einmal seine Freunde sind.« Da sie das Gefühl hatte, es sei besser, ihre Truppen nach dieser scharfen Attacke wieder etwas zurückzuziehen, lächelte sie ihn zärtlich an. »Du hast mich nur gefragt, was mein Herz sagt. Was meinen Verstand angeht, so verlasse ich mich völlig darauf, dass du den Mann überprüfen und nur Vorteilhaftes über ihn herausfinden wirst. Papa!« Mit einer geschmeidigen Bewegung sank sie in einer Art Hofknicks vor ihm zu Boden und lehnte den Kopf an sein Knie. »Gib ihm eine Chance. Lass ihn seine Bewerbung vorbringen. Ich weiß, du wirst ebenso gerecht wie vernünftig darüber entscheiden, ob er ein geeigneter Ehemann für mich ist.«

Wie sie erwartet hatte, war ihr Vater angesichts dieser so artig vorgebrachten Bitte sofort entwaffnet. Unsicher legte er die Hand auf ihren Scheitel und streichelte sie, wie er es getan hatte, als sie noch ein Kind war. »Gewiss, Henny. Aber wir wollen die Sache auf keinen Fall überstürzen. Ich werde Dr. Nicolai mitteilen lassen, dass er seine Bewerbung vorbringen möge, und ihn mir gründlich ansehen. Wir wollen da keine schlimmen Überraschungen erleben. Bis dahin muss dieses Gespräch unter uns bleiben.«

»Aber gewiss.« Sie blickte aus weit geöffneten, nussbraunen Augen mit schmelzendem Blick zu ihm auf. »Ich liebe dich, Papa. Du bist so gut zu mir.«

8

Heinrich Dalbeck empfand ein gewisses Unbehagen bei dem Gedanken an den bevorstehenden Besuch des neuen Bewerbers. Es gefiel ihm gar nicht, dass Henriette bereits eine Entscheidung getroffen hatte. Der Mann musste ja ein wahres Wunder sein, wenn seine bislang nicht eben heiratswütige Tochter sich so Hals über Kopf in ihn verliebte. Ein Jude noch obendrein! Nun gut, er persönlich hatte nichts gegen die Leute, es gab da ganz anständige Burschen darunter, und man lebte in einer modernen Zeit, in der es keine Schande mehr war, Jude zu sein … aber man musste ja nicht unbedingt einen heiraten.

Er zuckte zusammen, als das Dienstmädchen pochte und meldete, Herr Dr. Nicolai sei eingetroffen und bitte, dem Herrn Senator seine Aufwartung machen zu dürfen.

Heinrich kniff nachdenklich die Augen zusammen. Ein Blick auf die Uhr belehrte ihn, dass der Mann pünktlich war. Schätzenswerte Eigenschaft. Manieren hatte er offenbar auch.

Mit einem unterdrückten Seufzer wies er Bertha an: »Bringen Sie den Herrn Doktor herein.«

Als Nicolai eintrat, war Heinrichs erster Gedanke: Wenigstens ist er lang genug, um Henny noch um einen Kopf zu überragen. Es ist ja so schwierig, ein hochgewachsenes Mädchen zu verheiraten – sieht doch lächerlich aus, wenn ihr der Mann gerade nur bis zur Schulter reicht.

Außerdem war er eine recht ansehnliche Erscheinung. Heinrich hätte so wenig einen mickrigen Schwiegersohn akzeptiert, wie er wurmstichige Möbel gekauft oder ein lahmes Pferd geritten hätte. Innere Werte mochten ja schön und gut sein, aber das Handelshaus Dalbeck musste auch nach außen hin repräsentieren. Es tat weh genug zu sehen, was der Unfall aus Gustav gemacht hatte.

Aaron Nicolai verbeugte sich höflich, grüßte mit sanfter Stimme und wartete, ob man ihm einen Platz anbieten oder ihn zum Stehenbleiben auffordern würde. Heinrich Dalbeck wählte einen Mittelweg. Er bot dem jungen Mann keinen Platz an, setzte sich aber selbst auch nicht, sondern lehnte sich an die Platte seines Schreibtischs und betrachtete ihn von oben bis unten. Was er sah, gefiel ihm nicht übel. Der Junge hatte offenbar kein Geld, hielt sich aber ordentlich. Wahrscheinlich sparte er überall anders, um mit korrekter Kleidung aufwarten zu können.

»Es überrascht mich ein wenig«, sagte er zuletzt, als das Schweigen schon peinlich wurde, »dass so unerwartet noch ein Bewerber auftaucht, nachdem meine Tochter schon fast bereit war, in eine Ehe mit dem Herrn von Lauderbach-Sillern einzuwilligen. Aber Henriette hat es nicht eilig, sich zu verheiraten, und braucht nichts zu überstürzen. Nun, wenn Sie sich in Ehren um ihre Hand bewerben wollen, habe ich nichts dagegen – vorausgesetzt, Sie können mir die folgende Frage zufriedenstellend beantworten.«

»Ich stehe zu Ihrer Verfügung, Herr Senator.«

»Dann erklären Sie mir, aus welchem Grund Ihre Verlobung mit Fräulein Clara Colberg aufgelöst wurde.« Seine grauen Augen musterten den jungen Arzt scharf, aber der zeigte weder Verblüffung noch Unbehagen.

»Ich bitte um Verzeihung, Herr Senator, aber wir waren nicht verlobt. Ich war lediglich einer von mehreren Bewerbern um die Hand der jungen Dame.« Er schenkte dem alten Dalbeck ein treuherziges, jungenhaft verschämtes Lächeln. »Und ich bin einem anderen Bewerber unterlegen. Fräulein Clara gab mir zu verstehen, dass ich in ihren Augen nicht der Richtige war. Daher habe ich mich zurückgezogen, obwohl ihre Eltern mich gern als Schwiegersohn gesehen hätten. Es ist nicht meine Art, mich aufzudrängen.«

Heinrich Dalbeck gefiel dieses Argument, aber er war noch nicht überzeugt. »Hmmm. Ich habe gehört, dass Fräulein Colberg sehr erbittert war über Ihren Entschluss, sich nicht mehr blicken zu lassen, und Ihnen deshalb heftige Vorwürfe gemacht hat. Das hört sich nicht so an, als hätte sie einen anderen Ihnen vorgezogen.«

Aarons lange, schlanke Hände machten eine Bewegung, die besagte: Verstehe einer die Frauen! Laut sagte er: »Herr Senator, als erfahrener Mann wissen Sie sicherlich, dass die Frauen immer gerade das am meisten wollen, was sie nicht bekommen. Sie hatte mir klargemacht, dass sie mich nicht haben wollte, und mich weggeschickt. Sobald ich aber tatsächlich weg war, wollte sie mich zurückhaben. Zweifellos hätte sie mich dann erneut weggeschickt. Das ist ein Spiel, mit dem Frauen sich jahrelang unterhalten können, aber ich spiele bei so etwas nicht mit.«

»Natürlich nicht.« Dalbeck hatte vollstes Verständnis für diesen männlichen Trotz. »Nun, das nenne ich eine zufriedenstellende Erklärung. Und nun interessieren Sie sich also für meine Tochter. Ich brauche Sie nicht zu fragen, warum, ich kenne Henriettes Vorzüge. Aber was hätten Sie ihr zu bieten? Nach einem reichen Mann sehen Sie nicht aus.«

»Das bin ich auch nicht. Ich stamme aus einer Gelehrtenfamilie, und ich darf sagen, dass ich dieser Abstammung Ehre mache. Wie Sie wohl wissen werden, hat Professor Pettenkofer mich zu seinem Assistenten erwählt – das ist, in aller Bescheidenheit gesagt, eine große Auszeichnung. Ich habe bereits jetzt den Ruf eines erstklassigen Toxikologen und –«

Heinrich hob die Hand. »Was genau ist das?«

»Ich bin Fachmann für Gifte.«

»Ach Gott«, murmelte Heinrich. »Wozu braucht Sie denn der Professor?«

»Um die Toxine in den Bodenproben zu erforschen. Das ist auf den ersten Blick eine unansehnliche Arbeit, aber sie ist überaus wichtig.« Eine heftige Röte stieg dem jungen Mann in die Wangen, und leidenschaftlich, fast wild stieß er hervor: »Ich bin in der Lage, viel für München und das Königreich Bayern zu leisten. Ich vermag mich selbst einzuschätzen. Ich traue es mir zu, entsprechend den Vorstellungen Professor Pettenkofers ein Sanitätsmodell zu entwerfen, das München in Zukunft vor jeder Seuche bewahrt. Sehen Sie, Professor Pettenkofer ist mehr als ein Wissenschaftler, er ist ein Visionär. Wenn es gelingt, seine Vorstellungen durchzusetzen, wird München eine Modellstadt werden. Sie haben zweifellos gehört, dass London zurzeit von der Cholera verwüstet wird. Warum? Weil es dort keinerlei Bemühungen um Hygiene gibt. Man spült die Fäkalien aus den Latrinen in offenen Abzugskanälen in die Themse, man –«

Dalbeck unterbrach ihn mit einer Handbewegung. »Verderben Sie mir nicht den Appetit! Ich verstehe bereits, was Sie meinen.«

Aber Aaron Nicolai hatte für den Augenblick ganz vergessen, warum er eigentlich gekommen war, und überließ sich gänzlich der Leidenschaft für seinen Beruf. Sein Stimme vibrierte. Er beugte sich fast bedrohlich vor und deklamierte, Dalbeck erregt in die Augen starrend, mit der Glut eines Schauspielers: »Es ist mir sehr daran gelegen, Ihnen nahezubringen, wie bedeutungsvoll dieses Unternehmen ist. Noch haben die Politiker in Bayern, ja in ganz Deutschland nicht erfasst, welche bahnbrechenden Konzepte wir hier zu verwirklichen suchen. Sie könnten der Erste sein, der sich an die Verwirklichung einer grandiosen Vision macht. Ihr Name könnte so unsterblich werden wie der meine. Sie könnten in die Geschichte eingehen als der Politiker, der München zur ersten hygienischen Stadt der Welt gemacht hat. Die Regierung, der König, ganz Deutschland würde Sie beglückwünschen. Wir könnten den Engländern und Franzosen ins Gesicht blicken und ihnen zurufen: ›Mögen die Seuchen in Paris und London wüten, in München sind sie machtlos!‹«

In seiner Erregung fing er an, auf und ab zu gehen, und betonte jeden Satz mit einem scharfen Händeklatschen. Er wäre bereit gewesen, sich immer weiter in einer eifernden Predigt zu verlieren, aber dann bemerkte er sein unpassendes Verhalten, stockte und blieb mit beschämtem Gesichtsausdruck stehen.

»Verzeihen Sie«, murmelte er schuldbewusst. »Ich habe mich unmöglich benommen.«

Heinrich Dalbeck lächelte väterlich. »Das haben Sie, junger Mann. Aber Ihre Einstellung gefällt mir. Wenn Sie sich auch noch über andere Themen unterhalten können als über Gifte und Latrinen, werden Sie in nächster Zeit gern öfters Gast in meinem Hause sein.«

Aaron, der bis unter sein schwarzes Haar errötet war, stammelte in tödlicher Verlegenheit: »Verzeihen Sie … das war ungehobelt … wissen Sie, mein Beruf …«

»Schon gut.« Heinrich machte der Peinlichkeit ein Ende, indem er das Thema wechselte. »Können Sie sonst noch irgendetwas, außer Gifte aus dem Dreck zu filtern? Spielen Sie vielleicht ein Instrument? Wir mögen eine kleine Hausmusik, vor allem im Winter, wo es so wenig andere Unterhaltung gibt.«

»Ich bedaure. Ich bin ausgesprochen unmusikalisch.«

»Schade. Spielen Sie Karten?«

»Ich fürchte, nein«, antwortete Aaron steif.

Ach, dachte Heinrich Dalbeck, *du bist ja ein richtig sonniger und unterhaltsamer Bursche! Das wird die reine Freude sein, einen solchen Leichenbitter als Schwiegersohn zu haben!*

»Schach?«, fragte er ohne viel Hoffnung.

Erleichterung malte sich auf dem Gesicht des Kandidaten. »Ja, ich spiele Schach. Ganz leidlich, sagt man.«

»Das klingt schon besser. Gut, dann lassen Sie sich am Dienstagabend wieder hier sehen, da werde ich Ihre Fähigkeiten auf dem Schachbrett einmal einem ersten Test unterziehen.«

Nachdem Aaron Nicolai mit einer hölzernen Verbeugung und freudig glänzenden Augen sein Arbeitszimmer verlassen hatte, blieb Heinrich noch eine Weile am Kamin stehen und starrte ins Feuer. Er wusste nicht recht, was er denken sollte. Sehr anziehend fand er den Mann nicht. Ein Arbeitsfanatiker, ein grauer Laborwurm, der wahrscheinlich nur widerwillig ans Licht kroch, um seine Arbeitsproben zu sammeln. Fachmann für Gifte auch noch – hoffentlich hatte er nichts von dem Zeug an den Händen oder Kleidern gehabt! Andererseits war es nicht das erste Mal, dass Heinrich Dalbeck sich für eine Ware interessierte, die auf den ersten Blick nicht viel hermachte und sich später als kluge Investition erwies, und Henny hatte etwas von seinem Gespür für wahre Werte geerbt.

Er zuckte die Achseln. Noch war ja nichts entschieden. Fürs Erste hatte er immerhin jemand, mit dem er Schach spielen konnte.

9

Aaron kehrte in beschwingter Stimmung in seine Wohnung zurück. Während er den schneefeuchten Mantel an den Haken hängte und den Zylinder abputzte, erzählte er Jakob in kurzen Worten von seinem Gespräch. »Es läuft gut, mein Lieber – sehr gut.« Er rieb die kalten Hände aneinander und steckte sie in die Hosentaschen. »Ich glaube, es gibt wieder einmal Anlass zum Feiern.«

»Oh, Herr Doktor! Herr Doktor!«, heulte der alte Mann klagend auf. »Fangen Sie wieder an mit der Giftmischerei? Sie können dem Allmächtigen danken, dass Sie in einer Zeit leben, in der man für so etwas nicht mehr lebendig verbrannt wird, aber ins Gefängnis kämen Sie allemal!«

»Unsinn. Mich selber kann ich vergiften, so viel ich will.«

»Ja, und wenn's herauskommt, wird man denken, wer's bei sich selber tut, tut's auch bei anderen. Na, ich sehe schon, Ihnen ist keine Vernunft beizubringen.« Er wandte sich zum Herd und setzte Wasser für eine Wärmflasche auf. »Ich mache Ihnen das Bett warm, damit Sie mir wenigstens nicht erfrieren.«

Aaron tätschelte seine Schulter und verließ die Küche.

Im Labor zündete er das Gaslicht an, zog den Schlüssel an seiner Kette unter dem Hemd hervor und sperrte den Giftschrank auf. Zärtlich glitt sein Blick über die mit Tod und Teufel gefüllten Fläschchen. Er dachte an die Legenden, denen zufolge der weise König Salomon sich die Dämonen dienstbar gemacht hatte. Nun, hier waren sie, seine Geister der Finsternis, fügsam in seinen erfahrenen Händen. Er konnte sie dazu bringen, ihm ein Vergnügen zu verschaffen, um dessen Gefahren er wusste und das er sich daher auch nur selten erlaubte – nur dann, wenn es einen Höhepunkt in seinem Leben zu feiern gab. Seine Promotion zum Arzt nach langen, hungrigen Studienjahren. Seine Aufnahme in den Mitarbeiterstab des berühmten Professor Pettenkofer. Und jetzt die Aussicht, die reichste Erbin von ganz München zu heiraten.

Wie ein Connaisseur, der einen edlen Wein gustiert, wählte er eine Flasche mit der Aufschrift *Solanacea, Schlaf-Nachtschatten*, eine zweite mit der Aufschrift *Datura, Stechapfel,* und einen Tiegel mit der Aufschrift *Unguentum Jacobi.* Die fette, aconitinhaltige Schmiere darin diente Jakob üblicherweise als Rheumasalbe, aber sie ließ sich auch anderweitig benutzen …

Er trug die Komponenten zum Arbeitstisch, drehte das Gaslicht höher und begann mit der diffizilen Arbeit des Dosierens und Mischens. Wenn er sich jetzt irrte, würde seine Reise ins Reich der Nachtschatten eine Reise ohne Wiederkehr werden, das wusste er. Aber sein Blick war scharf, seine schlanken Finger waren vollkommen ruhig, wenn sie mit einem hauchdünnen Spatel kleinste Mengen der Substanzen auf eine empfindliche Waage und nach dem Wiegen auf einen auf dem Tisch liegenden Spiegel transportierten. Er war nicht nur präzise und erfahren, er hatte auch jenes intuitive Gespür für Mengen, Proportionen und Wirkungen, das gute Köchinnen auszeichnet. Er witterte es, wenn die Giftmenge und -mischung genau richtig war. Erregung durchschauerte ihn, kälter als sinnliche Leidenschaft, aber um vieles süßer. Welche Frau konnte mithalten mit diesen überirdisch schönen, tödlichen Geliebten?

Einen Augenblick lang schweiften seine Gedanken ab, so dass er die Hände auf den Tisch sinken ließ und ins Leere starrte. Er dachte an die Anhänger der Bazillen-Theorie. Noch stritten sie heftig über die Frage, was genau denn nun eigentlich der Erreger von Seuchen wie der Cholera sei: ein Gift, ein Pilz oder ein winziges Tier. Dr. Lauderbach sprach immer wieder davon, dass es »lebende Gifte« gäbe. *Lebende Gifte!* Was für ein unglaublicher und faszinierender Gedanke. Pettenkofer hätte ihn, seinen Assistenten, freilich nicht dabei erwischen dürfen, dass er über die Theorien seiner Gegner auch nur eingehend nachdachte, aber jetzt war er schließlich allein. Und so erlaubte er sich den Gedanken, dass er zu gerne einmal eines dieser angeblichen lebenden Gifte gesehen hätte, von denen es hieß, dass Aloys Pollender sie in Schafsblut entdeckt hatte, und in denen Leute wie Lauderbach die Erreger von Seuchen vermuteten. Wie es hieß, sah das *Contagium vivum* nicht sonderlich aufregend aus, es bestand nur aus mikroskopisch kleinen, herumwimmelnden Stäbchen und Häkchen. Aber die gnadenlosen Schönen in seinem Giftschrank verhüllten sich ja auch mit unansehnlichen Kleidern, zeigten sich bescheiden als schmutzig-weiße Pulver, graue Kristalle, missfarbenes Mehl und Brocken vom Aussehen gelben Kandiszuckers.

Dann rief er sich selber zur Ordnung. Wenn Pettenkofer diese Theorien ablehnte, dann würde er schon wissen, warum. Außerdem war der Professor immer gut zu ihm, hatte ihn gefördert, wo er konnte, und Aaron liebte ihn dafür. Er wollte ihm nicht die Kränkung antun, dass er seine Ansichten in Zweifel zog. Ohnehin war das alles sehr neumodisch und überspannt, und die, die sich darauf versteiften, waren arrogante Großmäuler wie der Freiherr von Lauderbach.

Er atmete tief durch, strich sich das herabhängende Haar aus der Stirn und setzte seine Vorbereitungen fort.

Sobald er die schmalzige Mischung angerührt hatte, löschte er das Licht im Labor und beeilte sich, in sein Schlafzimmer zu kommen, wo Jakob ihm das Bett vorgewärmt hatte. Schon unterwegs begann er sein Hemd aufzuknöpfen und die Manschetten zu lockern. Jetzt war er gierig und erwartungsvoll. Im Schlafzimmer riss er sich Weste und Hemd vom Leib, zog die Stiefel aus und stieg aus der Hose. Auf dem Bettrand sitzend, strich er die fettige Salbe über Brust und Bauch, die Arme und die Innenseiten der Oberschenkel. Augenblicklich begann seine Haut an den bestrichenen Stellen erst zu prickeln und wurde dann taub. Er beeilte sich, ins Nachthemd und ins Bett zu kommen. Wenn die Träume einsetzten, wollte er warm und sicher unter den Decken liegen. Sein Körper sollte es bequem haben, während sein Geist sich in den wüsten Bildern eines Hexensabbats verlor.

Er spürte, wie die Welle der Träume heranrollte, und wenig später wand er sich stöhnend vor Lust in den Armen einer schlangenhaften, in schillerndes Grün gekleideten Frau, die ihn mit glitschigen Fingern schamlos liebkoste und ihm ins Ohr flüsterte, sie sei das *Contagium vivum* und habe die Verlobung mit Dr. Lauderbach aufgekündigt, um ihn, Aaron, glücklich zu machen.

10

Dr. Rudolf von Lauderbach hatte die Hiobsbotschaft, dass sein Rivale es bereits bis ins Haus der Dalbecks geschafft hatte, von dem stets gut informierten Hugo Messerschmitt erfahren. Dass Hennys Zuneigung in den letzten Wochen beträchtlich abgekühlt war, war ihm nicht entgangen, obwohl sie nicht unfreundlich, sondern nur zerstreut gewesen war. Jetzt waren seine schlimmsten Vorahnungen Wahrheit geworden. Er kochte vor Zorn. Und er hatte nicht vor, sich eine solche Beleidigung stillschweigend gefallen zu lassen.

Messerschmitt hatte in Erfahrung gebracht, dass Dr. Nicolai für gewöhnlich dienstags abends um sechs Uhr im Palais Dalbeck eingeladen war, wo er mit dem Senator und dessen Bruder Schach spielte, und so richtete er es am folgenden Dienstag ein, dass er scheinbar zufällig ebenfalls am Tor des Herrenhauses ankam. Er war noch nicht einmal vom Pferd gestiegen, als er seinen Rivalen herankommen sah – eine hagere schwarze Gestalt, die mit langen Schritten durch die winterliche Dämmerung eilte. Es schneite schwach, die winzigen, trockenen Flocken tanzten in dem schneidenden Wind, der durch die Straßen blies.

Nicolai hatte die Schultern hochgezogen und den Kragen über die Ohren geschlagen, um sich vor dem eisigen Wind zu schützen, daher sah er den Freiherrn erst, als dieser unmittelbar vor ihm vom Pferd sprang. Er zuckte einen Augenblick lang zurück, erschreckt von dessen unerwartetem Auftauchen, dann richtete er sich auf und grüßte mit einem frostigen Nicken.

Rudolf trat ihm in den Weg. »Was haben Sie denn hier verloren?«, fragte er barsch wie ein Hausherr, der einen Streuner auf seinem Grund und Boden entdeckt.

»Ich habe eine Verabredung. Lassen Sie mich vorbei …« Dr. Nicolai griff in seinen Mantel, zog eine Uhrkette hervor und studierte das im Dämmerlicht verschwimmende Ziffernblatt. »Es ist gleich sechs, ich will nicht unpünktlich sein.«

Er wollte um Rudolf herum durch das Tor des Vorgartens gehen, aber dieser versperrte ihm den Weg und packte ihn mit beiden Händen an den Oberarmen. »Merken Sie sich meine Worte«, zischte er. »Lassen Sie Ihre Spinnenfinger von meiner Verlobten, oder Sie können etwas erleben.«

Nicolai nahm die Beleidigung gleichmütig hin. »Da sind Sie im Irrtum. Sie sind einer von mehreren Bewerbern um ihre Hand.«

»Ich war so gut wie verlobt mit ihr, verdammt noch mal! Erst als Sie dazwischengekommen sind, hat sie plötzlich kein Interesse mehr an mir gehabt!«

Ein hämisches Lächeln kräuselte Dr. Nicolais Lippen. »Fräulein Dalbeck wird schon selbst wissen, was sie will.«

Rudolf sah rot. »Jeden anderen würde ich dafür zum Duell fordern! Aber Sie, Sie sind doch gar nicht satisfaktionsfähig, und Sie wissen auch, warum. Mit einem Juden schlage ich mich nicht!«

Dr. Nicolai zuckte nur die Achseln. »Umso besser. Ich habe gar keine Lust, mir von Ihnen eine Kugel in die Brust schießen zu lassen. Meinetwegen betrachten Sie mich deshalb als ehrlos. Meine Ehre hängt nicht von Ihrer Einschätzung ab. Und da die Sache nun zur allgemeinen Zufriedenheit geklärt ist, darf ich mich verabschieden.«

Rudolfs Griff verstärkte sich, er war drauf und dran, seinen Gegner in die Schneewächten am Wegrand zu schleudern, aber Aaron wand sich blitzschnell aus seinem Mantel, so dass er nur das Kleidungsstück in den Händen hielt. Und während Rudolf es noch verblüfft anstarrte, schnappte Aaron sich seinen Mantel und eilte, wieder hineinschlüpfend, zur Türe, die auf sein Klopfen hin sofort geöffnet wurde.

Rudolf starrte ihm nach. *Bastard*, dachte er, *der mit solchen hinterhältigen Tricks kämpft, statt sich ehrlich zu stellen!*

Er war drauf und dran, hinter ihm her zum Haus zu laufen und eine Unterredung sowohl mit dem Senator als auch mit Henny zu fordern, kam aber noch rechtzeitig zur Vernunft, ehe er sich blamiert hätte. Jetzt, wo sein Jähzorn verraucht war, ging ihm auf, wie peinlich es gewesen wäre, hätte jemand von der Dienerschaft die Balgerei der beiden Herren beobachtet.

In aller Eile schwang er sich wieder auf sein Pferd und ritt davon. Er würde mit Hugo reden, nahm er sich vor. Dessen erste Anschläge waren zwar gescheitert, aber er war ein Mann, dem nie die Ideen ausgingen. Irgendetwas würde ihm schon einfallen, wie sie diese Laus im Pelz wieder loswurden.

Der Ärztestreit

1

Rudolf von Lauderbach saß an seinem Schreibtisch und schrieb am Entwurf des Vortrags, den er demnächst vor seinen Freunden halten wollte. Nachdenklich las er die Einführung, wobei er Wort für Wort mit der Feder antippte:

»Die echte Cholera – Cholera morbus genannt – war im Unterschied von der heimischen Cholera, dem Brechdurchfall, bis zum Anfang unseres Jahrhunderts in der westlichen Hemisphäre gänzlich unbekannt. Erst um 1830 brachten die gegen den polnischen Aufstand herangerufenen russischen Truppen von der indischen Grenze die Krankheit erstmals nach Europa. Binnen weniger Jahre wurden fast alle europäischen Länder von verheerenden Seuchenwellen heimgesucht.«

Er hakte den Absatz zufrieden ab. So weit das unschuldige Vorwort, dachte er, und jetzt kam es knüppeldick:

»Die empirischen Befunde im Zusammenhang mit diesen Epidemien sind für die sogenannte wissenschaftliche Medizin niederschmetternd. Denn sie widerlegen beide seit dem ausgehenden Mittelalter in Europa herrschenden Theorien – sowohl die Miasmentheorie der Übertragung durch üble Dünste als auch die Kontagionstheorie der Übertragung durch einen klebrigen, schmutzartigen ›Krankheitsstoff‹ bei der Berührung eines Kranken. Zwei Jahrzehnte lang fehlte eine neue Theorie. Jetzt aber liegt eine solche vor: Die Krankheit wird durch im Wasser schwimmende Lebewesen ausgelöst und übertragen.«

Schluck das, Pettenkofer!, dachte er gehässig. Der Alte würde es noch erleben, wie die Sonne der Wahrheit durch die Wolken der

Ignoranz brach, denn immer mehr Beweise für die neuen Theorien tauchten auf. Eben war eine sensationelle Nachricht aus Italien gekommen: Dort hatte der Anatom Filippo Pacini winzige Körperchen im Blut von Cholerakranken entdeckt, die er als Erreger der Seuche ansah. Er hatte sie *Vibrio cholerae* genannt. Wenn seine Behauptungen stimmten, dann war das ein wissenschaftlicher Durchbruch ersten Ranges, aufregender noch als die Entdeckung des *Bazillus anthracis*, des Erregers des Milzbrandes, den Aloys Pollender 1849 in Schafsblut vorgefunden hatte. Jetzt ging es Schlag auf Schlag. Nicht mehr lange, und neue Erkenntnisse würden Max Pettenkofer und seine Anhänger mit ihrer Theorie vom *Genius loci* von der wissenschaftlichen Bühne hinwegfegen!

Er lächelte vor sich hin. Der Alte würde nicht mehr lange Gelegenheit haben, ihn als Spinner abzutun, und wenn er einpackte, dann konnte er seinen Assistenten gleich mitnehmen.

Entspannt und zuversichtlich tauchte er die Feder ins Tintenfass und schrieb an seinem Vortrag weiter:

»Entscheidende Fortschritte erzielte der Londoner Arzt John Snow, der bereits 1849 die Übertragung der Cholera durch verschmutztes Trinkwasser entdeckte. Mit der Betonung der allein entscheidenden Rolle des Trinkwassers stieß Snow jedoch auf den Widerstand der modernen Stadthygienebewegung. Nach Meinung ihrer Anhänger waren schlechte sanitäre Verhältnisse der wichtigste Grund für den Ausbruch von Choleraepidemien. Ihr bedeutendster Vertreter in Deutschland ist Max von Pettenkofer, der starrsinnige Nichtswisser ...«

Er hüstelte verlegen und strich die drei letzten Worte wieder aus. Es war ohnehin bekannt, dass er keine hohe Meinung von dem genialen Hygieniker hatte. Das hatte er nicht nötig, den wissenschaftlichen Streit auf der Ebene persönlicher Verunglimpfungen zu führen. Trotz seiner Jugend fühlte Rudolf sich als ein Edelmann alter Schule. Er war sich seiner gesellschaftlichen Stellung sehr bewusst, er akzeptierte seine Pflichten so bedingungslos, wie er seine Rechte wahrnahm. Was er auch dachte, sagte oder tat, immer begleitete ihn das Wissen, dass er als Angehöriger einer höheren Kaste handelte. Es war ihm ebenso selbstverständlich, sich Max Pettenkofer gegenüber korrekt zu verhalten, wie es ihm selbstverständlich war, ihn, den aus bescheidenen Verhältnissen stammenden Bürgerlichen, von Herzen zu verachten. Rudolf lehnte sich in seinen Sessel zurück und entspannte sich. Er war sehr zufrieden mit der Ordnung der Welt, wie sie war.

2

»Ich komme nun zum Fazit meiner Ausführungen über die seit 1830 immer wiederkehrenden Seuchenzüge der Cholera und fasse kurz zusammen. Meine Herren!«

Professor Max Pettenkofer, der während seines Vortrags im Auditorium der Königlich-Bayrischen Universität München unruhig auf und ab geschritten war, hielt abrupt an und fixierte seine Zuhörer, als wollte er jeden herausfordern, der ihm zu widersprechen wagte. Wie er da im Licht der Gaslampen stand, die die düstere Kaverne des Hörsaals erhellten, bot der Sechsunddreißigjährige einen imposanten Anblick. Pettenkofer war ein in jeder Hinsicht außergewöhnlich begnadeter Mann. Nicht nur seine Geisteskräfte wurden gepriesen, auch seine körperlichen Vorzüge begeisterten das Münchener Publikum. Seine zahlreichen Bewunderer, Männer wie Frauen, schwärmten in poetischen Worten von ihm: »Er ist ein schöner, kräftiger Mann, mit feurigem Auge und schwärmerischem Blick. Er hat einen dunklen Teint und rabenschwarzes Haar, welches in üppiger Fülle die ebenmäßige, mächtige Stirn umwallt, während starke und dichte Augenbrauen das geniale Auge beschatten.« Auf jeden Fall war er ein leidenschaftlicher Mensch, und die Heftigkeit, mit der er seine Ansichten vertrat, verlieh ihm etwas von einem angriffslustig grollenden Tiger. Die Studenten und jungen Ärzte, die auf den ansteigenden Sitzreihen seinem Vortrag gelauscht hatten, betrachteten ihn voll Ehrfurcht. In ihren Augen war er ein Universalgenie, gleichermaßen bewandert in der Chemie, der Medizin, der Bautechnik und auf anderen Gebieten. In letzter Zeit hatte er sich, inspiriert von den Cholera-Epidemien, die seit den 30er Jahren immer wieder Europa heimsuchten, speziell den Fragen der Seuchenprophylaxe zugewandt und verteidigte vehement den Standpunkt, dass die Münchener Elendsviertel mit ihren offenen Latrinen, ungelüfteten und verdreckten Quartieren und ungewaschenen Menschen Brutstätten solcher Epidemien seien. Zurzeit arbeitete er an einem Buch mit dem Titel: ›Untersuchungen und Beobachtungen über die Verbreitung der Cholera‹.

»Daher«, nahm er den Faden seines Vortrags wieder auf, »sind es die hygienischen Verhältnisse in den Städten, denen wir unsere Aufmerksamkeit zuwenden müssen, wenn wir dem wiederholten Ausbruch von Seuchen einen Riegel vorschieben wollen. Wir leben in einer Zeit rasanter Veränderungen. Nie da gewesene Zustände als Folge der wachsenden Industrialisierung zwingen zum Handeln: der rapide Anstieg der Bevölkerungszahl, die damit verbundene Verelendung, die Stadtverschmutzung. Wir müssen den verantwortlichen Behörden die Abhängigkeit der Entstehung von Typhus, Fleckfieber und Cholera von der Beschaffenheit der menschlichen Umgebung begreiflich machen. Das ist keineswegs etwas Neues, sondern eine der Wissenschaft seit Jahrhunderten bekannte Tatsache.«

Er beugte sich zur Seite und klopfte mit dem Zeigestab auf die verstaubte Marmorbüste des Hippokrates, der zusammen mit anderen medizinischen Berühmtheiten das Wandsims hinter dem Katheder schmückte. »Schon in der Antike hatte man verstanden, dass in sumpfigen Gegenden, wo die Luft zu bestimmten Jahreszeiten sehr feucht und übel riechend war, Fiebererkrankungen besonders häufig auftraten. Man nannte diese daher *Malaria*, ›schlechte Luft‹. Ich habe mit den Methoden der modernen Chemie nachgewiesen, dass eine Verunreinigung der Böden ausschlaggebend für die Verbreitung der Cholera sowie anderer Seuchen ist, denn durch Fäulnisprozesse im Boden mutiert, wie ich ausführlich dargelegt habe, ein ursprünglich unschädlicher Keim zum Auslöser von Krankheiten. Die Cholera –«

Er wurde mitten im Satz unterbrochen von einem massigen, graubärtigen Mann, der in einer der obersten Bänke hochfuhr wie ein Springteufel und empört ausrief: »Unsinn, was für ein Unsinn! Aus meiner langjährigen Erfahrung geht eindeutig hervor, dass das Cholera-Miasma ausschließlich in die Reihe der Gelegenheitsursachen gestellt und bei der Pathogenese der Krankheit nicht überschätzt werden darf! In der Tat beobachtete man in London viele der schwersten Cholerafälle in gut gelegenen Straßen, in schönen, der Luft und Sonne zugänglichen Häusern, bei reinlichen und sittsamen Menschen, in deren Umgebung keinerlei Miasmen auftreten konnten!«

Pettenkofer, der jeden Widerspruch als Schlag ins Gesicht empfand, ballte die Fäuste und brüllte den Mann nieder. »Sie wurden nicht gefragt! Niemand hat Ihnen das Wort erteilt! Behalten Sie Ihren Unsinn bei sich, Sie Ignorant!«

Der Graubart wollte schon zurückbellen, wurde aber auf eine Handbewegung des Vortragenden hin vom Hörsaaldiener aufgefordert, den Raum zu verlassen. Daraufhin verzog er sich, laut vor sich hin schimpfend, und schleuderte wütende Blicke auf Pettenkofer.

Dieser fuhr mit erhobener Stimme fort: »Wie ich eben sagte: Die Cholera wird verursacht durch Entwicklung eines Gases bei Zersetzung flüssiger Exkremententeile, gleichviel ob aus Harn oder Kot stammend, in feuchtem, porösem Erdreich. Die Ansteckung erfolgt über die vergiftete Luft, in der sich die Schwaden der Miasmen verbreiten.« Er blickte in die Runde. »Ist der Begriff Miasma allseits bekannt? Nein? Kollege Nicolai, erklären Sie bitte das Wort für die Neulinge.«

Aaron Nicolai, der auf einem Stuhl neben dem Katheder gesessen hatte, erhob sich mit einer seiner charakteristischen schlenkernden Bewegungen, blickte in die Runde und folgte der Aufforderung des Professors mit weicher, volltönender Stimme, die gedämpft wirkte, aber bis in die letzten Bankreihen des Amphitheaters klar zu verstehen war.

»Als Miasma bezeichnet man von altersher jene schädlichen

Ausdünstungen, welche sich als sichtbarer oder unsichtbarer Nebel aus vergifteten Böden erheben, von der Luft fortgetragen werden und beim Einatmen Krankheiten auslösen und verbreiten. Das griechische Wort bedeutet so viel wie übler Dunst, Verunreinigung, Befleckung.« Er wandte den Kopf und durchbohrte Dr. Lauderbach, der in der ersten Reihe saß, mit Blicken. Klar und gemessen, als müsste er einem Kind etwas erklären, konstatierte er: »Eine Verbreitung der Krankheit über das Wasser halten wir für ausgeschlossen, da dieses keine Miasmen aufnehmen kann.«

Aus einigen Bänken wurden verstohlene Pfiffe und Buhrufe hörbar, die aber wohlweislich hinter dem Rücken des Vordermannes abgegeben wurden.

Professor Pettenkofer ignorierte den feindseligen Lärm. Er dankte seinem Assistenten und fuhr fort: »Unser Hauptaugenmerk muss sich also auf die Boden- und Grundwasserbeschaffenheit richten, auf den malignen *Genius loci* des Ortes, den wir als Seuchenquelle entlarvt haben.« Er sah sich im Auditorium um. »Haben alle den Begriff *Genius loci* verstanden?«

Gemurmel verriet, dass viele der Erstsemestrigen ihn nicht verstanden hatten, aber zu schüchtern waren, sich zu erkundigen.

Pettenkofer wandte sich von Neuem an seinen Assistenten. »Kollege Nicolai, erklären Sie es den Studenten.«

Mit der lässigen Selbstsicherheit eines Fachmannes, der zum wiederholten Mal einfachste Grundbegriffe erklärt, erläuterte Aaron Nicolai: »Der Begriff *Genius loci* – zusammengesetzt aus lateinisch: *Genius* = Schutzgeist und *loci* = Genitiv Singular von *locus* = Ort – bezeichnete ursprünglich in der römischen Mythologie den Schutzgeist oder die Schutzgottheit eines Tempels bzw. eines heiligen Ortes. Heute wird der Ausdruck im übertragenen Sinne gebraucht. So bezeichnet man die besondere, vorherrschende Atmosphäre, den einzigartigen, innewohnenden Charakter eines Ortes als *Genius loci*. In der Medizin bedeutet der Ausdruck jene spezifische Ausdünstung, die einem Ort eigen ist und ihn zur Krankheitsquelle macht.«

»Sehr gut, danke.« Pettenkofer nickte ihm kurz zu und ergriff wieder das Wort. »Nun, um diesen bösen Genius zu bekämpfen, brauchen wir umfangreiche experimentelle Untersuchungen in den Bereichen Bodenverunreinigung, Kanalisation, Wasserqualität und häusliche Sauberkeit. Dann müssen wir die entsprechenden hygienischen bzw. sanitären Maßnahmen ergreifen. Wir müssen Schluss machen mit den offenen Latrinen, wir müssen die vom Fäkalschlamm verunreinigten Böden säubern und eine funktionierende Kanalisation anlegen. Wir müssen den malignen *Genius loci* zerstören, wo immer wir ihn vorfinden. Hygiene, meine Herren! Hygiene heißt das Zauberwort, das die Seuchen bannt.« Er nickte den jüngsten Studenten zu, deren Blicke in atemloser Aufmerksamkeit an seinen Lippen hingen. »Für diejenigen unter Ihnen, die die Griechischstunden im Gymnasium geschwänzt haben: Hygieia war die griechische Göttin der Gesundheit. Ich danke Ihnen für Ihre Aufmerksamkeit. Wenn Sie Fragen haben, stellen Sie sie bitte.«

Er schob die Hände in die Taschen seines braunsamtenen Gehrocks und musterte aufmerksam die vielen jugendlichen Gesichter, die ehrfürchtig zum Podium des Professors aufsahen. Der Tag war dunkel, das Licht der Gaslampen schwächlich, und so erschienen sie ihm als helle Flecke wie das Aufleuchten von Fischen in einem schlammigen Teich. Die meisten waren ihm noch fremd. Neulinge, die sich eben erst an der Universität eingeschrieben hatten. Umso besser. Erziehung musste am Anfang beginnen, bevor sie irgendwelchen Unsinn über unsichtbar herumwimmelnde Tierchen in sich aufgesaugt hatten.

Ein dumpfes Gebrabbel erfüllte das Amphitheater des Hörsaales. Schließlich erhob sich ein vierschrötiger Bursche, dem man ansah, dass er vom Land kam. »Verzeihen Sie, Herr Professor, wenn ich etwas Dummes frage – aber der Name Cholera kommt vom griechischen Worte Chole, Galle, her, nicht wahr? Warum das?«

Pettenkofer bedeutete Dr. Nicolai, die Frage zu beantworten, was dieser auch, ohne nachzudenken, tat. »Weil die Alten, gemäß der damals herrschenden Humoralpathologie, der Lehre von den Körpersäften, die Krankheit als von abnormer Gallbereitung herrührend betrachteten. Diese Erklärung ist längst überholt, den Namen der Seuche hat man jedoch aus praktischen Gründen beibehalten.«

Der Student dankte und setzte sich.

Der Nächste war Rudolf Freiherr von Lauderbach-Sillern, der die Hand hob zum Zeichen, dass er eine Frage stellen wollte.

Professor Pettenkofer stützte beide Hände auf das Lesepult, beugte sich vor und betrachtete ihn mit einer Mischung aus Verdruss und Amüsement. »Ah«, bemerkte er. »Der Geist des Widerspruchs meldet sich zu Worte. Heraus damit, Kollege Lauderbach! Was haben Sie meinen Ausführungen entgegenzuhalten?«

Er wusste genau, was Lauderbach ihm entgegenzuhalten hatte, aber er genoss es, wenn der junge Arzt ihm bei jeder Vorlesung widersprach. Der Junge war so verbohrt, dass er es allen vernünftigen Gegenargumenten zum Trotz immer wieder probierte, seine absurden Theorien durchzudrücken – und dem berühmten Professor damit Gelegenheit gab, die Ansichten seiner Gegner in Grund und Boden zu stampfen.

Lauderbach erhob sich mit der Pose eines Boxers, der in den Ring steigt. Die breiten Schultern nach unten gedrückt, das Kinn vorgeschoben, starrte er den Gelehrten an. Seine Augen funkelten, aber seine angenehme, weithin tragende Stimme war ruhig und beherrscht. »Mit Verlaub, Herr Professor, ich muss einiges an Ihren Ausführungen berichtigen, da diese nicht auf der Höhe der Erkenntnisse sind.«

Unruhe breitete sich im Auditorium aus, als die Studenten Zeugen dieser unverschämten Herausforderung wurden, aber Lauderbach überhörte den Lärm und fuhr fort: »Zweifellos sind Ihre Bemühungen um öffentliche und private Hygiene lobenswert, doch beruhen sie auf gänzlich veralteten Prämissen. Der Herr Kollege Nicolai hat uns erklärt, was ein *Genius loci* ist, er hat allerdings vergessen, darauf hinzuweisen, dass es sich dabei um ein Ammenmärchen handelt.«

Die Zuhörer merkten auf. Dr. Nicolai jedoch lächelte und lehnte sich mit verschränkten Armen zurück zum Zeichen, dass dieser Angriff ihn höchstens belustigte, ihn aber keinesfalls beeindruckte.

Lauderbach ignorierte den Hohn. »Die Vorstellung, dass an bestimmten Orten schlechte Gerüche, giftige Dünste und Krankheiten auslösende Nebel aufsteigen, sogenannte Miasmen, stammt von Hippokrates und gehört wie so vieles, was dieser zweifellos großartige Arzt der griechischen Antike sagte, in die Gerümpelkammer der Wissenschaft. Wir können uns beruhigt von dem Aberglauben lösen, dass die Cholera – und andere Krankheiten – durch die Ausdünstungen von Sümpfen, Leichen und Kometenschweifen oder durch ungünstige Planetenkonstellationen verursacht wird. Die Auslöser der Krankheit sind vielmehr winzige lebende Organismen, Bazillen genannt. Sie wurden erstmalig im Jahr 1676 von Antoni van Leeuwenhoek mit Hilfe eines selbst gebauten Mikroskops in Gewässern und im menschlichen Speichel beobachtet und von ihm in Berichten an die Royal Society of London beschrieben. Allerdings wurde ihre Wirkungsweise erst kürzlich erkannt. Es sind lebende Krankheitskeime, die von Mensch zu Mensch, aber auch über das Wasser, durch mit Wasser zubereitete Lebensmittel und sogar durch Gegenstände wie Kleider, Decken und dergleichen transportiert werden können und überall, wo sie landen, dieselbe Krankheit auslösen, an ›guten‹ wie auch an ›schlechten‹ Orten. Vor allem werden sie über das Trinkwasser aus den öffentlichen Brunnen verbreitet, denn oft sind diese Brunnen undicht und befinden sich in der Nähe von Sickergruben, auch sind sie meist gegen Zuflüsse von oben ungenügend geschützt. Während der letzten Typhusepidemie war es daher häufig der Fall, dass, wenn am Brunnen die Wäsche eines Typhuskranken gewaschen und das Wasser weggegossen wurde, es durch Ritzen in den Brunnenschacht hinabfloss und damit die Krankheitserreger ins Trinkwasser schleppte. Übrigens waren die Münchner damals bereits überzeugt, dass das Wasser die schlimmste Ansteckungsquelle war, deshalb tranken sie so wenig wie möglich davon und konsumierten stattdessen ungeheure Mengen von Bier.«

»Hoch lebe das bayrische Bier!«, rief einer. Eine Welle von Gelächter ging durch die Reihen.

Rudolf fuhr fort: »Dennoch wurde München im September 1836 von der Cholera befallen. Es erkrankten damals 1974 Personen, von denen 918 starben.«

»Sehr gut, sehr gut!«, warf Professor Pettenkofer ein. »Sie haben Ihre Statistik gut im Kopf, es wäre nur schön, wenn Sie auch die richtigen Theorien im Kopf hätten! Ich erinnere mich gut an die Cholera 1836. Ich war damals Gehilfe meines Onkels an der Münchener Hof- und Residenzapotheke, an der ich mich auf den Abschluss des Gymnasiums und die Aufnahme des Universitätsstudiums vorbereitete. Tja, das war eine schlimme Zeit damals! Aber ich habe Sie unterbrochen, Herr Kollege, verzeihen Sie.« Mit gespielter Leutseligkeit lächelte er dem jungen Arzt zu. »Fahren Sie doch fort in Ihrer geistreichen Kritik meines Vortrages, Dr. Lauderbach.«

Dieser, angestachelt durch den Hohn, beugte sich vor, als wollte er jeden mit den Fäusten attackieren, der seinen Ansichten widersprach. »Mit Vergnügen, Herr Professor. Dass der Ausbruch und die Verbreitung einer Krankheit nicht dem Einfluss eines bestimmten Ortes zuzuschreiben ist, wurde längst bewiesen, besonders augenfällig im Jahre 1848 durch den österreichischen Arzt Dr. Ignaz Semmelweis. Dieser beobachtete, dass an zwei im gleichen Gebäude gelegenen Gebärkliniken des Wiener Allgemeinen Krankenhauses die Sterblichkeit durch das sogenannte Kindbettfieber – eine Blutvergiftung – in der einen sehr hoch, in der anderen fast null war. Semmelweis erkannte, dass die ungewöhnliche Mortalität in der einen Klinik dadurch verursacht wurde, dass dort Ärzte arbeiteten, die vorher Sektionen durchgeführt hatten und mit ungewaschenen Händen die wunden Genitalien der Wöchnerinnen untersuchten. Sie wissen, dass bis vor Kurzem in den Krankenhäusern die entsetzlichsten sanitären Zustände herrschten. Die Ärzte trugen beim Operieren Straßenkleidung und darüber Schürzen aus Gummi – aus schwarzem Gummi, damit man die darauf klebenden Blutflecken nicht sah. Ja, es kam nicht selten vor, dass die Sektionen von Leichen und Operationen an Patienten auf denselben Tischen stattfanden! Dadurch übertrugen die Ärzte Krankheitskeime auf ihre Patientinnen. In der anderen Klinik dagegen arbeiteten Hebammen, die natürlich nicht sezierten. Als Dr. Semmelweis anordnete, dass die Ärzte nach jeder Sektion ihre Hände gründlich zu desinfizieren hätten – wodurch die lebenden Bazillen abgetötet wurden –, sank auch in seiner Klinik die Mortalität. Nun müsste doch, da sich die Kliniken am selben Ort befanden, der gleiche *Genius loci* auch gleiche Wirkungen hervorbringen, nicht wahr? Dem war aber nicht so.«

Pettenkofer gab sich, den unerfahrenen Studenten zuliebe, den Anschein, aufmerksam zu lauschen, obwohl er diese Rede längst auswendig kannte. Anstatt selbst zu antworten, wandte er sich von Neuem an seinen Assistenten. »Kollege Nicolai, haben wir auf die Ausführungen des Herrn Dr. von Lauderbach eine Antwort?«

Der Angesprochene erhob sich erneut und streckte sich, kerzengerade aufgerichtet, zu seiner beachtlichen vollen Größe. Er war sich seiner eindrucksvollen Erscheinung voll bewusst. Er machte eine angedeutete Verneigung in Richtung des Vortragenden, ehe er mit einem spöttischen Schmunzeln antwortete: »Gern, Herr Professor. Obwohl es mir scheint, dass ich ebenso gut wissenschaftliche Argumente bemühen könnte, um die Existenz von Feen und Geistern zu widerlegen wie die von Dr. Lauderbachs Infektionstierchen.«

Eine Welle von unterdrücktem Gelächter lief durch die Sitzreihen. Unter den älteren Semestern war Dr. Aaron Nicolais scharfe Zunge bereits bestens bekannt, aber die Jüngeren erlebten sie zum ersten Mal. Rudolf von Lauderbach errötete zornig, schwieg jedoch. Die akademischen Spielregeln verlangten, dass er wartete, bis sein Gegner ausgeredet hatte.

»Ignaz Semmelweis«, erklärte Professor Pettenkofers Assistent, »wird von keinem angesehenen Arzt ernst genommen, merken Sie sich das, meine Herren. Im Gegenteil, man betrachtet ihn allgemein als Verrückten, der sich unsichtbaren Schmutz von den Händen schrubbt. Jeder Irrenarzt wird Ihnen bestätigen, dass es sich beim zwanghaft häufigen Waschen der Hände aus Angst vor Verunreinigung um eine geistige Erkrankung handelt. Semmelweis wurde ja auch 1849 aus der Wiener Klinik entfernt, sehr zu Recht, wie ich sagen möchte.« Er verschränkte die Arme vor der Brust und blickte seinen Gegner herausfordernd an.

Lauderbach schnaubte. »Ich bin überzeugt, dass man Ignaz Semmelweis übel verleumdet, da man sonst zugeben müsste, dass die Ärzte selbst für den qualvollen Tod ungezählter Frauen verantwortlich sind. Aber bitte, das ist nicht mein einziges Argument. Nennen wir andere Zeugen!«

»Zeugen! Sie verblüffen mich, Herr Kollege.« Aaron legte den Kopf schief und nahm, mit dem Zeigefinger ans Kinn klopfend, eine Haltung ironischer Aufmerksamkeit ein, mit der er wiederum die Lacher auf seiner Seite hatte.

Dr. Lauderbach hatte sichtlich darum zu kämpfen, ruhig und sachlich zu bleiben. Die Studenten in den ersten Reihen konnten deutlich sehen, wie ihm das Blut ins Gesicht stieg und sein Hals anschwoll. Seine Hände ballten sich zu Fäusten. Aber sein Tonfall blieb ruhig und kühl. »Ja, ich habe Zeugen. Die Idee von lebenden Krankheitserregern tauchte bereits im 1. Jahrhundert vor unserer Zeitrechnung auf. Der römische Arzt Marcus Terentius Varro, der 116 v. Chr. geboren wurde, vertrat die Ansicht, dass die Luft der Sümpfe deshalb verderblich sei, weil sie von winzigen Tierchen geschwängert wäre, die in die Nase und dadurch in den ganzen Körper eindrängen. Im 17. Jahrhundert beobachtete Antoni van Leeuwenhoek unter dem Mikroskop, dass die Puppen der Flöhe von winzigen Milben angegriffen werden. Ebenfalls im 17. Jahrhundert veröffentlichte der Jesuit Athanasius Kircher Berichte über seine Entdeckung staubkorngroßer Würmer, die er in Massen in der Luft, im Wasser, im Boden, in Milch, Käse, faulen Pflanzenteilen sowie im Blut und im Eiter Pestkranker gefunden hatte. Diese Würmchen bezeichnete er als Mikroorganismen und sah in ihnen den Keim der Beulenpest, nachzulesen in seinem Werk ›Scrutinium pestis physico-medicum‹.«

Nicolai machte eine wegwerfende Handbewegung. »Papperlapapp! Ihren Römer kennt doch niemand. Leeuwenhoek war kein Arzt, sondern Optiker, der zwar exzellente Linsen schleifen konnte, aber nicht verstand, was er damit sah. Athanasius Kircher war ein Hansdampf in allen Gassen, der in allen Wissenschaften herumpfuschte, der Ägyptologie, Geologie, Medizin, Mathematik und Musiktheorie, und von keiner wirklich etwas verstand. Dass dieser halbgelehrte Jesuit sich einbildete, es gäbe einen Einfluss von ›staubkorngroßen Wesen‹ auf die Verbreitung der Pest, hat nichts zu besagen. Sie müssen mir schon glaubwürdigere Zeugen beibringen, lieber Herr Kollege.«

Lauderbach knirschte mit den Zähnen. »Die habe ich, *lieber Herr Kollege.* Beispielsweise Jacob Henle, einen der bedeutendsten Medizinprofessoren der Universität Göttingen. Dieser hatte bereits im Jahre 1840 postuliert, dass ansteckende Krankheiten durch lebende, parasitische Organismen verursacht würden, für die er die Begriffe *Contagium vivum* bzw. *Contagium animatum* prägte. 1849 haben die prominenten englischen Ärzte Dr. John Snow und Dr. William Budd eine Abhandlung vorgelegt, in der sie die Auffassung vertraten, dass Cholera von lebenden Organismen im Trinkwasser hervorgerufen würde. Sie lieferten auch den Beweis dafür. Und erst vor wenigen Tagen wurde uns eine wissenschaftliche Sensation aus Italien berichtet: Dort hat der Anatom Filippo Pacini im Blut von an Cholera erkrankten Menschen winzige Lebewesen entdeckt, die er als *Vibrio cholerae* bezeichnet.« Er stützte beide Hände auf die Schranke, die die erste Reihe des Amphitheaters vom Podium des Vortragenden trennte, und schob angriffslustig das eckige Kinn vor. »Ich könnte noch zahlreiche weitere Zeugen nennen, halte es aber nicht für notwendig.«

»Zeugen, die niemand ernst nimmt«, widersprach Dr. Nicolai. »Um die seit Jahrhunderten gültige Miasmenlehre zu erschüttern, braucht es schon mehr als ein paar vibrierende Würmchen.« Er hob beide Hände und machte mit seinen langen Fingern possierlich krabbelnde Bewegungen, die einen neuerlichen Lachsturm im Auditorium auslösten. »Sind Sie sicher, Herr Kollege, dass Ihre Zeugen nicht vom Alkohol beeinflusst waren, als sie ins Mikroskop schauten? Man sagt, hochgradige Alkoholiker sähen häufig solche hastig herumwimmelnden Tierchen.«

Die Zuhörer brüllten vor Lachen. Dr. Lauderbachs kantiges Gesicht lief blaurot an, die Adern in seinen Schläfen pulsierten sichtbar. Er brüllte los: »Wenn Sie recht haben mit Ihrer lächerlichen Miasmen-Theorie, wie kommt es dann, dass es vor dem Jahre 1830 keine Cholera-Epidemien in Europa gab? Wie das, wo die Städte doch damals noch dreckiger waren, das Trinkwasser eine noch viel schlimmere Brühe? Ich kann es Ihnen sagen: Erst in diesem Jahr brachten russische Truppen die Krankheit nach Europa. Die Seuche, an der berühmte Persönlichkeiten wie Hegel, Clausewitz, Gneisenau und viele andere starben, wurde von Soldaten eingeschleppt, die sich in Indien infiziert hatten. Binnen weniger Jahre gingen verheerende Epidemien über Europa hinweg – aber erst, nachdem die Infektionstierchen, wie Sie sie zu benennen belieben, mit einem menschlichen Träger nach Europa gekommen waren!«

Jetzt schrie auch Nicolai. »O ja, gewiss! Ich sehe geradezu vor mir, wie Ihre Miniaturwürmchen den Soldaten auf die Tornister hüpften und sich von ihnen huckepack nach Europa tragen ließen! Wenn sie nur so groß wie Staubkörnchen sind, hätte es ja wohl auch zu lange gedauert, hätten sie auf ihren kurzen Beinchen laufen müssen!«

Wiederum wurde allgemeines Gelächter laut. Der schäumende Lauderbach griff nach dem Tintenfass auf seinem Pult, nahe daran, es seinem Gegner ins Gesicht zu schleudern, und beherrschte sich nur mit Mühe.

»Meine Herren!« Aaron Nicolai wandte sich unmittelbar an die Studenten. Seine schwarzen Augen funkelten. Er war mindestens so aufgewühlt wie sein Gegner, als er seinen berühmten Mentor verteidigte. »Schluss mit den sinnlosen Debatten! Wir haben auf der einen Seite das fest gefügte Gebäude einer seit der

Antike erprobten und vielfach bewiesenen Lehre, auf der anderen Seite die konfusen Theorien einiger Wirrköpfe, die sich, ähnlich den vom Wahn besessenen Kranken, von gefährlichen kleinen Scheusalen verfolgt fühlen. Entscheiden Sie selbst, was dem gesunden Menschenverstand vernünftiger erscheinen muss.«

Lauderbach antwortete mit gefährlicher Ruhe. »Herr Kollege, Sie versuchen uns leeren Spott als Argumente für eine längst veraltete Anschauung zu verkaufen. Ich weiß, dass Ihresgleichen gerne mit Altwaren handelt, aber als Wissenschaftler sollten Sie diese natürliche Neigung Ihrer Rasse unterdrücken.«

Pettenkofer mischte sich erzürnt ein. »Herr Kollege Lauderbach, mäßigen Sie Ihre Sprache und verzichten Sie auf persönliche Beleidigungen, sonst muss ich Ihnen das Wort entziehen.«

Der junge Arzt richtete sich stolz auf. »Sie mögen mir den Mund verbieten, Herr Professor, aber Sie können die Wahrheit nicht mehr zum Verstummen bringen!«

»Schön gesagt, Herr Kollege!«, rief Aaron Nicolai und applaudierte höhnisch. »Aber die schönen Worte machen aus einem Unsinn noch lange keinen Sinn!«

Lauderbach setzte zu einem neuerlichen Angriff an, hatte aber kaum den Mund geöffnet, als ein gut gekleideter, beleibter älterer Herr, offenbar Arzt, in einer der oberen Bankreihen aufsprang und laut in den Saal rief: »Ich protestiere ebenfalls gegen die Miasmenlehre!« Sein rotes Gesicht und das drahtige, wie im Zorn gesträubte Haar verrieten ein cholerisches Temperament. Mit dröhnender Stimme fuhr er fort, wobei er ein dünnes graues Büchlein über seinem Kopf schwenkte: »Mein Name ist Dr. Paulus. Ich bin Verfasser eines Buches über Schutzmittel gegen Cholera und sämtliche aus naturwidriger Nahrungsart entspringenden Übel. Ich habe bewiesen –«

Er kam nicht weiter. Auf der anderen Seite des Hörsaals sprang ein anderer auf, ein hochgewachsener, langbärtiger Herr mit goldenem Kneifer, der ebenso echauffiert ins Publikum kläffte: »Miasmen, Infektionstierchen, beides ein Unsinn! Die Cholera entsteht durch tiefgreifende Leidenschaften im Gehirn!

Meine Herren Studenten, merken Sie sich: Übertriebene geistige Anstrengungen und Seelenleiden verstimmen die Organe des Unterleibes, besonders die gallerzeugende Funktion der Leber. Daher schweben der Ehrsüchtige, der Zänker, der giftig Zornige, der Kummergebeugte und der Wollüstige gleichermaßen in Gefahr zu erkranken.«

Ein Dritter übertönte das Geschrei der beiden Herren. »Ich bitte zu bedenken: Die Frage, ob die Cholera ansteckend sei, hat zu vielen Erörterungen Veranlassung gegeben, und noch sind die Ärzte darüber nicht einig …«

Max Pettenkofer fuhr mit beiden Händen durch sein üppig gelocktes Haar und steckte demonstrativ die Zeigefinger links und rechts in die Ohren. »Ruhe!«, brüllte er mit Donnerstimme. »Ruhe oder ich lasse den Saal räumen! Wir sind ohnehin am Ende der Vorlesung angelangt. Pedell! Öffnen Sie die Türen des Auditoriums!« Mit einem boshaften Lächeln fügte er hinzu: »Die Herren, die sich jetzt ereifert haben, sind eingeladen, meinen Vortrag ›Wissenschaft und Scharlatanerie‹ zu hören, darin werden Ihre Ansichten aufs Ausführlichste besprochen.«

3

Dr. Aaron Nicolai verließ den Hörsaal mit raschen Schritten und eilte den Korridor entlang, dessen altehrwürdiges Gemäuer mit den hochmütig aus ihren Nischen blickenden Bronzebüsten verstorbener Professoren jetzt im Winter eine geradezu gespenstische Eiseskälte ausströmte. Er zog den Gehrock um die eckigen Schultern zusammen und entfaltete den Mantel, den er über dem Arm getragen hatte. Die wilden Debatten zwischen den verschiedenen medizinischen Fraktionen waren vergessen. Ihm stand ein erfreulicher Abend im Haus des Senators bevor, der ihn jetzt regelmäßig zum Schachspielen einlud. Berechnende Menschen sind gute Schachspieler, und so waren die beiden Männer einander ebenbürtige Gegner.

Das »Unternehmen Dalbeck« ließ sich bemerkenswert gut an. Was nicht etwa hieß, dass er Henny gleich zu sehen bekommen oder gar unter vier Augen mit ihr hätte reden dürfen. Die gute Sitte verlangte, dass ein in die engere Wahl gekommener Bewerber erst einmal zu unverbindlichen, öffentlichen Gastlichkeiten ins Haus der zukünftigen Schwiegereltern eingeladen wurde, dann zu intimeren familiären Zusammenkünften, und erst nach einer angemessenen Zeitspanne wurde ihm gestattet, Kutschenfahrten und Spaziergänge in Gesellschaft der Umworbenen zu unternehmen – selbstverständlich in Begleitung einer Anstandsdame. Aaron hatte sich fügsam gezeigt. Er unterwarf sich ohne Widerspruch den komplizierten Zeremonien des Kennenlernens. Mit niemals nachlassender Höflichkeit und Ritterlichkeit durchschritt er die einzelnen Stufen der Initiation in die Familie Dalbeck und blickte dabei mit seinen dunklen Mandelaugen starr geradeaus auf das ersehnte Ziel. Alles, was er tat und erlebte, war nur insofern interessant für ihn, als es ihn dem Ende des Weges einen Schritt näher brachte – und das galt auch für sein Benehmen Henny gegenüber. Er legte die Zurückhaltung an den Tag, die von einem ehrbaren jungen Mann erwartet wurde. Höflich und zuvorkommend, ohne das geringste Anzeichen von Verliebtheit oder gar Leidenschaft, erfüllte er alle vorgeschriebenen Rituale.

Eigentlich hatte er sich vorgestellt, dass ihm diese kühle Attitüde leichtfallen würde. Bei Clara Colberg hatte er jedenfalls keine Schwierigkeiten damit gehabt. Henny Dalbeck war anders. Sie irritierte ihn – in mehr als einer Hinsicht. Manchmal empfand er sogar unterdrückte Wut ihr gegenüber, denn immer wieder quälte ihn der Verdacht, dass nicht er sie steuerte, sondern sie ihn.

Aaron wollte eben die breite Marmortreppe hinuntergehen, als er von hinten grob am Arm gepackt wurde. Er drehte sich um und blickte in ein vor Zorn scharlachrot angeschwollenes Gesicht.

Dr. Lauderbach sprach mit gedämpfter Stimme, aber der fiebrige Glanz in seinen Augen verriet, dass er sich kaum noch unter

Kontrolle halten konnte. »Hören Sie zu, *Kollege* Nicolai«, knirschte er zwischen zusammengebissenen Zähnen. »Dass Sie ständig versuchen, mich vor den Studenten zum Hanswurst zu stempeln, soll mir egal sein. Dass meine Überzeugung die richtige ist, wird die Geschichte erweisen, darüber mache ich mir keine Sorgen. Aber eines ist mir nicht egal, nämlich dass Sie in meinem Revier wildern.«

Der Streit, so leise er auch geführt wurde, erregte Aufsehen. Studenten, Ärzte und auch der eine oder andere Professor blieben stehen und beobachteten unauffällig die Kontrahenten.

Rudolf keuchte. »Für ein Duell sind Sie mir nicht gut genug«, zischte er mit wutverzerrtem Gesicht. »Aber eine Ohrfeige ist genau das Richtige für Sie!« Er holte aus, um mit aller Wucht zuzuschlagen. Aaron wich beiseite, so flink und geschickt, wie ein Torero dem angreifenden Stier ausweicht, und der Schwung des Schlages riss den Angreifer vorwärts. Auf den glatten Fliesen rutschten seine Stiefel aus. Er ruderte vergeblich mit beiden Armen, um das Gleichgewicht wiederzufinden, knallte mit dem Kopf gegen die Mauer, rutschte daran herunter und lag, alle viere von sich gestreckt, auf dem Fliesenboden des Korridors.

Unter den Zeugen des Streites begannen einige zu lachen, als sie ihn so daliegen sahen, und das brachte Rudolf schneller wieder auf die Beine als ein Guss kaltes Wasser. Die Augen noch glasig von dem harten Sturz, rappelte er sich auf, erwischte seinen Gegner am Ärmel des Gehrocks, presste ihn gegen die Mauer und versetzte ihm, der nicht mehr ausweichen konnte, einen brutalen Faustschlag ins Gesicht. »So!«, brüllte er voller Genugtuung. »Wie Sie jetzt aussehen, können Sie sich wenigstens eine Weile lang nicht im Palais Dalbeck blicken lassen!«

Aaron stöhnte auf und wischte sich mit dem Ärmel das Blut ab, das ihm aus Mund und Nase lief. Er versuchte sich loszureißen, aber vergeblich, und Lauderbach holte bereits zu einem neuerlichen Boxhieb aus, der ihm den Kiefer zerschmettert hätte, als zwei der anwesenden Professoren herbeieilten und sich zwischen die Kontrahenten warfen.

Sie zerrten den Edelmann, der wutschäumend in ihren Griffen strampelte, von seinem Gegner weg. Unterstützt von einigen Studenten, die ihnen zu Hilfe kamen, schleppten sie ihn die Treppe hinunter, um ihn zum Tor hinauszubefördern.

Aaron Nicolai taumelte in den Waschraum und betrachtete sein Gesicht im Spiegel. Ein Auge begann bereits zuzuschwellen, seine Lippe war geplatzt, und von der Augenhöhle bis zum Mundwinkel zog sich eine tiefe Wunde, wo der scharfkantige Siegelring ihn getroffen hatte. Er sah grauenhaft aus und würde, wenn erst alle Blutergüsse ihr volles Farbenspiel entwickelt hatten, noch viel grauenhafter aussehen. Lauderbach hatte recht gehabt: Mit dieser zerschlagenen Visage konnte er sich unmöglich bei den Dalbecks blicken lassen. Am besten wäre es, sich die nächsten vierzehn Tage nicht aus der Wohnung zu rühren.

Aber dann glitt plötzlich ein Lächeln über seine blutverschmierten Lippen. »Danke, Rudolf«, zischte er. »Danke. Das war eine sehr, sehr gute Idee von dir.«

4

Henriette lernte ihre Rolle als Dame des Hauses, angeleitet von der Wirtschafterin, Frau Gödel, die bereits unter ihrer Mutter gedient hatte. Sie lernte, wie man Mahlzeiten auf den Tisch brachte, vom familiären Mittagessen bis zur festlichen Tafel. Sie lernte, wie man die Zügel eines großbürgerlichen Haushaltes in Händen hielt und wie man vornehme Gäste behandelte. Solange sie noch zu den Kindern gezählt worden war, hatte all das etwas Spielerisches an sich gehabt, aber jetzt, nach ihrem Debüt in der Gesellschaft, wurde es allmählich ernst. Also saß sie an einem klirrend kalten Wintermorgen am Frühstückstisch und versuchte, die Speisenfolge für Senator Dalbecks fünfzigsten Geburtstag zusammenzustellen, wie Frau Gödel es ihr beigebracht hatte. Es war ein gewaltiges Unternehmen, denn ein Wochenende lang würden zu jeder Mahlzeit Gäste kommen, Verwandte, Freunde,

Geschäftspartner, Herren aus der Politik und der Wirtschaft, jedes Mal mindestens ein Dutzend, und sie musste sich für jede dieser Mahlzeiten etwas Neues einfallen lassen.

Vor sich hin murmelnd, skizzierte sie die umfangreiche Festtafel auf einem Blatt Papier, als sie unterbrochen wurde. An der Türe wurde diskret gepocht, und das Hausmädchen Bertha streckte den Kopf herein. Mit verschwörerisch gedämpfter Stimme verkündete sie: »Herr Dr. Nicolai ist da, aber er … ich glaube, es ist etwas passiert.«

Henny stand auf. »Etwas passiert?«, fragte sie stirnrunzelnd. »Warte, ich komme hinunter.«

Sie lief, ohne auch nur die weiße Schürze abzunehmen, mit rauschenden Röcken die Treppe in die Eingangshalle hinunter. Dort, im Licht der Gaslampe über der Eingangstüre, stand ein Droschkenkutscher, und neben ihm, auf seinen Arm gestützt, Aaron Nicolai mit zitternden Knien und glasigen Augen. Sie stieß einen Schreckensschrei aus, als sie sein blutverkrustetes Gesicht sah, dessen linke Hälfte sich in eine schwammige, blauviolette Schwellung verwandelt hatte. Aaron versuchte zu sprechen, brachte aber vor Schmerzen kein Wort über seine Lippen.

Der Droschkenkutscher übernahm es, die Sachlage zu erklären. »Ich habe den Herrn bei der Universität einsteigen lassen. Er wollte auf schnellstem Wege hierher, und als wir angekommen waren, konnte er nicht mehr ohne Hilfe aussteigen, also habe ich ihn hereingebracht. Die Fahrt ist noch nicht bezahlt.«

Henny wandte sich an Bertha. »Lauf zu Frau Gödel und sag ihr, dass sie den Kutscher bezahlen und ihm ein ordentliches Trinkgeld geben soll, und dann bring mir eine Schüssel mit warmem Wasser, ein sauberes, weiches Tuch und die Flasche mit dem Jod.«

Ohne sich weiter mit Fragen aufzuhalten, fasste sie Aaron am Ellbogen und führte ihn in das selten benutzte Empfangszimmer, das von der Halle abging. Dort befahl sie ihm, den Überrock und die Stiefel auszuziehen und sich aufs Sofa zu legen, was er gehorsam tat. Er versuchte etwas zu sagen, aber sie unterbrach ihn. »Jetzt liegen Sie einmal ganz still, reden können wir später.«

Bertha kam mit dem warmen Wasser und dem übrigen Zubehör. Henny rollte die Ärmel auf und machte sich flink und geschickt ans Werk. Das Dienstmädchen musste mehrmals frisches Wasser bringen, bis all das an Haut und Haaren klebende Blut abgewaschen war und Henny die lange Wunde auf seiner Wange mit Jod betupfen konnte. Aaron kniff die Augen zusammen, als die scharfe Flüssigkeit auf dem rohen Fleisch brannte, aber er hielt vollkommen still, während Henny ihr gutes Werk tat. Schließlich schickte sie das Mädchen fort, Kaffee und Kognak zu bringen, und jetzt erst fragte sie: »Wie ist das passiert? Sie sehen aus, als wären Sie unter eine Kutsche geraten.«

»So fühle ich mich auch.« Er sprach undeutlich, und Henny beobachtete, wie er seine Zähne auf der linken Kieferseite prüfend betastete. »Aber es war kein Pferd, das mich verletzt hat, sondern Rudolf von Lauderbach.«

»Lauderbach?«, fragte sie fassungslos. »Aber warum, um Himmels willen?«

»Er wollte offenbar dafür sorgen, dass ich mich nicht so bald wieder bei Ihnen blicken lassen könnte.«

Henny ballte, von jähem Zorn überwältigt, die Fäuste. »Dieses Scheusal!«, rief sie wütend. »*Er* wird derjenige sein, der sich hier nicht mehr blicken lassen darf! Bertha! Bertha!!« Sie eilte zu dem Schreibtisch im Winkel, kritzelte ein paar Zeilen auf ein Blatt Papier, schob es in einen Briefumschlag und reichte es dem herbeieilenden Dienstmädchen. »Bring das ins Palais Lauderbach und übergib es Herrn Rudolf persönlich. Wenn er dir eine Antwort mitgeben will, sag ihm, es bestünde kein Interesse daran, meine Entscheidung sei unwiderruflich.«

Bertha eilte davon. An der Eingangstüre stieß sie mit dem Senator zusammen, der wissen wollte, wohin sie in solcher Hast unterwegs war. So erfuhr er die ganze Geschichte. Stirnrunzelnd ging er zum Empfangszimmer hinüber und öffnete die Türe.

Henny sprang auf, als sie ihn sah. »Schau dir das an, Papa! Schau an, was dieser Verrückte getan hat! Einfach zugeschlagen! – Bleiben Sie liegen!«, wandte sie sich scharf an den Patienten, der sich beim Eintritt des Senators aufzusetzen versucht hatte und sich jetzt eingeschüchtert wieder auf das Sofa sinken ließ. »Sie bekommen nur noch schlimmere Kopfschmerzen, wenn Sie sich heftig bewegen.«

»Was ist denn geschehen?«, fragte der Senator besorgt. »Ich habe bislang nur Berthas aufgeregtes Gestammel gehört.«

Aaron wollte erklären, aber Henny fuhr ihm über den Mund. »Ich kann das meinem Vater selbst erzählen, seien Sie lieber still, sonst tut Ihnen der Kiefer noch mehr weh.« Sie berichtete, was sie gehört hatte, und fügte hinzu: »Papa, ich will Rudolf nicht mehr sehen. Es ist dein Haus, und du kannst bestimmen, wen du empfängst, aber wenn er noch mal hierherkommt, werde ich mich weigern, mit ihm zusammenzutreffen.«

»Lass uns darüber noch in Ruhe reden, Henriette, du bist jetzt sehr aufgebracht.« Er blickte Aaron an. »Haben Sie ihn auch so zugerichtet wie er Sie?«

»Nein. Ich schlage mich nicht, nicht einmal mit adeligen Rabauken.«

Henny fühlte eine Welle von Stolz, als sie ihn so antworten hörte. So viel hochmütige Verachtung für einen Mann, der ihn grün und blau geprügelt hatte, imponierte ihr sehr. Sie warf einen Seitenblick auf ihren Vater und merkte, dass auch ihm die Antwort gefiel. Rasch sagte sie: »Papa, würdest du Dr. Nicolai mit unserer Kutsche heimbringen lassen? Er ist –«

Sie zuckte zusammen, als der Patient ein kurzes Stöhnen von sich gab, sich zur Seite drehte und Anstalten machte, sich zu erbrechen. Mit einem Satz war sie bei ihm und drückte ihm das feuchte Baumwolltuch an den Mund.

Er würgte heftig, aber da er mit leerem Magen in die Universität gefahren war, spuckte er nur ein wenig Schleim aus, den sie ihm zärtlich vom Kinn wischte. Sobald er sich wieder etwas erholt hatte, wollte er sich entschuldigen. »Es tut mir leid, aber ich nehme an, die Übelkeit ist nur Folge einer Gehirnerschütterung.«

Dalbeck winkte ab. »Ich sehe, dass es Ihnen nicht gut geht, also machen Sie sich deshalb keine Gedanken. Sie bleiben jetzt einmal ganz ruhig hier liegen, und ich schicke einen Diener zu unserem Hausarzt. Dr. Krause kann dann entscheiden, ob wir Sie nach Hause bringen oder ins Krankenhaus.«

Er ging, und Henny setzte sich auf einen Stuhl und betrachtete den übel zugerichteten Mann mit zärtlich mitleidigen Blicken. Im trüben Gaslicht sahen die Verletzungen in seinem Gesicht schwarz aus, sie bedeckten die gesamte linke Hälfte wie eine hässliche Maske. Dennoch empfand sie gerade angesichts dieses jämmerlichen Äußeren eine so überwältigende Zuneigung zu ihm, dass sie unwillkürlich laut aufseufzte. Mit sanfter Gebärde streckte sie die Rechte aus und schloss die Finger um seine Hände, die eingerollt wie tote Spinnen auf der schwer atmenden Brust lagen. Sie spürte die feuchte Kälte im Fleisch, die wohl der Schock verursacht hatte, nahm erst die Linke, dann die Rechte zwischen ihre warmen Hände und rieb sie. Dann, ganz unvermutet, hob sie seine Hand an die Lippen und drückte einen hauchzarten Kuss darauf.

Keiner von beiden sprach ein Wort, und doch spürten sie das unsichtbare Band, das in diesem Augenblick geknüpft wurde.

5

Es kam selten vor, dass Dr. Rudolf von Lauderbach sich betrank, aber nachdem Henny ihm die Liebe aufgekündigt hatte, fiel ihm nichts Besseres ein. Er saß in seinem Arbeitszimmer am Kaminfeuer und leerte methodisch ein Glas Kognak nach dem anderen, fest entschlossen, nicht aufzuhören, ehe er den Vollrausch erreicht hatte. Das Abendessen, das ein Dienstmädchen ihm aufs Zimmer gebracht hatte, stand unbeachtet auf einem Tischchen und wurde kalt. Dichte Wolken von Zigarrenrauch trübten die Luft in dem elegant eingerichteten Raum.

Für gewöhnlich genoss der junge Arzt seine Umgebung, die ihm das ehrwürdige Erbe seiner Familie vor Augen führte. Aber jetzt fühlte er sich wie der Bewohner einer Gruft. Draußen tobte ein eisiger Nordostwind, der den frischen Schnee in Fahnen durch die Straßen und Gassen trieb. Das Heulen im Kamin erschien dem unglücklich Verliebten als eine durchaus passende musikalische Untermalung seiner Stimmung.

Rudolf hatte schon mehrmals im Leben Gelegenheit gehabt, seinen Jähzorn zu bereuen, aber noch nie so sehr wie jetzt. Er hatte von allen Seiten Vorwürfe einstecken müssen. Von dem erbosten Pettenkofer, der die Misshandlung seines Assistenten damit ahndete, dass er Rudolf von seinen Vorlesungen ausschloss. Vom Dekan der Universität, der ihm harte Worte über Ärzte zu sagen hatte, die sich in aller Öffentlichkeit wie Kutscher prügelten, und zuletzt, am schlimmsten, von Henny. Sie hatte ihm nicht einmal persönlich gesagt, dass sie über ihn zornig war. Nein, ein feistes, impertinentes Dienstmädchen hatte sie geschickt, das ihm patzig erklärte, er brauche sich nicht die Mühe einer Antwort zu machen, das gnädige Fräulein würde sie ohnehin nicht lesen.

Er hatte gehofft, Hennys Zorn würde in ein paar Tagen verraucht sein, aber da hatte er sich geirrt. Jetzt war ihm natürlich klar, dass er dem Moische in die Hände gespielt hatte. Der hatte sofort begriffen, dass sein Zustand bei einer warmherzigen Frau wie Henny Mitleid mit ihm, dem hilflosen Opfer, und Wut gegen den Angreifer auslösen würde. Und er hatte seine Trumpfkarte ausgereizt, der listige Bastard, so weit es nur ging!

Rudolf schreckte auf, als ein sachtes Pochen an der Türe seine Gedanken unterbrach.

»Ich will niemand sehen!«, knurrte er mit schon etwas schwerer Zunge. »Lasst mich in Ruhe!«

Der Klopfer draußen ignorierte die schroffe Abweisung. Die Türe ging einen Spalt weit auf, und Hugo Messerschmitt streckte seinen blonden Kopf ins Zimmer. »Darf ich hereinkommen?«

»Hugo … na gut, meinetwegen.«

»Wollte nur sehen, ob ich dir irgendwie helfen kann.« Der Sekretär schlüpfte herein, zog sich einen Lehnstuhl ans Feuer und ließ sich dem Arzt gegenüber nieder.

»Ja«, knurrte Rudolf. »Fahr in Nicolais Labor, misch alle Flaschen im Giftschrank in einer zusammen und zwing ihn, die Brühe auszusaufen, das ist das Einzige, womit du mich aufheitern kannst.«

»Das können wir uns immer noch als letzte Option offenhalten.« Hugos dünnes Lächeln ließ nicht erkennen, ob er diese Bemerkung nicht am Ende ernst meinte, und Rudolf wurde einen Moment lang aus seiner Umnebelung aufgeschreckt, als es ihm kalt über den Rücken rieselte. Er hatte längst gemerkt, welcher Fehleinschätzung er unterlegen war, als er Hugo Messerschmitt, wie er es anfangs getan hatte, für einen schlaffen, weichlichen Wurm hielt. Der Sekretär war unter seiner effeminierten Oberfläche hart und gefühllos wie ein Pferdeschlächter.

»Für den Moment«, fuhr der Sekretär fort, »haben wir noch andere Mittel in der Hand. Allerdings, das muss ich dir gleich sagen, habe ich bislang nicht viel Erfolg gehabt.«

»Was hast du denn unternommen?«

»Die beiden ärgsten Judenfresser an der Universität gefragt, ob sie irgendetwas wissen, das Nicolai zum Nachteil gereichen könnte. Aber sogar die mussten passen. Der Schuft ist ungemein durchtrieben, er gibt sich keine Blöße – und das allein ist, wenn du mich fragst, schon ein Beweis dafür, wie viel er zu verbergen hat. Ein Unschuldiger hat hin und wieder eine Kleinigkeit auf dem Kerbholz, besäuft sich, fängt ein Techtelmechtel mit einer Schlampe an, versäumt die Vorlesungen. Nicolai tut nichts von alledem.«

Er schloss mit einem Achselzucken das Kapitel »Befragung der Judenfresser« ab. »Dann habe ich die Colbergs ausgehorcht. Die hatten eine Menge zu erzählen, Clara vor allem, und darunter ein paar ganz schön widerliche Sachen. Sie hat mir bestätigt, was man schon lange hinter vorgehaltener Hand munkelt: dass es bei den Juden keinen normalen Geschlechtsverkehr gibt, sondern nur eine gewisse ekelhafte Art davon, du weißt schon …«

Rudolf stieß ein hartes, angewidertes Lachen aus. »Sei nicht albern, Hugo! Woher soll denn die jungfräuliche Clara das wissen? Außerdem: Wo sollten dann die jüdischen Kinder herkommen? Nein, mit Claras Schauermärchen lockst du keinen Hund hinter dem Ofen hervor, da machen wir uns nur lächerlich. Und was ihre Eltern sagen, kannst du ebenfalls vergessen, die würden jeden Meineid schwören, um dem Moische eins auszuwischen. Wenn wir nichts Besseres finden … Was ist mit seiner Familie?«

Hugo öffnete sein Zigarettenetui und rollte mit zierlichen Bewegungen eine Zigarette zwischen den Fingern, ehe er sie in den Mundwinkel steckte und anzündete. »Nichts zu finden. Ja, wenn sie Geschäftsleute gewesen wären – aber Gelehrte, die ihr Leben lang im Studierstübchen hocken? Solange die Leute noch ungetauft waren, gab es die üblichen Vorwürfe, die allen Juden gemacht wurden, aber das musste aufhören, als sie Christen wurden – oder jedenfalls so taten, als würden sie Christen. Und hier können wir vielleicht einhaken.«

Rudolf stützte die Arme auf die Knie und beugte sich vor. Seine Sinne und sein Verstand waren längst nicht mehr klar, aber er ahnte, dass Hugo von etwas Wichtigem sprach. »Bei der Religion?«

»Ja. Ich habe nachgefragt, seine Dokumente sind alle in Ordnung, er ist tatsächlich gleich nach der Geburt als Kind katholischer Eltern in der Frauenkirche getauft worden. Aber das heißt noch lange nicht, dass er wirklich ein Katholik ist, und wenn er keiner ist, kann er auch kein katholisches Mädchen heiraten. Verstehst du, Rudolf? Wir müssen nur beweisen, dass seine Eltern den Übertritt zum Christentum nur vorgetäuscht und ihn als praktizierenden Juden erzogen haben.«

Rudolf fand es an der Zeit, nüchtern zu werden, um sich diese interessante Möglichkeit mit klarem Verstand durch den Kopf gehen zu lassen. Er stand auf, wankte durchs Zimmer und klingelte nach dem Diener, dem er befahl, ihm eine Kanne mit starkem schwarzem Kaffee zu bringen. Während der Mann seinen Auftrag ausführte, öffnete er das Fenster und streckte den Kopf in die Nacht hinaus. Der Sturm fuhr ihm ins Gesicht, als wollte er ihm den Schädel vom Hals reißen. Rudolf schauderte. Durch die von Gaslampen schwach erhellte Dunkelheit ritt eine wilde Jagd pfeifender, winselnder, orgelnder und jaulender Stimmen, als hetzte ein Schwarm Eisdämonen durch die Häuserschluchten.

Sobald kalte Luft und heißer Kaffee ihr wohltätiges Werk getan hatten, schloss er das Fenster, zündete eine Zigarre an und ließ sich wiederholen, was Hugo ihm erzählt hatte.

Schließlich sagte er: »Nicolai ist kein Kirchgänger, aber andererseits habe ich nie den Eindruck gehabt, dass er kein Katholik sei.«

»Oh, natürlich verstellt er sich. Aber ich habe herausgefunden, dass er mehrmals den jüdischen Friedhof aufgesucht hat, auf dem sich die Gräber seiner Großeltern befinden, und dort jedes Mal einen Stein hingelegt hat. Das ist ein jüdischer religiöser Brauch. Damit könnten wir ihn fangen.«

Rudolf schüttelte den Kopf. »Wer besucht nicht das Grab seiner Vorfahren, egal, auf welchem Friedhof es liegt? Nein, da müssten wir schon mehr in der Hand haben.« Als er aufblickte, sah er Hugos gefühllose blaue Augen auf sich gerichtet, sah sein strichdünnes Lächeln, und von jähem Widerwillen gegen den Mann erfasst, fuhr er auf: »Hör zu, mein Guter, lass dir nicht einfallen, Beweise zu fälschen! Man soll einem Freiherrn von Lauderbach nicht nachsagen, dass er mit schmutzigen Tricks gearbeitet hätte, um einen Rivalen loszuwerden. Wenn du etwas herausfinden kannst, gut! Wenn nicht …« Er zuckte verärgert die Achseln.

Hugo hob beschwichtigend beide Hände. »Schon gut, schon gut. Ich halte mich an deine Anordnungen.«

Er lehnte sich zurück, schlug die Beine übereinander und blickte dem Rauch seiner Zigarette nach, der in eleganten Spiralen zur braun getäfelten Decke stieg. »Da ist noch eine Kleinigkeit, Rudolf … ein unbedeutendes Problem.«

»Ja?« Beunruhigt hob der Freiherr den Kopf und blickte sein Gegenüber mit zusammengezogenen Brauen an. Hugos »unbedeutende Probleme« erwiesen sich oft als recht formidable Probleme.

»Diese Nachforschungen und Aktivitäten erfordern alle viel Zeit und Energie, die ich neben meiner Arbeit für deinen Vater nicht aufbringen kann. Es wäre alles so viel leichter, wenn ich *dein* Sekretär wäre, dann könnte ich mich ganz deinen Angelegenheiten widmen.«

Rudolf war kein Dummkopf, er begriff sofort, was hinter dieser Bitte steckte. »Und es wäre so viel sicherer, Hugo, nicht wahr? Ich würde dich nicht hinauswerfen und vor ganz München an den Pranger stellen, wenn du wieder an einen Peter Siebeck gerätst.«

Mit dem Namen spielte er auf einen neu eingestellten Pferdeknecht an, der sich als frommer Pietist entpuppt und auf Hugos Annäherungen hin einen so empörten Radau geschlagen hatte, dass viel Geld und ein gutes Zeugnis notwendig gewesen waren, um ihn aus dem Haus zu schaffen, ehe er sich beim alten Lauderbach beschweren konnte. »Aber du hast recht. Ich werde mit Vater reden. Und jetzt mach dich ans Werk, ja?«

Hugo erhob sich, grüßte mit einem spöttischen Salut und verließ das Arbeitszimmer.

6

Einen Strang von Flüchen vor sich hin murmelnd, trat Hugo Messerschmitt aus dem Palais Lauderbach auf die Straße, wo der Sturm ihn augenblicklich packte und gegen die Hausmauer stieß. Als er dann die Kutsche bestiegen hatte, wurde es nur wenig besser. Der zu Dünen aufgewehte Schnee lag stellenweise so hoch, dass die geblendeten Pferde immer wieder ins Stolpern gerieten, und durch die Ritzen zwischen Holz und Leder griffen die Spinnenfinger der Kälte herein. Aber das mochte sein, wie es wollte, er hatte eine Aufgabe zu erfüllen. Auf die musste er sich jetzt konzentrieren.

Er war nicht so zimperlich wie Rudolf, der sich einbildete, er dürfte nur mit offenem Visier kämpfen. Auch ein hinterrücks abgeschossener Pfeil durchbohrte die Brust, warum also von vorne angreifen? Und Hugo hatte eine ganze Menge vergifteter Pfeile im Köcher, er würde nur ein Weilchen brauchen, um den haargenau richtigen herauszusuchen.

Rudolf hatte ihm das zwar verboten, aber Hugo war überzeugt, dass er die geheimen Gedanken seines Beschützers erkannte. Rudolf wollte durchaus, dass die vergifteten Pfeile ihr Ziel fanden, nur sollte ein anderer den Bogen spannen. Es gab für Hugo keinen Zweifel, dass Rudolf ihn im Stillen drängte zu tun, was er ihm offiziell verboten hatte. Sein Gewissen mochte ihn plagen, aber er wünschte doch nichts sehnlicher, als Aaron Nicolais Kopf auf einem silbernen Tablett serviert zu bekommen. Zu guter Letzt würde er ihm, Hugo, dankbar sein, dass er ihm die schmutzige Arbeit abgenommen hatte … und er sah das als eine legitime Möglichkeit, dem jungen Adeligen seinen Dank dafür abzustatten, dass der ihn vor öffentlicher Schande bewahrt hatte.

In aller Eile sprang er aus der Kutsche, als diese vor Winckelmanns Haus hielt, und hastete gebeugt durch das Schneetreiben zum Eingang. Auf das vereinbarte Klopfsignal hin öffnete ihm ein Diener und führte ihn die kaum beleuchtete Wendeltreppe hinauf ins Büro, wo er ihm Mantel und Hut abnahm und ihm den Weg ins Hinterzimmer wies. Hugo eilte zum Kamin und rieb sich fluchend und schaudernd die Hände über den Flammen, ehe er dem dienstbereit lauschenden Winckelmann den neuen Auftrag unterbreitete.

»Ich brauche einen Einbrecher.«

»Hm. Vielleicht Korbinian Raabe? Der knackt auch die schwierigsten Schlösser.«

Hugo winkte ungeduldig ab. »Nein. Der Einbruch selbst ist nicht schwierig, es handelt sich nur um eine Wohnung im ersten Stock, die hinten auf einen Garten hinausgeht, das sollte auch ein Anfänger schaffen. Ich brauche einen, der intelligenter ist als Raabe. Er muss in der Wohnung ein paar Dinge finden, die ein Dummkopf nicht sofort erkennen würde. Sie haben nicht zufällig einen Juden unter Ihren Leuten?«

»Doch. Und der ist auch alles andere als ein Anfänger.«

»Gut, sehr gut. Heuern Sie ihn zum üblichen Lohn an, ich rechne dann mit Ihnen ab. Wie er seinen Auftrag erledigt, ist mir egal, nur darf es auf keinen Fall Gewalt geben. Am liebsten wäre mir, wenn gar niemand merkt, dass die Wohnung durchsucht wurde und etwas fehlt. Er darf also auf keinen Fall etwas mitnehmen außer dem, was ich brauche.« Plötzlich grinste er übers ganze Gesicht. »Und er soll verdammt vorsichtig sein, denn vielleicht befindet sich das, was er suchen soll, in einem toxikologischen Labor, und dort fasst er besser nichts an.«

Winckelmann, der in seinem Leben schon viele absonderliche Aufträge vermittelt hatte, nickte nur. »Es wird alles so gemacht, wie Sie es wünschen, Herr Messerschmitt. Und was ist es nun, was der Bursche für Sie besorgen soll?«

Hugo beugte sich vor und sprach sehr klar und deutlich, um keinen Zweifel zu lassen. »Alles, was einen praktizierenden Juden verrät.«

Frühling 1854

Der Mitgiftjäger

1

Dr. Aaron Nicolai schritt durch den Englischen Garten, so tief in Gedanken versunken, dass er nicht links noch rechts schaute und einmal sogar abrupt stehen bleiben musste, weil er in den Morast am Ufer eines Weihers getappt war und fast ins Wasser gestolpert wäre. Mit einem leisen Fluch sprang er zurück, wischte den Stiefel am Rasen ab und achtete eine Weile besser auf seinen Weg. Bald jedoch war er wieder völlig in seine Grübeleien versunken.

Rudolf von Lauderbachs Wutanfall hatte für seinen Rivalen sehr erfreuliche Folgen gehabt, wenn man davon absah, dass er eine Gehirnerschütterung erlitten hatte, eine gute Woche lang nichts Festeres als Haferbrei zu sich nehmen konnte und drei Wochen lang so übel aussah, dass ihm die Leute auf der Straße nachstarrten. Aber diese Leiden schrumpften zur Bedeutungslosigkeit angesichts der Tatsache, dass Henriette sich seit der Schlägerei strikt weigerte, Rudolf zu empfangen. Es war jetzt keine Rede mehr davon, dass Aaron Nicolai ein Bewerber unter vielen war. Henny machte immer deutlicher, dass sie ihre Entscheidung getroffen hatte und nicht mehr davon abweichen würde. Zwar bedeutete das strenge gesellschaftliche Reglement, dass die beiden jungen Leute kaum Gelegenheit hatten, mehr als die denkbar oberflächlichste Konversation zu machen, aber ihre Blicke sagten genug. Gustav hatte ihn wissen lassen, dass der Senator und sein Bruder, der Rechtsanwalt, sich bereits sehr ernsthaft mit der Frage auseinandersetzten, ob man ihn, nachdem er alle vorläufigen Prüfungen glänzend bestanden hatte, nun zum

Rigorosum zulassen konnte, das über seine Zukunft entscheiden würde.

Dr. Lauderbach hatte natürlich versucht, das zu verhindern. Zweifellos steckte er hinter dem Angebot, das ein Unterhändler Aaron unterbreitet hatte: »Nimm das Geld und lass die Finger von Henriette Dalbeck!« Es war ihn hart angekommen, der Versuchung zu widerstehen, aber seine Klugheit hatte gesiegt. Jetzt hatte er schon so lange knausern und sparen müssen, dass es auf ein paar Monate auch nicht mehr ankam. Und dann der andere Zwischenträger, der ihm gedroht hatte … Dummkopf! Um vieles klüger, als Leichen im Keller gut zu verstecken, war, erst gar keine Leichen im Keller zu haben. Sein Gewissen war rein. Es gab nichts, was irgendjemand gegen ihn anwenden konnte … außer vielleicht das heimliche Vergnügen mit der Hexensalbe, aber davon wusste niemand außer ihm selber und Jakob, und der Alte schwieg wie ein Grab.

Aaron fragte sich, worüber er eigentlich klagte. Der Allmächtige war dabei, ihn aus der ägyptischen Sklaverei der Armut in das gelobte Land des Reichtums und des Ansehens zu führen, und doch benahm er sich genauso unverständig wie seine Vorväter in der Wüste. Er murrte über Kleinigkeiten. Oder waren es doch keine Kleinigkeiten? Nie zuvor waren ihm die »Frauenideen« so bedrohlich erschienen. Selbst unter den gegenwärtigen einengenden Umständen schockierte das Mädchen ihn manchmal in ihrer spitzbübischen Art mit Bemerkungen und Fragen, die er als schlichtweg skandalös empfand. Und er sah es kommen, dass das noch viel schlimmer werden würde, wenn sie erst einmal ohne Aufsicht – oder jedenfalls unter gelockerter Aufsicht – miteinander reden durften, wenn keine Anstandsdame mehr dabei war, die ihr rechtzeitig über den Mund fuhr.

»Guten Tag, schöner junger Mann! So ganz allein an diesem herrlichen Morgen?«

Brutal aus seinen Gedanken gerissen, fuhr er herum und wollte sich die Behelligung aufs Entschiedenste verbitten. Mitten im Englischen Garten, am hellen Tag! Dann erkannte er die Frau, die ihn angesprochen hatte, und seine Züge entspannten sich. »Minna! Du bist unmöglich. Ich war drauf und dran, einen Wachtmeister zu rufen und dich arretieren zu lassen.«

Seine Schwester lachte und ergriff seinen Arm. »Aber du hast dich sofort angesprochen gefühlt, als ich ›schöner junger Mann‹ sagte. Wärst du ein bisschen bescheidener, so wärest du nie auf den Gedanken gekommen, dass ich dich meine.« Sie schritt neben ihm her, eine schlanke, mittelgroße Person, deren Gesicht in einzelnen Zügen die Verwandtschaft mit ihm deutlich verriet, doch es war weicher, die Züge noch feiner gemeißelt. Ihr schwarzes Haar, fast verborgen unter dem mit braunem Tüll und Taft billig aufgeputzten Schutenhut, war streng in der Mitte gescheitelt und hinten zu einem Knoten gedreht. Die Augen wirkten tief und dunkel in dem blassen Gesicht – intelligente Augen mit einem scharfen, manchmal stechenden Blick. Sie steckte in einem russisch geschnürten, pelzverbrämten Samtmantel mit Kutscherkragen, der ihr sehr gut stand, aber deutliche Spuren aufwies, dass sie ihn schon länger trug, als ihm guttat. Die silbernen Tressen waren stumpf geworden, die Knopflöcher ausgeleiert, und die Ellbogen glänzten speckig. Wie ihr Bruder war Wilhelmina Nicolai gezwungen, ein sehr bescheidenes Leben zu führen.

In den vergangenen drei Monaten hatte er nur kurzen brieflichen Kontakt mit ihr gehabt. Wilhelmina arbeitete als Hausdame – und immer öfter als Krankenschwester – für einen adeligen Greis, den Rittmeister Georg von Schörkenbühl, dessen allgemeiner Gebrechlichkeit ständig neue Leiden und Beschwerden entsprossen, und wie jeden Winter hatte sie ihn samt seiner Dienerschaft zu einem Kuraufenthalt in Karlsbad begleitet.

»Hast du mir aufgelauert?«, erkundigte er sich, obwohl das ganz offensichtlich war.

»Ja. Jakob sagte mir, dass du einen Spaziergang durch den Park machst, und ich kenne ja deine Lieblingswege. Du trottest wie ein Postpferd immer in derselben Spur.« Sie hängte sich bei ihm ein und blickte mit glänzenden Augen zu ihm auf. »Ich wollte dich einmal unter vier Augen fragen, wie das neue Unternehmen läuft. Ich fand es ja sehr kühn von dir, den Spatzen fliegen zu lassen, um nach der Taube zu greifen. Hast du wenigstens Erfolg? Liegt sie dir bereits schmachtend zu Füßen?«

Er legte seine Stirn in Falten. »Das kann man nicht gerade sagen. Sie ist sehr … vorwitzig. Mischt sich dauernd ins Gespräch. Und du kannst dir nicht vorstellen, was für Fragen sie stellt. Was, zum Beispiel, geht meine Arbeit sie an? Wie kommt ein Mädchen aus besten Kreisen dazu, sich für das Münchener Abwassersystem zu interessieren, nur weil ich mich damit beschäftige? Ich dachte, ich höre nicht recht, als sie mich aus heiterem Himmel danach fragte, warum Professor Pettenkofer meint, dass Seuchen aus verdorbenen Böden entstünden. Und warum andere Wissenschaftler überzeugt sind, dass winzige Lebewesen die Ursache seien. Und ob sie einmal durch mein Mikroskop schauen dürfte, um selber zu sehen, ob in klaren Wassertropfen wirklich staubkorngroße Gebilde herumschwimmen. Soll ich vielleicht einer Frau Dinge auseinandersetzen, die viele Medizinstudenten nicht begreifen können? Und sie lässt sich nicht mit oberflächlichen Antworten abspeisen. Als ich ihr erklärt habe, dass Ansichten, wie sie Pettenkofer vertritt, seit Jahrhunderten die anerkannte Lehrmeinung sind, weißt du, was sie darauf gesagt hat? ›Dass man etwas schon lange glaubt, heißt aber noch nicht, dass es auch die Wahrheit ist.‹«

Wilhelmina gluckste amüsiert. »Solche Probleme hattest du bei Fräulein Colberg nicht.«

»Dafür hat Fräulein Dalbeck keinen garstigen kleinen Hund, der mir auf den Schoß pinkelt. Mitten in einer Teegesellschaft. Ich dachte, ich werfe den Flohbeutel zum Fenster hinaus und springe gleich hinterher.«

Seine Schwester ließ sich nicht ablenken. Gleichmütig fragte sie: »Warum lässt du Fräulein Dalbeck denn nicht einfach durch dein Mikroskop gucken? Was spricht dagegen?«

Er machte eine ungeduldige Gebärde. »Ach, ich weiß nicht. Aber ich finde, es … es gehört sich nicht. Und wie ich Henriette einschätze, ist das nur der Anfang. Sie stellt mir andauernd die unmöglichsten Fragen. Ihre Gesellschafterin hat sie deshalb schon mehrmals zurechtgewiesen, aber sie kümmert sich überhaupt nicht darum. Einmal ist es das Mikroskop, dann sind es meine Bücher.«

»Was! Für deine Bücher interessiert sie sich auch? Das hört sich nach einer sehr wissbegierigen Frau an. Und was ist so schlimm daran?«

»Ich bin doch kein Hauslehrer.«

Wilhelmina zuckte die Achseln. »Es wird dir wohl nichts anderes übrig bleiben, als einer zu sein. Wenn sie merkt, dass du nicht auf ihre Wünsche eingehst, wird sie zu deinem Rivalen zurückkehren und ihm ihr Geld in den Rachen werfen.«

»Ich fürchte, da hast du recht. Aber wo soll das enden?«

»Vielleicht damit«, antwortete Wilhelmina mit Nachdruck, »dass du mit deiner zukünftigen Frau wie mit einem vernünftigen Menschen redest. Wir Frauen sind anders geworden, Aaron. Die Revolution 1848 hat uns sogar hier in Bayern aufgeweckt. Außerdem hast du mir deine Lehrbücher doch auch geborgt, als ich wegen des Rittmeisters nachschauen wollte.«

»Das ist etwas anderes«, widersprach Aaron verdrießlich. »Du bist meine Schwester, und du musstest wissen, was dem mürben Gerippe nun schon wieder fehlt. Aber Henriette fragt mich zum Vergnügen.«

»Nein, nicht zum Vergnügen.« Das strenge, junge Frauengesicht war jetzt sehr ernst. »Aus Verzweiflung, Aaron. Du machst dir keine Vorstellung davon, wie sehr wir Frauen – oder jedenfalls viele von uns – uns danach sehnen, zu lernen, zu erfahren, zu erkennen. Wir haben es satt, wie unmündige Kinder behandelt zu werden. Wir sind genauso intelligent und lernfähig wie ihr Männer. Wir könnten dieselben Berufe ausüben wie ihr.«

»Oho!«

»Willst du den Beweis? In Amerika gibt es seit vorigem Jahr bereits zwei Frauen, die Medizin studiert haben und als Ärztinnen praktizieren, Miss Elizabeth Blackwell und Mrs Clemence Lozier. Und was ist mit Miss Florence Nightingale, der Vorsteherin des ›Londoner Hospitals für adelige Damen‹? Auch wenn sie keine studierte Ärztin ist, leistet sie mehr für die Kranken als so mancher Arzt. Man sagt, sie wird noch dieses Jahr in die Türkei reisen, um die englischen Militärhospitäler zu reformieren. Und es werden immer mehr Frauen werden, die in die Wissenschaft drängen, glaub mir! Wir werden –«

»Um Himmels willen, Minna, hör auf!« Aaron presste beide Handballen gegen die Schläfen. »Ich bin bloß froh, dass Henriette noch nicht deine Bekanntschaft gemacht hat. Du würdest ihr noch mehr Flöhe ins Ohr setzen, als ohnehin schon drin herumhüpfen. Seid ihr denn alle verrückt geworden? Könnt ihr nicht einfach ganz normale Frauen sein?«

Sie blieb stehen und starrte ihm ins Gesicht, die Hände in die Hüften gestemmt. »Dann frag dich einmal, mein Lieber, warum du nicht ein ganz normaler Jude sein willst, der im Ghetto eingesperrt lebt und einen jämmerlichen Trödelladen betreibt? Warum musstest du studieren? Warum willst du dieselben Rechte wie jeder Goj? Wenn du eine Frau willst, die im Mittelalter lebt, dann begib dich auch selbst ins Mittelalter zurück. Seit der Französischen Revolution kämpfen die europäischen Juden um ihre Gleichstellung, um den vollen Zugang zu allen Rechten und Freiheiten eines Staatsbürgers. Sogar die Negersklaven in Amerika haben es satt, von den Weißen kujoniert zu werden, und verlangen nach Freiheit. Nur wir Frauen, glaubt ihr, werden ewig zuschauen, wie ihr uns unsere Rechte verweigert.«

Er hob abwehrend beide Hände. Es war nicht das erste Mal, dass sie ihm solche Predigten hielt, aber diesmal hörte er genauer zu, da es auch um seine Beziehung zu Henny ging. »Ist ja schon gut, Minna. Vielleicht hast du recht.« Mit einem herzlichen Lächeln umarmte er sie und zog sie einen Augenblick an seine Brust. Seine sehnigen Arme umklammerten sie mit einer Kraft, die die Tiefe seiner Zuneigung verriet. »Ich verliere jede Diskussion mit dir. Du bist die geborene Rabbitzin.«

»Dann wäre ich arbeitslos, oder hast du schon mal von einer Frau gehört, die den Beruf eines Rabbi ausüben darf?«

Aaron lachte und küsste unter dem Wirrwarr von Bändern und Schleifen ihre samtige Wange. Plötzlich jedoch erstarrte er, murmelte einen Fluch und schlug die Faust in die offene Linke. Den Blick auf die Allee gerichtet, an deren Eingang sie standen, flüsterte er Wilhelmina zu: »Da kommt dieses Ekel Hugo Messerschmitt, der Sekretär des jungen Lauderbach, und wir können nicht einmal so tun, als hätten wir ihn nicht bemerkt, weil er uns bereits gesehen hat. Also, lass uns gute Manieren an den Tag legen.«

Der Spaziergänger näherte sich rasch. Er trug einen silbergrauen Zylinder und, obwohl es nicht mehr eigentlich kalt war, einen knöchellangen Pelzmantel. Aaron kannte ihn als einen intelligenten, aber hinterhältigen und charakterlosen Menschen, der sich immer hinter einem Stärkeren versteckte, dem er als Handlanger und Spitzel diente – vorzugsweise hinter Dr. Rudolf von Lauderbach.

Der Sekretär blieb stehen, betrachtete die Geschwister mit einem durchdringenden Blick und lächelte dann wie eine Katze über dem Sahnetopf. »Herr Dr. Nicolai! Sie machen auch einen Frühlingsspaziergang? ›*Vom Eise befreit sind Strom und Bäche, durch des Frühlings holden belebenden Blick*‹ und so weiter … und apropos hold: Was für eine bezaubernde junge Dame an Ihrer Seite! Ihre neueste Eroberung?«

»Nein«, erwiderte Aaron, ohne das Gesicht zu verziehen. »Wir kennen uns schon recht lange. Seit fünfundzwanzig Jahren, genau genommen. Meine Schwester Minna.«

»Wie reizend!« Messerschmitt lüftete kurz den Zylinder. »Sie hatten sicher schon Gelegenheit, Ihre … ähem … Schwester der Familie Dalbeck vorzustellen? Das sollten Sie unbedingt tun. Fräulein Henriette wird sich zweifellos freuen, sie kennen zu lernen. Aber ich muss weiter. *Enchanté*, Mademoiselle.« Er nickte beiden zu und schritt rasch weiter, wobei er sich ganz unverhohlen ins Fäustchen lachte.

Wilhelmina blickte ihm nach, bis er sicher außer Hörweite war, dann wandte sie sich mit einem schelmischen Lächeln an ihren Bruder. »Jetzt *musst* du mich mit Fräulein Dalbeck bekannt machen. Der Bursche hat dir nicht geglaubt, dass ich deine Schwester bin, und das Mädchen wird es dir auch nicht glauben, wenn du es nicht beweisen kannst. Wann bist du das nächste Mal bei den Dalbecks eingeladen?«

»Morgen Abend. Dienstags besuche ich den Senator immer zum Schachspielen.«

»Sehr gut. Nimm mich mit! Wir müssen sofort reagieren. Sofort, hörst du? Böse Gerüchte verbreiten sich schnell.«

Aaron zuckte die Achseln, gab jedoch zu, dass sie recht hatte. Erst hatte er sich über die Begegnung geärgert, aber jetzt amüsierte ihn der Gedanke, dass der Bursche so sicher war, ihn mit einer heimlichen Geliebten ertappt zu haben. Gewiss würde er schnurstracks zu Lauderbach eilen und ihm brühwarm die Nachricht überbringen. Der würde seinerseits keine Zeit verlieren, die Geschichte an Henny weiterzugeben, und dann dastehen wie ein begossener Pudel, wenn Wilhelmina in aller schwesterlichen Unschuld im Hause Dalbeck auftauchte. Umso besser, als er, Aaron, selbst gar nichts dazu getan hatte. Von Anfang an hatte er die Strategie verfolgt, dass es nicht klug war, über seinen Rivalen zu lästern. Er flocht sogar gelegentlich ins Gespräch, dass er Rudolf für einen ausgezeichneten Arzt hielt – was dieser ja auch tatsächlich war –, nur eben angekränkelt von nicht ernst zu nehmenden Theorien.

Mitten hinein in den Genuss dieser boshaften Befriedigung platzte jedoch der Gedanke, dass es eine Katastrophe bedeuten mochte, wenn er Henny und seine Schwester miteinander bekannt machte. Niedergeschmettert blieb er stehen und starrte Wilhelmina an. »Das … Das kann alles zerstören!«, rief er.

»Was zerstört was?«, erkundigte sie sich ratlos.

»*Du* zerstörst alles! Ich weiß genau, was passieren wird, wenn du mit Henriette zusammentriffst. Du wirst sie gegen mich aufhetzen. Wirst ihr erzählen, dass ich geistig im Mittelalter lebe und sie wie ein unvernünftiges Kind behandle. Du wirst …«

Wilhelmina ergriff seinen Arm und drückte ihn energisch.

»Sei nicht albern, Aaron! Du brauchst keine Angst zu haben, dass ich dir das Wild verscheuche. Wenn du dich schon auf diese Art von Hurerei einlässt, sollst du wenigstens Erfolg damit haben.«

»Diese … was?« Dem jungen Arzt blieb der Mund offen stehen. Er wusste, dass Wilhelmina seine Art, dem Geld nachzujagen, missbilligte, aber solche Ausdrücke hatte sie noch niemals gebraucht. Der Rittmeister mit seiner soldatischen Redeweise hatte zweifellos einen schlechten Einfluss auf sie. »Wie kannst du so reden – als anständige Frau?«, protestierte er, mehr entsetzt über den Gebrauch des unsäglichen Wortes als über dessen Anwendung auf sein Verhalten.

»Weil es an der Zeit ist, mit einem unanständigen Mann Tacheles zu reden. Du verkaufst dich. Du bist bereit, eine Frau zu heiraten, die dir überhaupt nichts bedeutet –«

»Das ist nicht wahr«, widersprach er heftig. »Sie ist mir nicht gleichgültig.«

»Wie schön«, bemerkte Wilhelmina sarkastisch. »Aber Clara Colberg war dir gleichgültig, und mit der wärst du jetzt bereits verheiratet, wenn dir nicht die Taube auf dem Dach interessanter erschienen wäre als der Spatz in der Hand. Mach mir doch nichts vor, Aaron. Sei wenigstens mir und dir selbst gegenüber ehrlich. Du kannst an nichts anderes denken als an deine Karriere und an das Geld, das du dafür brauchst. Du würdest für deine Arbeit jede Erniedrigung in Kauf nehmen.«

»Ich denke auch an dich. Ich möchte, dass auch du ein besseres Leben hast.«

Sie lächelte bitter. »Und wenn *ich* mich an einen reichen Mann verkaufte, um dir ein besseres Leben zu verschaffen, was würdest du dann sagen? Du wärst empört. Aber lassen wir das. Du musst deinen eigenen Weg gehen. Ich werde dir auf keinen Fall schaden und alles tun, um dich Fräulein Dalbeck im besten Licht zu präsentieren. Glücklicherweise hast du tatsächlich so viele Vorzüge, dass ich nicht einmal zu lügen brauche.« Sie schob die Hand unter seinen Arm und lehnte sich an ihn zum Zeichen, dass ihr

Zorn sich gelegt hatte. »Aber, Aaron, du selbst musst auch dazulernen. Hör auf mit deinem: ›Einer Frau kann man nichts erklären!‹ Ich kenne viele solche Frauen wie Henny Dalbeck. Sie sind zutiefst frustriert und hungrig nach Wissen. Sie will dich nicht als Liebhaber oder Beschützer, sondern als Lehrer, als Wegbereiter in eine Welt, in der sie ihre geistigen Bedürfnisse befriedigen kann. Wenn du dein Wissen mit ihr teilst, hast du sie in der Hand. Sie wird dir nicht mehr von der Seite weichen, solange es auch nur einen Satz in deinen Büchern gibt, den sie nicht gelesen hat.«

Das war ein Argument, das Aaron einleuchtete. Zögernd antwortete er: »Da könntest du recht haben.« Vielleicht, dachte er, genügte es ja, wenn er Henriette ein paar harmlose Zugeständnisse machte. Zum Beispiel wollte sie unbedingt den Glaspalast sehen, der auf dem Gelände des ehemaligen Botanischen Gartens erbaut wurde und ab Mitte Juli die Allgemeine Deutsche Industrieausstellung beherbergen würde. Professor Pettenkofer selbst hatte das hochmoderne Lüftungssystem entworfen. Dort konnte er mit ihr hinfahren, ohne den Anstand zu verletzen. Und wenn sie unbedingt wollte, würde er sie auch durch das Mikroskop schauen lassen. Das konnte ja nichts schaden. Er würde ihr die Dinge zeigen, mit denen man Anfänger beim Mikroskopieren verblüffte – einen Wassertropfen, einen Schmetterlingsflügel, ein Fliegenbein. Er konnte ihr auch ein paar für Frauen geeignete Bücher borgen, vielleicht eines über Botanik. Aber damit, entschied er, wäre dann auch Schluss. Nicht nur, dass er selbst diese naseweise Wissbegier ungehörig fand, er hatte auch keine Lust, es sich mit ihrem Vater zu verderben, dessen konservative Einstellung zu weiblicher Bildung er inzwischen kannte.

»Gut«, entschied er. »Dann wirst du mich morgen Abend zu den Dalbecks begleiten.«

2

Die Nacht war bereits hereingebrochen, als Dr. Nicolai nach Hause zurückkehrte. Der Gedanke daran, was wohl passieren würde, wenn seine exzentrische Schwester Gelegenheit bekam, Henny ihre Ideen einzuimpfen, machte ihn unruhig. Er war immer nachsichtig mit Wilhelmina gewesen, aber er wollte einfach nicht, dass sie seiner zukünftigen Frau zusätzlich Flausen in den Kopf setzte. Den ganzen Nachmittag hatte er versucht, ihr den Unsinn auszureden – Frauen in Männerberufen, was für eine absurde Idee! Was wollten die Weiblein denn? Im Bergwerk oder im Schlachthof arbeiten? Aber Wilhelmina war stur geblieben.

Das war jedoch nicht das einzige Problem, das ihn beschäftigte.

Henny Dalbeck irritierte nicht nur seinen Geist, sondern auch seinen Körper. Sie erinnerte ihn einfach zu stark an Cordula, obwohl sie vom Äußeren her kaum etwas miteinander gemein hatten. Cordula war eine mollige junge Frau gewesen, mit dicken Armen und einem milchweißen, sommersprossigen Busen, der ihm, dem dreizehnjährigen Knaben, überwältigend üppig erschienen war. Henriette hingegen war so schmal und flach, dass er sich fragte, ob sie überhaupt schon völlig ausgereift war. Dennoch waren sie im Wesen einander sehr ähnlich.

Und mit derselben verzehrenden Gier, mit der er Cordula begehrt hatte, begehrte er Henny.

Zu oft hatte er gesehen, wie vielversprechende Karrieren in Skandalen endeten, wenn Männer ihren Leidenschaften nachgaben und Affären hatten. Er selbst wollte seinen Ruf unbefleckt erhalten. Es war ihm nicht immer leichtgefallen, er war jung und heißblütig, und die Frauen umschwärmten ihn. Er war stolz auf die Selbstbeherrschung gewesen, mit der er sein Begehren zügelte. Hatte er etwa all diese vierzehn Jahre ein mönchisches Leben auf sich genommen, weil er auf eine Frau wartete, die ihn so ansehen und berühren würde wie Cordula?

Es war verrückt. Da war er nun siebenundzwanzig Jahre alt, ein Mann mit dem Ruf, dass er die Frauen anlockte wie Zucker die

Wespen, promovierter Arzt, aufstrebender Wissenschaftler, und konnte ein Milchmädchen nicht vergessen, das er als dreizehnjähriger Knabe geliebt hatte!

Als er das Haus erreichte, in dem er wohnte, und die dunklen Fenster seiner Behausung sah – dunkel, weil das Geld für die Gasbeleuchtung nicht reichte –, dachte er wieder daran, dass er in Zukunft als Hennys Ehemann so verschwenderisch mit dem Gas umgehen konnte, wie er nur wollte. Er würde nie wieder in der Küche sitzen müssen, weil der Rest der Wohnung unerträglich kalt war. Nie wieder erleben, wie Jakob betrübt den Kopf schüttelte, wenn er ihm das Wirtschaftsgeld aushändigte, und klagte: »Was soll ich von den paar Groschen kaufen, Herr Doktor? Nudeln und Kartoffeln werden Sie auf den Tisch bekommen, den ganzen Monat lang!« Und genauso kam es dann auch.

Eine Berührung am Ellbogen riss ihn aus seinen Gedanken. Er erschrak heftig, als eine Hand seinen Arm fasste. Dann sah er die krumme alte Bettlerin, eingehüllt in ein fantastisches Flickwerk aus übereinandergezogenen, zerfetzten Kleidern, das ihren ausgezehrten Körper umhüllte wie ein Theaterkostüm. Mit weinerlicher Stimme flehte sie ihn, sein Handgelenk umklammernd, um eine milde Gabe an. Mehr um sie loszuwerden als aus Mitleid, kramte er in der Manteltasche nach einer Münze und drückte sie ihr in die Hand. Er schauderte bei der Berührung. Die Hand war eiskalt und schweißig. Kein Zweifel, die Frau hatte hohes Fieber. Wahrscheinlich eine Lungenentzündung, die sie sich in einer kaltfeuchten Frühlingsnacht in einem frostigen Quartier unter den Isarbrücken zugezogen hatte. Er versuchte ihr ins Gesicht zu sehen, aber in der Straße war es zu dunkel, um Einzelheiten zu erkennen.

Er überlegte noch, was er tun sollte, als ihre Hand plötzlich die seine wie im Starrkrampf umklammerte und der hagere Körper sich in einem Anfall von bellendem Husten krümmte. Angewidert fuhr er zurück, als er ihren Speichel in seinem Gesicht spürte. Seine Finger klebten von der schweißigen Absonderung ihrer Hand. Jetzt hörte er auch das Röcheln ihrer Bronchien und das beschwerliche Atmen durch eine triefende Nase. Die Bettlerin ließ seine Hand los, wischte sich mit dem Handrücken den Rotz ab und packte wieder zu.

Aaron blieb die Entscheidung erspart, was er tun sollte, denn da tauchte an der Straßenecke ein Lichtschein auf, und eine energische Stimme rief: »Was gibt es denn da?« Der Lichtschein kam von der Laterne eines patrouillierenden Schutzmannes. Mit raschen Schritten kam der Wächter näher, erkannte einen Herrn der besseren Stände und zerrte die Bettlerin grob von ihm weg. »Fort mir dir, garstige Hexe! Lass den Herrn in Ruhe!«

»Warten Sie«, bat Aaron. »Die Frau ist schwer krank. Sie hat eine Grippe und hohes Fieber, wahrscheinlich eine Lungenentzündung. Sie gehört in ein Krankenhaus. Sie sollte –«

Die Bettlerin hörte das Wort »Krankenhaus«, stieß einen krächzenden Protestschrei aus und humpelte die Straße entlang davon, so schnell es ihr in ihrem geschwächten Zustand möglich war. Aaron wollte ihr folgen, aber der Schutzmann hielt ihn zurück.

»Lassen Sie es bleiben, junger Herr. Im Krankenhaus nehmen sie sie ohnehin nicht auf, ohne Geld und so verdreckt, wie sie ist. Solches Volk wie sie stirbt lieber unter der Brücke, als sich einem Arzt anzuvertrauen. Sie hat Ihnen doch nichts gestohlen, oder?«

»Nein … nein«, antwortete Aaron zerstreut. »Sie hat mich nur um ein Almosen gebeten.« Seine Gedanken waren noch bei der kranken Frau, die zweifellos sterben würde, wenn sie nicht rasch behandelt würde. Aber der Polizist hatte recht. Wenn man sie gewaltsam ins Krankenhaus brachte, würde sie schneller von dort flüchten, als man sich umdrehen konnte.

»Dann gute Nacht«, sagte der Schutzmann.

»Gute Nacht.«

Im Licht der Laterne wanderte der Wächter die Straße entlang davon.

Aaron seufzte und schüttelte dann mit einer heftigen Bewegung die Erinnerung an den Vorfall ab. Er schloss die Türe auf, hängte den Mantel an den Haken und stieg auf Zehenspitzen die

Treppe hinauf, um Jakob nicht aus seinem leichten Greisenschlaf zu reißen. Im Dunkeln tastete er sich durch den Korridor, betrat sein Schlafzimmer und kleidete sich aus. In seinen Kleidern hing noch der widerwärtige Geruch der Kranken. Er beeilte sich, Rock und Hose loszuwerden, warf sie auf einen Stuhl, wusch sich Gesicht und Hände mit kaltem Wasser. Schaudernd vor Kälte schlüpfte er ins Nachthemd und kroch unter die Decken.

Das elende Bild der Bettlerin verschwand aus seinen Gedanken und machte wohligen Erinnerungen Platz. Vor seinem geistigen Auge erschien wie das Bild in einem Guckkasten das freundlich erleuchtete, mit bürgerlicher Behaglichkeit ausgestattete Esszimmer der Familie Dalbeck. Kostbare alte Möbel und Gemälde, Erbstücke vieler Generationen, die in dem Palais am Schrannenplatz gewohnt hatten. Teppiche. Vergoldete Spiegel in barocken Rahmen. Strahlend helle Lampen. Vom Hintergrund der blau gemusterten Seidentapete hoben sich zwei Reihen nachgedunkelter Familienporträts ab, eine Ahnengalerie tüchtiger, kühn entschlossener Kaufleute und ihrer behäbigen, mütterlichen Frauen.

Inzwischen war ihm schon mehrmals die Ehre zuteil geworden, mit der Familie zu speisen, und jedes Mal hatte er sich wie im Paradies gefühlt. Kurze Szenen blitzten in seiner Erinnerung auf. Der Butler stellte eine massive silberne Suppenterrine vor den Gast auf den Tisch. Gut geschulte Diener servierten ein Essen, wie Aaron es noch nie gekostet hatte. Geld schien bei diesen Leuten überhaupt keine Rolle zu spielen. Lammbraten an einem Wochentag! Und der Braten stand nicht etwa einsam auf dem Tisch, sondern wurde umrahmt von einem Kranz köstlicher Vor- und Nachspeisen. Es gab zu einer einzigen Mahlzeit so viele Leckerbissen, wie er sie sich sonst in einem ganzen Monat nicht leisten konnte. Dazu kamen verschiedene Sorten Wein auf den Tisch und zur Nachspeise süßer Likör. Aaron hatte sich gefragt, wie die Dalbecks es schafften, von einem solchen Souper nicht sturzbetrunken aufzustehen. Er selber hatte immer nur sehr vorsichtig an den Gläsern genippt, und doch war ihm der Alkohol zu Kopf gestiegen – glücklicherweise nicht so sehr, dass er die Contenance verloren hätte.

Er lächelte vor sich hin. Wenn das der Lebensstil war, der ihn in der Ehe erwartete, dann würde er auch die Neugier einer Frau wie Henny Dalbeck ertragen. Ein paar Fragen nach seiner Arbeit waren ein angemessener Preis für so viel Wohlbehagen.

Irgendwann war er, in die warmen Decken gekuschelt, über seinen Erinnerungen eingeschlafen. Als er im ersten Morgengrauen erwachte, meinte er zuerst, das viele Trinken am Abend zuvor sei schuld an seinem Unwohlsein. Seine Glieder fühlten sich an wie zerschlagen, er schwitzte und litt unter bohrenden Kopfschmerzen. Dann aber stellte er die richtige Diagnose. Grippe. Er spürte bereits das aufsteigende Fieber. Es würde besser sein, den Tag im Bett zu verbringen, anstatt sich in den feuchten Höfen der Arbeiterquartiere vom kalten Wind durchblasen zu lassen.

Jakob erkundigte sich fünf Minuten nach der üblichen Frühstückszeit besorgt, warum er nicht aufstehe. Als er »Grippe« hörte, verzog er sich murmelnd in die Küche, um sein Allheilmittel – einen steifen Grog – zu brauen.

Aaron lächelte gequält, als er ihn mit dem dampfenden Glas eintreten sah. »Ich bin noch von gestern betrunken, und du kommst schon wieder mit diesem Teufelszeug!«

»Das ist kein Teufelszeug, das ist ein feines Heilmittel für Ihre Krankheit. Das Fläschchen mit dem Laudanum habe ich Ihnen gleich mit aufs Tablett gestellt, Sie werden es brauchen.«

Aaron raffte sich ächzend in eine sitzende Haltung auf. Sein Kopf dröhnte, seine Nase fühlte sich dick und dumpf an, und Halsschmerzen hatte er auch. Der Grog, dachte er, war gar keine so schlechte Idee, und das Laudanum würde ihm auch nicht schaden. »Gib schon her, alter Giftmischer. Und mach mir bitte eine kräftige Suppe, salzig und scharf gewürzt.«

Jakob pusselte besorgt um ihn herum und fragte, ob es in der Nacht geregnet hätte und er nass geworden sei. Aaron verneinte – und dann hielt er plötzlich den Atem an. Er hatte sich schon seit mehreren Tagen nicht mehr in den gefährlichen Elendsbezirken aufgehalten, sondern im Universitätsgebäude gearbeitet, und bei den Dalbecks konnte er auch nicht in Berührung mit giftigen Miasmen gekommen sein. Aber gestern Nacht hatte ihn eine schwer grippekranke Frau angehustet und mit ihren schweißnassen Fingern seine Hand gehalten, wenige Stunden bevor er selbst erkrankt war.

Die Kontagionisten würden behaupten, dass sie ihren Krankheitsstoff an ihm abgestreift hatte, und Rudolf von Lauderbach würde darin den Beweis sehen, dass bei dieser Gelegenheit das *Contagium vivum* auf ihn übergesprungen sei. Er hielt das für Unsinn, dennoch beschäftigte ihn der so offensichtliche Zusammenhang. Irgendetwas war zwischen ihm und der Bettlerin geschehen, das seine Erkrankung ausgelöst hatte. Vielleicht hatte er das Miasma, das sie in ihrem kranken Körper trug, eingeatmet, als sie ihm ins Gesicht hustete. So würde Professor Pettenkofer die Frage beantworten. Aber genauso war es möglich, dass in ihrem feuchten Nasensekret diese Tierchen, von denen Tausende auf ein Staubkorn gingen, durch die Luft gereist und in seinen Körper eingedrungen waren.

Halb träumend murmelte er die Zeilen aus Lucretius Carus' Betrachtungen vor sich hin:

> »Als nun der Krankheitsstoff durch den Schlund in die Brust war gedrungen, und er dem Kranken ins zagende Herz war zusammengeflossen, Seele wie Körper verloren ermattend jegliche Spannkraft …«

Er kam nicht dazu, dem Gedanken weiter nachzuhängen, denn da kam Jakob mit der Suppe, und die heiße Brühe, der ebenso heiße Grog und die Laudanumtropfen versetzten ihn rasch in einen Zustand erhitzter Benommenheit, der dem Nachdenken nicht eben förderlich war. Aber irgendwo tief in seinen Gedanken blieb die Erinnerung an den Zwischenfall lebendig, und wie ein kaum spürbarer Splitter im Fleisch eitert, entwickelte sie ihre beunruhigende Wirkung.

3

Henriette fieberte dem nächsten Besuch Aaron Nicolais im Hause Dalbeck entgegen, aber diesmal nicht aus Liebe, sondern aus Wut. Sie konnte zwar den Gedanken ertragen, dass er ihr keine echten Gefühle entgegenbrachte, aber sie würde es nicht dulden, dass er ihr den Hof machte und sich währenddessen eine Geliebte hielt – eine Person, die er mitten im Englischen Garten ans Herz drückte! Ihr Stolz war viel tiefer verletzt als ihre Liebe. Sie wagte nicht daran zu denken, welche Freudentänze Clara Colberg aufführen würde, wenn sie herausfand, dass ihre Konkurrentin öffentlich gedemütigt worden war. Eine Henriette Dalbeck machte man nicht in aller Öffentlichkeit lächerlich! Rudolf, Gustav, sogar ihr Vater hatten sie darauf hingewiesen, dass sie immer schon ihre Zweifel an dem zwielichtigen Bewerber gehabt hätten, und Henny befürchtete, dass Hugo Messerschmitt die Geschichte von der Begegnung im Englischen Garten noch einer Menge anderer Leute erzählt hatte, die sie ihrerseits weitertragen würden. Sonst war Gustav immer ihr treuer Beistand in unangenehmen Situationen gewesen, aber seit ihrer Bekanntschaft mit Dr. Nicolai hatte er sich zurückgezogen, und Henny lief ihm nicht nach. Seine spitzen Bemerkungen über den zukünftigen Schwager hatten die Beziehung zwischen den Geschwistern vergiftet. Gustav, der sich kaum jemals verliebte, hatte nicht bedacht, dass eine Frau im Ernstfall immer eher zu ihrem Geliebten hielt als zu ihrem Bruder und dass seine Angriffe nach hinten losgehen würden. Und jetzt, wo es so aussah, als erfüllten sich seine grimmigen Prophezeiungen, wollte Henny sich ihm erst recht nicht an die Brust werfen.

Sie zuckte zusammen, als unten der Klopfer der Haustür ertönte und mit leichten Schritten das Dienstmädchen durch die Halle huschte, um dem Besucher zu öffnen. Henny blieb unsichtbar, spähte aber neugierig über das Geländer. Sie wollte nicht, dass Aaron sie so sah, die Wangen hochrot vor Zorn, die Augen feucht und glänzend. Er sollte bloß nicht glauben, dass es ihr etwas ausmachte, von ihm betrogen zu werden! Stolz und eiskalt würde sie ihm die Tür weisen!

Bertha öffnete, und Aaron trat ein, direkt hinter ihm eine Frauensperson in Schutenhut und Kutschermantel!

Henny sog so scharf den Atem ein, dass es sie in der Brust schmerzte. Kein Zweifel, das war die Frau, von der Hugo Messerschmitt ihrem Bruder Gustav erzählt hatte. Und ebenso zweifellos war sie keine heimliche Geliebte, aber wer war sie?

Ohne noch länger an ihr Aussehen zu denken, eilte Henny die Treppe in die Halle hinab. Jetzt, wo sie die Frau bei hellerem Licht sah, erkannte sie die Ähnlichkeit mit Aaron. Dieselben intelligenten, schwarzen Augen, dieselben dunklen, elegant geschwungenen Brauen. Nur ihr Mund war anders, zu breit und voll, um schön zu sein. Es war nicht mehr notwendig, dass Dr. Nicolai mit einer kleinen Verbeugung sagte: »Fräulein Dalbeck, darf ich Ihnen meine Schwester Minna vorstellen?« Dann fiel sein Blick auf ihr verquollenes Gesicht, und sofort war er ganz Mediziner. »Sind Sie krank? Sie sehen fiebrig aus.«

Henny lächelte verlegen. »Ja … ich glaube, ich habe mich ein bisschen erkältet. Das Wetter ist so wechselhaft, man weiß nie, was man anziehen soll. Aber es ist nicht schlimm. Ich freue mich, Sie kennen zu lernen, Fräulein Nicolai. Oder sind Sie Frau …?«

»Nein, Fräulein.«

»Darf ich Sie auf eine Tasse Tee in den Salon bitten? Dr. Nicolai, ich glaube, mein Vater erwartet Sie schon.« Ausnahmsweise war sie einmal zufrieden damit, dass Aaron seine Besuche im Hause Dalbeck hauptsächlich damit verbrachte, mit dem Senator Schach zu spielen. Diesmal war Henriette viel mehr an der Schwester interessiert, zu der sie sich augenblicklich hingezogen fühlte. Sie spürte sofort, dass sich hinter Wilhelminas unauffälliger Erscheinung der Charme einer starken Persönlichkeit verbarg.

Während Aaron in Richtung Arbeitszimmer verschwand, zogen sich die beiden jungen Damen in den zierlich ausgestatteten Salon zurück, der den weiblichen Hausbewohnern vorbehalten war. Henriette versuchte, Fräulein Auguste hinauszuscheuchen, da sie ja im Augenblick keine Anstandsdame brauchte, aber die altjüngferliche Gesellschafterin ließ sich nicht bewegen, den Salon zu verlassen. Allen zarten Andeutungen zum Trotz blieb sie in ihrem Lehnstuhl im Winkel sitzen, ihr Malteserhündchen auf dem Schoß, und gab vor, in der Zeitung zu lesen. Henny blieb nichts anderes übrig, als sich mit ihrem Gast möglichst außer Hörweite zurückzuziehen.

Bertha brachte den Tee. Henriette beobachtete, wie Wilhelmina sich diskret umsah – wie sie die lachsrosa Brokatvorhänge, die mit elfenbeingelbem Samt bezogene, üppige Sitzgarnitur, das silberne Teeservice musterte, mit demselben ausgehungerten Blick, den Aaron auf all diese Köstlichkeiten zu werfen pflegte. Das einfache tintenblaue Wollkleid des Mädchens fiel ihr auf, das ein einziges Schmuckstück zierte: ein Medaillon an einem samtenen Halsband. Offenkundig war sie genauso arm wie ihr Bruder.

»Zucker?« Henriette wies auf das verschnörkelte Döschen mit dem Kandis. »Und nehmen Sie einen Schuss Rum, bevor Sie sich genauso erkälten wie ich.«

Wilhelmina betrachtete sie eindringlich. »Sie sind nicht erkältet. Sie haben geweint«, erklärte sie mit derselben sanften Moll-Stimme wie Aaron. »Was man Ihnen erzählt hat, hat Sie sehr getroffen, nicht wahr?«

Henny stockte mitten in der Bewegung. Das Kännchen mit dem kubanischen Rum in der erhobenen Hand, starrte sie die junge Frau an, die ihr gegenübersaß. »Sind Sie Detektivin? Woher wissen Sie das?«

»Das war nicht schwer zu erraten.« Wilhelmina nahm mit zwei Fingern eines der viereckig zugeschnittenen Gurkensandwiches, die mit dem Tee serviert worden waren, und biss vornehm hinein. »Wir waren uns sofort im Klaren, dass dieser widerwärtige Mensch schnurstracks zu Ihnen laufen und Aaron verleumden würde. Daher habe ich vorgeschlagen, mich auf der Stelle mit Ihnen bekannt zu machen, ehe Sie sich grämen. Aber wie Sie wissen, wurde Aaron krank, und wir waren nicht schnell genug. Man konnte Ihnen leicht ansehen, dass das Unglück bereits geschehen war.«

Henny seufzte schuldbewusst. »Wie konnte ich nur! Ich hätte Aaron nicht misstrauen dürfen.«

»Ach was! Den Männern kann man gar nicht genug misstrauen! Sie sind alle schlecht.« Wilhelmina lachte und bediente sich an einem weiteren Sandwich, diesmal mit zartem Roastbeef auf Mayonnaise belegt. »Man sollte sie allesamt zum Teufel jagen und die Welt den Frauen überlassen.«

Henny, die nicht wusste, ob sie scherzte oder im Ernst sprach, fragte vorsichtig: »Finden Sie denn auch, dass wir Frauen unterdrückt werden?«

»Unterdrückt? Das ist noch dezent ausgedrückt. Wir werden gehalten wie Hühner im Käfig. Die einen arbeiten sich zu Tode, die anderen sterben vor Langeweile, aber allesamt sind wir gezwungen, dumm und hilflos zu bleiben. Unsere Eltern und unser Stiefvater waren nicht reich, dennoch haben sie ihr Letztes gegeben, um Aaron den Besuch des Gymnasiums und das Studium zu ermöglichen. Daran ist nichts auszusetzen, er ist ein kluger Mensch und wird der Welt mit seinem Wissen viel Gutes tun. Aber ich musste darum kämpfen, wenigstens eine private Ausbildung als Krankenschwester machen zu dürfen, und das auch nur, weil mein Dienstherr immer gebrechlicher wurde.« Sie lachte, aber es war ein bitteres Lachen. »Meine Eltern waren entsetzt, dass ich freiwillig lieber arbeiten wollte, als irgendeinem Mann eine unterwürfige Gattin zu sein. Es ging ihnen wohl so wie denen des Fräulein Nightingale, die sich beklagten: *Wir sind Enten, die einen wilden Schwan ausgebrütet haben!* Kennen Sie Florence Nightingale?«

Henny runzelte die Stirn. »Ja, ich glaube, ich habe den Namen in der Zeitung gelesen. Ist das nicht die vornehme englische Dame, um die es einen solchen Skandal gab, weil sie Krankenpflegerin werden wollte?«

Wilhelmina nickte. »Merken Sie sich den Namen gut! Merken

Sie sich die Namen aller Frauen, um die es einen Skandal gibt! Die meisten von ihnen sind drauf und dran, die Welt zu verändern.«

Und dann begann sie von Florence zu erzählen, die sich so leicht in ein bequemes, behütetes Leben als Gattin eines reichen Adeligen hätte zurückziehen können und sich stattdessen entschieden hatte, den verachteten Beruf einer Krankenpflegerin zu ergreifen – und die gesamte englische Gesundheitsfürsorge zu reformieren.

Henny lauschte mit heißen Wangen. Was für einen Mut hatte diese Engländerin! Krankenschwester zu werden, war für ein wohlerzogenes Mädchen eine skandalöse Idee, denn die Krankenpflege war bis dahin die Domäne von ausgedienten Prostituierten gewesen, die sich auf ihre alten Tage, wenn niemand ihren verwelkten Körper mehr haben wollte, mit dieser schweren und unappetitlichen Arbeit durchbringen mussten. Entsprechend verärgert und besorgt war Florence' Familie gewesen und hatte versucht, sie durch eine Ehe mit dem reichen, begabten und hoch angesehenen Edelmann Richard Milnes von ihren verrückten Ideen abzulenken. Das Mädchen lehnte den Bewerber ab und blieb dabei: Sie fühlte sich durch eine »göttliche Inspiration«, wie sie es bezeichnete, zur Krankenpflege berufen. Aber erst 1851 konnte sie es mit Hilfe einflussreicher Freunde durchsetzen, dass sie in Deutschland eine dreimonatige pflegerische Ausbildung erhielt, die es zu dieser Zeit in England noch nicht gab.

Wilhelmina stieß von Neuem ihr bitteres Lachen aus. »Eine Engländerin konnte die notwendige Ausbildung bei uns erhalten, aber ich nicht! Erst als der alte Herr von Schörkenbühl immer hinfälliger wurde und unter keinen Umständen eine andere Pflegerin wollte als mich, durfte ich bei den Barmherzigen Schwestern einen Schnellkurs in Hauskrankenpflege machen.« Sie zuckte die Achseln und warf heftig den Kopf zurück. »Dabei ist es nicht einmal die Arbeit am Krankenbett, die mich interessiert. Mich fasziniert das Labor. Wie oft habe ich Aaron gequält, mich durchs Mikroskop schauen zu lassen!«

»Oh! Und hat er es Ihnen gewährt?«

»Das musste er wohl. Ich kann sehr hartnäckig sein, wenn ich mir etwas in den Kopf gesetzt habe. Aber ich durfte nur einen Wassertropfen und ein Fliegenbein ansehen, alles andere erschien ihm unpassend.«

Henriette begann bei diesen Worten zu kichern, presste die Hand auf den Mund und flüsterte: »Wissen Sie, ich schlage immer alle Begriffe, die ich nicht verstehe, im Konversationslexikon nach. Da habe ich auch *Mikroskop* nachgesehen. Es gab schon im 17. Jahrhundert einen Mann, einen Mijnheer Leeuwenhoek, der alles durch sein Mikroskop beschaute, was er nur erwischen konnte, und wissen Sie, was er sich ansah? Ein Tröpfchen …«

Sie bemerkte, dass Auguste hinter ihrer Zeitung – die sie seit einer halben Stunde kein einziges Mal umgeblättert hatte – angespannt lauschte, also beugte sie sich vor und flüsterte Wilhelmina das anstößige Sujet ins Ohr. Beide brachen in prustendes Lachen aus.

Dann jedoch rief Wilhelmina sich selber zur Ordnung. »Warum lachen wir eigentlich? Aaron schleppt Tag für Tag Eprouvetten voll Fäkalienschlamm in Pettenkofers Labor, und der Professor studiert sie. Das gehört in der Medizin nun einmal dazu. Es ist eben nicht alles delikat, was im Körper vorgeht. Aber davon darf man sich nicht abschrecken lassen. Ich sehe überhaupt nicht ein, warum es heißt, solche Dinge dürfe man uns zarten Frauen nicht zumuten. Was ist denn mit den Müttern, die die Windeln ihrer Säuglinge wechseln, hinter ihren besoffenen Männern herwischen und ihre kranken Verwandten pflegen?«

Auguste raschelte betont mit der Zeitung zum Zeichen, dass sie das Thema missbilligte, woraufhin die beiden Damen sich einem anderen Thema zuwandten – das Auguste jedoch noch viel mehr missbilligte. Sie begannen über Aaron zu sprechen.

Wilhelmina lobte ihren Bruder in den höchsten Tönen. Sie sprach von seinem Fleiß, seiner Wissbegier, seinem lebhaften Interesse an allen medizinischen Fragen, seiner Liebenswürdigkeit gegenüber den Kranken und seinem unversöhnlichen Zorn gegenüber all den Narreteien, mit denen die Menschen sich selbst schädigten, wie dem unmäßigen Alkoholgenuss, dem Tabakkauen und -rauchen und nicht zuletzt dem Mieder. Wilhelmina zupfte an dem blauen Wollkleid herum, das sich mit gebauschtem Rock und glattem Oberteil um ihren wohlgeformten Körper schmiegte.

»Ich habe das Glück, dass niemand von einem einfachen Mädchen erwartet, ein Korsett zu tragen, denn ich würde es nur sehr ungern tun.« Sie legte den Kopf schief und betrachtete mit scharfen Blicken Henriettes Körpermitte. »Sie tragen auch nur ein leichtes Mieder. Er hat es Ihnen wohl schon verboten, sich zu schnüren?«

»Er hat sehr deutlich sein Missfallen gezeigt«, antwortete Henny und errötete. »Aber im Hause trage ich ohnehin kein Korsett. Irgendwann müssen die Lungen ja atmen.«

Wilhelmina nickte und fuhr fort, die Tugenden ihres Bruders aufzuzählen, bis Henriette, die immer unruhiger geworden war, sie mit gedämpfter Stimme unterbrach: »Glauben Sie … glauben Sie … ich meine, können Sie mir sagen, was Ihr Bruder für mich empfindet?«

Die junge Frau nahm die Frage sehr ernst. Sie dachte lange nach. Schließlich sagte sie: »Betrachten Sie es so: Aaron fühlt sich in seiner Armut wie ein Gefangener in einem tiefen, lichtlosen, stickigen Kerker. Er kann an nichts anderes denken als daran, diesem Verlies zu entkommen. Zweifellos wird er dem Menschen, der ihn befreit und ans Sonnenlicht führt, Dankbarkeit und Wohlwollen entgegenbringen, aber er wird diesen Menschen als rettende Macht wahrnehmen und nicht unbedingt als Person. Als Mensch muss er Sie erst noch kennen lernen.« Sie zwinkerte Henriette zu und lächelte verschmitzt. »Im Augenblick ist er vor allem ziemlich verschreckt. Man sollte meinen, dass meine langjährige Gesellschaft ihn abgehärtet hat, aber immerhin bin ich seine Schwester, da ist es nur halb so schlimm, wenn ich ihn schockiere. Bei einer Braut ist das etwas anderes.«

»ER ist verschreckt? Was habe ich denn getan?«, fragte Henny verdutzt.

»Sie haben sich als wilder Schwan erwiesen, während er mit einer Ente gerechnet hat – oder sagen wir besser: mit einer Gans.« Sie lächelte. »Aaron ist kein Frauenkenner, obwohl er von Frauen umschwärmt wird wie ein Opernsänger. Vor allem hat er nicht mitbekommen, dass sich seit seiner Kindheit einiges geändert hat. Das Jahr 1848 mit allen seinen Auswirkungen ist spurlos an ihm vorübergegangen. Er glaubt, alle Frauen seien auch heute noch so wie unsere Mutter. Und Sie können sich wohl vorstellen, wie unsere Mutter war – erst streng jüdisch orthodox erzogen, dann konvertiert, und zuletzt in zweiter Ehe mit einem streng katholischen Mann verheiratet. Sie wäre nie auf den Gedanken gekommen, etwas anderes zu äußern als ›Euer Vater wünscht, dass ...‹«

»Sie meinen, Aaron wäre ein sehr tyrannischer Ehemann?«

»Nein, das gewiss nicht. Er hat von Kind auf gelernt – hat es lernen müssen –, sich den Umständen, so wie sie nun einmal sind, anzupassen. Er wird Sie akzeptieren, wie Sie sind, aber er braucht ein wenig Zeit dazu. Sehen Sie, für die meisten Männer ist es heute noch ganz undenkbar, das Streben der Frauen nach Gleichberechtigung und Freiheit gedanklich zu erfassen ...«

Und schon waren sie wieder bei der Frauenfrage. Henriettes Wangen glühten, und sie war sicher, noch nie ein so interessantes und befriedigendes Gespräch geführt zu haben. Als sie sich schließlich voneinander verabschiedeten, bat sie Wilhelmina eindringlich, möglichst bald wiederzukommen.

4

Im Rauchsalon der Villa Dalbeck, einem typischen Herrenzimmer mit goldgepressten, sepiabraunen Tapeten und dick gepolsterten, lederbezogenen Sesseln, die wie runzlige Elefanten im Raum standen, saßen zwei würdige Herren einander gegenüber: Senator Heinrich Dalbeck und sein Bruder Friedrich, der zwei Jahre älter als er und Rechtsanwalt war. Weißes Haar und ein gekrauster Backenbart umrahmten sein derbes, aber hochintelligentes Gesicht, dessen blaue Augen durch ein goldenes Pincenez blickten. Er war eingeladen worden, um Heinrich bei der schwierigen Entscheidung für oder gegen den Mann, den Henny unbedingt heiraten wollte, beizustehen.

Jetzt legte er ein Bündel eng beschriebener Papiere auf den Kartentisch zwischen ihnen und tippte mit der noch unangezündeten Zigarre darauf. »Hier sind die Berichte des Privatdetektivs, und ich sage dir gleich, sie sind durchweg positiv. Keine Schulden, keine Weiberaffären, kein Hang zur Trunksucht oder zum Glücksspiel. Allerdings wurde er wiederholt von einer jungen Dame besucht, die er als seine Schwester ausgibt.«

»Sie ist tatsächlich seine Schwester. Wir haben sie bereits kennen gelernt.« Der Senator schmunzelte vor sich hin. »Der junge Lauderbach-Sillern hat denselben Fehler gemacht wie dein Privatdetektiv. Sein Sekretär hat die beiden miteinander gesehen, und Rudolf hat uns sofort wissen lassen, Nicolai habe eine heimliche Geliebte. Daraufhin hat der uns das Mädchen vorgestellt. Komische Person – voll von diesen Frauenideen, du weißt schon. Sonst ist ihr nichts vorzuwerfen. Sie arbeitet als Hausdame und Krankenschwester für den Rittmeister von Schörkenbühl, und der alte Haudegen ist sehr zufrieden mit ihr. Aber erzähl weiter, was dein Spion noch herausgefunden hat.«

»Nicolai ist sehr arbeitsam, er lebt für seinen Beruf. Wie es aussieht, tut er Tag und Nacht nichts anderes, als hinter Pettenkofer herzulaufen und nach seiner Pfeife zu tanzen. Natürlich ist er arm wie eine Kirchenmaus.«

»Synagogenmaus«, korrigierte Heinrich, und beide Männer lachten herzlich.

Dann fuhr der Rechtsanwalt fort: »Du weißt ja, was ein Assistenzarzt verdient. Zwar wohnt er an einer guten Adresse, aber die Wohnung ist nur gemietet, sie ist ein Loch, und er hat nicht einmal Geld genug, sie im Winter anständig zu beheizen. Hält sich nur einen einzigen Bediensteten, einen senilen Tattergreis, der schon seit Ewigkeiten in der Familie dient und für ihn kocht, putzt und wäscht.«

»Und die Familie selbst?«, fragte Heinrich, während er zum Tantalus ging und eine Karaffe mit edlem Kognak herausholte.

»Die meisten Marsallas – so hieß sein leiblicher Vater, Nicolai ist der Name des Stiefvaters – waren Gelehrte, einige sogar mit bedeutendem Ruf. Arm, aber anständig. Ein Teil der Familie hängt noch dem Judentum an, aber Aarons Eltern waren zum katholischen Glauben übergetreten, und die Kinder wurden ordnungsgemäß getauft. Die Eltern und der Stiefvater – der übrigens ein ziemlich fanatischer Katholik gewesen sein dürfte – sind verstorben, zur übrigen Verwandtschaft besteht kein Kontakt. Du weißt, wie das ist: Fromme Juden unterhalten keine Beziehungen zu Konvertiten, und wenn es ihre leiblichen Kinder wären.«

»Umso besser, dann schleppt er mir wenigstens nicht die gesamte Mischpoche ins Haus, um sie auf meine Kosten durchzufüttern.« Dalbeck seufzte tief. »Du weißt, was mir Sorgen macht.«

»O ja. Das haben wir auch überprüft. Er selbst hält es weder mit der Kirche noch mit der Synagoge, er ist Wissenschaftler. Aber es würde keinerlei Schwierigkeiten geben, ihn katholisch zu verheiraten.«

»Gut, gut. Das ist das Wichtigste. Solange er sich nach außen hin ordentlich benehmen kann, ist es mir gleichgültig, was er glaubt oder nicht glaubt. So besonders fromm bin ich ja auch nicht.«

Heinrich schenkte den Kognak in die bauchigen Gläser. Das feine Aroma des Alkohols breitete sich im Raum aus und überdeckte kurzfristig den beißenden Geruch von Tabakrauch, der sich seit einem Jahrhundert in die Tapeten eingefressen hatte.

»Auf dein Wohl, Friedrich! Wie sieht es politisch aus? Ist er königstreu?«

»An Politik desinteressiert, aber vertrauenswürdig.«

»Und seine Zukunftsaussichten sind tatsächlich so gut, wie er behauptet?«

»Pettenkofer hält große Stücke auf ihn. Ich habe mit dem Professor selbst gesprochen. Er lobt den jungen Mann als seinen zuverlässigsten Mitarbeiter. Du würdest dich nicht blamieren, wenn du ihm eine gute Stellung an der Universität verschaffst.« Er schob die Papiere beiseite. »Wie du siehst, ist alles in Ordnung. Ich frage mich nur, wieso es plötzlich Aaron Nicolai sein muss, nachdem Henny mit Rudolf von Lauderbach so gut wie verlobt war?«

Heinrich zuckte die Achseln. Aus einer Wolke Qualm antwortete er: »Das musst du sie selber fragen. Sie hat es sich nun einmal in den Kopf gesetzt. Du weißt, wie sie ist. Natürlich könnte ich meine väterliche Macht geltend machen und ihr einfach befehlen, einen Mann zu heiraten, den ich ausgesucht habe. Aber sie würde mir das niemals verzeihen. Sie würde mich hassen und verabscheuen. Und du weißt, dass ich das nicht ertragen könnte.«

Friedrich nickte. Er wusste, welch innige Liebe Heinrich für seine Tochter empfand. Im Grunde hatte ihn das dickköpfige Mädchen in der Hand, da mochte er noch so sehr den Patriarchen herauskehren. »Ja, ich weiß. Und ich finde, in diesem Fall kannst du ihr ruhig den Willen lassen. Natürlich ist der Moische hinter ihrem Geld her, aber das wäre jeder andere auch.«

»Wie wahr.«

Friedrich lächelte zynisch. »Das ist der Fluch des Reichtums, dass man niemals um seiner selbst willen geliebt wird. Insofern ist Nicolai nicht schlechter als alle anderen Bewerber. Ich würde aber dennoch darauf achten, dass er nicht die volle Verfügungsgewalt über Hennys Vermögen bekommt. Juristisch ist das ein bisschen kniffelig, aber da werden wir einen Weg finden. Du musst da unbedingt ein Wörtchen mitzureden haben, auch wenn ihr Geld mit der Hochzeit von Gesetzes wegen in seine Hände übergeht. Wir werden ihn einen Ehevertrag unterschreiben lassen, der ihn zwingt, dir Rechenschaft über seine Verwendung der Mitgift abzulegen, und dir ein Vetorecht einräumt, wenn du das Gefühl hast, dass er nicht in Hennys Interesse handelt. Ich habe den Vertragsentwurf bereits aufgesetzt.«

Heinrich füllte die Gläser nach. »Was täte ich ohne dich! Du weißt, als Kaufmann bin ich nicht zu schlagen, aber der Erwerb eines Schwiegersohns ist eine andere Sache. Deshalb wollte ich ja auch deinen Rat. Einmal abgesehen von alledem da« – er deutete auf das Bündel Papiere –, »wie schätzt du persönlich ihn ein? Charakterlich?«

Friedrich überlegte eine Weile, ehe er antwortete. Dann sagte er: »Hochintelligent. Ehrgeizig. Gerissen. Bis zu einem gewissen Grad skrupellos, würde ich sagen, wenn es um die Erreichung seiner Ziele geht, aber grundsätzlich ehrlich und korrekt. Fanatisch, was seine Arbeit angeht. Durch und durch Wissenschaftler. Wenn er Hennys Mitgift verprasst, dann höchstens für seine Forschungen.«

»Meinst du«, fragte der besorgte Vater, »er wird sie glücklich machen?«

»Das weiß man nie im Voraus. Aber sieh einmal, er ist ein Mensch, der zu schätzen weiß, was er hat, und daher nicht einer Laune wegen alles riskieren wird. Er wird sein Bestes tun, um eine gute Ehe zu führen, ob er Henny liebt oder nicht. Auf keinen Fall wird er sie schlecht behandeln.« Friedrich lächelte ihn mit brüderlicher Zuneigung an. Dann wechselte er abrupt das Thema. »Der Freiherr von Lauderbach ist wütend, nehme ich an?«

»Und wie! Er ist ein Mensch, der nicht verlieren kann. Aber ich vermute, dass er sich bald trösten wird. Bei seinen Qualitäten wird es nicht schwer sein, eine andere Braut zu finden.«

»Die Frage ist«, bemerkte Friedrich, »ob er eine andere Braut überhaupt will. Rudolf ist starrsinnig, er kann, wie du gesagt hast, nicht verlieren, und es würde mich nicht wundern, wenn wir alle noch gewaltigen Ärger mit ihm bekämen.«

5

Aaron hatte den Rat seiner Schwester beherzigt und beschlossen, Henriettes beunruhigenden Wissensdurst mit einigen harmlosen Unternehmungen zu stillen. Sie war begeistert, als er den Vorschlag machte, den fast fertigen Glaspalast zu besichtigen.

Ihre Wangen waren rosig vor Erregung, als sie an einem Morgen Ende März in die Kutsche stiegen, begleitet von Cousine Auguste und der Zofe Theresa. Sie hatte für die Ausfahrt ein bequemes Straßenkleid angelegt, von dem sie annahm, dass es Aaron gefallen würde. Sie wusste, dass er aufgeputzte Frauen nicht mochte, also hatte sie ein Kleid aus olivgrüner Wolle gewählt, das sehr schlicht geschnitten war, mit geraden Ärmeln, die ein weißer Wollstreifen abschloss, und einem Rock, dessen Volants durch bestickte Ziersäume nur angedeutet waren. Dazu gehörten ein kecker Jägerhut und ein breiter Schal aus braun und grün gemustertem Samt, der sich weich um ihre Schultern schmiegte. Statt des Korsetts trug sie ein gewöhnliches Mieder. Sie merkte, dass Aaron einen prüfenden Blick auf ihre Taille warf und zufrieden aussah. Zufrieden, weil er um ihre Gesundheit besorgt war? Oder weil er seinen Willen durchgesetzt hatte?

Der Tag war freundlich und sonnig, mit einem wolkenlosen Himmel von klarem, durchsichtigem Blau. Es war ein Vergnügen, in der offenen Kutsche durch München zu fahren. Nur schade, dass sie vor den Ohren von Anstandsdame und Zofe kein vernünftiges Wort miteinander wechseln konnten – aber da war ja noch der Spaziergang durch die Parkanlagen rund um den Glaspalast, bei dem sie allein sein würden. Henny war sich im Klaren, dass ihr Vater dem Spaziergang zugestimmt hatte, weil er wollte, dass die beiden jungen Leute sich einmal unter vier Augen miteinander aussprechen konnten, ehe die Beziehung ins offizielle Stadium eintrat. Henny war entschlossen, den Nachmittag dafür zu nutzen, um *ihren* Willen durchzusetzen. Es war an der Zeit, dass Klarheit zwischen ihnen herrschte. Der Ausflug zum Glaspalast war genau die richtige Gelegenheit.

Bald erreichten sie den Ort, an dem sich früher der Botanische Garten befunden hatte und jetzt das viel bestaunte, moderne Gebäude aus verglasten Eisenrahmen in die Höhe wuchs. Mit seinen grünlichen Glasscheiben sah es aus wie ein gigantisches Palmenhaus. Beim Anblick blieb Henny der Mund offen stehen. Fassungslos rief sie aus: »Oh, das ist ... Das sieht ganz anders aus als alle Gebäude, die ich jemals gesehen habe! Warum ist es so flach und kantig? Warum hat es keine Verzierungen? Es sieht aus wie drei nebeneinanderstehende gläserne Hutschachteln!«

»Das ist die Architektur der Zukunft«, erklärte Aaron versonnen und betrachtete das Gebäude mit Stolz und Wohlgefallen. »Unser König Max II. ist ein modern denkender Mann, er hält nichts vom Historismus. Ich bin da ganz seiner Meinung. Warum sollen heute errichtete Gebäude aussehen, als stammten sie aus vergangenen Jahrhunderten? Seine Majestät war sehr beeindruckt vom Londoner Crystal Palace, der 1851 die Weltausstellung beherbergte, und wollte in München etwas Ähnliches schaffen, um unserer Industrieausstellung den entsprechenden Rahmen zu geben.«

Der Kutscher Eduard hielt die Pferde an, und die kleine Gesellschaft kletterte aus der Kutsche. Vor ihnen erstreckten sich die Anlagen, die den in der Sonne wie Smaragd glitzernden Glaspalast umrahmten. Es gab keine Bäume, die den spektakulären Ausblick verdeckt hätten, nur Rasenflächen und ornamentale Blumenrabatten, aus deren Mitte Springbrunnen aufstiegen. Henny spannte rasch ihren Sonnenschirm auf, denn auf diese flache Gartenlandschaft brannte die Märzsonne schon recht spürbar nieder, und sie wollte auf keinen Fall Sommersprossen bekommen. Schließlich gab es nichts Hässlicheres als braune Pünktchen auf der milchweißen Haut.

Tief beeindruckt von dem monumentalen Glasgebäude mit seinen endlosen Fensterreihen und kühnen, kubischen Formen, fragte sie, ob man schon hineingehen und es von innen besichtigen dürfe, aber Aaron schüttelte den Kopf. »Im Inneren wird noch gearbeitet.«

»Schade. Ich bin schon so gespannt auf die Industrieausstellung. Gustav sagt, so etwas hätte es in Deutschland noch nie gegeben. Ich möchte gleich am ersten Tag hingehen. Werden Sie mich begleiten?«

Aaron runzelte die Stirn. »Aber das ist nichts für Frauen.«

»Wie bitte?«, fragte sie überrascht.

»Es wird darin nichts zu sehen geben, das für Frauen interessant wäre. Nur Klaviere, Spinnereimaschinen, Schnellzuglokomotiven und dergleichen. Das interessiert Sie nicht.«

»Und woher wissen Sie, dass mich das nicht interessiert?«

Er winkte etwas verlegen ab.

Als sie in einen der Kieswege einbogen, blieb Fräulein Auguste, wie es sich gehörte, ein Stück weit hinter ihnen zurück, Theresa folgte wiederum ein paar Schritte hinter ihr. Henny sah den Augenblick gekommen, auf den sie sich so sorgfältig vorbereitet hatte. Nachdem sie sich vergewissert hatte, dass Auguste auch wirklich außer Hörweite war, sagte sie: »Ich möchte über eine wichtige Sache mit Ihnen sprechen, Herr Dr. Nicolai, und ich bitte Sie, mir gegenüber ganz offen und ehrlich zu sein.«

»Das bin ich«, antwortete er, aber seine Stimme klang unsicher.

»Nein, das sind Sie natürlich nicht. Selbstverständlich interessieren Sie sich nicht in erster Linie für mich, sondern für meine Mitgift.«

Erschrocken versuchte er auszuweichen. »Aber Fräulein Henriette, wie können Sie –«

»Bitte nicht!« Ihr Ton war scharf. »Sehen Sie, ich mache Ihnen daraus keinen Vorwurf. Ich bin die Tochter eines Kaufmanns. Ich weiß, was es bedeutet, Geld zu haben – oder eben keines zu haben. Ich kann mir vorstellen, wie beklemmend es für Sie sein muss, ständig finanzielle Sorgen zu haben. Und wie sehr es Sie erbittern muss, dass andere, viel weniger wertvolle Menschen als Sie im Luxus leben.«

»Das allerdings!« Der Zorn stieg so heftig in ihm auf, dass er seinen Schrecken über ihre unverblümte Anrede kurzfristig vergaß. »Wissen Sie, wie viel wissenschaftliche Projekte man von dem Geld finanzieren könnte, das dieser alberne Ball bei Lauderbachs gekostet hat? Projekte, die Leben und Gesundheit tausender Bürger retten könnten! Aber das interessiert die Reichen nicht.«

Henny legte ihm die Hand auf den Arm. »Ich weiß. Und ich kann Sie gut verstehen. Geld ist wichtig, und als Gelehrter werden Sie es wohl kaum jemals durch Ihre Arbeit allein zu Reichtum bringen.« Sie blieb stehen und blickte ihn ernst und konzentriert an. »Aber: Da Sie mich schon nicht lieben, wollen Sie wenigstens mein Geschäftspartner sein? Wollen wir einen Pakt miteinander schließen?«

»Ein … Geschäft?« Er machte keinen Hehl aus seiner Verblüffung.

»Ja. Wir haben doch beide einen Herzenswunsch, nicht wahr? Sie wollen reich sein. Ich will gebildet sein. Niemand wird uns diesen Wunsch erfüllen, wenn wir es nicht gegenseitig tun. Nehmen Sie mein Geld und unterrichten Sie mich!«

Aaron sah sie hilflos an. »Und … wie stellen Sie sich das vor?«

»Ich möchte, dass Sie alle meine Fragen beantworten, und zwar so, wie man einem vernünftigen Menschen antwortet, nicht so, als wäre ich ein einfältiges Kind. Und ich möchte, dass Sie mir Ihre Bücher leihen.«

»Die würden Sie nicht verstehen.«

Henriette stampfte zornig mit dem zierlichen Knöpfstiefel auf den Boden, dass der Kies spritzte. »Sie haben sie auch nicht verstanden, ehe ein Professor sie Ihnen erklärt hat! Sie werden mein Professor sein. Und wenn Sie nicht bereit sind, Ihren Teil der Abmachung einzulösen, werde ich auch meinen Teil nicht erfüllen.«

»Das ist … nicht anständig, was Sie da vorschlagen.«

»So! Aber es war anständig, wie Sie sich Clara Colberg gegenüber verhalten haben? Ein Glück, dass sie sich so rasch getröstet hat, so haben Sie ihr wenigstens nicht das Herz gebrochen. – Aaron.« Zum ersten Mal sprach sie ihn mit Vornamen an. »Ich möchte drei Dinge von Ihnen.«

Er seufzte. »Eben war es noch ein einziges.«

»Die drei hängen zusammen. Erstens: Sie müssen mir gegenüber nicht so tun, als liebten Sie mich, aber Sie dürfen mich niemals vor anderen Leuten beschämen. Zweitens: Sie müssen mich alles lehren, was ich lernen will. Und drittens: Sie schwören, dass Sie sich an unseren Pakt halten werden, auch wenn wir verheiratet sind!«

Er dachte kurz nach.

»Wenn Sie es wünschen, gebe ich Ihnen mein Ehrenwort.«

Alle Anspannung fiel von ihr ab, und sie lächelte ihn strahlend an. »Oh, das ist herrlich.« In ihrem Überschwang legte sie zärtlich ihre Hand in seine – eine Intimität, die ihnen in diesem Stadium eigentlich noch nicht zustand. Sie spürte, dass Aarons Finger zitterten, und fragte sich, warum ihr Vorschlag ihn so aus der Fassung brachte. War er beunruhigt? Oder – und diese Möglichkeit gefiel ihr am besten – war er ihr gegenüber doch nicht so gleichgültig, wie sie gefürchtet hatte?

Plötzlich sagte er: »Darf ich meinerseits eine Bitte aussprechen?« Die Frage klang seltsam in ihrer Mischung aus Unterwürfigkeit und Sarkasmus.

»Natürlich.«

Er holte tief Atem. »Ich weiß, dass es in Ihrer Gesellschaftsschicht üblich ist, viele Bälle zu besuchen. Ich bitte mich davon zu dispensieren.«

Sie lächelte über seine hölzerne Ausdrucksweise, erwiderte jedoch ernsthaft: »Ich habe schon gehört, dass es eine Qual für Sie ist, einen Ball zu besuchen, aber wollen Sie mir nicht sagen, warum?«

»Es ist eine Geschichte, die Sie erschrecken wird.«

»Ich will sie trotzdem hören.«

Er seufzte, sah sich um, ob niemand sie belauschte, und sagte dann: »Ich war fünf Jahre alt, als mein Vater mich zu einer Reise nach Paris mitnahm, um seinen Freund Heinrich Heine zu besuchen, den Dichter. In unserer Familie war es nicht üblich, auf Bälle zu gehen – wir hätten es uns auch gar nicht leisten können –, aber Herr Heine nahm uns mit. Ich war überaus beeindruckt. Vielleicht können Sie sich vorstellen, wie eine Festlichkeit, so prunkvoll wie die im Palais Lauderbach, auf mich fünfjährigen Jungen wirkte, der bis dahin nur das ärmliche Dasein einer Gelehrtenfamilie gekannt hatte. Ich war überwältigt.«

Er atmete schwer, und Henny beobachtete, wie er kurz eine Hand an die Kehle drückte, als fürchtete er zu ersticken. »Es war ein Maskenball, und ich fühlte mich wie in einem Land der Feen angesichts all der prunkvoll gekleideten Harlekine, Kolombinen, Ritter, Märchenprinzessinnen und der vielen Masken. Die Musik klingt mir heute noch in den Ohren – ein *Rheinländer* war es, so leicht, so fröhlich …«

Er schwieg so lange, dass sie vorsichtig fragte: »Aber das kann Ihnen doch keine Angst gemacht haben?«

»Nein, natürlich nicht. Aber sehen Sie … wie es bei Maskenbällen üblich ist, sollten sich die Gäste erst Punkt Mitternacht demaskieren. Plötzlich riss einer der Harlekine seine Maske vom Gesicht. Erst dachte ich, er sei darunter geschminkt, so veilchenblau war sein Gesicht. Dann taumelte er, und ich begriff gleich, dass er krank war. Er stürzte inmitten der Tänzer zu Boden und lag dort, in Krämpfen um sich schlagend. Ich meinte, ihm sei von der Hitze und dem Gedränge übel geworden, aber als die Leute sich erschrocken um ihn drängten, hörte ich plötzlich jemand schreien: ›O Gott, das ist die indische Cholera!‹ Mit einem schrillen Misston endete die Musik. Die Frauen kreischten. Und schon brachen da und dort auch andere zusammen. Augenblicklich setzte Panik ein. Alle drängten rücksichtslos zu den Ausgängen. Es erscheint mir heute noch wie ein Wunder, dass die Leute einander nicht dutzendweise zu Tode trampelten, einige stürzten zu Boden, die anderen sprangen über sie hinweg, Frauen und Kinder wurden zur Seite gestoßen und an die Wand gedrängt, während die Männer, allen Anstand vergessend, sich mit Faustschlägen und Fußtritten den Weg aus dem verseuchten Ballsaal erkämpften. Mein Vater hielt mich zurück, als ich ebenfalls fliehen wollte. Er wusste, dass es gefährlicher war, in das Gedränge zu geraten, als im Saal auszuharren, obwohl dort bereits an die zwei Dutzend Sterbende zwischen Büfett und Musikerpodium lagen.«

Er fuhr sich mit dem Handrücken über den Mund, und Henny, die sein Gesicht von kaltem Schweiß bedeckt sah, reichte ihm wortlos ihr feines Batisttaschentuch. Er wischte sich die Stirn ab und zerknüllte das Tüchlein zwischen zitternden Fingern.

Mit heiserer Stimme fuhr er fort: »Ich weiß nicht, wie lange es dauerte, bis die Letzten den Saal verlassen hatten. Als mein Vater endlich das Zeichen zum Gehen gab, kamen bereits Sanitäter und Ärzte die Treppe herauf. Aber sie hatten nicht mehr viel zu tun. Die meisten der plötzlich Erkrankten waren tot. Sie wurden in Decken gewickelt und zu dem Leichenwagen hinuntergeschafft, der sie in der Morgendämmerung zum Friedhof Père-Lachaise brachte … und dort wurden sie, noch in ihre bunten Maskenkostüme gehüllt, in aller Eile begraben.«

Er brach in ein seltsames Kichern aus, so dass Henny erschrocken zu ihm aufblickte, aber ehe sie noch etwas sagen konnte, hatte er sich schon wieder in der Gewalt. »Sie werden verstehen«, sagte er, »dass es mir seither unerträglich ist, einen Ball zu besuchen. Zudem erkrankte mein Vater bereits am nächsten Tag und starb, und ich verbrachte einige schreckliche Wochen allein in einer von der Seuche verwüsteten Stadt. Die Cholera trat meist so plötzlich auf, dass Menschen, die sich vor einem Tag noch gesund fühlten, von einer Sekunde auf die andere auf offener Straße zusammenbrachen und an Ort und Stelle oder kurz danach im Hospital verschieden. Stellen Sie sich das vor: überall nur Kranke, Sterbende und Leichen. Straßen und Häuser, Flure und Stuben waren von den ohne Vorwarnung an Brechdurchfall Erkrankten besudelt, so dass man förmlich durch Exkremente waten musste, dazu dieser entsetzliche Gestank und ein Begräbnis nach dem anderen. Sie können sich denken, dass ich völlig verstört war. Ich suchte nach Herrn Heine, dem einzigen Menschen in Paris, den ich kannte, fand ihn aber nicht und konnte nicht nachfragen, wo er zu finden sei, da ich kein Wort Französisch sprach. Drei oder vier Tage irrte ich herum, aß nichts und trank von den Brunnen der Stadt. Hätte mich nicht ein Kloster aufgenommen, so wäre ich wohl eher verhungert als an der Krankheit gestorben. Tatsächlich wurde ich krank, aber ich überlebte und wurde schließlich nach München zurückgebracht.«

Henny hatte tief bewegt gelauscht. »Machen Sie sich keine

Sorgen«, sagte sie schließlich. »Wir werden immer einen guten Grund finden, warum Sie mich nicht begleiten. Und außerdem bin ich selbst auch nicht begeistert von dieser Art Veranstaltung.«

»Ich danke Ihnen«, sagte er leise. Sein schmales Gesicht war noch immer sehr blass, und die Mundwinkel zuckten.

»War das der Anlass, warum Sie sich entschieden haben, Arzt zu werden?«

»Ja. Es war nicht einmal ein bewusster Entschluss, es war wie eine … eine göttliche Berufung. Ich musste Arzt werden, es war mir so bestimmt. Niemand kann sich seiner Bestimmung entziehen, ohne den Zorn des Allmächtigen zu erwecken.«

Sie blickte ihn ernst an. »Und meinen Sie nicht, dass auch ich eine Berufung habe?«

Die Frage stand zwischen ihnen. Aaron war nicht bereit oder in der Lage, sie zu beantworten – und Henny wiederholte sie nicht.

Todfeinde

1

Einige Tage später hatte der Senator Gäste empfangen, die sich erst spätabends auf den Heimweg machten. Henny hatte das Aufräumen im Speisezimmer überwacht. Auf dem Weg durch die Halle stieß sie fast mit dem Diener Emil zusammen, der die Besucher bis zur ihrer Mietdroschke hinausbegleitet hatte. Heftiger Regen fiel, und der Mann hatte nasses Haar, nasse Schultern und nasse Hände. Auch das schlaffe weiße Papier, das er ihr reichte, war ziemlich nass.

»Der Brief ist für Sie, Fräulein Henriette. Ich habe ihn gefunden, als ich die Herrschaften mit der Laterne hinausbegleitet habe. Jemand muss ihn an die Türe gesteckt haben, aber der Wind hat ihn hinaus in den Vorgarten geweht, wo er völlig durchnässt landete. Ich hoffe, man kann ihn noch lesen.«

»Es wird schon gehen. Danke, Emil.« Sie hatte sofort erkannt, was für eine Art Brief es war, und beeilte sich, außer Sichtweite des Dieners zu kommen.

Erst nachdem sie sich in ihrem Zimmer eingeschlossen hatte, schlitzte sie den Umschlag auf und faltete das nasse weiße Blatt darin auseinander. Die Tinte war zwar ein wenig zerlaufen, aber immer noch lesbar. Und diesmal hatte »Ihr treuer Freund« eine Information für sie, die ihr wirklich den Atem verschlug.

»Liebes Fräulein, wenn Sie durch guten Rat nicht gescheit werden wollen, fahren Sie auf den Alten Südfriedhof und besuchen Sie das auf der umseitigen Skizze angegebene Grab der Frau Agnes Nicolai. Ihr Bewerber kann Ihnen sicher erklären, wie es kommt, dass seine Frau nur zwei Wochen nach der Hochzeit an einer plötzlichen heftigen Krankheit verstarb. Wollen Sie auch so sterben? Oder kommen Sie doch noch zu Verstand?«

Henny sank in einen Lehnstuhl. Den Blick starr auf das Papier gerichtet, saß sie da, versunken in einen Strudel schwarzer Gedanken. Nachdem ihr jüngstes Zusammensein mit Aaron sie mit solcher Freude und Erleichterung erfüllt hatte, traf dieser Schlag sie völlig unerwartet und dadurch umso heftiger. Sie spürte, wie ihr übel wurde.

Es ist nur ein anonymer Brief, versuchte sie sich zu trösten. Muss man glauben, was darin an boshaften Unterstellungen enthalten ist? Wer wirklich etwas zu sagen hat, setzt seinen Namen darunter.

Aber da war diese Skizze, also existierte die Grabstätte tatsächlich. Was der »treue Freund« behauptete, ließ sich überprüfen.

Und wenn es die Wahrheit war?

Man konnte einem Mann keinen Vorwurf daraus machen, dass er verwitwet war, aber es war doch seltsam, dass niemand etwas davon wusste. Gewiss, Aaron war kein Mann, der seine persönlichen Angelegenheiten vor aller Welt ausbreitete. Dennoch sollte man meinen, dass sein Familienstand bekannt war. Er und auch seine Schwester hatten immer den Eindruck erweckt, er sei Junggeselle.

Vielleicht taten sie das, weil die junge Frau tatsächlich an einer »plötzlichen heftigen Krankheit« gestorben war …

Sie überlegte, ob sie ein Dienstmädchen zu Wilhelmina schicken und diese um einen Besuch bitten sollte, um die Sache mit ihr zu besprechen, entschied sich dann jedoch dagegen. Wenn Aaron tatsächlich etwas zu verbergen hatte, würde seine Schwester ihn sicher nicht verraten. Es war besser, sie informierte sich erst einmal selber, danach konnte sie immer noch mit Wilhelmina reden.

Henny verbrachte eine weitgehend schlaflose Nacht. Sie erinnerte sich daran, dass sie Aaron schon einmal zu Unrecht misstraut hatte. Vielleicht war er das Opfer einer heimtückischen Verleumdung geworden. Aber da war das Grab, eine unbestreitbare Wirklichkeit. *Agnes Nicolai, südliches Gräberfeld, Reihe 78, Grabstelle 23.*

Sie schlief erst ein, nachdem sie ein paar Laudanumtropfen geschluckt und einen festen Entschluss gefasst hatte. Sie würde sich dieses Grab ansehen, auch wenn das nicht einfach zu bewerkstelligen war, ohne neugierige Fragen auszulösen. Auguste interessierte sich brennend für alles, was sie nichts anging. Und sie musste Auguste mitnehmen, denn allein eine Ausfahrt zu machen war in höchstem Maße unschicklich, besonders, wenn man einen so verstohlenen Winkel aufsuchte wie den Alten Südfriedhof.

Wenigstens war der anbrechende Tag frühsommerlich schön, so dass der Vorschlag, eine Spazierfahrt zu machen, keinerlei Argwohn wachrief. Auguste beeilte sich, ihr Ausgehkleid anzuziehen und den breitkrempigen Sonnenhut aufzusetzen, und wenig später waren die beiden Damen samt der Zofe Theresa und dem Dienstmädchen Bertha unterwegs. Henny hatte mit Absicht die gesamte Entourage mitgenommen, um keinen Zweifel daran aufkommen zu lassen, dass es sich um einen unschuldigen Ausflug ins Grüne handelte. Als weitere Vorsichtsmaßnahme hatte sie verkündet, dass sie zeichnen wolle, und ihren Zeichenblock mitgenommen. Auguste schöpfte keinen Verdacht, aber sie protestierte, als Henny den Wunsch äußerte, Grabsteine zu zeichnen.

»Nein, Henriette, ich bitte dich! Was für eine morbide Idee! Wie kommst du denn darauf?«

»Grabsteine sind malerisch.«

»Aber mitten in einem Friedhof sitzen und zeichnen … also nein, ich weiß nicht, ob ich dir das gestatten kann!«

Henny warf ihr einen Blick zu, der deutlich besagte, dass die Cousine ihr nichts zu gestatten oder zu verbieten hatte. Es kam nicht oft vor, dass sie Auguste – die sich manchmal als ihre Erzieherin fühlte – so gebieterisch auf ihren Platz verwies, aber sie war angespannt und unglücklich und nicht bereit, wie ein kleines Mädchen behandelt zu werden.

Auf der Fahrt zum Friedhof schwiegen sie. Auguste war halb eingeschüchtert, halb beleidigt und verkniff sich demonstrativ jedes Wort, während Henny finster vor sich hin starrte. Die Gedanken der jungen Frau drehten sich im Kreis. Wenn der anonyme Briefschreiber nur eine haltlose Verleumdung aussprechen wollte, wieso hatte er es ihr dann so leicht gemacht, seine Behauptung zu überprüfen? Er musste ja wissen, dass sie das bei erster Gelegenheit tun würde. Aber hatte sie es nicht schon einmal bereut, dass sie Aaron ohne Grund verdächtigt hatte? Wenn sie ihn heiraten wollte, musste sie ihm dann nicht bedingungslos vertrauen? Wie konnte sie ihr Leben mit einem Mann verbringen, den sie der übelsten Verbrechen verdächtigte?

Sie setzte sich steif auf und atmete tief durch. Entgegen ihren eigenen Ängsten und Zweifeln fasste sie den Entschluss: *Ich glaube ihm. Ich vertraue ihm. Ich bin sicher, dass diese Anschuldigung sich in nichts auflösen wird.*

So ingrimmig, dass ihre drei Begleiterinnen sich eingeschüchtert zurückzogen, ordnete sie an, dass diese auf einem von Bäumen umgrenzten Rasenstück auf sie warten sollten. Sie wollte inzwischen nachsehen, ob sich ein pittoreskes Motiv für ihre Zeichnung fände. Dann eilte sie davon in das Labyrinth von schwarzen, mit langen Moosbärten behangenen Grabsteinen.

Den Zettel in der Hand, zählte sie erst die Reihen und dann die Grabstellen. Reihe 78 lief an der rückwärtigen Friedhofsmauer entlang und lag im Schatten der Trauerweiden, deren Zweige im ersten zarten Grün schimmerten. Henny bog ein und zählte die Grabstätten. Ihr Herz hämmerte, als sie sich über die Marmorplatte bückte, die die Nummer 23 deckte.

Hier ruht in Gott
Die Selcherswitwe Emma Käsmandl, gest. im 78. Lebensjahr,
und ihr Sohn Alfred, gest. im 32. Lebensjahr

Henny blinzelte, zugleich erleichtert und enttäuscht. Sie musste sich geirrt haben. Wahrscheinlich hatte sie falsch gezählt. Sie kehrte zum Anfang der Reihe zurück und zählte noch einmal. Nummer 23 war und blieb die letzte Ruhestätte der gottseligen

Selcherswitwe. Das Grab links davon beherbergte einen Feldmarschall und seine Familie, das Grab rechts war aufgegeben worden, die Deckplatte zersprungen, die Einfassung von Unkraut überwuchert. Auf dem weißen Marmor war noch undeutlich der Name Pfeiffer zu lesen. Das konnte es auch nicht sein.

Henny wurde zusehends aufgeregter. Sie unternahm einen Kontrollgang durch die gesamte lange Reihe und sah sich alle Grabsteine an, aber weder linker noch rechter Hand fand sie einen, der den Namen *Agnes Nicolai* trug.

Jähe Erleichterung überwältigte sie, gefolgt von einem ebenso jähen Aufzucken der Furcht. Hier war nichts zu finden. Aber warum dann der Brief?

Darauf gab es nur eine sehr unerfreuliche Antwort. Der Briefschreiber hatte sie mit falschen Informationen geködert – hatte sie hierhergelockt in das moosige Labyrinth der Grüfte und Grabmäler!

Ihr Herz begann heftig zu pochen. Auf einmal meinte sie überall Schatten huschen zu sehen und Augen, die durch die Immergrünhecken spähten. Sie hielt den Atem an und sah sich nach allen Seiten um. Es war sehr einsam hier. Die hohen Grabsteine, und die Bäume und Büsche dazwischen, schirmten die Grabstätten voneinander ab. Die Wolken, die über den Himmel zogen, schleiften graue Schatten über den Boden.

Von jäher Furcht erfasst, begann sie zu laufen, die Gräberreihe entlang zurück zu dem Rasen, wo sie ihre Begleiterinnen gelassen hatte.

Und dann entdeckte sie den Mann, der die Allee entlang auf sie zukam. Er hatte das Licht im Rücken, so dass er ihr nur als eine schwarze, von einer blassgoldenen Aureole umstrahlte Gestalt erschien, bis sich eine hohe Taxuswand zwischen ihn und die Sonne schob.

Erst überschwemmte sie eine eisige Welle des Entsetzens. Doch dann entfuhr ihr ein zorniger Schrei.

»Sie waren es! Rudolf! Wie konnten Sie nur auf eine so schändliche Idee kommen!«

Rudolf von Lauderbach eilte auf sie zu. Ohne auf ihre Worte zu achten, blieb er vor ihr stehen, ergriff ihre Hände und stieß hervor: »Fräulein Henny, ich muss mit Ihnen reden. Ich muss unbedingt mit Ihnen reden!«

»Und dazu locken Sie mich mit einem anonymen Brief hierher? Das ist eine Schande! So etwas hätte ich Ihnen nie zugetraut!«

Er hatte noch etwas sagen wollen, aber jetzt stockte er im Satz und blinzelte sie verblüfft an. »Moment einmal. Wovon reden Sie?«

»Na, von was wohl?« Anklagend streckte sie ihm den vom Wasser gewellten Fetzen Papier mit der halb zerlaufenen Schrift darauf entgegen. »Haben Sie mir etwa nicht diesen blödsinnigen Wisch geschrieben, um sich ein Zusammentreffen mit mir zu erschleichen? Sie wussten genau, dass ich nicht bereit gewesen wäre, Sie anderswo zu treffen, also greifen Sie auf solche schmutzigen Tricks zurück! Wie konnten Sie –«

Er unterbrach sie scharf. Seine Handbewegung machte ihr deutlich, dass er kein Wort mehr hören wollte. »Ich bin Ihnen gefolgt, ja, ich wollte Sie hier treffen, genau wie Sie sagen, aber ich bin Ihnen nachgeritten, als ich Ihren Wagen das Haus verlassen sah. Was faseln Sie da von einem Brief?« Mit einem energischen Griff entriss er ihr das Papier und studierte es aufmerksam. »Ein Grab haben Sie also gesucht … da sind Sie übrigens in der falschen Reihe. Das hier ist Reihe 78, und hier steht 76. Reihe 76, Grabstätte 23. Die Schrift ist von der Nässe verwischt, aber ich bin überzeugt, dass ich es richtig gelesen habe. Kommen Sie! Das möchte ich mir jetzt auch ansehen!«

Er packte Hennys Hand und zog sie hinter sich her, während er mit energischen Schritten den Querweg zur nächsten Reihe entlangeilte. Sie folgte ihm, halb betäubt von der Verwirrung, die sein plötzliches Erscheinen in ihr ausgelöst hatte.

»Hier ist es …« Rudolf eilte auf ein von Efeu überwachsenes Grab zu. Auf dem weißen Grabstein stand, von den grünen Ranken umrahmt, deutlich die Inschrift zu lesen:

Hier ruht in Gott
Agnes Maria Nicolai, geb. 1827, gest. 1846
Betrauert von ihrem Gatten Ludwig
Und ihren Kindern Emma und Emil

Ihren Kindern!

Henny musste sich an den Grabstein stützen, um dem jähen Schwindel, der ihre Sinne verwirrte, nicht zu erliegen. Rudolf griff hilfreich zu, führte sie ein Stück beiseite und half ihr, sich auf einer der Bänke zwischen den Grabreihen niederzusetzen. Der Grabstein verschwamm vor ihren Augen, aber sie sah die Lettern wie Flammenschrift vor sich. 1846 – da war Aaron Nicolai, getauft auf den Namen Carl Ludwig, 19 Jahre alt gewesen, im gleichen Alter wie Agnes. Die Kinder mussten folglich ganz klein gewesen sein, höchstens zwei Jahre alt, wären also jetzt um die zehn Jahre alt. Kinder einer Mutter, die einer jähen, heftigen Krankheit erlegen war.

Sie raffte sich auf, schritt, umnebelt wie eine Betrunkene, auf den Stein zu und versuchte, die Ranken ganz abzureißen. Rudolf unterstützte ihre Bemühungen, indem er ihr sein Taschenmesser reichte. Sie packte die zähen Ranken, säbelte sie ab und warf sie beiseite, bis sie den gesamten Stein freigelegt hatte. Durch Tränen blinzelnd las sie die übrigen Inschriften.

Familie Bechstein
Marie-Anna und Johann, Eltern, Sohn Friedrich
Alle in die Ewigkeit eingegangen
Bei dem Eisenbahnunglück im Dezember 1845
Betrauert von der Gattin und Schwiegertochter Agnes Maria
Und ihren Kindern und Enkeln Emma und Emil

Eine junge Witwe also war die neunzehnjährige Agnes gewesen, Gattin eines Friedrich Bechstein, der bei einem Eisenbahnunglück ums Leben gekommen war, Mutter zweier kleiner Kinder. Ein Jahr nach dem Tod ihres Gatten hatte Aaron sie geheiratet.

Sie kauerte sich nieder und schob das lang wuchernde Gras am

Fuß des Steins beiseite. Dahinter tauchten von Moos überwachsene, aber immer noch lesbare Lettern auf, die deutlich jüngeren Datums waren als die darüber eingemeißelten.

Hier ruht in Erwartung der Auferstehung
Und der Wiedervereinigung mit seiner treuen Gattin Maria, gest. 1840,
Und ihrer geliebten Nachfolgerin Agnes, gest. 1846,
Ludwig Nicolai, geb. 1800, gest. 1850, Ingenieur
Betrauert von seinen Stiefkindern
Carl Ludwig und Wilhelmina, Emil und Emma

Eine solche Welle der Erleichterung durchströmte Henny, dass sie auf die Knie sank und die Stirn an den harten Stein lehnte.

»Sein Stiefvater«, stammelte sie. »Sein Stiefvater hat diese Frau geheiratet … ach du mein Gott! Und ich habe gedacht … wie konnte ich vergessen, dass es keinen beliebteren Namen in Bayern gibt als *Ludwig*.«

Sie raffte sich auf, so erfüllt von Glück und Erleichterung, dass sie ihren Zorn über Rudolf vergaß, ihn nur mehr als Zuhörer für die Freude wahrnahm, die ihr Herz erfüllte. Mit einer heftigen Handbewegung zerknüllte sie den anonymen Brief und schleuderte ihn beiseite. »Dieser Schuft, der das geschrieben hat! Hat er selbst nicht gewusst, was die Efeuranken verdecken, oder hat er sich darauf verlassen, dass ich es nicht herausfinden würde? Ich fasse es nicht! Der alte Ingenieur Nicolai hat sie geheiratet!«

Rudolf hatte bislang keinen Laut von sich gegeben. Jetzt aber sagte er mit leiser, schneidender Stimme: »Und wer hat dafür gesorgt, dass seine Stiefmutter nur wenige Wochen nach der Eheschließung starb – an einer kurzen, heftigen Krankheit?«

Sie wandte sich scharf um und durchbohrte ihn mit den Blicken. »Auch junge Menschen sterben. Da muss kein Verbrechen im Spiel sein. Und ich sage Ihnen, wer immer diese Briefe schreibt, er ist ein Lügner – ein erbärmlicher, bösartiger Lügner.« In beißendem Ton setzte sie hinzu: »Es war nicht zufällig Ihr lieber Freund Hugo Messerschmitt?«

»Wenn er es war, dann weiß ich nichts davon, und ich habe

ihm sicher nicht den Auftrag erteilt.« Rudolf trat an ihre Seite, ergriff ihren Arm, als hätte nie ein Zerwürfnis zwischen ihnen bestanden, und geleitete sie die Grabreihe entlang. »Fräulein Henriette, Sie müssen mir zuhören. Sie dürfen mich nicht aus Ihrer Nähe verbannen, ehe Sie nicht meine Sicht der Dinge gehört haben. Ich kann mir vorstellen, wie sehr mein Zusammenstoß mit Dr. Nicolai Sie erschreckt hat, und heute mache ich mir ja auch den Vorwurf, dass ich unehrenhaft gehandelt habe – es gehört sich nicht für einen Adeligen, dass er einen Mann, der ihm nicht ebenbürtig ist, körperlich misshandelt. Aber Sie sollen wissen, wie sehr er mich provoziert hat.«

Sie erwehrte sich seines Griffes mit schwachem Trotz, unschlüssig, ob sie sich losreißen oder sich lieber von ihm begleiten lassen sollte, bis sie auf einem der Hauptwege waren. Schließlich gab sie nach. »Gut, ich höre.«

Rudolf rekapitulierte die Szenen im Hörsaal, die sich für gewöhnlich nach einem Pettenkofer'schen Vortrag abspielten. Henny schwieg, aber auf ihrem Gesicht malte sich Missbilligung. Zögernd sagte sie: »Gewiss, diese Art, Sie vor den Studenten lächerlich zu machen, ist sehr hässlich von ihm. Aber Sie haben ihn nicht deshalb geschlagen, sondern aus Eifersucht.«

»Aus Sorge um Ihr Wohlergehen, Fräulein Henriette.« Er blieb abrupt stehen, drehte sich zu ihr herum und packte sie an ihren Ellbogen. Heftig atmend stieß er hervor: »Ich liebe Sie, und ich habe Angst um Sie. Was Sie für Nicolai empfinden, ist keine wirkliche Liebe. Er hat Sie irgendwie dazu gezwungen, ihn zu lieben – hat Sie seinem Willen unterworfen. Vielleicht hat er Ihnen mit dem Glas Sekt damals beim Ball etwas eingegeben.«

»Unsinn!« Sie versuchte sich loszuwinden, doch er hielt sie fest. »Lassen Sie mich los!«

»Nein!«, widersprach er leidenschaftlich. »Ich lasse Sie nicht los, jetzt nicht und auch in Zukunft nicht. Sie gehören mir. Mit mir werden Sie glücklich. Alles war in Ordnung, bis dieser Giftmischer sich dazwischengedrängt hat. Fräulein Henriette … wollen Sie einen Beweis für meine Liebe?« Er fasste sie grob um die Schultern und beugte sich über sie. Seine Lippen suchten die ihren.

Henny schrie erstickt auf. Sie versuchte sich loszureißen, erschreckt von der Wut seiner Leidenschaft. In dem Augenblick traute sie ihm zu, dass er sich mit Gewalt nahm, was ihm verweigert wurde, auch wenn es seinen Ruin bedeutet hätte. Er war weitaus stärker als sie, und sie hatte keine Waffe, mit der sie sich hätte verteidigen können. Einen Augenblick noch, und er würde ihr einen Kuss abringen, gegen den sich alles in ihr sträubte.

Sie spürte seinen Mund, der ihr widerwärtig warm und feucht erschien, und von einer jähen tierischen Wut erfasst, schnappte sie zu und biss den Mann mit aller Kraft in die Unterlippe.

Er taumelte schreiend zurück, und während er dastand und mit fassungslosem Ausdruck die Hand auf den blutenden Mund presste, rannte Henny mit fliegenden Röcken davon.

2

Kandidat Nicolai, Sie werden mit heutigem Datum zum Rigorosum zugelassen. Ihre bisherigen Leistungen sind bemerkenswert gut, aber machen Sie sich keine Illusionen, bei der endgültigen Prüfung geht es hart auf hart.

Aaron, der pünktlich zum ausgemachten Zeitpunkt ins Palais Dalbeck gekommen war, wartete im Schreibzimmer und musste sich beherrschen, nicht vor Nervosität an den Fingernägeln zu kauen. Er wusste, dass an diesem Tag die Entscheidung fallen würde. Wenn er jetzt versagte, war alles aus. Und da waren noch ein, zwei Klippen zu umschiffen, die ihm Sorgen machten.

Nach außen hin bot er jedoch das Bild eines Menschen, der nicht weiß, was Sorgen sind. Den Spazierstock zwischen den Knien, lehnte er lässig, aber ohne zu lümmeln, in einem Sessel. Wie gewöhnlich war er korrekt, dabei unauffällig und bescheiden gekleidet, in gedeckten Farben, die zu der Ernsthaftigkeit in seinem Gehaben passten: anthrazitfarbener Cutaway, graue Hosen, eine graue Damastweste, Ton in Ton gemustert, ein schneeweißes Chemisette und weiße Manschetten, so steif wie Pappröllchen.

Ein Diener öffnete die Tür. »Herr Doktor Nicolai? Der Herr Senator lässt bitten.«

Aaron stieß einen kaum hörbaren Seufzer aus. Sein schmales, spitzes Gesicht wurde noch um einen Ton blasser, die braunen Schatten um die Augen traten noch auffallender hervor. Er straffte die Schultern und folgte dem Diener die Treppe hinauf.

»Hier bitte.« Der Bedienstete wies ihn in den Rauchsalon.

Er trat ein, schloss die Türe hinter sich und begrüßte mit einer knappen Verbeugung die beiden Dalbecks, die ihm gegenübersaßen wie das Prüferkomitee beim Rigorosum. Niemand forderte ihn auf, sich zu setzen, also blieb er stehen. Hoch aufgerichtet, die Hände hinter dem Rücken verschränkt, wartete er auf die Fragen, die unweigerlich kommen mussten.

»Ich habe – was Sie wohl als selbstverständlich voraussetzen dürfen – Erkundigungen über Sie eingeholt, Dr. Nicolai«, erklärte Heinrich Dalbeck nach einem langen Schweigen, das sich wie die Spannung kurz vor einem Gewitter anfühlte. »Die Auskünfte, die ich erhalten habe, sind im Allgemeinen gut. Einige Fragen möchte ich Ihnen aber noch stellen.«

»Ich stehe zu Ihrer Verfügung, Herr Senator.«

»Sie sind katholisch getauft, ja? Keine Schwierigkeiten mit der Kirche?«

»Mein Taufschein ist in Ordnung.«

Der alte Herr nickte. »Sehr gut. Wie steht es mit der Gesundheit Ihrer Familie? Gibt es erbliche Krankheiten in der Verwandtschaft? Irrsinn? Neigung zum Selbstmord? Tuberkulose? Sie sehen mir ein wenig schwindsüchtig aus.«

Er behandelt mich wie einen Zuchtbullen, dachte Aaron Nicolai. *Gleich wird er meine Zähne sehen wollen.* »Nein, ich bin sicher nicht tuberkulös«, antwortete er. »Ich bin von Natur aus so schmal.« Mit einem Lächeln fügte er hinzu: »Ein Arzt würde in sein Attest schreiben, dass ich zu viel arbeite, zu wenig schlafe und zu wenig esse, aber ansonsten völlig gesund bin. Und in meiner Familie gibt es weder Wahnsinnige noch Selbstmörder.«

Friedrich Dalbeck, der bislang geschwiegen hatte, richtete sich in seinem bequemen Sessel ein wenig auf. Den Blick fest auf den jungen Mann gerichtet, fragte er: »In jeder Hinsicht gesund? Geschlechtlich, meine ich?«

Aaron lief scharlachrot an. Eine Welle von Scham überrollte ihn. In jäh aufwallender Wut dachte er: *Was würdet ihr wohl tun, wenn ich euch fragte, ob es in eurer Familie erblichen Irrsinn gibt und ob ihr auch keine Syphilis habt? Aber mit mir könnt ihr es machen!* Er verneigte sich jedoch höflich und antwortete im Ton eiserner Selbstbeherrschung: »Gewiss, meine Herren. Als Arzt bin ich mir der Gefahren eines lasterhaften Lebenswandels bewusst und habe diese stets vermieden.«

»Zeugungsfähig?«

»Ich denke schon, aber es wäre Ihnen sicher nicht angenehm, wenn ich dafür jetzt schon einen Beweis beibringen könnte.«

Der schlüpfrige Scherz kam gut an. Beide Herren lachten. Dann fragte der Senator: »Haben Sie etwas dagegen, wenn ich Sie zu unserem Hausarzt schicke? Es ist mir sehr wichtig, die Bestätigung zu haben, dass der Vater meiner Enkelkinder bei bester Gesundheit ist.«

»Selbstverständlich, wenn Sie es wünschen, Herr Senator«, antwortete Aaron demütig und dachte: *Soll ich dich jetzt fragen, ob deine Tochter gebärfähig ist? Und ob ich sie zum Arzt schicken darf, damit ich sicher sein kann, dass sie mir keine Lustseuche anhängt?*

Glücklicherweise lenkte ihn eine neue Frage des Senators ab, ehe er die in seinem Inneren brodelnde Wut nicht mehr verbergen konnte.

Dalbeck sagte: »Sollte ich – ich sage, *sollte ich!* – die Einwilligung zu einer Heirat mit meiner Tochter geben, so würde sich viel für Sie ändern. Sie wären ein reicher Mann – ein sehr reicher Mann. Sie würden dann kaum noch für Professor Pettenkofer arbeiten wollen, nehme ich an.«

»Nicht die Art von Arbeit, die ich jetzt mache, Herr Senator.

Es würde sich nicht schicken, dass ich als Ihr Schwiegersohn in öffentlichen Latrinen herumstochere.« Er lachte, und Dalbeck lachte mit ihm. »Aber«, fuhr der junge Arzt, wieder ernst werdend, fort, »ich werde meine Kräfte und Fähigkeiten weiterhin in den Dienst des Hygiene-Programms stellen. Die bahnbrechende Bedeutung von Professor Pettenkofers Ideen –«

»Schon gut, Herr Doktor, schon gut.« Der Senator gebot ihm mit erhobenen Händen Einhalt.

Rechtsanwalt Friedrich Dalbeck lenkte das Gespräch zum ursprünglichen Thema zurück. »Herr Dr. Nicolai, falls Sie meine Nichte heiraten sollten, würden Sie – wie mein Bruder schon sagte – in den Genuss einer sehr beträchtlichen Mitgift kommen. Haben Sie schon eine Vorstellung, wofür Sie dieses Geld verwenden wollen – abgesehen natürlich vom Erhalt Ihres Haushaltes?«

»Gewiss«, antwortete Nicolai ohne Zögern. »Ich würde es in die Vorbereitungsarbeiten für das Hygiene-Modell München stecken. Dazu müssen Laboranalysen gemacht, Statistiken erstellt, Berechnungen durchgeführt werden …«

»Ich verstehe. Dazu brauchen Sie Geld.«

»Ich kann es jedenfalls nicht schaffen, solange ich entscheiden muss, ob ich entweder essen oder mir eine Droschke nehmen soll, weil ich mir beides an einem Tag nicht leisten kann.«

Dalbeck nickte zufrieden. »Ich schätze einen Schwiegersohn, der mit meinem Geld Besseres anzufangen weiß, als es zu verjubeln. Aber wie ich schon sagte, ist Hennys Mitgift sehr beträchtlich, und mir scheint, Sie haben keine Erfahrung mit der Verwaltung hoher Summen.«

»Ich war noch nie in der Verlegenheit, über hohe Summen zu verfügen.«

»In der Tat«, mischte sich Friedrich ein. »Daher ist es sicher zweckmäßig, wenn Senator Dalbeck Ihnen beratend und helfend zur Seite steht. Selbstverständlich können Sie Ihre Pläne verwirklichen, aber um zu verhindern, dass Sie in Ihrer Unerfahrenheit betrogen werden, wird mein Bruder das Geld für Sie verwalten –

jedenfalls jenen Teil, der über die nötigen Auslagen für den Haushalt hinausgeht.« Er schlug die Ledermappe auf und zog einige Blätter Papier heraus. »Wir haben einen entsprechenden Vertrag aufgesetzt. Sie erhalten ein Haus an einer erstklassigen Adresse, eine eigene Kutsche, das nötige Personal und hinreichend Geld für einen standesgemäßen Lebenswandel. Kostspieligere Projekte jedoch werden Sie mit Senator Dalbeck besprechen, und Sie können sicher sein, dass seine kaufmännische Erfahrung Ihnen eine beachtliche Hilfe sein wird.«

Aaron wusste natürlich, dass sie ihm misstrauten und deshalb diesen Knebelvertrag aufgesetzt hatten, aber widersprechen konnte er nicht, also wandte er sich Heinrich zu und lächelte unterwürfig. »Es tut mir leid, Herr Senator, dass ich Ihnen die Mühe mache, mich anleiten zu müssen, aber ich bin Ihnen dafür sehr dankbar.«

»Dann unterschreiben Sie hier.«

Aaron setzte seine Unterschrift unter den Vertrag. Er unterschrieb mit *Carl Aaron Ludwig Marsalla-Nicolai*. Als er sah, wie der Senator beim Lesen die Brauen hochzog, erklärte er: »Marsalla war der Name meines leiblichen Vaters. Ich trage ihn zu seinem Andenken, das mir sehr teuer ist. Nicolai ist der Name meines Stiefvaters, dessen Andenken ich ehre und respektiere.«

Heinrich Dalbeck nickte. *Ein Mann mit Familiensinn*, dachte er, *einer, der Respekt für die ältere Generation empfindet*. Das gefiel ihm. Er stand auf und schritt zum Tantalus, dem er ein Kognakglas und die Flasche mit dem edlen Brand entnahm. »Setzen Sie sich doch zu uns, Herr Dr. Nicolai. Ein Glas Kognak? Zigarre?«

Aaron lehnte die Zigarre ab, aber den Kognak nahm er dankend an. Er konnte den starken Alkohol jetzt brauchen. Seine Knie zitterten so erbärmlich, dass er nicht sicher war, ob er es noch lange geschafft hätte, aufrecht stehen zu bleiben. Ein Ziel mit allen Fasern seines Herzens anzustreben, war *eine* Sache – es erreicht zu haben, eine andere. Er fühlte sich völlig erschöpft.

Heinrich Dalbeck läutete nach dem Diener. Dem Eintretenden

befahl er: »Sagen Sie der Köchin, sie soll uns heute Abend etwas Besonderes auftischen und ein paar Flaschen Sekt kalt stellen. Und melden Sie meiner Tochter, dass wir Herrn Dr. Nicolai als Gast zum Abendessen haben und es eine erfreuliche Mitteilung zu machen gibt.«

3

Dr. Aaron Nicolai ging zu Fuß durch die Frühlingsnacht nach Hause. Ein Sturm von Gefühlen tobte in ihm, einige sehr angenehm, andere quälend. Die Demütigung, die er im Rauchsalon erlitten hatte, brannte ihm in der Seele. Er war es gewohnt, Bösartigkeiten einzustecken, und hatte sich eine dicke Haut zugelegt, aber diesmal hatten ihn die Beleidigungen im Kern getroffen. Angesichts der beiden Inquisitoren hatte er sich gefühlt wie ein Sklave auf dem Markt, der von scham- und würdelosen Käufern auf Herz und Nieren geprüft wurde. Und gekauft hatte ihn ein reiches, eigensinniges, selbstbewusstes und absonderliches Mädchen. Wie sie ihn während des Abendessens angelächelt hatte! Wie eine Katze, die den offenen Sahnetopf findet. Der Bissen war ihm im Halse stecken geblieben. Aber er war selbst schuld daran. *Hurerei*, hatte Minna es genannt. Er spürte plötzlich mit brennender Scham, wie recht sie gehabt hatte.

Zähneknirschend murmelte er ein spanisches Sprichwort vor sich hin: »Nimm, was du willst, sagt Gott, und bezahle dafür.« Dass er das Mädchen nehmen musste, war nun einmal der Preis für das Geld. Und – so tröstete er sich selber – er hätte es schlimmer treffen können. Immerhin war sie leidlich hübsch, und sie konnte sehr zartfühlend und warmherzig sein, das hatte er gespürt, als sie sich nach seinem Rencontre mit Rudolf von Lauderbach um seine Verletzung gekümmert hatte. Niemand außer Jakob und Minna war je so zärtlich um ihn besorgt gewesen. An dem Tag hatte er sie geliebt, wie er seine Schwester und seinen alten Diener liebte.

Er würde schon mit ihr zurechtkommen. Und er würde jeden Tag solche herrlichen Leckerbissen genießen, wie die Köchin der Dalbecks sie an diesem Abend aufgetischt hatte. Wenigstens, dachte er mit einem schiefen Lächeln, hatte er sich nicht für ein Linsengericht verkauft wie der unglückliche Esau, sondern für einen ordentlichen Schweinsbraten.

Er stieg die Treppe hinauf, schlüpfte so leise wie möglich in die Wohnung, um Jakob nicht zu wecken, und verschwand im Schlafzimmer. Nachdem er Rock und Stiefel ausgezogen hatte, kniete er vor dem Bett nieder, griff mit seinen langen Armen darunter und zog eine Kiste hervor, etwa so lang und breit wie seine Arzttasche. Das Holz war dunkel und wohlriechend, der Deckel mit Einlegearbeiten aus Elfenbein verziert.

Einen Augenblick blieb der junge Mann auf den Fersen hocken und freute sich auf den Anblick, der ihn erwartete. Die Kiste zu öffnen erfüllte ihn immer mit warmer Zärtlichkeit und süßen Erinnerungen. Er klappte den Deckel des unversperrten Behälters auf – und erstarrte.

Die Kiste war leer.

4

Einen Tag später ritt Rudolf von Lauderbach in der Frühlingsdämmerung durch die Straßen von München. In einen eleganten Jagdanzug gekleidet, saß er anmutig und selbstherrlich im Sattel seines schönen Apfelschimmels und zog viele Blicke auf sich, vor allem weibliche Blicke. Er wusste, dass er jederzeit die Möglichkeit gehabt hätte, eine andere Braut zu finden, aber er war ein starrsinniger Mann. Henriette gehörte ihm. Der Moische hatte kein Recht, sie ihm wegzunehmen.

Und er würde sie ihm auch nicht wegnehmen. Nicht nach dem heutigen Abend. Auch wenn Dalbeck diesem Scharlatan Nicolai die Hand seiner Tochter bereits versprochen hatte, würde er ihn wie einen Hund zur Türe hinausjagen, den Betrüger.

Rudolf zog den Mantel enger um die Schultern. Er würde keine Schwierigkeiten haben, mit dem Senator zu reden, denn der hielt ihm die Türen nach wie vor offen, mochte Henny das auch anders sehen. Heute Abend müsste er dem alten Dalbeck nur zeigen, was er in der Satteltasche bei sich trug, dann konnte Nicolai seine Sachen packen.

Hugo Messerschmitt hatte sich wieder einmal als der perfekte Helfer erwiesen. Und er hatte Wort gehalten. Kein Klatsch, kein lügenhaftes Zeugnis, keine gefälschten Beweise. Harte, unwiderlegbare Fakten.

Lauderbach lächelte, von rachsüchtiger Freude erfüllt. Der Moische würde überrascht sein, denn offenbar hatte er bislang noch nicht einmal entdeckt, dass etwas fehlte. Schließlich stand ja der Kasten noch unter seinem Bett, nur war er jetzt leer.

Vor dem Palais Dalbeck angekommen, stieg der junge Arzt vom Pferd und betätigte den schweren Klopfer. Bertha öffnete ihm und führte ihn hinauf ins Gesellschaftszimmer im ersten Stock. Lauderbach eilte, seine Reisetasche in der Hand, mit langen Schritten die steile, hochglanzpolierte Treppe hinauf.

Als das Mädchen die Türe für ihn öffnete, stand er einen Augenblick lang reglos da. Wie ein zu Lebensgröße angewachsenes flämisches Gemälde sah er ein von bernsteinfarbenem Lampenlicht erhelltes Zimmer und darin ein Tableau häuslicher Idylle vor sich. Der Senator Dalbeck saß bequem in seinem Lehnstuhl nahe am glosenden Kaminfeuer und unterhielt sich bei einem Glas Wein mit seinem Bruder, während an der anderen Seite des mächtigen, säulengestützten Kamins die beiden jungen Leute an einem Spieltisch einander gegenübersaßen. Aaron versuchte Henny das Schachspiel beizubringen, aber offenbar waren beide nicht recht bei der Sache. Im Hintergrund der Gruppe thronte Cousine Auguste in einem Ungetüm von Polstersessel und stickte an einem Wandbild, das ein von Rosen, blühenden Disteln und Kleeblättern umrahmtes weißes Lamm zeigte.

Heinrich blickte ihm entgegen. »Sieh an, Dr. Lauderbach! Sie kommen sicherlich zu mir?« Er hatte sehr wohl bemerkt, wie

Aaron rasch den Kopf hob und dann wieder beiseiteblickte, während Henny mit zornig zusammengekniffenen Lippen halb vom Stuhl aufstand und Anstalten machte, den Salon zu verlassen. Um eine peinliche Szene zu vermeiden, erhob er sich rasch, klopfte dem jungen Mann auf die Schulter und machte den Vorschlag, sich ins Arbeitszimmer zurückzuziehen.

Rudolf blieb jedoch stehen. Mit fester Stimme antwortete er: »Ich komme tatsächlich zu Ihnen, Herr Senator. Verzeihen Sie, dass ich so unangemeldet hereingeschneit bin, aber mein Anliegen erlaubt keinen Aufschub. Ich bleibe auch nicht lange. Meine Mission ist rasch erledigt. Wie ich sehe, ist der Herr Kollege Nicolai anwesend, das vereinfacht die Sache.«

Heinrich, der häuslichen Unfrieden hasste, runzelte verdrießlich die Stirn. »Muss das denn jetzt und hier –«

»Ja«, unterbrach ihn Rudolf scharf. »Das muss jetzt und hier sein, ehe Sie und Ihre Familie zum Opfer einer heimtückischen Täuschung werden.« Ehe der Senator noch einen Einwand erheben konnte, stellte er klar und deutlich die Frage: »Sie würden Ihre Tochter gewiss nur mit einem Katholiken verheiraten?«

Erfreut sah er, dass Nicolai, argwöhnisch wie ein aufgescheuchtes Tier, den Kopf hob und die Ohren spitzte.

»Was für eine dumme Frage!«, polterte Dalbeck. »Wir sind hier in Bayern, oder?«

»Hat Dr. Nicolai Ihnen gesagt, dass er katholischen Glaubens sei?«

»Gewiss hat er das, und ich bin überzeugt, dass es stimmt.«

Mit einer blitzschnellen Bewegung wandte Lauderbach sich direkt an seinen Rivalen. »Und Sie können Ihren christlichen Glauben beschwören?«

Aaron Nicolai erhob sich langsam mit ungelenken Bewegungen. Die Arme vor der Brust verschränkt, stand er in derselben Haltung da, in der er ihm im Hörsaal so oft Trotz geboten hatte. »Warum sollte ich das? Sie würden ja doch behaupten, ich hätte einen Meineid geschworen. Glauben Sie meinem Taufschein oder glauben Sie gar nichts.«

Rudolf blickte ihn aus seinen klaren, hellen Augen starr an. »Sie haben einen Taufschein, Dr. Nicolai, aber Sie sind kein Christ. Sie sind ein Marrane – ein Jude, der vortäuscht, den christlichen Glauben angenommen zu haben, um sich vor Verfolgung zu schützen und sich Vorteile zu verschaffen, in Wirklichkeit aber seinem alten Irrglauben weiterhin anhängt. Nach außen spielen Sie den Katholiken, *aber Ihr wirkliches Wesen ist das hier.*«

Damit hob er seine Reisetasche auf den Tisch, klappte die Bügel auseinander und schüttete den Inhalt heraus. Über die polierte Tischplatte breiteten sich die gestreiften Falten eines Gebetsmantels, gefolgt von einem Paar Teffilin, deren harte lederne Kapseln wie Nüsse auf dem Holz klapperten, zwei hebräischen Gebetsbüchern und einem bestickten Seidenkäppchen.

Wilde Freude erfasste ihn, als er sah, dass Aaron Nicolai bei diesem Anblick wie zur Salzsäule erstarrt dastand. Mit lauter, herausfordernder Stimme rief er ihm zu: »Wollen Sie leugnen, dass sich dies hier in einem Holzkasten unter Ihrem Bett befunden hat? Wollen Sie leugnen, dass Sie im Geheimen weiterhin die jüdischen Riten praktizieren und dass Sie nicht das geringste Recht haben, nach der Hand eines katholischen Mädchens zu greifen?« Dabei hieb er mit der Faust gewaltig auf den Tisch.

Die Erschütterung brachte das glatte Tuch des Tallit ins Rutschen, und das ehrwürdige Kleidungsstück fiel raschelnd zu Boden. Lauderbach hob es auf, stützte seinen gestiefelten Fuß auf das Kamingitter und rief: »Der richtige Lumpen, um mir damit die Stiefel zu putzen!«

Aaron war mit zwei Schritten bei ihm und packte ihn fest am Kragen.

Rudolf hatte einen Angriff nie in Betracht gezogen. Er war fest davon überzeugt, dass der Moische zu feige war. Aber die Attacke kam mit der Wut und Wucht eines Raubtiers. Ohne richtig zu wissen, wie ihm geschah, spürte der junge Edelmann, dass er rückwärtsgeschleudert wurde und mit dem Kopf gegen den Kaminsims knallte und zusammensank – die glühenden Kohlenstücke nur wenige Zentimeter vor seinen Augen.

Rudolf schrie auf und hielt sich die Hände schützend vors Gesicht – doch da waren schon Helfer zur Stelle, die ihn hochhoben und ihn von der Feuerstelle wegtrugen. Er wurde auf den Rücken gedreht. Nasskalte Tücher wurden auf sein Gesicht gelegt. Rudolf wagte kaum die Augen zu öffnen aus Furcht, er könnte blind geworden sein. Aber als er blinzelte, fand er seine Augen unverletzt. Sein Gesicht war von heißem Ruß verschmiert, der zwar juckte und brannte, aber er hatte enormes Glück gehabt.

»Kommen Sie … kommen Sie!« Friedrich Dalbeck beugte sich über ihn, half ihm aufstehen, führte ihn aus dem Zimmer. Rudolf nahm wie durch einen Nebel wahr, dass man ihn in ein Badezimmer brachte, ihm Gesicht und Hände wusch, seine Kleider – deren Vorderseite dem Anzug eines Schornsteinfegers glich – notdürftig abputzte und ihm eine Mischung aus Kognak und Opiumtropfen verabreichte.

Erst allmählich begriff er, dass es nicht der Schmerz war, der ihn so völlig aus dem Gleichgewicht brachte, denn er hatte sich in seiner Tätigkeit als Arzt schon öfter verbrannt und war nie so erschüttert gewesen. Es war die Tatsache, dass Aaron ihn angegriffen hatte, so stumm, so gnadenlos, mörderisch. Nie im Leben hätte er dem Mann einen solchen berserkerhaften Wutausbruch zugetraut. Das war keine Schlägerei mehr gewesen, sondern ein glatter Mordversuch. Ins Gefängnis bringen würde er ihn dafür!

Als er in den Salon zurückgeleitet wurde, war dort Ruhe eingekehrt. Aaron saß in dem Lehnstuhl, den zuvor Cousine Auguste okkupiert hatte. Sein Gesicht war aschfahl, seine Augen von dunklen Schatten umrändert, aber er saß ganz still, auf dem Schoß den zusammengerollten Tallit, auf dem die Gebetsriemen, das Käppchen und die Gebetsbücher lagen. Seine langen, knochigen Hände waren schützend darübergefaltet.

Henny kauerte an seiner Seite auf einem Hocker und hielt die Hand auf seinem Arm.

Heinrich Dalbeck betrachtete die beiden jungen Männer mit

dem Blick eines Richters. »Meine Herren«, grollte er in einem Ton, dass beide eingeschüchtert zu Boden blickten, »nur die Rücksicht auf den guten Ruf meiner Tochter und das Ansehen der Familie Lauderbach-Sillern hat mich zurückgehalten, auf der Stelle die Polizei zu rufen. Wer nicht gefragt wird, hält den Mund, verstanden? Jetzt möchte ich zunächst einmal wissen« – dabei blickte er Aaron an –, »ob diese Gegenstände wirklich aus Ihrem Besitz stammen.«

Der junge Arzt nickte. »Sie sind ein Teil der Erbschaft, die ich von meiner Mutter erhalten habe. Sie gehörten meinem Großvater Ephraim Marsalla. Sein Name steht in den hebräischen Gebetsbüchern.« Er hob den Kopf und starrte Rudolf mit einem Blick an, in dem Zorn und Schmerz brannten. »Dieser Mann da ist in meine Wohnung eingebrochen und hat sie gestohlen, wie hätte er sonst darankommen können? Ein Dieb ist er und ein … ein Schänder des Heiligen!«

Rudolf errötete, als der Senator ihn anblickte und fragte: »Sie haben sich diese Gegenstände tatsächlich durch einen Einbruch angeeignet?« Ein paar Atemzüge lang kämpfte er mit sich, dann entschied er sich, die Wahrheit zu sagen. »Ich habe es nicht selbst getan, jemand anderes hat es für mich getan. Denn ich hatte den da« – er wies mit dem Kinn auf Aaron – »im Verdacht, seinen Glauben nur vorzutäuschen, und wollte Henny den Kummer ersparen, eine ungültige Ehe einzugehen.«

»Ach, das wollten Sie?«, fauchte Henny wütend. »Ein edler Ritter! Sie wollten doch nur –«

Ihr Vater fuhr mit Donnerstimme dazwischen. »Der Befehl ›Mund halten, wer nicht gefragt wird‹ gilt auch für dich!«

Henny verzog beleidigt das Gesicht, schwieg aber.

Dalbeck wandte sich wieder an Aaron. »Dieser Mantel und die … die anderen Dinge sind also nur Erinnerungsstücke für Sie, die mit Ihrem eigenen Glauben nichts zu tun haben?«

»Genauso ist es. Das orthodoxe Judentum ist mir ganz fremd. Ich kann damit genauso wenig anfangen wie mit der katholischen Frömmigkeit.« Er lächelte zynisch. »Ich sitze schon zeit meines Lebens zwischen zwei Stühlen, die mir beide gleichermaßen unbequem sind.«

Dalbeck gebot ihm mit einer Handbewegung Schweigen und wandte sich an seinen Bruder, den Rechtsanwalt. »Wie sieht die Situation von deiner Warte aus?«

Friedrich putzte nachdenklich seinen Kneifer, setzte ihn auf und betrachtete erst den einen, dann den anderen Übeltäter. »Würden wir jetzt die Polizei rufen«, konstatierte er, »dann hätte der eine von Ihnen sich wegen Anstiftung zum Einbruchsdiebstahl und Annahme gestohlenen Gutes zu verantworten, der andere wegen eines brutalen körperlichen Angriffs, der für das Opfer sehr schlimme Folgen hätte haben können. Ich brauche Ihnen nicht zu sagen, was das für Ihrer beider Karriere bedeuten würde. Sie würden in München nicht einmal mehr Arbeit als Leichenwäscher bekommen. Ich halte es jedoch für angebrachter, die Behörden nicht einzubeziehen. Ihnen, Dr. Lauderbach, billige ich zu, dass Sie im guten Glauben gehandelt haben, Sie müssten einen Betrug verhindern – Ihnen, Dr. Nicolai, dass Sie unerträglich provoziert wurden. Glauben Sie aber beide nicht, dass Sie exkulpiert sind – Sie sind begnadigt, und auch das nur vorläufig. Sie werden jetzt beide nach Hause gehen, und ich rate Ihnen dringend, dass Sie sich in Zukunft besser aus dem Weg gehen, sonst kommen Sie noch in die Verlegenheit, dass Sie jahrelang im Zuchthaus gemeinsam Steine klopfen müssen.«

Die beiden Mediziner ließen einer wie der andere zerknirscht den Kopf hängen. Einen verlegenen Abschiedsgruß murmelnd, erhoben sie sich und schlichen mit abgewandtem Blick zur Tür.

Heinrich blickte ihnen mit zusammengekniffenen Augen nach. *Dass mein maßvoller und gesitteter Herr Schwiegersohn ein solcher Heißsporn ist, hätte ich nicht erwartet. Auf den Wirrkopf muss man aufpassen. Stille Wasser sind tief. Wer weiß, was das nächste Mal passiert, wenn er die Contenance verliert.*

5

Henriette konnte ihr Glück kaum fassen. Trotz der Szene im Salon, die sie heftig erschreckt hatte – wie alle anderen auch hatte sie nicht damit gerechnet, dass der stets so beherrschte Aaron ein solches Temperament an den Tag legen konnte –, war in den letzten Wochen für sie jeder Tag ein Festtag gewesen. Der Ankündigung ihrer Verlobung im engsten Kreis der Familie folgte ein intimer Empfang, der Heinrich Dalbecks entfernteren Verwandten Gelegenheit gab, das künftige Familienmitglied in Augenschein zu nehmen. Aaron benahm sich untadelig, obwohl man ihm anmerkte, dass es ihm an gesellschaftlichem Schliff fehlte, aber das wurde dem Gelehrten, dem man eine gewisse Weltfremdheit zubilligte, nicht weiter übel genommen. Nachdem die Neugier der Familie befriedigt war, folgte der feierliche Akt der amtlichen Bekanntmachung, indem eine Annonce in die ›Illustrierte Zeitung‹ gesetzt wurde: »Das Handelshaus Dalbeck freut sich, bekannt zu geben …« Damit war der Pakt besiegelt, und die ernsthaften Vorbereitungen für die Hochzeit begannen.

Senator Dalbeck hielt nichts von langen Verlobungszeiten. War man sich einmal über ein Geschäft einig, so sollte dieses so bald wie möglich unter Dach und Fach gebracht werden, ehe noch irgendetwas dazwischenkam. Was man heute verzehrt, kann nicht schimmlig werden, war sein Motto. Aus dieser Einstellung heraus hatte er auch dafür gesorgt, dass Dr. Nicolai es sich nicht am Ende wie bei den Colbergs im letzten Augenblick noch anders überlegte.

Gustav hatte das Henny erzählt. »Pass bloß auf deinen Zukünftigen auf«, warnte er sie. »Der liest nämlich nicht, was er unterschreibt. Papa hat ihn ganz fies hereingelegt.«

»Hereingelegt? Wie denn das?«

»Papa hat ihm einen Sack voll Geld für die Einrichtung seines Labors gegeben, das er natürlich an sich gerissen hat wie ein Hungriger ein Stück Brot, und er hat ihn in dem Glauben gelassen, es sei ein Vorschuss auf die Mitgift, die ihm demnächst gehören wird. Aber laut Vertrag ist es ein Privatkredit, und wenn der Moische auf die Idee kommen sollte, dich sitzen zu lassen wie Clara Colberg, wird der Kredit fällig und er steckt in Schulden bis über beide Ohren.«

Henny war empört. »Das hat Papa garantiert gemeinsam mit Onkel Friedrich ausgetüftelt! Aaron würde mich niemals im Stich lassen.«

»Das glaube ich auch, aber nur, weil es in München keine Frau gibt, die reicher ist als du.«

»Ich hasse dich!«

»Warum regst du dich auf?«, hatte Gustav gesagt. »Wenn Aaron dein liebender Gatte wird, ist alles kein Problem. Papa hat ihm nur eine Eisenkugel ans Bein gehängt, damit er keinen Fluchtversuch unternimmt. Bei guter Führung wird sie ihm vielleicht wieder abgenommen.« Prustend vor Lachen war Gustav gegangen.

Henny ärgerte sich, aber sie war viel zu beschäftigt, um ihrem Groll lange nachzuhängen. Eine großbürgerliche Hochzeit auszurichten, war ein aufwändiges Unternehmen. Der gesamte Dalbeck'sche Haushalt war damit befasst. Es mussten Gästelisten geschrieben, die Festtafel geplant, die Kirche reserviert, der Pfarrer bestellt werden. Es gab den Blumenschmuck zu bedenken, die Unterbringung der von weit her anreisenden Verwandten, das kalte Büfett vor der Zeremonie, die Spenden für die Kirche und die Armen, die Musiker und natürlich das Hochzeitskleid. Henny hatte von morgens bis abends alle Hände voll zu tun. Wären ihr nicht die beiden erfahrenen Wirtschafterinnen, Frau Gödel und die für den jungen Haushalt engagierte Frau Dörries, zur Seite gestanden – sie wäre verloren gewesen.

Am Bleistift kauend, saß sie im Salon und bemühte sich, anhand des Buches ›Die feine bürgerliche Küche‹ das Büfett zu entwerfen. Das Buch empfahl: kleine Speisen aus Fleisch, Geflügel und Wild in appetitanregender Aufmachung in verschiedenen leichten und bekömmlichen Kompositionen, vorzugsweise Aspiks, Gelantinen, Pasteten, Terrinen und Mousses, aber auch kalte Fisch-, Krusten- und Schalentiergerichte. Dazu auf jeden Fall zwei verschiedene Suppen mit Käsegebäck und Bierbreze. Nach der kirchlichen Zeremonie dann das Mittagessen im Stil der »großen Festtafel«. Appetithäppchen, gefolgt von einer Auswahl warmer Vorspeisen, dem Fischgericht und schließlich der Hauptplatte. Lambchops? Roastbeef? Oder vielleicht beides, jedes mit einer anderen Beilage? Das war wohl die beste Lösung. Weiter: warmes Zwischengericht, *entrée chaude* genannt, aus Kalbsniere, Kutteln, Rindsragout oder Pouletgeschnetzeltem. Was davon sollte sie wählen?

Mit einem Seufzer legte sie den Bleistift weg, klingelte nach Bertha und verlangte eine Tasse Tee.

Aaron war ihr bei diesen Vorbereitungen alles andere als eine Hilfe. Als er merkte, mit welchem Aufwand eine Eheschließung verbunden war, war er erschrocken geflohen. Wichtige Aufträge Professor Pettenkofers vorschützend, hatte er sich in der Universität verkrochen wie ein Mann, der das Vorüberziehen eines Unwetters abwartet.

Heinrich Dalbeck hatte viel Verständnis dafür, dass sein zukünftiger Schwiegersohn mit dem Weiberkram der Hochzeitsvorbereitungen nichts zu tun haben wollte. Gemeinsam mit seinem Bruder Friedrich lud er ihn zu männlichen Unternehmungen ein, wobei die beiden Herren allerdings rasch feststellten, dass das neue Familienmitglied ein betrüblicher Langweiler war. Er konnte nicht reiten, er wollte nicht angeln, er lehnte es ab, auf die Jagd zu gehen, er verdarb den üblichen Herrenrunden mit ihrem reichlichen Bier- und Tabakgenuss den Spaß, indem er ihnen die gesundheitlichen Folgen solcher Exzesse vor Augen hielt. Von kaufmännischen Dingen verstand er nichts und von Politik noch viel weniger. Einzig zum Schachspielen war er zu gebrauchen, aber das konnte man ja nicht zwölf Stunden am Tag tun. Heinrich fragte sich kopfschüttelnd immer wieder, warum in aller Welt Henriette diesen kalten Stockfisch unbedingt wollte. Aber so war sie nun einmal, und wenn sie etwas wollte, dann bekam sie es auch.

Henny selbst akzeptierte den Widerwillen ihres zukünftigen Gatten gegen all die Vorbereitungen, die ihr selbst so viel Vergnügen bereiteten, und ließ ihn in Ruhe, wenn seine Gegenwart nicht unbedingt erforderlich war. Er hätte ihr ohnehin nur im Wege gestanden, und sie konnte jetzt keine Behinderungen brauchen. Sie musste sich außer um die Hochzeit auch um die Vorbereitungen für ihr gemeinsames Leben kümmern. Das neu gekaufte Haus am Isarufer musste eingerichtet, der etwas verwahrloste Garten neu gestaltet, eine Kutsche und Pferde gekauft und Personal eingestellt werden.

Aaron hatte als einzigen Diener, den er um sich haben wollte, den alten Jakob mitgebracht, der eifersüchtig darüber wachte, dass alle Angelegenheiten seines Herrn in seine zittrigen Hände gelegt wurden. Jakob gab Henny bei erster Gelegenheit zu verstehen, dass er, und nur er allein, wusste, was der Herr Doktor wünschte und brauchte und was gut für ihn war, dass er ihn kannte, seit er ihn mit dem Löffel gefüttert hatte, und dass er sich von einer dahergelaufenen Ehefrau nicht ins Handwerk pfuschen ließ. Henny war viel zu klug, um den treuen Alten zu erzürnen. Sie konsultierte ihn, wann immer es um Aarons Bequemlichkeit ging, wegen jeder Kleinigkeit, und Jakobs frostige Ablehnung schmolz nach und nach dahin.

Das Einzige, was den jungen Arzt wirklich interessierte, war sein neues Labor, und dem widmete er sich mit großer Begeisterung. Es wurde in einer langen Ziegelbaracke im hinteren Teil des Gartens eingerichtet, einem Gebäude, das er neu errichten ließ und von allem Anfang an als sein höchst persönliches, für andere verbotenes Reich markierte. Zur Abschreckung der Dienstboten genügte der Vermerk an der Türe: »Vorsicht, giftige Dämpfe!« Henriette davon fernzuhalten, erwies sich als schwieriger. Sie wollte viel zu gerne wissen, was sich in den vielen mit Stroh ausgestopften Körben befand, die jeden Tag angeliefert wurden, wozu es diente und wie man es nannte. Aber nur einmal erhielt sie eine erschöpfende Auskunft.

Sie hatte die hintere Veranda inspiziert, um herauszufinden, ob sich der Holzwurm in den Pfosten eingenistet hatte, als sie die Stimme ihres Verlobten aus dem Garten hörte, und zwar ungewöhnlich laut und heftig. Offenbar sprach er mit dem Gärtner, der sich kurz zuvor in der üppigen Wildnis ans Werk gemacht hatte. »Entfernen Sie das hier! Und werfen Sie es nicht auf den Komposthaufen, dort siedelt es sich nur von Neuem an. Lassen Sie es trocknen und werfen Sie es ins Feuer. Aber fassen Sie es nicht mit bloßen Händen an.«

»Das weiß ich sehr gut selber, Herr Doktor«, antwortete der Gärtner gekränkt. »Ich mach die Arbeit ja nicht erst seit gestern.«

Henny eilte neugierig herbei und sah, dass Aarons Ärger einem hübschen, blau blühenden Busch galt. »Was ist denn? Warum wollen Sie den Busch denn nicht hier haben?«

»Weil er giftig ist. Überaus giftig. Schon die Berührung ruft Schmerzen und bei manchen Menschen sogar einen Nesselausschlag hervor. Das ist Blauer Eisenhut.«

»Hier nennt man es Mönchskraut, weil die Blüten wie Mönchskapuzen geformt sind«, ergänzte der Gärtner. »Sieht hübsch aus, ist aber der Teufel. Man muss verflixt aufpassen mit der Rheumasalbe, die daraus gemacht wird.«

Aaron nickte. »Ich bereite selbst eine solche Salbe zu – für Jakob, wenn das Wetter kalt und feucht wird und ihm alle Knochen im Leib wehtun. Sie hilft wunderbar, stillt den Schmerz, wärmt das Fleisch und löst die Verkrampfungen.«

»Aber es ist Gift«, wandte Henny fragend ein.

»Viele Gifte sind Arzneien, wenn man sie richtig dosiert. Nehmen Sie nicht auch Laudanumtropfen, wenn Sie nicht schlafen können oder Zahnschmerzen haben? Und doch ist Opium ein starkes Gift, doppelt gefährlich, weil es die Lust auslöst, es immer wieder einzunehmen.« In seine Stimme kamen zusehends Schwung und Leben. Er schob die Hand unter Hennys Arm und zog sie mit sich den zugewachsenen Gartenweg entlang. »Kommen Sie, ich werde Ihnen zeigen, was alles in einem Garten wächst, Gutes und Böses.«

Die junge Frau lauschte begierig. Sie saugte auf, was er erzählte, und er hatte viel zu erzählen. Wer hätte gedacht, dass die malerischen Eiben und der hübsche Goldregen hochgiftig waren? Ebenso der rote Fingerhut, der Efeu, der Kirschlorbeer und der Oleander? Aber richtig kalt ums Herz wurde ihr, als Aaron auf die Gemüse zu sprechen kam und sie darüber unterrichtete, dass auch Kartoffeln, Auberginen und grüne Gartenbohnen höchst unzuträglich sein konnten. Man denke nur: Die gute, biedere Kartoffel entstammte derselben Familie der Nachtschattengewächse wie die bösartige Tollkirsche!

»Aber Sie vermiesen einem ja alles!«, klagte sie. »Ich mag überhaupt nichts mehr essen, wenn ich Ihnen so zuhöre!«

»Ich hätte Ihnen nichts davon erzählen sollen.«

Sofort protestierte sie heftig. »Doch! Doch! Wenn Sie nichts gesagt hätten, hätte ich den Blauen Eisenhut vielleicht gepflückt und in eine Vase gestellt.« Wie zur Belohnung für seine Bereitwilligkeit drückte sie seinen Arm und lehnte sich nahe an ihn. »Ich sehe jeden Tag, wie Ihre Apparate und Flaschen angeliefert werden. Haben Sie denn keine Angst, dass einmal etwas passiert, mit all den gefährlichen Substanzen in Ihrem Labor?«

»Sie meinen, dass ich einmal zufällig jemand vergifte?« Er wandte sich ihr zu, ein Lächeln auf den Lippen, das ihr gar nicht gefiel. »Oder auch absichtlich?«

»Was reden Sie da!«

Er lachte. »Die Frage ist nicht, was *ich* rede, sondern was die anderen reden – Ihre charmante Cousine Auguste zum Beispiel, die mich mit Argusaugen beobachtet. Aber seien Sie getrost, meine Liebe! Sollte ich jemals das Bedürfnis haben, jemand zu ermorden, so würde ich ihm mit dem Feuerhaken den Schädel einschlagen oder ihn in die Isar stoßen. Was glauben Sie denn, wen man auf der Stelle verdächtigen würde, wenn hier irgendjemand auch nur Bauchweh bekäme?« Dann wurde er ernst. »Eines müssen Sie mir versprechen, Fräulein Henny – nämlich, dass Sie nie und nimmer etwas anrühren, was aus meinem Labor stammt.«

Sie nickte wie ein gehorsames Kind, setzte aber augenblicklich hinzu: »Aber Sie werden mir davon erzählen, nicht wahr? Vom bloßen Reden kann mir ja nichts passieren. Und da möchte ich Ihnen gleich eine Frage stellen …«

Aaron zögerte, hin und her gerissen zwischen dem Wunsch, über all das zu reden, was ihn im Leben am meisten interessierte, und der Überzeugung, dass ihre Neugier höchst unweiblich war. Er merkte, dass er in die Falle gegangen war und sich hatte fortreißen lassen, ihre Gier nach Wissen zu stillen, anstatt sie in die Schranken zu weisen. Das nächste Mal würde sie, ermutigt durch sein Entgegenkommen, die Nase noch viel tiefer in seine Angelegenheiten stecken.

An einem sonnigen Maitag kam wieder einmal eine Fracht Bücherkisten, die aus der früheren Wohnung des Doktors herübergebracht wurden, und Henny eilte in den Garten hinaus, um Aaron Mitteilung zu machen, dass ein Pferdegespann auf ihn wartete. Sie sah zu, wie die Bediensteten mehrere gewichtige Kisten hereinschleppten und im Arbeitszimmer ihres zukünftigen Mannes abstellten. Die Wände dort waren von oben bis unten mit glänzend polierten Regalen aus Mahagoni bedeckt, die darauf warteten, mit Ehrfurcht gebietenden, in Kalbsleder gebundenen Wälzern gefüllt zu werden – alles Bücher, die sie eines Tages lesen würde. Eines allerdings wollte sie jetzt schon haben, und sie war entschlossen, ihren Willen durchzusetzen, obwohl sie ahnte, dass ihr zukünftiger Gatte sich sträuben würde.

Als die Lieferanten gegangen waren und ihr Verlobter heraufkam, um das Sortieren und Einräumen der Bücher zu übernehmen, schloss sie die Türe hinter sich und sprach ihn an. »Ich würde mir gerne eines Ihrer Bücher ausleihen.«

»Welches denn?«, fragte er misstrauisch. Und mit einem Blick auf die geschlossene Türe fügte er hinzu: »Es scheint mir unschicklich, dass wir uns hier absondern … man könnte meinen … Nun, beeilen wir uns. Was wünschen Sie?«

Ihr versagte die Stimme, als sie weiterreden wollte. Jetzt graute ihr doch vor der eigenen Kühnheit. Natürlich wäre ihre Familie entsetzt gewesen, wahrscheinlich sogar Gustav, der nichts gegen Frivolitäten hatte, jedoch überzeugt war, dass sie nur Männern zustanden. Aber schließlich war sie diejenige, die heiratete, und sie hatte nicht vor, sich in der Hochzeitsnacht mit ihrer Unwissenheit lächerlich zu machen.

Wie alle jungen Damen der Gesellschaft hatte sie nur sehr verschwommene Vorstellungen von allem, was den Körper und seine Funktionen betraf. Jedes Gespräch darüber galt als höchst unschicklich, selbst zwischen Arzt und Patientin oder Mutter und Tochter. Man überließ es dem Ehemann, seiner Frau beizubringen, was sie über ihre ehelichen Pflichten wissen musste, und alles andere – nun, je weniger sie davon verstand, desto besser. Es gab Frauen, die ein Kind nach dem anderen zur Welt brachten und immer noch nicht wussten, was dabei eigentlich in ihrem Körper vorging.

Sie hatte versucht, mit Auguste – die immerhin schon einmal verheiratet gewesen war – und ihrer alten Kinderfrau darüber zu sprechen, aber beide hatten sie im Dunkeln tappen lassen, was die Geheimnisse der Ehe anging. Sie hatten ihr von allem nur die Hälfte erzählt, hatten sie überhäuft mit geheimnisvollen, bedrohlich und unsauber klingenden Andeutungen, so dass sie sich schämte und ängstigte und vor allem unsäglich albern vorkam.

Jetzt, dachte sie, war es Zeit, das zu ändern. »Ich möchte ein medizinisches Buch über die Ehe.« Sie schluckte und stieß dann hervor: »Sehen Sie, ich möchte wissen, was in der Ehe geschieht, und da es mir niemand erklären will, möchte ich es den Büchern entnehmen.«

Sie merkte, dass Aaron diesen ungeheuerlichen Vorschlag erst gar nicht in seiner vollen Tragweite erfasste. Dann sah er sie an, als hätte sie sich in eine Schlange verwandelt, die vom Baum der Erkenntnis herabzischelte. »Das«, stammelte er, »das kann ich niemals … Fräulein Henriette! Wie kommen Sie nur auf solche Gedanken! So etwas können Sie doch nicht lesen!«

»Warum kann ich das nicht lesen? Ist es auf Lateinisch geschrieben?«

»Unsinn! Es ist … es ist einfach kein Buch, das sich für eine Dame schickt. Es sind Illustrationen darin.«

»Ja, das ist doch umso besser? Da kann ich aus den Bildern erkennen, was ich im Text nicht verstehe.«

Völlig verunsichert fuhr er sie an, mehr erschrocken als zornig: »Sie wollen doch nicht sagen, dass Sie sich aus einem Buch … Es ist Sache des Ehemannes, Sie in Ihre ehelichen Pflichten einzuführen. Es genügt völlig, wenn *ich* Bescheid weiß.«

Henny blickte ihn nachdenklich an. Ruhig, ohne jeden Spott, fragte sie: »Sind Sie denn so viel erfahrener als ich, dass ich von Ihnen lernen könnte?«

Er schwieg. Den Kopf gesenkt wie ein trotziger Schuljunge, starrte er auf die zu seinen Füßen gestapelten Bücher hinab.

»Von allen Seiten«, fuhr sie ernsthaft fort, »habe ich gehört, dass Sie Ihr bisheriges Leben lang jeder leichtfertigen und sündhaften Beziehung aus dem Wege gegangen sind. Das erweckt meine Bewunderung, und es freut mich, dass Sie so stark und beherrscht sind, aber es hört sich nicht gerade so an, als wüssten Sie selbst sehr viel mehr, als in den Büchern steht. Also?« Angesichts seines Widerstands entschloss sie sich, ihm ein Friedensangebot zu unterbreiten. »Wir könnten doch gemeinsam darin lesen.«

Aaron lehnte das Angebot brüsk ab. »Ich weiß, was in den Büchern steht«, grollte er. »Für einen Arzt ist das wohl auch gut und richtig. Aber es ist kein Thema, über das man mit einer Frau spricht.«

Henny hob den Kopf mit einer kleinen, kecken Bewegung. »Tatsächlich? Ihre Schwester erzählte mir von Frauen, die Medizin studiert haben und als Ärztinnen praktizieren.«

»Ja. In Amerika. Unnatürliche Frauen, die man lieber ärztlich behandeln sollte, anstatt sie an Patienten herumpfuschen zu lassen. Fräulein Henriette, wenn Ihr Vater erführe, dass ich Sie in solchen Büchern lesen lasse, würde er mich aus dem Haus werfen, und ich könnte es ihm nicht einmal verdenken.«

Henny bemühte sich, ihn zu beruhigen. »Ach, Papa!« Sie zuckte abschätzig die Achseln. »Ich liebe ihn, aber er ist so altmodisch, was Frauen angeht. Sie brauchen keine Angst zu haben. Ich werde das Buch sehr sorgfältig verstecken, und wenn es doch gefunden wird, können Sie immer noch behaupten, ich hätte es ohne Ihr Wissen genommen. Aber Sie leihen es mir, ja? Denken Sie an unseren Pakt! Sie bekommen das Geld, und ich die Bücher. Sie würden doch nicht versuchen, mich zu betrügen?«

»Nein, natürlich nicht.« Mit hastigen Bewegungen, verstohlen wie ein Dieb, zog er einen dünnen, graugrünen Band aus dem Stapel und reichte ihn ihr. »Da. Lesen Sie. Darin finden Sie alle nötigen Erklärungen. Aber ich muss Ihnen sagen, ich finde es äußerst ungehörig und geradezu schamlos …«

Henny lachte und lief, das ruchlose Buch unter der Schürze verborgen, davon.

Nach dieser Szene war sie nicht überrascht, dass ihr Verlobter mit Argwohn reagierte, als sie ihn einige Tage später wieder ansprach. »Wollen wir einen Spaziergang durch den Garten machen, Aaron? Ich möchte etwas mit Ihnen besprechen.«

Er rollte innerlich die Augen und suchte nach einer Ausrede. »Ich verstehe doch gar nichts von Gärtnerei, Fräulein Henny. Lassen wir das den Mann machen, der dafür angestellt ist. Wir werden sicher damit zufrieden sein.«

»Es geht nicht um Gartengestaltung. Es geht um das Haus.« Sie hakte sich bei ihm unter und lenkte seine Schritte anmutig, aber energisch in den Garten hinaus, der noch immer halb verwildert war.

»Was ist mit dem Haus?«

»Es heißt ›Villa Isarblick‹, und sehen Sie, wie albern das ist? Es blickt doch nur mit der Rückseite auf die Isar hinaus, nicht mit der Vorderseite! Wir müssen es umbenennen, finden Sie nicht auch?«

»Ja … ja.« Er war in Gedanken schon wieder in seinem Labor. »Sie finden sicher einen hübschen Namen dafür.«

Henny drückte seinen Arm und blickte zu ihm auf. »Ich dachte, wir könnten es ›Villa Marsalla‹ nennen – zum Andenken an Ihren Vater.«

Er blieb abrupt stehen. Und als er sie ansah, verwandelte sich sein Gesicht auf dieselbe überraschende Weise wie damals im Ballsaal. Als zerspringe die kalte Maske, machte sich ein Ausdruck von Rührung und jäher, zärtlicher Zuneigung darauf breit. Mit belegter Stimme sagte er: »Das ist … Fräulein Henny, das ist ein sehr schöner Gedanke.« Er machte eine Bewegung, als wollte er sie an sich ziehen, erinnerte sich im letzten Augenblick daran, dass sie noch nicht verheiratet waren, und ergriff stattdessen ihre Hände. »Sie machen mir eine herzliche Freude damit.«

»Ich bin stolz auf meinen Vater«, sagte Henny, »und ich weiß, dass Sie stolz auf Ihren sind, und mit Recht. Dann werde ich jetzt laufen und die Schlosserei verständigen, damit das neue Hausschild noch rechtzeitig zur Hochzeit fertig wird.«

Sie rannte mit fliegenden Röcken davon, damit er nicht sehen konnte, wie heiß und glücklich ihr Gesicht angesichts dieser unerwarteten Zärtlichkeit war.

Es dauerte jedoch nicht lange, bis Henny feststellen musste, dass die ersten Schwierigkeiten schon vor der Eheschließung begannen. Es war allerdings nicht Aaron, der ihr Schwierigkeiten machte, sondern ihre Umgebung. Gustav, der jede Gelegenheit nutzte, sich abschätzig über den zukünftigen Schwager zu äußern, überbrachte ihr die Nachricht von dem Gerücht, das Fräulein Clara Colberg in die Welt gesetzt hatte. Aaron, so erzählte sie, hätte sie so lüstern bedrängt, dass sie nur mit Mühe ihre Unschuld retten konnte. Bei Henriette Dalbeck sei ihm offenbar gelungen, was bei Clara fehlgeschlagen war, und deshalb müssten die Dalbecks jetzt eine eilige Hochzeit ausrichten.

Henny gab sich gelassen, obwohl sie wütend wurde bei dem Gedanken, vor aller Welt als Opfer eines listigen Verführers hingestellt zu werden. Stolz auf das heimliche Wissen, das sie sich aus dem graugrünen Buch angeeignet hatte, erklärte sie: »Das wird sich ja spätestens in einigen Monaten erweisen, ob an der Geschichte etwas dran ist. Außerdem weiß ganz München, dass Clara nur wütend ist, weil sie ihn nicht gekriegt hat.«

»Sie behauptet aber das Gegenteil, nämlich, dass *sie* ihn hinausgeworfen hätte, und sie erzählt allen Leuten, sie hätte ihn wegen des Namens nicht geheiratet.«

»Welches Namens? Was ist an ›Nicolai‹ auszusetzen?«

»Nichts. Er heißt aber nicht Nicolai. Das war nur der Name seines Stiefvaters. Sein leiblicher Vater hieß, wie sein Großvater, mit Familiennamen *Hühnerfänger.* Und wer möchte so heißen?«

Henny lief zornrot an. »Das ist doch absoluter Unsinn. Die Familie hieß Marsalla. Das weiß ich, weil Papa es mir erzählte, der Aarons Unterschrift unter dem Ehevertrag gesehen hat.«

»Mag sein. Es glauben ja auch nicht alle, dass die Geschichte stimmt. Aber die sie nicht glauben, halten sie immerhin für einen guten Witz, und du kannst dich auf alle möglichen boshaften Fragen gefasst machen.«

Henny lernte daraus, dass sie in der Gesellschaft, in der sie erst vor einem halben Jahr ihr Debüt gemacht hatte, bereits eine Außenseiterin war. Wenn sie an den üblichen Aktivitäten teilnahm, die sich für eine junge Dame ziemten, würde sie ständig mehr oder minder offenen Beleidigungen ausgesetzt sein, daran änderten auch Macht und Einfluss ihres Vaters nichts.

Auguste lieferte ihr bereits einen Vorgeschmack, indem sie bei jeder Gelegenheit über die bevorstehende Mesalliance klagte und jammerte. Sie war überzeugt, dass der dämonische Bewerber »ihre kleine Henny« bei nächster Gelegenheit ermorden, sie beerben und sich mit den zu ihm passenden leichten Frauenzimmern ins Ausland absetzen würde.

»Wahrscheinlich hat er in seinem Labor genug Gifte, um ein Dutzend Frauen umzubringen«, warnte sie Henny. »Ein Arzt findet immer eine Möglichkeit. Und es würde mich nicht wundern, wenn er mit diesem unappetitlichen Herrn Pettenkofer unter einer Decke steckte.«

»Was hat denn der Professor damit zu tun?«

Auguste schniefte und gab zu verstehen, dass ein Mann so schlecht wie der andere war.

Ihre heimliche medizinische Lektüre hatte Henny auf allerlei Gedanken gebracht, und einen davon wollte sie unbedingt mit Aaron besprechen. Unter dem Vorwand, seine Meinung zur Renovierung eines Teehäuschens am äußersten Ende des Grundstücks, nahe am Isarufer, hören zu wollen, lockte sie ihn in den hölzernen Pavillon. Einmal außer Hörweite, unterbreitete sie ihm ihr Problem.

»Wollen Sie eigentlich gern Kinder haben, Aaron? Eine vielköpfige Familie?«

Sein befangenes Achselzucken verriet ihr, dass er keine besondere Begeisterung für den Gedanken an den Tag legte. »Es wird erwartet, nicht wahr?«, entgegnete er etwas zögerlich.

»Das weiß ich, aber ich fragte Sie nach Ihren Wünschen. Liegt Ihnen daran?«

»Nein, mir persönlich nicht. Warum fragen Sie?«

Leise sagte sie: »Es geht darum, dass ich vorerst noch keine Kinder haben will. Ich bin erst sechzehn. Es ist zu früh.« Jetzt errötete sie doch. Bei allem Mut fiel es ihr schwer, die skandalösen Worte herauszubringen. »Ich hörte, dass es Mittel und Wege gibt, eine Schwangerschaft zu verhindern.«

Er schloss die Lider und atmete tief durch, ehe er sie wieder öffnete. Den Blick starr geradeaus auf den Boden gerichtet, antwortete er: »Diese Mittel sind ebenso unappetitlich wie gefährlich. Es gibt jedoch eine erlaubte Möglichkeit, das eheliche Beisammensein von vornherein so zu gestalten, dass es zu keiner Schwangerschaft kommen kann. – Mein Gott, Fräulein Henriette! Lassen Sie bloß den Senator nicht wissen, dass ich mich auf solche Gespräche mit Ihnen eingelassen habe!«

Henny ignorierte seine Klagen. Sie blieb hartnäckig. »Und was ist das für eine Möglichkeit?«

Aaron senkte den Kopf. Derart in die Enge getrieben, bekam er plötzlich Lust, Henny mit diesen ungehörigen Dingen zu konfrontieren. Sachlich und kühl beantwortete er die Frage. »Man zählt die Tage zwischen den Menses und beschränkt das eheliche Zusammensein auf die unfruchtbaren Tage.«

»Was sind denn Menses?«, hakte sie nach.

»Ihre monatlichen Blutungen.«

Sie starrte ihn mit gerunzelter Stirn an, vergeblich bemüht, seinen Worten einen Sinn zu entnehmen. »Ich verstehe nicht, was Sie meinen. Wieso sollte ich jeden Monat bluten?« Verwirrt bemerkte sie, dass sich auf seinem Gesicht Staunen und Unbehagen abzeichneten.

»Das war noch nie der Fall?«, fragte er, jetzt ganz Mediziner. »Ich spreche von Blutungen aus dem … dem Unterleib. Sie müssten das seit einiger Zeit jeden Monat erleben. Bei den meisten Mädchen beginnt es mit etwa fünfzehn Jahren.«

»Nein, gewiss nicht.« Sie blickte ängstlich in sein besorgtes Gesicht. »Ist das schlimm?«

»Nein. Es bedeutet nur, dass Sie noch keine Frau sind.«

Ärger wallte in ihr auf. »Was ist denn das für ein Unsinn? Natürlich bin ich eine Frau. Was denn sonst? Ein Pferd vielleicht?«

»Sie sind noch keine *erwachsene* Frau.«

»Gewiss bin ich das! Auch wenn ich viel jünger bin als Sie. Wie kommen Sie auf den albernen Gedanken …«

Aaron senkte den Kopf und fuhr sich mit allen zehn Fingern durchs Haar. Seine Bewegung verriet, dass er nur mühsam Haltung bewahrte. »Es ist kein alberner Gedanke. Ich *weiß* es. Verdammt noch mal, ich bin Arzt!«

Es war das erste Mal, dass sie ihn fluchen hörte, und sie sah ihn gekränkt und betroffen an. »Sie reden mit mir, als hätte ich etwas angestellt, wofür Sie zu Recht mit mir zornig sein können. Ich habe aber nichts Schlimmes getan. Ich möchte auf der Stelle wissen, was Sie meinen, was Ihnen missfällt und warum Sie plötzlich behaupten, ich sei noch ein Kind! Bislang war ich Ihnen erwachsen genug, oder?«

»Ja, schon gut.« Er spreizte abwehrend beide Hände. »Ich werde es Ihnen erklären.«

Henny lauschte aufmerksam. Er war so verlegen, dass er zu viele lateinische Worte gebrauchte und sie öfter nachfragen musste, aber sie fasste rasch auf, was gemeint war. »Ich kann also keine

Kinder bekommen, bevor diese Blutungen nicht eingetreten sind?« Plötzlich lachte sie hell auf. »Dann hoffe ich, dass es noch eine ganze Weile dauert, bis sie eintreten! Oh, das ist herrlich!« Als er nicht mitlachte, legte sie die Hand auf seinen Arm und blickte ihm ernst in die Augen. »Sie sehen bedrückt aus. Macht es mich denn irgendwie unangenehm in Ihren Augen, dass ich es noch nicht erlebt habe?«

»Nein, keineswegs. Es ist nur … Sie sind noch ein Kind. Körperlich gesehen«, fügte er rasch hinzu, als er ihren jäh aufflammenden Blick bemerkte. »Es wäre meine Pflicht, Ihren Vater von diesem Umstand in Kenntnis zu setzen, und er wäre vermutlich der Ansicht, wir sollten noch warten –«

»Ach was, Papa! Wie soll Papa denn überhaupt davon erfahren? Es weiß doch niemand außer Ihnen und mir.« Sie beugte sich verschwörerisch zu ihm, bis ihr Mund beinahe sein Ohr berührte, und ergriff seine Hände. »Und wir brauchen es ja niemandem zu sagen.«

Sie spürte den Schauder leidenschaftlicher Erregung, der ihn durchlief, als sie ihm kurz nach diesem überaus intimen Gespräch körperlich so nahe kam, und freute sich an dem Gedanken, dass ihre Nähe ihn irgendwie berührte. »Wir brauchen uns nicht mehr um andere Leute zu kümmern, nicht wahr? Nicht einmal um Papa. Erinnern Sie sich daran, dass wir Geschäftspartner sind. Wir wollen uns beide unsere Wünsche so rasch wie möglich erfüllen, nicht wahr?«

Aaron machte ein zweifelndes Gesicht, aber sie wusste, dass er nachgeben würde. Er hatte gewiss kein Interesse daran, dass die Hochzeit hinausgeschoben wurde. Es würde neuerliches Gerede geben, da der eigentliche Grund zu delikat war, um ihn offen auszusprechen.

»Es kann ja nicht mehr lange dauern«, sagte er, mehr um sich selbst zu beruhigen als sie, die keineswegs beunruhigt war. »Sie sind ein wenig spät dran, aber … ein paar Monate … Das macht keinen Unterschied. Wir werden es so halten, wie Sie wünschen.«

6

Die Tage wurden lang und sonnig. In den Nächten war die Luft am Flussufer weich und feucht und sehr mild, und die romantische Szenerie des mondbeschienenen, von reichem Laubwerk gesäumten Wassers lockte mehr als ein junges Paar zu einer Kahnpartie. Nur Aaron hatte dafür keine Zeit. Er steckte bis über die Ellbogen in seiner Arbeit.

Er war Wilhelmina dankbar, dass sie ihn gewissermaßen bei Henny vertrat, wenn er einen Abend oder ein Wochenende lang beschäftigt war. Die beiden Frauen steckten in jeder freien Minute zusammen. Zweifellos nutzte Minna diese häufigen Treffen, um Henny mit ihren Frauenideen zu indoktrinieren, aber das war immer noch besser, als eine murrende und maulende Verlobte zu haben, die auf seine Arbeit eifersüchtig war. Manchmal überkam es ihn plötzlich, dass er sich fragte, worüber die beiden eigentlich sprachen und wer die Damen waren, mit denen sie bei schönem Wetter Picknicks und Kahnfahrten unternahmen. Am Ende gingen da Dinge hinter seinem Rücken vor, über die er besser Bescheid gewusst hätte? Aber dann schob er den Gedanken wieder von sich und vergrub sich von Neuem in seinen Forschungen.

Sein einziger Helfer war ein Mann, den er stets nur bei seinem Vornamen Joseph rief, ein hagerer, grauer, bis zur Stummheit schweigsamer Mensch, ehemaliger Leichendiener am anatomischen Institut, den Wilhelmina seinen Golem nannte. Die übrigen Diener, die die Sage von Rabbi Löw und seinem Lehmgeschöpf nicht kannten, nahmen daher an, der Mann heiße mit vollem Namen Joseph Golem, und er tat nichts, um diesen Irrtum zu berichtigen. Überhaupt schien er vom gesamten Haushalt nichts weiter wahrzunehmen als seinen Auftraggeber und dessen Befehle. Der Golem hielt das Labor sauber und fuhr hin und wieder aufs Land, um Kaninchen zu kaufen. Was die beiden mit den Kaninchen anstellten, wusste niemand, aber von Zeit zu Zeit stieg fettiger Rauch aus dem Schornstein des mächtigen Gusseisenofens.

An einem dieser friedlichen Frühlingsabende saß Aaron Nicolai am Arbeitstisch in seinem Labor und studierte eine Serie von schmutzigen Tropfen auf verschiedenen Objektträgern. Ganz auf die merkwürdigen Welten konzentriert, deren Anblick sich ihm unter dem Mikroskop offenbarte, dachte er nicht weiter nach, als er ein Klopfen an der Türe hörte. Joseph war vor einigen Minuten in den Garten gegangen, um Gefäße auszuwaschen, und offenbar konnte er aus irgendeinem Grund nicht wieder herein. Also eilte der Arzt zur Türe, öffnete sie – und herein drangen drei Gesellen mit roten, pockennarbigen Gesichtern und struppigem Haar. Zwei trugen schwere Knüttel in der Hand, der dritte eine Peitsche.

Sie zuckten ein wenig zurück, als sie sich unversehens einer hohen, hageren Gestalt mit schwarzer Chirurgenschürze und Atemmaske gegenübersahen, aber sofort fassten sie sich wieder, und Aaron wusste, dass ihm nur sehr, sehr wenig Zeit blieb, um sich auszudenken, wie er sein Leben retten wollte.

»Jetzt bist du dran, Jud«, knurrte einer der Kerle und packte mit der schwammigen Hand seinen eisengespickten Knüttel am Griff.

Aaron fuhr blitzschnell herum. Er griff sich die nächstbeste Flasche von seinem Arbeitstisch, riss den Stöpsel heraus, und mit einer weit ausholenden, halbkreisförmigen Bewegung schüttete er den dreien den Inhalt ins Gesicht. Zwei heulten erschrocken auf, der dritte, dem das Zeug in die Augen geraten war, schrie auf vor Schmerz. Aron war außer sich:

»Schlagt zu! Schlagt doch zu, dafür seid ihr doch gekommen. Aber ich sage euch, ihr werdet mich nicht lange überleben. Spürt ihr nicht schon, wie das Gift euch durch die Haut ins Fleisch dringt, durchs Fleisch in die Knochen und diese von innen heraus zerstört? Morgen um diese Zeit wird keiner von euch mehr ein Gesicht haben, denn dieses Gift löst alles auf, alles. Hört ihr?«

In bleichem Entsetzen starrten die drei Schläger einander an. »O Gott, nein«, wimmerte derjenige, dem es in den Augen brannte. Seine beiden Gefährten überboten einander in Beschwichtigungsversuchen. »Herr Doktor, was reden Sie denn da von Totschlagen … so war's nicht gemeint … nur ein bisschen Druck sollten wir machen, aber wir wollten Ihnen ganz gewiss kein Leid antun … verdammt noch mal, Sie können doch nicht dastehen und grinsen und zusehen, wie wir verrecken!«

Aaron zuckte die Achseln. »Es gibt ja ein Gegenmittel, ihr braucht nur Dr. Lauderbach zu bitten, dass er es euch verabreicht. Aber ich glaube kaum, dass ihr es noch lebendig bis in sein Haus schafft.«

»Gib es her!«, ächzte der Mann mit den brennenden Augen. Seine Kumpane sahen sich nach allen Seiten um, und zweifellos hätten sie den Arzt erschlagen, wären sie auf diese Weise an das Mittel gekommen, aber wie sollten sie es finden unter all den Hunderten von Flaschen, Tiegeln und Phiolen?

Aaron öffnete die Türe des Gusseisenofens. »Da hinein mit den Prügeln und der Peitsche, dann gebe ich euch das Gegenmittel.«

Demütig folgten sie seinen Anweisungen.

Aaron trat an den Labortisch heran, nahm einen Messbecher vom Regal und bereitete mit feierlicher Sorgfalt eine Mischung aus Rizinusöl, Brechweinstein und *Asafoetida* zu, die er in drei Gläser füllte. In jedes spuckte er kräftig hinein, dann reichte er sie den Patienten. »In einem Zug austrinken und im Magen behalten. Und jetzt verschwindet.«

Sie rannten wie die Hasen. Allerdings nicht weit – keine fünfzig Meter hinter der Gartenhecke begann die Mischung ihre Wirkung zu entfalten. Wüste Flüche tönten durch die friedliche Nacht.

Aaron blieb ein paar Minuten an den Türpfosten gelehnt stehen und wartete, während er ein Dankgebet murmelte, dass sein wie rasend hämmerndes Herz sich wieder beruhigte. Dann erst fiel ihm ein, dass Joseph ja in den Garten gegangen und nicht zurückgekehrt war.

Besorgt zündete er eine Laterne an und trat mit dem Licht hinaus in die Nacht. Der gelbe Schein fiel auf Baumstämme und

Büsche, wanderte den Pfad entlang, der zum Brunnen führte. Dort lag der getreue Golem, eine mächtige Platzwunde auf der Stirn, und kam gerade wieder zu sich. Aaron half ihm auf die Beine und schleppte ihn, mehr als er ihn führte, zurück ins Labor. Nachdem er die Türe sorgfältig von innen verschlossen hatte, säuberte und verband er die Wunde, schenkte sich und Joseph je ein Glas Branntwein ein und erzählte dem Diener, was geschehen war.

Joseph staunte. »Himmel! Und was war das für ein Zeug, das Sie den Kerlen ins Gesicht geschüttet haben?«

Aaron lachte und zeigte ihm die Flasche. »Jod«, erklärte er. »Riecht unangenehm, brennt auf der Haut und macht auf Dummköpfe beachtlichen Eindruck.«

Am nächsten Tag erschien Joseph – der im Labor schlief – mit einem Bullenbeißer an der Kette, einem knochigen, o-beinigen Köter mit schweren Kiefern, der so aussah, als liefe man ihm besser nicht über den Weg. Von da ab streifte dieser Wächter nachts frei in dem Gelände rund um das Labor umher, und niemand kam mehr auf die Idee, aus Neugier oder böser Absicht dort einzudringen.

Kalte Zärtlichkeit

1

Aaron Nicolai stand, in seinen Morgenmantel gehüllt, im Badezimmer und betrachtete sein Ebenbild in dem stuckaturumrandeten Spiegel. Er war todmüde, und das sah man ihm an. Trübe Augen. Fahle Haut. Widerspenstiges Haar. Außerdem roch er abscheulich nach einer Mischung aus Weihrauch, Tabaksqualm, schwitzenden Menschen und Unmengen verschiedener Speisen. Er mochte sich selber nicht, und Henny würde sich vor ihm ekeln. Hatte ihn bisher die Erregung auf den Beinen gehalten, so drängte jetzt sein ermüdeter Körper alles andere beiseite und forderte stürmisch sein Recht auf ausgiebigen Schlaf.

In den letzten Wochen hatte er ohnehin viel zu wenig geschlafen. Er hatte die Zeit unmittelbar vor der Hochzeit in einem Zustand nervöser Spannung verbracht, ständig gewärtig, dass irgendetwas noch im letzten Augenblick schiefgehen könnte. Nicht einmal während der Zeremonie in der Kirche war er ruhig gewesen. Immer wieder hatte ihn der Albdruck geplagt, Rudolf von Lauderbach könnte plötzlich nach vorne stürzen und ihm noch im Angesicht des Priesters die Braut aus den Armen reißen. Oder Fräulein Colberg könnte in der Kirche erscheinen und ihm eine schreckliche Szene machen. Er hatte es kaum glauben können, dass alles glattlief. Als sie die Ringe getauscht hatten und der Priester lächelnd sagte: »Sie können die Braut jetzt küssen«, hatte ihn eine Welle der Erleichterung erfasst, schmerzhaft wie das Zurückströmen von Blut in abgeschnürte Gefäße. So gewaltig war das Gefühl, dass ihn schwindelte und er einen Augenblick lang fürchtete, auf dem Kirchenboden zusammenzubrechen.

Wie durch dichten Nebel hatte er den Rest der Zeremonie wahrgenommen, die Gratulationen, die Rückfahrt in der blumengeschmückten Kutsche der Dalbecks, den Empfang der Honoratioren und schließlich ein nicht enden wollendes Festessen. Er hatte viel mehr gegessen und getrunken, als gut für ihn war, und zu viel mehr Leuten charmant sein müssen, als ihm lieb war. Erst um zehn Uhr nachts hatte das junge Paar sich endlich in sein neues Haus zurückziehen dürfen. Er hatte sich nichts sehnlicher gewünscht, als ins Bett zu fallen und rund um die Uhr zu schlafen. Aber das Schwerste stand ihm in den nächsten Stunden noch bevor: die Hochzeitsnacht, in der er sich als Mann voll Kraft und Dominanz erweisen musste – und das bei einer Frau, die medizinische Bücher gelesen hatte.

Plötzlich war ihm klar, dass er das niemals schaffen würde.

Er konnte einfach nicht. Aber er wusste, dass eine Ehe nach katholischem Glauben nicht gültig war, ehe die fleischliche Vereinigung nicht vollzogen war. Das hieß, er war trotz aller Zeremonien überhaupt noch nicht verheiratet! Und wie würden seine neuen Verwandten reagieren, wenn herauskam, dass er es nicht geschafft hatte? Ihm klangen die barschen Fragen noch in den Ohren, die der Vater Dalbeck ihm gestellt hatte. Sie würden glauben, er hätte sie alle betrogen, er sei ein Schwächling, krank oder pervers … Und was sollte Henny erst von ihm denken? Sie würde ihn nie wieder ernst nehmen. Ihre Ehe war zu Ende, ehe sie überhaupt begonnen hatte. Wie Rudolf von Lauderbach über ihn triumphieren würde, wagte er sich gar nicht vorzustellen. Der Rivale würde ihn zum Gespött von ganz München machen.

Zitternd vor Erschöpfung, hatte er die übelsten Visionen.

Er hoffte, das heiße Bad, das Jakob für ihn vorbereitet hatte, würde ihn einigermaßen wieder auf die Beine bringen. Jedenfalls tat es gut, sich in die Wanne gleiten zu lassen und zu spüren, wie das warme Wasser den Geruch und die Anstrengungen des Tages von ihm abwusch. Er seifte sich das Haar ein, spülte es aus und kämmte es mit den Fingern. Den Kopf an den Wannenrand gelehnt, schloss er die Augen. Vielleicht genügten ein paar Minuten völliger Entspannung, damit seine Kräfte zurückkehrten.

Jemand rüttelte an seiner Schulter. »Herr Doktor! Um Himmels willen, Herr Doktor!«

Aaron schlug die bleiernen Lider auf. Was wollte Jakob denn von ihm? Musste er ihn jetzt stören, wo er sich gerade ein wenig entspannt hatte? »Lass mich in Ruhe!«, knurrte er.

»Herr Doktor, Sie sind in der Badewanne eingeschlafen!«

Plötzlich merkte er, dass er fror. Er setzte sich mit einem schwerfälligen Ruck auf und blickte an sich herunter. Er lag splitternackt in der leeren Wanne, auf deren Boden eine Pfütze von kaltem Wasser stand.

Jakob flatterte jammernd um die Wanne herum. »Herr Doktor, was tun Sie mir an! Ich dachte, Sie wären tot, es war ja kaum möglich, Sie zu wecken! Tot, dachte ich, und das in Ihrer Hochzeitsnacht, was soll die arme junge Frau dazu sagen –«

Aaron war plötzlich hellwach. »Wo ist Fräulein Henriette – ich meine, wo ist meine Frau? Und wie lange habe ich überhaupt geschlafen?«

»Eine gute Stunde, Herr Doktor. Das Bad war doch warm, als ich die Wanne gefüllt habe, und als ich Sie gefunden habe, lagen Sie im eiskalten Wasser. Ich habe das Wasser entleert, damit Sie mir nicht ertrinken, und dann habe ich Sie geweckt.«

»Eine Stunde?« Aaron sprang auf, rutschte in der nassen Wanne aus und schlug sich schmerzhaft das Knie an. Mit einem unterdrückten Fluch fiel er zurück und setzte sich wieder hin. »Warum ist niemand gekommen? Es muss euch doch aufgefallen sein, dass da etwas nicht stimmt!«

Jakob protestierte gegen den Vorwurf. »Die gnädige Frau schläft schon lange, und ich dachte –«

»Moment. Sie schläft, sagst du?«

»Aber ja, wie ein Baby.«

Aaron atmete tief durch. Wenn er es schaffte, ins Bett zu kommen, ohne sie zu wecken, war er gerettet. »Schnell!«, flüsterte er. »Das Badetuch! Wo ist mein Nachthemd?«

»Hier.«

Er trocknete sich flüchtig ab, schlüpfte in das frische Hemd und bedeutete Jakob, keinen Lärm zu machen. Lautlos wie ein Dieb schlich er über den halbdunklen Flur zwischen Bade- und Schlafzimmer. Jetzt sah er, wieso Jakob gewusst hatte, dass seine Frau schlief: Die Schlafzimmertüre stand einladend eine Handbreit offen. Er glitt hinein und zog die Türe hinter sich zu, vermied es aber, sie ins Schloss zu ziehen, damit das klickende Geräusch nicht am Ende Henny weckte. Mit angehaltenem Atem schob er sich unter die Decke. Nur kein Geräusch machen. Keine unvorsichtige Bewegung. Er wagte nicht einmal, die leichte, bauschige Bettdecke bis zu den Schultern hochzuziehen, wie er es gerne getan hätte, aus Angst, Henny könnte aufwachen. Mit klopfendem Herzen lag er da und rührte sich nicht. In der Dunkelheit hörte er ihre leisen, gleichmäßigen Atemzüge.

Gerettet.

Er schloss selig die Augen und ließ sich in den bodenlosen, schwarzen Abgrund des Schlafes fallen, der die ganze Zeit schon unter ihm gähnte.

Henny war nach all den strapaziösen gesellschaftlichen Verpflichtungen ebenso müde gewesen wie ihr frisch angetrauter Mann, aber sie hatte sich darüber nicht den Kopf zerbrochen. Sie war ins Bett geplumpst und sofort eingeschlafen. Als sie schließlich blinzelnd die Augen öffnete, stellte sie fest, dass der neue Tag längst angebrochen sein musste. Zwar hielten die fest zugezogenen, dicken Samtvorhänge des Schlafzimmers das Tageslicht ab, doch von draußen drangen ferne Geräusche herein, von denen das auffallendste das Poltern näher kommenden Donners war. Offenbar hing über München ein Gewitter, das jeden Augenblick losbrechen konnte.

Wohlig durchwärmt und leicht benommen von dem ungewohnt langen und tiefen Schlaf, ließ sie sich zurücksinken in das angenehme Dämmerland der Empfindungen. Vorsichtig streckte sie die Hand aus und berührte den Mann, der von jetzt an alle

Jahre ihres Lebens in ihrem Bett schlafen würde. Sein Körper unter dem seidigen Nachthemd war kantig und eckig, er fühlte sich an wie ein Sack voll Holzscheite – aber das würde die deftige, großbürgerliche Küche im Hause Dalbeck bald in Ordnung gebracht haben. Henny schob sich näher an ihn heran. Er roch gut nach warmer Haut und frisch gewaschenem Haar. Sie hörte ihn im Schlaf murmeln, als sie sich an seinen schmalen Rücken schmiegte – ein zufriedenes Murmeln. Lächelnd dachte sie an die Bemerkung des eifersüchtigen Jakob, der Herr Doktor würde sich niemals richtig ausschlafen können, wenn eine Frau in seinem Bett lag. Aaron schlief so tief, dass man ihn hätte wegtragen können, ohne dass er es merkte.

Sie ließ die Hand auf seiner Brust liegen. Alles, was sie gelesen hatte, ging ihr durch den Kopf, und in ihr liebendes Verlangen nach seiner Nähe mischte sich die Neugier, ob alles wirklich so geschehen würde, wie es in dem graugrünen Buch stand. Es war zwar nicht erwähnt worden, dass *sie* etwas unternehmen sollte, immer war nur die Rede davon gewesen, was der Mann zu tun hatte, aber sie hatte sich doch ein Bild machen können, worauf es ankam. Vorsichtig prüfend ließ sie die Finger über seine Rippen gleiten, den eingefallenen Bauch entlang, bis sie unter dem Nachthemd Unbekanntes ertastete. Sie hätte die Hand gerne unter das Hemd geschoben, aber es reichte bis zur halben Wade, er lag mit seinem vollen Gewicht darauf, und sie hätte ihn geweckt, wenn sie es gewaltsam hochgezogen hätte. Also versuchte sie durch den weichen, dünnen Stoff hindurch zu erforschen, ob die Wirklichkeit in allen Einzelheiten den kolorierten Kupferstichen entsprach.

Sie zuckte schuldbewusst zurück, als ihre schüchternen Berührungen eine unerwartet heftige Reaktion auslösten. Überzeugt davon, dass er bei diesem körperlichen Sturm aus dem Schlaf hochfahren musste, zog sie die Hand rasch zurück. Aber obwohl er stöhnte und ächzte und sich heftig zusammenkrümmte, wachte er nicht auf. Mit einem tiefen, schwerfälligen Brummen sank er zurück in den Schlaf.

Sie tippte ihn vorsichtig an und zuckte ein wenig zurück, als ihre Fingerspitzen auf einen klebrig feuchten Fleck im Hemd stießen. Dann wartete sie, ob es noch einmal passieren würde. Dem Buch hatte sie nur den Hinweis »mehrmals« entnommen, aber mehrmals in welchem Zeitraum? In einer Stunde? Einer Nacht? Jedenfalls nicht gleich hintereinander, denn ihre neuerliche Berührung führte jetzt zu keiner Reaktion, und es fühlte sich auch ganz anders an als zuvor – weich, schlaff und kühl. Sie nahm sich vor, ein wenig zu dösen und dann einen neuen Versuch zu unternehmen.

Aaron Nicolai trieb in den bleiernen Fluten des Schlafes wie ein Ertrunkener in den Tiefen des Meeres. Nur unbestimmt drangen Wahrnehmungen aus der Welt der Sinne in sein vor Erschöpfung gelähmtes Gehirn. Da war ein entferntes Rascheln, ein süßer Blumenduft und eine angenehme Wärme im Rücken. Er rekelte sich. Es tat gut, von hinten gewärmt zu werden, ihm war so kalt. Vor sich hin murmelnd, zog er die Bettdecke bis zu den Schultern hoch und seufzte zufrieden, als etwas unter der Decke sich enger an ihn schmiegte. Eine Reihe zarter Berührungen rieselte seine Brust entlang. Etwas streichelte angenehm seinen Bauch. Seine Träume wurden zusehends lustvoller. Etwas, das sich anfühlte wie ein auf vielen Beinen laufendes Tier, eilte von seinem Bauch abwärts, dem schmalen dunklen Haarstreifen folgend, und betastete ihn mit zärtlicher Neugier.

Alles, was um und in ihm vorging, schien sich unter einer dichten, trüben Eisdecke abzuspielen, die seinen Geist umklammert hielt und seinen Körper in ein kopfloses, unkontrolliertes Bündel leidenschaftlicher Gefühle verwandelte. Von irgendwoher kamen die Meldungen seiner Nerven, sendeten seine Sinne Wahrnehmungen durch den verzerrenden Nebel des Schlafes. Es war, als hätte jemand ein Wehr geöffnet. Die Lust, die er so lange aufgestaut hatte, schoss wie ein Sturzbach in seine Lenden und überwältigte ihn. Noch halb schlafend, krampfte er sich zusammen, biss ins Kissen, um seine Schreie zu ersticken, und presste entsetzt das Nachthemd gegen den Unterleib, um die teure Bettwäsche nicht zu besudeln. Die jähe, unvorbereitete Entspannung kam so heftig, dass sie ihn schmerzte. Sie ließ eine solche Schwäche in ihm zurück, dass er sich weder rühren konnte noch wollte. Er fühlte sich gedrängt, aufzustehen und sich zu waschen, aber er war einfach zu müde. Mit einem langen, seligen Seufzer ließ er sich wieder tief in den Schlaf fallen.

Es war bereits wieder Nacht, als sie endlich beide erwachten. Niemand hatte sie den Tag über gestört, selbst Jakob hatte eingesehen, dass er die frisch Vermählten in Ruhe lassen musste. Verlegen über die ungewohnte Nähe, blickten sie einander schließlich an – zwei Menschen, die sich am Vortag noch mit »Sie« angesprochen und kaum eine Stunde allein, ohne Aufsicht, verbracht hatten und nun angehalten waren, das Intimste miteinander zu teilen.

Aaron unterbrach die unbehagliche Spannung, indem er vorschlug: »Wir sollten den Wein trinken, den dein Vater uns gespendet hat – das gehört auch dazu.« Mit einer geschmeidigen Bewegung schwang er die Beine aus dem Bett und stand auf. Schwacher Lichtschein breitete sich aus, als er die Gaslampe anzündete. Er schritt zu der Kommode hinüber, auf der zwischen den welkenden Blumen das Tablett mit der spinnwebenbedeckten Weinflasche und zwei geschliffenen Gläsern stand. Henny sah, wie er sich in seinem wadenlangen, bauschigen Nachthemd vorbeugte und das Tablett aufnahm und wie bei der Bewegung das weite, halb offene Hemd den Blick auf seinen Körper bis unter den Nabel freigab. Sein Fleisch hatte im Licht der Gaslampe einen bernsteinfarbenen Ton. Brust und Bauch waren kaum behaart, aber unten im Schatten zeichnete sich ein kräftiger dunkler Haarstreifen ab. Ein angenehm kitzelnder Schauder durchlief sie, als sie an die vergangene Nacht dachte.

Aaron zog den niedrigen Tisch mit der Malachitplatte an den Bettrand heran, stellte das Tablett darauf ab und schenkte den honigsüß duftenden Rotwein in die beiden Gläser. »Trink ihn mit Ehrfurcht«, sagte er. »Diese Flasche ist älter als wir beide zusammen. Dein Vater muss ein Vermögen dafür ausgegeben haben. Aber er schmeckt auch danach.«

Henny kostete und nickte. Verlegen, wie sie beide waren, tranken sie ihre Gläser rasch aus und füllten sie nach, ohne zu bedenken, was der schwere, Jahrzehnte gereifte Wein auf nüchternen Magen mit ihnen anstellen würde. Ihre Schüchternheit verschwand rasch in einem wohltuenden Nebel, der sie von allen Seiten umhüllte.

Henny murmelte: »Es tut mir leid, dass ich einfach eingeschlafen bin, aber ich war so schrecklich müde nach all den Zeremonien und Festlichkeiten. Du hättest mich aufwecken müssen.«

»O nein – nein«, wehrte er hastig ab. »Das wäre rücksichtslos gewesen. Wir haben noch unser ganzes Leben vor uns, da kommt es auf eine Nacht nicht an.« Er trank einen Schluck, dann drehte er sich zu ihr. Seine Lippen waren glänzend vom uralten Wein, und er sagte: »Küss mich.«

Sie drückte die Lippen auf seine, und ein wohliger Schauer durchfuhr sie, als sein Geschmack sich mit dem des Weins mischte. Sein Geruch zog sie an, obwohl ihm heiß war und seine Haut sich leicht feucht anfühlte. Er roch und schmeckte gesund, unverdorben. Sie wandte ihm den Rücken zu und kuschelte sich tief in seine Umarmung. Seine Lippen berührten ihr langes, dichtes Haar, das offen bis zum halben Rücken herabfiel. Auf einmal liebkosten seine feingliedrigen Hände ihre Brüste und ihren Bauch. Und dann geschah alles ganz plötzlich: Seine Leidenschaft, befeuert vom Wein, brach sich Bahn, schwemmte alle Ängste und Hemmungen hinweg und ließ ihn zutiefst befriedigt zurück.

Henny erlebte das Ereignis verdutzt und wissensdurstig. Sie registrierte den leichten, zwickenden Schmerz, als er in sie eindrang, das unbestimmte Gefühl der körperlichen Erregung, das noch Knospe blieb und nicht aufblühte, und die befriedigende Gewissheit, dass sie alles richtig verstanden hatte. Alles entsprach bis in jede Einzelheit den Beschreibungen in dem graugrünen

Büchlein. Nur hätte er eigentlich *auf* ihr statt *hinter* ihr liegen müssen, aber das war wohl nur eine Frage des Stils?

Aaron ließ sich erschöpft in die Kissen zurückfallen, schlang den Arm um sie und zog sie an sich. »Ich hoffe, ich habe dir nicht wehgetan«, murmelte er, verlegen angesichts seiner plötzlichen Selbstsucht.

Sie schmiegte sich eng an ihn, obwohl sein kantiger, knochiger Körper sich nicht eben einladend anfühlte. »Nein, gewiss nicht. Ich möchte nur eines wissen … Warum hast du mich ›Cordula‹ genannt?«

Augenblicklich erstarrten seine Glieder in Schreck und Abwehr. »Das … das habe ich sicher nicht getan«, stammelte er.

Henny überging diesen sinnlosen Versuch, sich zu verteidigen. Sie hakte unbarmherzig nach. »Wer ist denn diese Cordula?«

Er setzte sich auf und füllte das Weinglas von Neuem. »Cordula ist … war … eine Frau, die ich kannte, als ich noch ein Kind war. Das ist lange her.«

Der Groll, der sie überfallen hatte, ließ sofort nach und machte der Neugier Platz, als sie erkannte, dass es sich nicht um eine gegenwärtige Konkurrentin handelte, sondern um einen Schatten aus der Vergangenheit. »Sie muss dir viel bedeutet haben, dass du in einem solchen Augenblick an sie gedacht hast.« Sie blickte ihn aus weit geöffneten Augen ernst an. »Weich mir nicht aus. Ich will es wissen.«

Aaron trank das Glas beinahe in einem Zug aus. »Also gut. Ich werde es dir erzählen, aber es ist ein Geheimnis, das du bewahren musst. Ich habe noch nie mit jemand darüber gesprochen, nicht einmal mit meiner Schwester.«

»Ich werde mit niemandem darüber sprechen.«

»Ich war als Knabe so mager, dass meine Eltern Angst hatten, ich könnte schwindsüchtig werden, und da sie überzeugt waren, dass man eine drohende Tuberkulose am besten mit frischer Luft und reichlichem Essen bekämpfte, schickten sie mich, als ich dreizehn Jahre alt war, zu einem Freund meines Vaters aufs Land in eine Milchmeierei. Ich machte mich mit Hilfsarbeiten nützlich und wurde dafür gemästet. Ich war kaum einen Tag dort, als ich mich schon in die Meierin verliebt hatte. Sie war eine dralle junge Frau, fröhlich und warmherzig, mit breiten Hüften, einem üppigen, sommersprossigen Busen und einem prallen Bäuchlein.«

Er klang so sehnsüchtig bei dieser Beschreibung, dass Henny sich fragte, ob die Erinnerung an Cordula die Ursache seiner Abneigung gegen Mieder war.

»Sie spürte sofort, wie verliebt ich war, und rief mich oft zu sich, wenn wir allein im Haus waren, streichelte mich am ganzen Körper und liebkoste mich, wo es mich am meisten erregte. Zuerst war ich erschrocken, als ich entdeckte, dass mein Glied bei diesen Zärtlichkeiten steif wurde und den Samen ausstieß, aber es war ein wundervolles, ein süßes Gefühl. Es tat so gut, wenn die Frau mich streichelte, und auch ihr schien es zu gefallen, wenn meine Hände ihren Körper liebkosten. Sie legte meine Hand zwischen ihre Schenkel und zeigte mir, wie ich sie berühren sollte. Ich küsste sie dort.« Er lächelte, in Erinnerungen versunken, vor sich hin. »Ich erschrak furchtbar, als ich es das erste Mal tat und sie plötzlich erstarrte, sich wie in Krämpfen wand und laute Schreie ausstieß. Aber gleich darauf war es wieder vorbei, und sie zog mich an sich, lachte und sagte, ich sollte mir keine Sorgen machen, es sei ein Zeichen, dass sie gerade sehr glücklich gewesen sei. Ihr Mann war oft in Geschäften unterwegs, und ich verbrachte einen wundervollen Sommer mit ihr. Wir versprachen einander, es niemandem zu verraten, und ich habe mich daran gehalten – bis heute.«

Aaron zog Henny eng an sich und blickte sie an. »Es gab nur diese eine Frau in meinem Leben. Ich konnte sie niemals vergessen, ich wollte bislang mit keiner anderen Frau teilen, was ich mit ihr erlebt hatte. Und als ich dann alt genug war, mir eine Geliebte zu suchen, da war ich auch bereits klug genug zu wissen, dass Affären mit Ladenmädchen und Schauspielerinnen nur meine Zukunft ruinieren würden. Also liebte ich immer nur in meinen Träumen.«

»Lebt Cordula denn noch?«, fragte Henny.

»Ich weiß es nicht. Sie und ihr Mann sind nach Amerika ausgewandert.«

Henny lag eine Weile still, den Kopf an seiner Schulter. Schließlich fragte sie: »Hast du die Frau tatsächlich so geküsst, wie du gesagt hast?«

»Ja.«

»Dann küss mich auch so.«

Er sah sie erschrocken an. »Willst du das wirklich?«, fragte er unsicher.

»Wenn es Cordula gefallen hat, warum sollte es mir dann nicht gefallen?«

Aaron lächelte.

Es wurde eine erstaunliche Nacht, und als Henny sich schließlich zum Schlaf zusammenrollte, freute sie sich an dem Gedanken, wie viel Neues und Interessantes sie in so kurzer Zeit dazugelernt hatte.

Aaron war selig. So wohl und entspannt fühlte er sich und konnte es kaum fassen, vierzehn Jahre auf all diese Köstlichkeiten verzichtet zu haben. Irgendwann allerdings würde er Henny erklären müssen, dass das nicht ewig so weiterging, dass ein Mann keine unerschöpfliche Quelle war, die man nach Belieben anzapfen konnte. Es hatte ihn völlig überrascht, welche hemmungslose Leidenschaft sie an den Tag legte – eine Frau, die medizinisch betrachtet noch gar keine Frau war.

Als Arzt war ihm nicht verborgen geblieben, dass Frauen sich üblicherweise wenig geneigt zeigten, die Bedürfnisse ihrer Gatten zu erfüllen. Angeblich ließen die meisten von ihnen die Lust ihrer Männer gottergeben über sich ergehen, lagen steif wie Leichen im Bett und waren erleichtert, wenn sie endlich empfangen hatten und den unerwünschten Bettgenossen in die Wüste schicken durften, bis das nächste Kind fällig war. Henny Dalbeck gehörte zweifellos nicht in diese Kategorie. Hätte er nicht deutlich gespürt, dass sie noch Jungfrau war, so hätte er sie sogar im Verdacht gehabt, eine sehr erfahrene Frau zu sein.

Merkwürdig, dachte er. Aber absolut nicht unangenehm.

2

Henriette betrachtete ihren Mann über den Frühstückstisch hinweg. Er merkte es nicht. Sein ganzes Interesse galt der üppigen Bequemlichkeit, die ihn umgab. Seine Finger tasteten, aufmerksam wie die eines Blinden, über die bauchige Rundung der silbernen Kaffeekanne, folgten den Windungen des eingravierten Blumendekors. Die Augen halb geschlossen, atmete er den Duft von frisch aufgebrühtem Kaffee, gebackenen Brötchen und einem Sortiment von Schinken, Käse und kaltem Braten. Mit allen Sinnen schien er diesen ungekannten Luxus in sich aufzusaugen. Sie waren jetzt eine Woche verheiratet, und er konnte sich noch immer nicht daran gewöhnen, dass vorzügliche Mahlzeiten an der Tagesordnung waren und seine eigene Kutsche auf ihn wartete, um ihn zur Universität zu bringen.

Jeden Morgen stand er, wie bisher, um halb sechs auf und trank den Kaffee, den ihm sein Diener servierte – den einzig richtig zubereiteten Kaffee, so Jakobs Meinung, den er in diesem Hause jemals zu trinken bekommen würde. Erst nachdem er mit dem greisen Diener wie gewohnt ein bescheidenes Frühstück verzehrt hatte, kam er nach einer Stunde Arbeit um sieben Uhr herunter und setzte sich an den ovalen Mahagonitisch im Morgenzimmer.

Henny hatte mit einiger Überraschung festgestellt, wie gut er die schwierige Aufgabe meisterte, auf einen Schlag vom Habenichts zum Herrn eines großbürgerlichen Haushalts aufzusteigen. Er hatte das Personal zusammengerufen und ihnen allen eine sehr kurze Rede gehalten. *Sie wurden uns als erstklassige Leute empfohlen. Wir zahlen Ihnen erstklassige Löhne. Und erwarten daher erstklassige Leistungen. Das ist alles, danke.*

Es stimmte natürlich nicht, dass er erstklassige Leistungen erwartete, er hätte gar nicht gemerkt, ob die Bediensteten ihre Pflichten erfüllten oder schlampten. Die Leute, die alle langjährige Erfahrungen in herrschaftlichen Häusern hatten, schätzten ihn auch ganz richtig als ahnungslosen Emporkömmling ein, und überdies war die Geschichte seiner Ehe in der gesamten

Münchener Gesellschaft bekannt, in den Salons wie in den Küchen. Aber Henriette setzte alles daran, seine Autorität im Hause zu festigen, indem sie allen ihren Anordnungen die Präambel »der Herr Doktor wünscht« voransetzte. Das war Teil ihres Paktes. Sie durfte niemals zulassen, dass die Dienerschaft ihn nicht respektierte, und er durfte niemals verlauten lassen, dass er sie nur ihres Geldes wegen geheiratet hatte.

Daher fügte sie sich auch seinem Wunsch, als er bereits am Morgen nach der Hochzeitsnacht verlangte, sie möge ihre Zofe Theresa entlassen. *Ich mag das Mädchen nicht. Sie ist unfreundlich und hochnäsig. Wir werden eine andere einstellen. Außerdem möchte ich deine Cousine Auguste nicht im Haus haben.*

Auguste? Aber wovon soll sie leben? Sie hat kein eigenes Geld.

Wir werden ihr eine bescheidene Pension aussetzen, um den Rest soll sich dein Vater kümmern.

Henny teilte also beiden Frauen mit, dass ihr Mann ihre Anwesenheit im Hause nicht länger duldete, und ließ sich auf keine Debatten ein. Theresa, versehen mit einem guten Zeugnis, ging achselzuckend. Auguste jedoch machte eine Szene, die damit endete, dass sie Henny noch von der Haustüre her wütend zurief: »Du wirst schon sehen, was dabei herauskommt! In deinem Bett ermorden wird er dich! Und sag dann nicht, ich hätte dich nicht gewarnt!«

Aaron hatte es glücklicherweise nicht gehört, da er in seinem Labor beschäftigt war, aber alle Diener vernahmen es mit lebhaftem Interesse.

Das Gemunkel in der Küche drang nicht an Hennys Ohren, und sie hätte auch nicht besonders darauf geachtet, hätte sie es gehört, denn ihr Interesse war ganz auf ihre eigenen Angelegenheiten gerichtet. Eine Woche Schonfrist hatte sie Aaron gewährt, aber jetzt war es Zeit, dass sie ihn an seine Pflichten erinnerte.

Als sie sah, wie er den leeren, mit Krümeln bedeckten Teller von sich schob, sagte sie: »Ich finde es großzügig von Professor Pettenkofer, dass er dir einen ganzen Monat frei gegeben hat, um deine Flitterwochen zu genießen. Da haben wir so viel Zeit für uns. Wenn du mit dem Essen fertig bist, können wir dann gleich anfangen?«

Noch ganz in träumerisches Behagen versunken, fragte er zerstreut: »Womit anfangen?«

»Mit dem Unterricht natürlich. Ich habe im Arbeitszimmer schon alles zurechtgelegt.« Sie sprang mit rauschenden Röcken auf, griff nach seiner Hand und zog ihn hinter sich her in den niedrig gewölbten Raum, der eines Tages als Schulzimmer ihrer Kinder dienen sollte. Auf einem Schreibpult lag ein imposantes Buch mit leeren Seiten, daneben warteten Tintenfass und Feder. Henny setzte sich, ordnete artig ihre bauschigen Röcke und musterte ihren Lehrer mit blanken, erwartungsvollen Augen. »Ich möchte alles über deine Arbeit erfahren. Wenn Professor Pettenkofer uns einlädt, möchte ich Bescheid wissen, worum es euch beiden geht, und nicht wie eine dumme Pute danebenstehen. Du kannst anfangen.«

Aaron, der die ganze Situation höchst abstrus fand, bewegte unbehaglich die Schultern. »Und wie soll ich anfangen?«

»Erkläre mir etwas, das ich in der ›Illustrierten Zeitung‹ gelesen und nicht verstanden habe. Ich habe es hier.« Sie zog den ausgeschnittenen Zeitungsartikel aus der Mappe und las vor:

»Der Name Cholera kommt vom griechischen Worte Chole, Galle, her, weil die Alten, gewiss mit dem größten Rechte, diese Krankheit als von abnormer Gallbereitung herrührend ansahen. Seit 1817 von englischen Ärzten geschildert, wurde die gewöhnliche Brechruhr unter klimatisch-tellurischen Bedingungen – worunter eine große Hitze und feuchte Emanationen stehender Gewässer, vielleicht auch das gleichzeitige Schmelzen ungeheurer Flächen des ewigen Polareises obenan stehen – zu dem vielartigen Übel, welches wir jetzt Cholera morbus nennen. Wir kennen die genauen Ursachen nicht, denn ein geheimnisvolles Dunkel waltet über dem Entstehen aller epidemischen Krankheiten, die ohne besonders klare Ursachen sich erzeugen und in verderblichen Wanderungen die verschiedensten Geschlechter der Erdbewohner heimsuchen, um in ihren Reihen zu wüten.«

Aaron unterbrach sie heftig. »Meine Güte, wo hast du denn den Unsinn her? Die ›Illustrierte Zeitung‹, aha! Vergiss das Geschwätz. In Wirklichkeit ist es so … wie soll ich dir das jetzt erklären?«

»Du hältst sicher so etwas wie einen Einführungsvortrag für die neuen Studenten, nicht wahr? Halte ihn mir.«

Mit dem Gesichtsausdruck eines Mannes, der in aller Öffentlichkeit zum Hanswurst gemacht wird, begann er den so oft gehaltenen Vortrag herunterzuleiern. Henny machte sich eifrig Notizen. Hin und wieder, wenn sie ein Wort nicht verstand, bat sie um eine Erklärung. Sie merkte, wie sein Unbehagen allmählich nachließ. Wie ein Droschkengaul den gewohnten Weg dahintrottet, hielt er den Vortrag und merkte gar nicht, dass er seine Frau des Öfteren mit »meine Herren« ansprach. Im Raum auf und ab gehend, die Hände hinter dem Rücken verschränkt, dozierte er, wiederholte die Argumente, die er von Professor Pettenkofer gelernt hatte, gestattete sich hin und wieder einen Seitenhieb auf die Anhänger der neuen Lehre. Nach einer halben Stunde endete er mit einem: »Ich danke für Ihre Aufmerksamkeit. Wenn Sie noch Fragen haben, stellen Sie sie bitte.«

Henny überflog ihre Notizen, legte den Zeigefinger auf eine angemerkte Stelle und stellte eine Frage nach der Anlage der Kanäle. Sie bemerkte seinen überraschten Gesichtsausdruck und las seine Gedanken: Er begann allmählich zu begreifen, dass sie es ernst meinte. Immer noch ein wenig unsicher, setzte er sich neben sie und begann auf einem leeren Blatt zu zeichnen.

»Sieh her, das ist so: In den Elendsbezirken befinden sich die Latrinen gewöhnlich hier, unterhalb der hölzernen Treppe, die von außen in die Stockwerke führt. Sie werden in Röhren entleert, die hier verlaufen. Wenn es nun heftig regnet …«

Sie lauschte aufmerksam und notierte, was er erklärte, stellte immer wieder Zwischenfragen. Schließlich schob sie das Buch beiseite und schlug es zu. Zufrieden erklärte sie: »Jetzt kannst du mich prüfen.«

»Prüfen?«

»Ja, natürlich!«, antwortete sie ungeduldig. »Wie soll ich denn sonst wissen, ob ich mir alles gemerkt habe?«

Er grinste belustigt, aber in seiner Stimme klang ein Schuss unterschwelliger Grausamkeit mit, als er fragte: »Soll ich mir einen Rohrstock zurechtlegen für den Fall, dass du etwas nicht weißt?«

»Lass uns erst sehen, ob du ihn brauchen würdest!«, antwortete sie kichernd.

Und er stellte ihr Fragen. Staunen und widerwilliger Respekt mischten sich in seinen Zügen, als sie die meisten davon rasch und mit klaren Worten beantwortete. »Du hast dir fast alles gemerkt. Das habe ich nicht erwartet.«

»Ich weiß, dass du das nicht erwartet hast. Lass uns die Punkte, die ich nicht verstanden habe, noch einmal durchgehen.«

Innerlich triumphierend, registrierte sie, dass er sich offenbar mit dieser neuen Situation anfreundete. Als er sich neben sie setzte und ihr die noch offenen Fragen erläuterte, fühlte sie sich ihm nahe – so nahe wie in ihrer Hochzeitsnacht.

3

Die Tage vergingen. Henny sah, wie Aaron immer mehr in seine Rolle als Hausherr hineinwuchs. Er machte nicht den Fehler primitiver Emporkömmlinge, seine Stellung zu unterstreichen, indem er das Personal schikanierte, sondern begegnete den Leuten mit distanzierter Höflichkeit. Freilich hatte er auch kaum etwas mit ihnen zu tun. Jakob kümmerte sich um alle seine Angelegenheiten. Der Alte musste jetzt nicht mehr selber kochen, waschen und putzen, sondern beaufsichtigte als würdiger Kammerdiener die Dienerschaft, die das erledigte, wobei er sich als weitaus strenger und mäkeliger erwies als der eigentliche Herr des Hauses. Jakob überprüfte auch den von der Köchin vorgeschlagenen Wochenspeiseplan und strich all die Gerichte, die der Herr Doktor angeblich nicht mochte. Dabei ging er allerdings äußerst willkürlich vor, denn Henny hatte Zeit gehabt festzustellen, dass der durch karge Mahlzeiten abgehärtete Aaron eigentlich mit allem zufrieden war, was man ihm vorsetzte, solange es nur seinen Hunger stillte. Dass es ihm auch noch schmecken sollte, war ein Luxus, an den er bislang nicht gewöhnt war.

Henny hätte es gern gesehen, wenn Wilhelmina – deren Dienstherr vor Kurzem gestorben war – zu ihnen ins Haus gezogen wäre, aber die Schwägerin lehnte das ab.

Ich brauche meine Freiheit, Henny. Und ein junges Ehepaar soll unter sich bleiben. Aber ich komme euch gerne besuchen. Ich muss dich doch weiterhin aufhetzen, wie Aaron das nennt.

Also einigten sie sich darauf, dass ihr Bruder ihr eine hübsche Wohnung im Haus einer Generalswitwe mietete, die Einrichtung bezahlte und ihr eine monatliche Rente aussetzte, damit sie nicht mehr jeden Pfennig zweimal umdrehen musste. Unabhängig und finanziell abgesichert, widmete Minna Nicolai sich nun ausschließlich ihrem leidenschaftlichen Verlangen nach Bildung. Wenn Aaron im Labor arbeitete, durchstöberten seine Frau und seine Schwester die Bücherregale in seinem Arbeitszimmer, und dann saßen sie im Salon beisammen, lasen, diskutierten das Gelesene, schrieben auf, was sie nicht verstanden, und schlugen es im Lexikon nach. Bekamen sie ihn dann zu fassen, so musste er ihnen alles erklären und das auszugsweise Gelesene in einen sinnvollen Zusammenhang bringen.

»Wenn du das nicht tust, Aaron«, drohte Henny dem Widerwilligen, »dann werden wir einen Lehrer anstellen, der uns unterrichtet, uns beide in ihn verlieben und eines Tages mit ihm durchbrennen.«

»Damit wäre er gestraft genug!«, erwiderte Aaron.

Außer Wilhelmina sah Henny nur wenige Besucher. Sie hielt ihr Versprechen, keine Bälle und ähnlichen gesellschaftlichen Ereignisse zu besuchen, zu denen Aaron sie hätte begleiten müssen. Und sie hatte auch nur wenig Interesse an den Damenkränzchen der gehobenen Gesellschaft, bei denen sie doch nur Frauen wie Clara Colberg antreffen würde. Die gesamte Münchener feine Gesellschaft wartete begierig darauf, dass Aaron sie unglücklich machte, und sie hatte keine Lust, beständig mit einem boshaften Unterton gefragt zu werden, ob er ihr ein guter Gatte war.

War er das?

Er liebte sie vielleicht nicht, aber er behandelte sie gut, und er begehrte sie. Tagsüber höflich und korrekt wie Geschäftspartner im Umgang miteinander, verwandelten sie sich in der Nacht in leidenschaftlich Liebende. Seltsamerweise trieb die Erinnerung an Cordula, von der Aaron sich nicht lösen konnte, keinen Keil zwischen sie beide, sondern band sie nur noch enger zusammen – ein gemeinsames Geheimnis, das immer wieder zu einer Quelle gemeinsamer Lust wurde. Bald hatte Henny das Gefühl, dass sie selbst Cordula gekannt und geliebt hatte.

Die Meierin hatte den ihr anvertrauten Knaben eine Menge Dinge gelehrt, die in dem graugrünen Buch unter der Einleitung vermerkt waren: *Mit Abscheu wendet sich ein keuscher Ehemann von perversen Praktiken ab, als da sind …* Henny bestand nicht nur darauf, in diesen Verirrungen unterrichtet zu werden, sie war im ehelichen Bett eine ebenso gelehrige Schülerin, wie sie es im Schulzimmer war. Bis der ständig von Schuldgefühlen geplagte Aaron eines Nachts herausplatzte: »Henny, was wir da machen, das ist – unschicklich!«

»Aber warum?«, fragte sie arglos. »Ist es dir denn unangenehm?«

»Nein, natürlich nicht. Nur wage ich nicht daran zu denken, was dein Vater dazu sagen würde.«

Ihre Antwort war logisch und vernünftig. »Woher sollte Papa denn davon wissen? Außerdem, wozu heiratet man denn, wenn man dann nichts machen darf?«

Rechtsanwalt Friedrich Dalbeck sollte recht behalten mit seiner Einschätzung des jungen Gatten. Aaron war treu. Ein kluger und vorsichtiger Mann, der Geld und Ansehen über alles liebte, ließ sich von keiner noch so schönen und verheißungsvollen Frau verlocken, das alles aufs Spiel zu setzen. Schließlich hatte er sich vierzehn Jahre lang eisern bezwungen, nur um seinen guten Ruf zu schützen, und da hatte er keine Ehefrau gehabt, die ihn allnächtlich bis zur Erschöpfung in Anspruch nahm.

Er achtete sorgfältig darauf, der stolzen und temperamentvollen Henny keinen Anlass zur Eifersucht zu geben. Ein keckes Zimmermädchen, das ihm herausfordernd schöne Augen machte, wurde auf seinen Wunsch hin entlassen. Statt der rotwangigen, strammen Theresa, die durchaus das Interesse eines Mannes erwecken konnte, wurde Henny jetzt von einem blassen, ältlichen Mädchen namens Rebecca bedient. Aaron selbst hatte sie ausgesucht – irgendeine entfernte Verwandte von ihm, die er ebenfalls gern versorgt sehen wollte. Rebecca war still, unterwürfig, fleißig und so unauffällig, dass man ihre Gegenwart kaum wahrnahm, wenn sie nicht gerade gebraucht wurde. Ein hübsches, pfiffiges Mädchen hätte eher zu einer reichen jungen Dame gepasst, aber Aaron legte Wert darauf, dass die weibliche Dienerschaft aus eher verblühten Personen bestand, und bei den wenigen Gelegenheiten, bei denen sie in Gesellschaft gingen, schenkte er seine Aufmerksamkeit den betagten Damen.

Man gab widerwillig zu, dass er – was er auch sonst sein mochte – jedenfalls kein Herzens- und Ehebrecher war. Beliebt war er nicht. Er passte einfach nicht in die sogenannte »gute« Gesellschaft. Ein Mann ohne jeden Sinn für leichtfertige Vergnügungen, unbeholfen und zurückhaltend im gesellschaftlichen Umgang, ungeduldig gegenüber dem leeren Geschwätz in den Salons, fühlte er sich nur wohl im Kreis von Wissenschaftlern. Die gelehrten Herren aus Pettenkofers Umfeld waren die einzigen Gäste, die er gern in seinem Haus sah.

Und da auch gelehrte Herren gerne klatschen, sprach sich bald herum, dass seine Frau eine naseweise Person war und dem Gespräch der Männer nicht nur folgte, sondern sich auch mit offensichtlichem Verstand daran beteiligte.

Das junge Paar hatte Professor Pettenkofer besucht, der sehr erstaunt darüber gewesen war, dass Henny in allen Einzelheiten über die von ihm vertretene Lehre Bescheid wusste. Der allseits bewunderte Gelehrte hatte sich sogar hinreißen lassen, zu vergessen, dass er mit einer Frau sprach, und in der ihm eigenen stürmischen und leidenschaftlichen Art seine Ansichten darzulegen begonnen, eifrig unterstützt von Aaron, der bewundernd zu seinem Mentor aufblickte. Henny empfand es als kränkend, dass sie bestaunt wurde wie ein Zirkuspferd, das zählen und rechnen kann, aber sie war auch stolz auf sich selbst und genoss die Verblüffung, die sie jedes Mal hervorrief, wenn ihre Kenntnisse sichtbar wurden.

Sie hätte leidenschaftlich gern einen Blick ins Labor getan, aber in dem Punkt blieb der inzwischen so entgegenkommende Gatte hart. »Henny«, sagte er, als sie ihn wieder einmal bedrängte, »du kennst die Bibel, nicht wahr? ›Von allen Bäumen dieses Gartens darfst du essen, nur von diesem einen nicht.‹«

Schlagfertig entgegnete sie: »Mich erinnert es eher an Blaubarts Schloss. ›Hier sind die Schlüssel zu allen Zimmern, nur dieses eine darfst du nicht betreten.‹«

Er beugte sich zu ihr und nahm ihr Gesicht in beide Hände. »Und du weißt, was passierte, als sie es trotzdem tat. Er schlug ihr auf der Stelle den Kopf ab.«

Henny machte sich mürrisch los. »Was gibt es denn da drinnen, was ich nicht sehen darf?«

Aaron wurde ernst. Er setzte sich auf die Récamière und zog seine Frau zwischen seine Knie, als wäre sie ein Kind, dem er etwas erklären musste. Er verschränkte die Hände hinter ihren Knien und hielt sie fest. »Henny, ich bin Toxikologe. Ich bewahre im Labor Substanzen auf, die so giftig sind, dass sie dich töten können, wenn du nur daran riechst. Und ich weiß doch, wie neugierig du bist. Du würdest alle Flaschen und Tiegel aufschrauben und hineinschnuppern, und ich wäre im Handumdrehen Witwer. Meinst du, ich möchte das riskieren?«

»Ich würde auch ganz vorsichtig sein.«

Zum ersten Mal, seit sie ihn kannte, wurde er ihr gegenüber zum gebieterischen Herrn. »Ich sagte Nein, und wenn ich dich jemals erwische, wie du herumspionierst, musst du damit rechnen, dass ich ernsthaft zornig sein werde. Habe ich mich verständlich ausgedrückt?«

»Ja«, murmelte Henny beleidigt.

4

Heinrich Dalbeck stellte mit Erleichterung fest, dass die junge Ehe besser lief, als er es sich vorgestellt hatte. Dass sein Schwiegersohn sichtbar aufblühte, wunderte ihn noch am wenigsten. Welchem Mann hätte es nicht gutgetan, wenn seine jahrelang unbefriedigten Bedürfnisse nun täglich aufs Angenehmste erfüllt wurden und er sich obendrein ganz seinen Interessen widmen konnte? Was Heinrich aber viel mehr bedeutete, war die Tatsache, dass es auch Henny offensichtlich gut ging. Sie war fröhlich und ausgeglichen, viel weniger herb als früher, und sie hatte nichts als nur Gutes über ihren Gatten zu berichten. Nur dass er sie nicht ins Laboratorium ließ, kreidete sie ihm an, aber da war Heinrich ganz auf Seiten seines Schwiegersohns.

»Bist du närrisch, Henny?«, schalt er seine Tochter. »Was willst du in dem ekelhaften Loch? Frag Gustav, wie es in einem solchen Labor zugeht, der stinkt manchmal noch tagelang nach den Chemikalien, mit denen sie dort herumpantschen.«

»Aaron stinkt nicht«, widersprach sie empört. Dann jedoch überkam sie die Liebe zur Wahrheit, sie erinnerte sich an die Gerüche, die ihr Gatte zuweilen ins Haus schleppte und erst in einem langen, heißen Bad wieder loswurde, und sie gab zu: »Nun, manchmal ein bisschen.«

»Siehst du? Willst du vielleicht genauso riechen? Außerdem ist das gefährlich. Erinnerst du dich an unsere Putzfrau, die ein Auge verlor, weil sie nachlässig mit dem Salmiakgeist hantierte?«

Henny gab nach, aber er hatte das unangenehme Gefühl, dass sie das nur tat, um einen Streit abzuwenden, und ihre Meinung nicht im Geringsten geändert hatte.

Sommer 1854

Der Verbrecher

1

Auch Cousine Auguste beschäftigte sich in Gedanken viel mit den Geheimnissen des Labors. Die arme Verwandte, die inzwischen wieder im Hause des Senators wohnte, war wütend. Dass Aaron ihr den Hinauswurf aus der Villa Marsalla mit einer bescheidenen Rente versüßt hatte, machte ihn ihr nicht sympathischer. Sie hatte ihn von Anfang an nicht ausstehen können, aber jetzt hasste sie ihn. Sie wusste genau, dass er sie nur loswerden wollte, weil sie auf Henny geachtet hätte. Natürlich wollte er freie Hand haben, wenn er sich daranmachte, seine finsteren Pläne zu verwirklichen!

Gleichzeitig empfand sie grimmige Befriedigung bei dem Gedanken, dass alles genau so gekommen war, wie sie es erwartet hatte. Nachdem er das unglückliche Fräulein in die Ehe gelockt hatte, fing er jetzt an, sie von ihren Getreuen zu isolieren und mit seinen bezahlten Kreaturen zu umgeben, die natürlich *seinen* Befehlen gehorchen würden. Arme Henny! Auf wen sollte sie sich in diesem Haus, das er frech nach dem Namen seines nichtswürdigen Vaters benannt hatte, verlassen? Auf fremde Diener, denen sie nichts bedeutete – die *er* ausgesucht hatte? Nun, genau genommen hatte er sie nicht persönlich ausgesucht, das hatte Frau Dörries getan, aber zweifellos hatte er die naive Wirtschafterin so beeinflusst, dass sie schon die richtigen wählte! Und dieses bleiche, schleimige Nachtschattengewächs, das die Stelle der ehrlichen Theresa eingenommen hatte, war sogar eine Verwandte von ihm.

Und all die Gifte, die er in seinem Labor aufbewahrte! Er ließ ja niemand hinein – und würde schon wissen, warum nicht! –, aber *sie* konnte er nicht für dumm verkaufen. Sie hatte scharfe Blicke in die Kisten geworfen, die für ihn angeliefert wurden, und immer wieder das Warnschildchen mit dem Totenkopf an verschiedenen Flaschen entdeckt. Was in aller Welt wollte er mit dem gefährlichen Zeug, wenn er nicht eine Untat vorbereitete? Das konnte er doch niemand weismachen, dass er nichts weiter tat als Eprouvetten voll übel riechendem Schlamm allen möglichen chemischen Untersuchungen zu unterziehen! Welcher vernünftige Mensch untersuchte den Inhalt von Abtritten?

Ganz besonders verdächtig war ihr der mächtige, gusseiserne Gasofen erschienen, den er bestellt hatte, viel zu lang und breit, um die Laborbaracke damit zu heizen. Sie hatte ihn unauffällig ausgefragt und die schnippische Antwort bekommen: »Um die Kadaver der Versuchstiere zu verbrennen, natürlich, oder soll ich die verseuchten Karnickel vielleicht in der Küche abliefern?«

Kadaver verbrennen, so so …

Auguste war zwar aus dem Hause verbannt, aber niemand konnte sie hindern, den Kontakt mit den dort beschäftigten Dienstboten zu suchen. Sie pirschte sich geschickt an die Leute heran und versuchte sie auszufragen. Da das Personal jedoch wirklich erstklassig war, weigerten diese sich strikt, über ihren Herrn Auskunft zu geben. Einzig Frida, das entlassene Zimmermädchen, versorgte sie bereitwillig mit allem Klatsch und Tratsch, dessen sie habhaft werden konnte. Im Mittelpunkt aller Gespräche unter den niederen Dienstboten – Frau Dörries und der Butler Steinheil nahmen an solchem Geschwätz niemals teil – stand das stets verschlossene Labor, in dem nur der Hausherr allein sich zu schaffen machen durfte. Alle wussten, dass sowohl die Schwester des Doktors als auch die gnädige Frau gern einen Blick hineingeworfen hätten, aber das gestattete er nicht.

Das schwelende Feuer von Augustes Misstrauen loderte hell auf, als sowohl Henriette als auch ihr Mann, die Wirtschafterin und der Butler unversehens erkrankten. Aaron nannte die kurze, aber sehr aggressive Krankheit eine Folge davon, dass der zum Abendessen servierte Fischsalat verdorben gewesen sei, was die

Köchin allerdings lautstark bestritt. Entlassen wurde sie trotzdem, und Aaron Nicolai hatte eine Feindin mehr.

Auguste wandte sich an Gustav Dalbeck, dem sie vertraulich mitteilte, Aaron habe einen ersten Versuch unternommen, seine Frau zu vergiften.

Der junge Dalbeck lachte sie aus. »Sei nicht albern, Gusti! Alle waren krank, die von dem verdorbenen Zeug gegessen haben, die Haushälterin und der Butler genauso wie Henny – und Aaron selbst auch. Ich habe ihn gesehen, er sah drei Tage lang aus wie eine Wasserleiche. Meinst du, er würde sich selber vergiften, wenn er es auf Henny abgesehen hätte?«

»Genau das würde er tun, Gustav. Du liest die Kriminalberichte nicht, aber ich tue es. Giftmischer sorgen immer dafür, dass sie selbst auch ein bisschen krank werden, denn der einzig Gesunde in einem kranken Haushalt wäre von vornherein verdächtig, nicht wahr?«

»Ach was. Du liest zu viel von diesen Kriminalgeschichten, das ist alles. Außerdem – warum sollte er Henny etwas antun? Er hat bekommen, was er will, Geld, gesellschaftliche Stellung und eine hübsche Frau dazu.«

»Und würde noch viel mehr bekommen, wenn sie stirbt.« Auguste hatte schon oft über die Tatsache nachgedacht, dass der Ehemann stets der gesetzliche Erbe seiner Frau war. »Jeder weiß, dass du einmal die Firma bekommst und Henriette das Bargeld. Wenn sie stirbt, ist er noch viel reicher als jetzt – und frei obendrein!«

Gustav klopfte ihr beschwichtigend auf die Schulter. »Beruhige dich, Gusti. Das ist alles Unsinn. Außerdem müsste dein Erzverbrecher erst Papa ermorden, damit Henny erbt, vergiss das nicht.«

Auguste vergaß es nicht. Als Heinrich Dalbeck kurz darauf wegen eines quälenden Unwohlseins das Bett hüten musste, war sie überzeugt, dass es sich nicht um eine Magenentzündung handelte, wie sein Hausarzt Dr. Krause – der einfältige alte Narr! – behauptete, sondern um den ersten Versuch, Henny zur Erbin eines Vermögens zu machen … und dann durch einen zweiten Mord ihren Gatten zu deren Erben. Arsenik in hoher Dosierung rief dieselben Symptome hervor wie eine Magenentzündung – Leibschmerzen, Erbrechen, Magenkrämpfe. Das wusste sie aus den Berichten im ›Pitaval‹. Und kurz bevor der Senator erkrankte, war sein Schwiegersohn zum Abendessen bei ihm eingeladen gewesen.

Gustav erzählte seinem Vater unter vier Augen davon, überzeugt, dass dieser darin auch nichts anderes sehen würde als ein launiges Beispiel für die Schrullen vertrockneter später Mädchen, und anfangs lachte Senator Dalbeck auch. Er wusste genau, was die Ursache seiner Magenentzündung gewesen war. Er hatte nicht zum ersten Mal diese Strafe für unmäßigen Alkohol- und Tabakgenuss erlitten. Dr. Krause hatte ihn, wie schon so oft, streng ermahnt, und Aaron hatte ihm mit der Selbstzufriedenheit des Tugendhaften prophezeit, dass er weiter leiden würde, wenn er solchen urbayrischen Vergnügungen nicht entsagte. Heinrich schimpfte auf die Ärzte, die einen am liebsten mit Haferschleim füttern wollten, nannte sie Sorgenkrämer und ängstlich herumgackernde Hühner und ignorierte, tapfer einer weiteren Magenentzündung trotzend, deren gute Ratschläge.

Aber je länger er darüber nachdachte, vor allem über die Fischvergiftung, desto besorgter wurde er. Das Wohlbefinden seines Lieblings ging ihm über alles, und da er Aaron wohl nicht gut einfach fragen konnte, ob er seine Frau vergiftete, wählte er einen schlauen Umweg. Er sprach mit seinem langjährigen Vertrauten, Dr. Krause, über seine Sorgen, und wenig später geschah es scheinbar zufällig, dass der Arzt mit Dalbecks Tochter zusammentraf, als sie gerade gemeinsam mit ihrer Zofe Einkäufe machte.

Henny freute sich, den Hausarzt wiederzusehen, der sie durch alle Kinderkrankheiten hindurch begleitet hatte. Albert Krause war ein freundlicher, fülliger Mensch mit weißem Backenbart, der steif gesträubt wie die Kiemen eines Fisches die von blauroten Äderchen durchzogenen Backen umrahmte. Sein Haar fiel in einem großartig geschwungenen Busch von der hohen, gewölbten Stirn in den Nacken. Seit ihrer Kindheit hatte sich nichts daran geändert, dass er nach Jod, Lakritzen und etwas Verbranntem roch, wie Frauen, die ihre Haare mit der Brennschere kräuseln. Sie nahm bereitwillig seine Einladung an, auf der Terrasse eines Kaffeehauses Platz zu nehmen, und ging auf sein Geplauder ein.

Als er sie fragte, ob ihr der Umzug in das neue Haus gut bekommen sei und sie sich wohlfühle, zwinkerte sie ihm verschmitzt zu. »Oh, ich weiß schon, worauf Sie anspielen! Sie möchten gerne wissen, ob mir morgens übel wird und ich gern Schokoladenkuchen mit saurem Hering essen würde, nicht wahr? Aber nein, so weit ist es noch nicht. Es wäre auch gar nicht günstig, wo wir so viel Arbeit haben mit dem Einrichten – Aaron mit seinem Labor und ich mit dem Haus.«

»Ich hoffe, Sie überarbeiten sich nicht, Henny. Seien Sie vorsichtig. Sie wissen, Sie können sich jederzeit an mich wenden, wenn es Ihnen nicht wohlgeht. Ich kenne Sie ja seit Ihrer Geburt.«

Sie lachte fröhlich. »Oh, meine Gesundheit ist prächtig – jedenfalls solange mir die Köchin keinen faulen Fischsalat vorsetzt. Wir waren alle jämmerlich krank, und dann war sie noch wütend, weil Aaron sie hinauswarf, und behauptete frech, der Fischsalat sei in Ordnung gewesen. Dabei hätte sie uns beinahe umgebracht! Aaron sagt, an verdorbenem Fisch kann man sterben.«

»Ja, da hat er recht.« Dr. Krause erkundigte sich Anteil nehmend nach den Symptomen und den näheren Umständen der Fischvergiftung. Er fragte, ob ihr Mann sie selbst behandelt oder einen anderen Arzt hinzugezogen habe.

»Aaron ging es selber so schlecht, dass er uns gar nicht hätte helfen können. Er ließ einen Kollegen aus der Universität kommen, und wissen Sie was? Dr. Pettenkofer selbst ist gekommen, stellen Sie sich das einmal vor! So viel bedeutet ihm mein Mann!« Ihre Augen glänzten vor Stolz.

Dr. Krause nickte beeindruckt. »Dr. Pettenkofer ist ein sehr guter Arzt. Ihr Mann praktiziert wohl nicht, sondern widmet sich ganz der Forschung?« Als Henny bejahte, wollte er wissen, womit der junge Ehemann sich eigentlich in seinem Labor beschäftigte.

Henriette verzog das Gesicht. »Was weiß ich? Er lässt mich ja nicht hinein! Er sagt, er wolle diesen Teil des Hauses ganz für sich allein haben. Nur seinen grässlichen Diener lässt er hinein – nicht den guten alten Jakob, sondern diesen grauen Menschen, der das Labor putzt und ihm assistiert.«

»Und er erzählt nichts darüber, womit er sich beschäftigt?«

»Nein. Er reagiert sehr unfreundlich, wenn ich ihn danach frage. Nicht einmal mit Jakob spricht er darüber, obwohl er ihm doch sonst alles anvertraut. Aber es muss etwas sehr Wichtiges sein, denn er ist jetzt oft ganz in Gedanken versunken und schreckt manchmal zusammen, wenn ich ihn anspreche.« Sie zuckte die Achseln, eine Gleichgültigkeit vortäuschend, die sie nicht empfand. »Wahrscheinlich sind alle Wissenschaftler so geheimnistuerisch, was ihre Forschungsarbeit angeht.«

»Meinen Sie, er würde mit mir, als einem interessierten Kollegen, darüber sprechen?«

»Ich glaube nicht, aber Sie können es natürlich versuchen.«

Dr. Krause versuchte es tatsächlich und musste akzeptieren, dass ihm von einem gereizten, übellaunigen Aaron das Betreten des Labors ebenso verweigert wurde wie jede Auskunft über seine Arbeit. Ein Versuch, aus dem Golem Joseph Auskünfte herauszuholen, scheiterte kläglich. Der Hausarzt kehrte mit der Nachricht zu Heinrich Dalbeck zurück, dass Professor Pettenkofer persönlich die Fischvergiftung bestätigt habe, aber nicht herauszubringen sei, was der Arzt in seinem Labor eigentlich trieb. Niemand durfte dort hinein, nicht einmal Pettenkofer. Selbst die Mahlzeiten trug Joseph ihm in die Baracke. Dr. Nicolai musste sehr beschäftigt sein, denn oft nahm er sich nicht die Zeit, sich an den Esstisch zu setzen, sondern arbeitete von früh bis spät durch.

Heinrich Dalbeck, der über seinen Geschäften oft selbst das Essen vergaß, nahm das nicht weiter tragisch. Er fand, dass so viel Arbeitseifer eher für seinen Schwiegersohn sprach als gegen ihn.

Andere Neuigkeiten, die der Hausarzt von seinem Besuch in der Villa Marsalla mitbrachte, klangen weitaus beunruhigender.

Die Nachbarn der Nicolais wussten von einem ausnehmend

hohen Verbrauch an Kaninchen zu berichten und von dem häufig rauchenden Schornstein. Da hinter dem Garten der Villa ein Fußpfad am Ufer der Isar entlangführte, versuchten Neugierige immer wieder, von der Rückseite einen Blick auf das unheimliche, fensterlose Ziegelgebäude zu werfen, und das hatte Aaron offenbar missfallen, denn er hatte Maurer bestellt, die das Areal rund um die Baracke vom übrigen Garten abtrennten. Nachts wurde die Pforte, die hineinführte, verschlossen und ein bissiger Hund losgelassen. Der Arzt hatte seinen argwöhnischen Nachbarn eine durchaus plausible Begründung für diese Vorsichtsmaßnahmen geliefert: Er wisse recht gut, wie neugierig die Leute seien, und da ein Forschungslabor nun einmal ein gefährlicher Ort sei, wolle er nicht riskieren, dass sich irgendwelche Dummköpfe dort einschlichen. Er sei dafür verantwortlich, dass niemand durch seine Versuche zu Schaden komme, daher die Mauer, der Hund und die stets verschlossene Tür. Wen seine Neugier so weit treibe, diese drei Barrieren zu überwinden und ins Innere der Baracke vorzudringen, der sei selbst schuld, wenn er verätzt, vergiftet und verseucht wurde.

Heinrich wollte es fast schon scheinen, dass sein Schwiegersohn exkulpiert war. Der krank machende Fischsalat war ein häusliches Missgeschick gewesen, wie es auch der besten Köchin einmal passieren konnte, und für seine Geheimnistuerei im Labor gab es einen plausiblen Grund. Aber da der Senator ein sehr vorsichtiger Mann war, konsultierte er seinen Bruder Friedrich, und die beiden kamen überein, den schon einmal beschäftigten Privatdetektiv Nepomuk Griese zum zweiten Mal anzuheuern.

2

Heinrich und Friedrich Dalbeck brauchten nicht lange zu warten. Bereits nach einer Woche kam der offensichtlich zu Recht als äußerst tüchtig beschriebene Spitzel mit einem dicken Bündel an Informationen zurück.

Die Dienerschaft hatte sich dem neugierigen Frager gegenüber ausgeschwiegen, aber der Postbote ließ sich die Auskunft entlocken, dass der Hausherr häufig dicke, versiegelte Briefe, manchmal sogar Päckchen, aus dem Ausland erhalte, aus Frankreich, Italien und England, was ihn in den Augen des Briefträgers sogleich zu einem Spion machte. Was sich in den Päckchen befand, wusste er nicht.

»Und Sie haben nicht versucht, es herauszufinden?«, fragte Friedrich Dalbeck.

Griese schenkte ihm ein zweideutiges Lächeln. »Ich würde niemals jemanden anstiften, das Postgeheimnis zu brechen, aber der Zufall kam mir zu Hilfe.«

»Der Zufall, aha.«

»Eines der Päckchen – es stammte aus Frankreich – war beim Transport in den Regen geraten und so durchweicht, dass die Adresse nicht mehr richtig zu lesen war, daher hat der Bote es geöffnet, um nachzusehen, ob sich innen ein Hinweis auf den Empfänger befand. Drinnen steckten, dutzendfach in Mull eingewickelt, doppelte Glasscheiben, zwischen denen Tropfen von irgendwelchem unappetitlichem Zeug klebten.«

»Nicht sehr aufregend«, murmelte der Rechtsanwalt. »Objekte zum Mikroskopieren, nehme ich an.«

Griese lehnte sich in seinem Sessel zurück und faltete die Hände vor dem Bauch. »Ich stimme Ihnen zu, Herr Rechtsanwalt. Weit aufregender war der beiliegende Brief, den ich kopiert habe.« Er entnahm seinem Portefeuille einen mehrfach zusammengefalteten Bogen und las, als beide Männer zugleich danach greifen wollten, laut vor:

»Cher Monsieur,

anbei sende ich Ihnen das Gewünschte. Ich bitte Sie, äußerst vorsichtig damit umzugehen, jede Unachtsamkeit könnte Sie das Leben kosten. Verwenden Sie beim Hantieren damit unbedingt eine mit Watte gefüllte Maske und lysolgetränkte Baumwollhandschuhe. Sie gehen einen gefährlichen Weg, das wissen Sie wohl selber. Was Sie tun, könnte in jeder Hinsicht Ihr Ende bedeuten. Ich rate Ihnen, sehr vorsichtig ans Werk zu gehen und sich keine Blöße zu geben, ehe Sie nicht zur absoluten Gewissheit gelangt sind. Ich hatte ein ähnliches Schicksal wie Sie und kann Ihnen sagen, man hätte mich beinahe gelyncht, als meine Unternehmungen bekannt wurden. Jedenfalls habe ich meinen Posten verloren und bin gesellschaftlich in Ungnade gefallen. Lassen Sie also auf keinen Fall jemand in Ihr Labor, denn auch ein intelligenter Laie könnte das Ziel Ihrer Versuche erkennen, und wenn Sie erst einmal ins Gerede gekommen sind, können Sie nicht mehr zurück.

Ich wünsche Ihnen Glück, und wenn Sie noch etwas brauchen, sende ich es Ihnen gerne. Wundern Sie sich nicht, wenn die Päckchen nicht meinen Absender, sondern einen fiktiven Namen tragen. Denn wenn Ihre Verbindung mit mir bekannt würde, wäre das allein Grund genug, Sie in die ärgsten Schwierigkeiten zu bringen.

Ergebenst bin ich der Ihre,
Dr. Maurice Roubrier.«

Heinrich war aufgesprungen und lief in seinem Arbeitszimmer auf und ab. »Was ist das für ein Brief? Wer ist dieser Roubrier? Auch ein Jude, was? Ein Giftmischer ist dieser schwarze Teufel! Ich hole Henny sofort nach Hause!«

Friedrich Dalbeck, der von weniger impulsiver Art war, suchte ihn zu beruhigen. »Es kann auch eine ganz harmlose Erklärung dafür geben. Wissenschaftler hantieren nun einmal mit gefährlichen Substanzen, das würde die Warnung verständlich machen. Sagen Sie, mein lieber Herr Griese: Es ist nicht herauszubekommen, worin die Arbeit im Labor besteht?«

»Leider nicht, Herr Senator. Das wissen nur Dr. Nicolai und sein Gehilfe.«

Heinrich erhob sich mit einem Gesicht, das Unheil verhieß. Er war kein Mann, der sich vom Widerstreben anderer Leute aufhalten ließ. »In einer Stunde werde ich es auch wissen.« Er klingelte nach dem Butler und befahl: »Schicken Sie einen Diener zu Dr. Krause, ich lasse ihn bitten, in einer wichtigen Sache umgehend bei mir zu erscheinen. Einen zweiten schicken Sie mit demselben Auftrag zu Dr. Nicolai, und lassen Sie meinem

Schwiegersohn ausrichten, dass ich keine Ausflüchte dulde. Ich will ihn auf der Stelle hier sehen.«

Die beiden Diener wurden ausgesandt. Dr. Krauses Kutsche fuhr eine halbe Stunde später vor dem Palais am Schrannenplatz vor. Aaron Nicolai aber ließ ausrichten, er habe sich bei einem Unfall in seinem Labor verletzt und könne nicht kommen, wie dringend die Sache auch sein möge.

Heinrich biss die Zähne zusammen. »Gut, dann suche ich die Ratte in ihrem Bau auf. Kommt mit! Ich brauche euch als sachverständige Zeugen. Wir statten meinem Herrn Schwiegersohn einen Besuch ab.«

3

In dieser ersten Juniwoche zeigte sich der Sommer von seiner schönsten Seite. Der neu gestaltete Garten war herrlich erblüht. Von der rückwärtigen Veranda der Villa Marsalla fielen Kaskaden von Blauregen. Die frisch gepflanzten Teerosen hatten Wurzeln geschlagen und säumten mit ihren leuchtenden Blüten die mit Steinplatten gepflasterten Wege.

Wilhelmina, die schon am Morgen zu Besuch gekommen war, bewunderte die Pracht von ganzem Herzen. »Wie wunderschön, Henny! Ich liebe Gärten – was eigentlich unverschämt von mir ist, da ich viel zu faul bin, um selber zu harken und die Hecken zu schneiden.«

Henny schlenderte neben ihr her, wobei sie ihr Hauskleid – dessen Muster aus Geißblattranken und Kolibris die Farbtöne der Teerosen widerspiegelte – an sich raffte, um nicht am Buchsbaum hängen zu bleiben, der im Zentrum des Gartens zu einem possierlichen Miniaturlabyrinth geschnitten war. »Wir haben einen Gärtner und einen Gehilfen«, erwiderte sie. »Ich würde es auch nicht machen. Mir wäre das zu langweilig, und Aaron hastet sowieso nur durch den Garten, ohne nach links und rechts zu schauen.«

Wilhelmina warf über das kniehohe Buchsbaum-Labyrinth hinweg einen scharfen Blick auf die offene Mauerpforte im Hintergrund. »Nun, er ist sehr beschäftigt! Ich wüsste für mein Leben gern, was er macht. Aber das Allerheiligste eines Mannes darf man nicht antasten. Eines Tages wird er von selber herauskommen und uns sein Geheimnis enthüllen.«

Die Prophezeiung erfüllte sich noch im selben Augenblick.

Ein gewaltiges Klirren ertönte aus der Baracke, als fegte jemand sämtliche Flaschen, Gläser und Schalen von den Labortischen, und dazu ein Gebrüll, das einem das Blut in den Adern erstarren ließ. Es war zweifellos Aaron, der so schrie, obwohl seine Stimme fast übertönt wurde vom erregten Bellen des Bullenbeißers.

Wilhelmina ließ einen erschrockenen Schrei hören. »Er ist verletzt, Henny, es hat einen Unfall gegeben!« Sie rannte quer durch den Garten und verschwand durch die Mauerpforte. Henny folgte ihr auf den Fersen, als der Lärm im Labor so abrupt abbrach, wie er begonnen hatte. Die Türe wurde aufgestoßen, und Aaron fuhr heraus wie ein Teufel, umwölkt von einem gelblichen Dampf, der sofort einen üblen Geruch im ganzen Garten verbreitete. Über die Schulter zurück röhrte er, offensichtlich eine Frage beantwortend, die der Golem gestellt hatte: »Was das zu bedeuten hat?! Dass ich mich am besten gleich aufhänge, das bedeutet es! Guter Gott, warum konnte es nicht anders sein!«

Hinter ihm erschien Joseph, mit einem Tuch in der Luft wedelnd, um den Gestank zu vertreiben. Beide Männer trugen knöchellange, schwarze Chirurgenschürzen und Gazemasken, die ihnen vom Gesicht gerutscht waren und jetzt schlaff um den Hals hingen. Aaron rannte blindlings ein paar Schritte weit, dann kehrte er um, ließ sich gegen die Ziegelmauer fallen und schlug, offenbar völlig außer sich, mit den flachen Händen dagegen. Dabei stieß er eine Woge von Flüchen aus, die Henny ihm im Leben nicht zugetraut hätte.

Sie zögerte noch, was sie tun sollte, als sie sah, wie Wilhelmina ihren Bruder an der Schulter packte und gewaltsam zu sich herumdrehte. Sein Gesicht war aschfahl, und die junge Frau sah entsetzt, dass seine Hände bluteten.

»Was ist geschehen?«, schrie Wilhelmina ihn an. »Hat es einen Unfall gegeben?«

Aaron erstarrte. Blinzelnd wie ein Uhu stand er im hellen Sonnenlicht, und dann, ohne Vorwarnung, brach er in jenes entsetzliche, irrsinnige Kichern aus, das er nur einmal hatte hören lassen, damals, als er Henriette von der Cholera in Paris erzählte. »O ja! O ja!«, stieß er hervor. »Es hat einen tödlichen Unfall gegeben – tödlich für meine Karriere, tödlich für mein Leben!«

»Komm!« Wilhelmina zeigte sich als die tüchtige Krankenpflegerin, die schon der Herr von Schörkenbühl so geschätzt hatte. »Komm mit ins Haus, Aaron. Du musst dich hinlegen.« Sie fasste ihn an der Hand und zog ihn mit sich fort.

Henny versuchte von Joseph zu erfahren, was geschehen war, aber der Golem war nicht gewillt, ihr irgendwelche Informationen zu geben. Brummend kehrte er in das Labor zurück, auf dessen Steinfußboden die Scherben zerschmetterter Reagenzgläser blitzten, und Henny hörte ihn den zeternden Bullenbeißer beruhigen.

Als sie zum Haus zurückkehrte, fand sie die gesamte Dienerschaft in Aufregung vor, und nur der Autorität des Butlers war es zu verdanken, dass alle wieder an ihre Arbeit gingen. Sie eilte die Treppe hinauf zu Aarons Zimmern. Schon von Weitem hörte sie Jakobs Gejammer. Der arme Alte war vor Schrecken außer sich, und Wilhelmina hatte Mühe, ihn zu vernünftigen Beschäftigungen anzuhalten. Sie schickte ihn fort, er solle das Bett seines Herrn aufdecken, in der Küche Anweisungen geben, dass man eine kräftige Rindfleischbrühe heiß machte, und Leinentücher in kaltes Wasser tauchen. Und er solle auf Nachfrage nur sagen: Der Hausherr hätte sich bei einem Experiment leicht verletzt und müsse sich ein wenig hinlegen.

Henny hatte ihren Schrecken so weit überwunden, dass sie Wilhelmina zur Hand gehen konnte. Die Verletzungen an den Händen und Unterarmen ihres Mannes waren nur oberflächlich.

Offenbar hatte er sie sich zugezogen, als er die Glasgefäße vom Labortisch schleuderte. Warmes Wasser, Jod und Leinenbinden brachten das wieder in Ordnung. Was ihr viel mehr Sorgen machte, war die psychische Veränderung. Sie fürchtete, er hätte vielleicht irgendetwas Giftiges eingeatmet, denn sein Gesicht war eingefallen wie das eines Todkranken, und seine Hysterie war jetzt in eine bleierne Benommenheit umgeschlagen. Wie eine leere Hülle saß er da, ließ sich waschen und verbinden, aß die scharfe Suppe, ließ sich Jakobs Hausmittel gegen alle nur erdenklichen Beschwerden – heißen Brandy mit ein paar Tropfen Opium – aufdrängen, zog sich aus und legte sich ins Bett – gerade so, als hätte er mit dem Leben abgeschlossen. Wilhelmina schob ihm eine mit heißem Wasser gefüllte Blechflasche unter die Füße, denn trotz des warmen Sommertages zitterte er wie Espenlaub. Seine Hände und Füße waren eiskalt. Dafür war sein Gesicht so fiebrig heiß, dass sie ihm kaltfeuchte Tücher auf die Stirn legte. Er hatte ganz eindeutig einen Schock erlitten, aber Henny konnte sich nicht vorstellen, was ihn so aufgeregt hatte. Die Verletzungen waren es ganz sicher nicht.

In ihrer Sorge und Aufregung registrierte sie kaum, dass ein Diener aus dem Palais Dalbeck an die Tür klopfte. Überzeugt, dass es ohnehin nichts Wichtiges sein konnte, schickte sie das Mädchen mit der Botschaft hinunter, die Herrschaften seien beide nicht zu sprechen.

Daraufhin dauerte es keine halbe Stunde, bis Bertha meldete, der Herr Senator und sein Bruder seien angekommen, begleitet von Dr. Krause, und wünschten Aaron augenblicklich zu sprechen.

Henny rannte hinter dem Mädchen her die Treppe hinunter und fand ihren Vater, flankiert von Onkel Friedrich und Dr. Krause, mit dem Gesicht eines Racheengels in der Halle stehen. »Papa! Onkel! Ihr kommt leider recht ungelegen –«

»Das glaube ich gern«, unterbrach Heinrich Dalbeck. »Wo ist dein Mann?«

»Es hat einen Unfall im Labor gegeben, bei dem er verletzt

wurde. Er hat sich hingelegt, deshalb konnte er nicht kommen. Es geht ihm nicht gut. Ist es denn so wichtig?«

»Ja. Sag ihm, egal, ob es ihm gut oder schlecht geht, er wird uns in zehn Minuten empfangen.«

»Papa!«

»Tu, was ich sage!«, donnerte der Senator.

Verwirrt und verärgert lief sie die Treppe wieder hinauf, um Aaron von der Forderung ihres Vaters zu berichten. Zu ihrer Überraschung begann er zu lachen. »Gut, gut!«, sagte er. »Dann geht es gleich in einem Aufwaschen. Ihr beide müsst mich jetzt kurz entschuldigen. Jakob! Meine Kleider! Ich gehe in mein Arbeitszimmer hinüber.«

Wilhelmina ergriff Hennys Arm. »Komm, wir gehen mit. Ich will jetzt endlich wissen, was da gespielt wird. Aaron ist ja unzurechnungsfähig.« Zu Jakob sagte sie: »Bitte die Herren herauf, und dann sorg dafür, dass Brandy und Wasser bereitstehen, das alles hört sich so an, als würden alle bald einen kräftigen Schluck brauchen.«

Aaron wirkte vollkommen ruhig, als die drei Herren sein Arbeitszimmer betraten.

»Ihr entschuldigt«, sagte er, seine verbundenen Hände vorweisend, »ich hatte einen Unfall, und eigentlich hätte ich mich gerne in Ruhe davon erholt, aber da ihr mich in einer sehr wichtigen Sache zu sprechen wünscht …«

Friedrich blitzte ihn über seinen Kneifer hinweg an. »Ein Unfall? Sieh an, dann hatte Monsieur Roubrier also recht, dass seine Zusendung durchaus gefährlich sein könnte?«

Aaron fuhr zornig auf. »Woher wisst ihr von Roubrier?«

»Das ist jetzt weniger interessant als der Inhalt dieses Briefes.« Heinrich Dalbeck hatte ruhig zu sprechen begonnen, aber plötzlich verlor er die Beherrschung und brüllte los. »Verdammt noch mal, du schmutziger Lump, was soll das heißen? Du korrespondierst mit Giftmischern? Was treibst du in deinem Labor, dass du es mit einer Mauer umgibst und von scharfen Hunden bewachen lässt? Ich hätte gute Lust gehabt, mit einem Schutzmann hier aufzutauchen, aber bevor ich einen Skandal verursache, gebe ich dir Gelegenheit, dich zu erklären – wenn du kannst!«

Aaron deutete mit einer aufreizend höflichen Geste auf die üppige Sitzgarnitur. »Wenn ihr bitte Platz nehmen wollt …« Er lehnte sich an den Schreibtisch und griff nach dem Glas Brandy, das er vom Schlafzimmer mit hereingebracht hatte. »Und jetzt möchte ich nicht mehr unterbrochen werden, bis ich mit meiner Rede zu Ende gekommen bin. Betrachtet mich als Angeklagten, der zwar bereits verurteilt ist, aber immerhin noch das Recht hat, etwas zu seinen Gunsten auszusagen.«

Fünf Augenpaare blickten ihn aufmerksam an, während er an seinem Brandyglas nippte, angewidert das Gesicht verzog und dann doch einen langen Schluck nahm.

»Ich bin«, sagte er, »in ganz München bekannt als einer der eifrigsten Verfechter von Professor Pettenkofers Theorien, was mir nicht zuletzt auch sein Wohlwollen eingetragen hat. Nun hatte ich vor einiger Zeit ein Erlebnis, dessen Bedeutung mir erst allmählich bewusst wurde. Eine Bettlerin sprach mich an und – noch wichtiger – hustete mich an, eine Frau, die deutlich sichtbar an einer schweren Erkältung und einer Lungenentzündung litt. Wenige Stunden danach erkrankte ich ebenfalls an einer Grippe. Zweifellos hatte sie den Krankheitsstoff durch das Husten auf mich übertragen. Das gab mir das erste Mal den Gedanken ein, an der Idee von dem *Contagium vivum*, die ich bislang so entschieden abgelehnt hatte, könnte möglicherweise doch etwas dran sein.

Ich will dich nicht mit Einzelheiten meiner Untersuchungen langweilen, Schwiegervater, die übrigens recht unappetitlich waren. Sagen wir, ich forschte, ich machte Experimente, ich korrespondierte mit Dr. Roubrier, einem Freund meiner Familie, und mit prominenten Vertretern der Bazillen-Theorie – Professor Jacob Henle in Göttingen, der die Begriffe *Contagium vivum* bzw. *Contagium animatum* entwickelte und damit auch die Theorie von lebenden Keimen als Ursache von Infektionskrankheiten, Dr. John Snow und Dr. William Budd in London, die die

Verbreitung der Cholera auf lebende Tierchen im Trinkwasser zurückführten, und Filippo Pacini, dem italienischen Anatomen, der im Blut an Cholera erkrankter Menschen winzige Lebewesen entdeckte, die er als *Vibrio cholerae* bezeichnet … und dann kam der Augenblick der Gewissheit, in dem ich erkannte, dass ich mich geirrt hatte. Meine maßlose Bewunderung für Professor Pettenkofer, der mich stets gefördert hat und mir jede Chance gab, mich wissenschaftlich zu entwickeln, hatte mich blind gemacht für die Schwächen seiner Lehre. Als ich erst einmal die Augen geöffnet hatte, fragte ich mich, wie ich das so Offenkundige hatte übersehen können. Schon nach den ersten Experimenten war mir klar, dass nur meine eigene Voreingenommenheit mich an der Erkenntnis der Wahrheit gehindert hatte, und kein Mann freut sich an dem Gedanken, ein verblendeter Dummkopf gewesen zu sein. Es war eine schwere Zeit für mich, und ich fürchte« – dabei sah er Henny an –, »ich war ziemlich unleidlich zu dir. Aber du ahnst nicht, was ich durchgemacht habe.«

»Ich ahne«, sagte Henny leise, »was es für dich bedeutet, dass Rudolf von Lauderbach recht hatte.«

Aaron zuckte zusammen wie unter einem stechenden Schmerz. »Ja, auch das. Aber sein persönlicher Triumph ist nicht so bitter für mich wie die Tatsache, dass meine ganze Welt zusammenbricht. Ich habe mich mit den organischen und anorganischen Giften befasst, und nun hatte ich den Beweis, dass es noch eine andere Art von Giften gibt – lebende Toxine, die Leiden und Krankheiten hervorrufen, wie es die leblosen tun. Selbstverständlich fand ich diesen Gedanken faszinierend, das Studium der Gifte ist schließlich mein Lebenswerk, aber ich fürchtete die Konsequenzen, die sich daraus ergaben. Immer wieder habe ich meine Ergebnisse überprüft und noch einmal überprüft, ob meine ursprüngliche Meinung nicht doch richtig gewesen sei, und heute … nun, heute wurde mir blitzartig klar, dass ich noch tausend Überprüfungen durchführen könnte und immer dasselbe Ergebnis bekommen würde: *Pettenkofer irrt. Die Bakteriologen haben die Entstehung und Verbreitung der Seuchen bereits richtig erkannt.*«

Heinrich Dalbeck, der stirnrunzelnd gelauscht hatte, atmete tief durch. Dann schwollen ihm die Stirnadern an. Er brüllte: »Was? Das ist alles? Wegen einer wissenschaftlichen Streiterei veranstaltest du dieses ganze Theater? Und ich mache mir Sorgen …«

Aaron unterbrach ihn mit einer herrischen Handbewegung. »Die machst du dir zu Recht. Ist dir nicht klar, was das bedeutet? Pettenkofer wird es nicht dulden, dass ausgerechnet sein engster Mitarbeiter seine Theorie in Frage stellt. Für ihn ist so jemand kein wissenschaftlicher Gegner, sondern ein persönlicher Feind. Er wird mich nicht nur hinauswerfen, er wird dafür sorgen, dass in ganz München kein Hund mehr ein Stück Brot von mir nimmt. Ein Unternehmen, bei dem ihm Rudolf von Lauderbach mit seinem Trabanten, Hugo Messerschmitt, sicher gerne behilflich sein wird.«

Er setzte das Glas an die Lippen, trank einen kräftigen Schluck und stellte es wieder ab. Sein dunkler Blick heftete sich fest auf Senator Dalbeck, als er weitersprach. »Du kennst die Welt der Geschäftsleute, Schwiegervater, und weißt, wie schnell man darin unter die Räder gerät, aber du weißt vielleicht nicht, dass es in der Welt der Wissenschaft dasselbe ist. Das ist eine Arena erbitterter Kämpfe, in der ein angeschlagener Gladiator keine Chance hat. Glaub nicht, dass es bei scharfen Worten bleibt! Ich wäre nicht der erste Arzt, der aus seiner Heimatstadt, ja seinem Vaterland vertrieben wurde, weil er sich mit seinen Theorien unbeliebt gemacht hat. Ignaz Semmelweis wurde aus Wien hinausgeekelt und musste in Ungarn Zuflucht suchen, weil er mit seinen bahnbrechenden Ideen der etablierten Ärzteschaft widersprach. Das könnte mir genauso gut passieren. Dr. Roubrier hat für seine wissenschaftliche Überzeugung mit allem bezahlt, was er hatte, seiner Stellung, seiner Reputation, seinem Einkommen – sogar mit seiner Ehe, weil seine Frau nicht länger mit einem Verfemten zusammenleben wollte. Daher hat er mich mit so dramatischen Worten gewarnt. Er hatte recht. Ich bin denselben Weg gegangen wie er und bis zum selben Ende. Ich bin nicht nur als Wissenschaftler erledigt. Pettenkofer ist ebenso mächtig wie gnadenlos. So eifrig er mich bisher gefördert hat, so unbarmherzig wird er sich jetzt gegen mich stellen. Er wird mich verfolgen, bis er mich vernichtet hat, und alle meine Feinde werden das Signal hören und ihrerseits zur Hatz blasen, bis sie mich zur Strecke gebracht haben.«

Er griff nach seinem Brandyglas und trank es in einem Zug leer. »Und das, lieber Schwiegervater, ist ein Schicksal, in das ich weder meine Frau noch meine Schwester, und auch dich nicht, hineinziehen will.«

Wilhelmina sprang vor und griff mit einer blitzschnellen Handbewegung nach dem leeren Glas. Sie roch daran, schüttelte den Kopf und stellte es weg. Ihr Gesicht war bleich. »Aaron, was ist das? Was hast du da getrunken?«

»*Nux vomica*«, erwiderte er mit einem Ausdruck bizarrer Gleichgültigkeit in den Augen. »Ihr braucht euch nicht mehr zu sorgen, dass ihr meinetwegen in Schande geratet. Sagt einfach, es sei ein Unfall gewesen.« Ohne sich weiter um die Versammelten zu kümmern, wandte er ihnen den Rücken und ging mit langen Schritten zur Tür.

Noch bevor er sie erreicht hatte, brach er zusammen.

4

Wenn Henny später an die Tage, die diesem Ereignis folgten, zurückdachte, so erschienen sie ihr wie eine Wanderung durch die unheimlichen, nebeligen Gefilde geistiger Umnachtung. Wäre Wilhelmina nicht gewesen, so hätte sie völlig jeden Bezug zur Wirklichkeit verloren, hätte vergessen, sich zu waschen, zu essen und die Kleider zu wechseln. Die Dienerschaft schlich auf Zehenspitzen durchs Haus, betroffen über das Schicksal ihres Herrn, der in der Universitätsklinik mit dem Tode rang, und berührt vom Leid der beiden jungen Frauen. Es erschien ihnen ganz natürlich, dass Fräulein Wilhelmina die Rolle der Hausfrau übernahm, solange Henny leer vor sich hin starrend im Salon saß, ohne mit jemandem zu sprechen, ja scheinbar ohne jemanden zu erkennen.

Vor dem inneren Auge der jungen Frau lief in endlosen Wiederholungen dieselbe Szene ab. Aaron brach auf dem Fußboden zusammen und begann, an allen Gliedern zuckend, krampfhaft nach Atem zu ringen. Dr. Krause lief sofort zu ihm und drehte ihn auf die Seite, und dabei fiel aus dem Ärmel des so plötzlich Erkrankten ein braunes Papierbriefchen, in dem noch die Reste eines fein gemahlenen Pulvers klebten. Als Henny es später zu sehen bekam, fand sie außen auf dem Papier, in der Handschrift ihres Mannes, die Bezeichnung: »Nux vomica«. Dann hatte Aaron angefangen, auf eine schreckliche Weise mit Armen und Beinen um sich zu schlagen. Dr. Krause hatte seine gesamte Kunst aufgeboten, und nur ihm war es zu verdanken, dass der junge Mann nicht an Ort und Stelle starb, obwohl er nur ein einfacher Hausarzt war und mit schweren Vergiftungen selten zu tun hatte. Kurz darauf war ein Sanitätswagen gekommen, der den Patienten ins Universitätskrankenhaus brachte, und das qualvolle Warten hatte begonnen.

Wie immer, wenn sie etwas nicht verstand, hatte Henny das Konversationslexikon hervorgeholt, fand aber den Begriff »Nux vomica« nicht. Erst in einem medizinischen Lexikon aus dem Bestand in Aarons Arbeitszimmer wurde sie fündig, und was sie las, bestätigte ihre schlimmsten Befürchtungen.

> Nux vomica, Brechnuss. Der getrocknete Samen ist die wesentliche Arzneidroge, die aus dem Brechnussbaum gewonnen wird. Rinde, Blätter und Samen enthalten das hochgiftige Strychnin. Strychnin bildet farblose, äußerst bitter schmeckende Kristalle, die in Wasser unlöslich, wohl aber in Alkohol, Benzol und Chloroform löslich sind. Schon in geringen Dosen bewirkt es eine Starre der Muskeln. Bereits ca. 0,2 Gramm Brechnusssamenextrakt können zu Zwerchfellkrämpfen, Atemnot, Zittern/Zucken der Muskeln und schweren Krämpfen führen. Die Krämpfe laufen bei vollem Bewusstsein ab und sind äußerst schmerzhaft. Der Tod tritt durch Atemlähmung ein.

Sie wagte sich gar nicht vorzustellen, wie Aaron leiden musste. Die Giftmenge, die er geschluckt hatte – offenbar war das Briefchen voll gewesen –, war beträchtlich, und die Chancen, dass er überlebte, waren gering.

Heinrich Dalbeck hatte versucht, seine Tochter nach Hause zu holen, aber sie hatte sich wütend gegen ihn gewandt. »Du bist schuld!«, hatte sie ihn angeschrien. »Du hast ihn umgebracht, du hast ihn dazu getrieben!« Er wusste, dass die Verzweiflung sie ungerecht machte, aber im Augenblick war mit ihr nicht zu reden, also zog er sich zurück und wartete ab.

Obwohl Wilhelmina ihr einen Schlaftrunk verabreichte, hatte Henny in der Nacht nur unruhig gedöst und war bei jedem kleinsten Geräusch wieder hochgefahren, überzeugt, dass ein Bote mit der Todesnachricht an die Türe gepocht hatte.

Am nächsten Morgen kam jedoch Dr. Krause, dem es als Einzigem erlaubt worden war, den Patienten zu besuchen, mit einer guten Nachricht. »Ihrem Mann geht es etwas besser, Fräulein Henny. Es ist keine Atemlähmung eingetreten, die Krämpfe und die Nervenerregung haben nachgelassen. Er hat unglaubliches Glück gehabt oder die gnädige Vorsehung hat ihn beschützt.« Zwar hatte Aaron eine mit Sicherheit tödliche Menge des Giftes eingenommen, aber naturbelassene Brechnusssamen enthielten nicht immer die gleiche Menge des Toxins, und in diesem Fall musste die ausgewählte Menge durch einen außergewöhnlichen Zufall weitaus weniger giftig gewesen sein als erwaret. Dennoch war er nur mit knapper Not mit dem Leben davongekommen.

Schließlich brachte der Sanitätswagen ihn nach Hause zurück, aber er war nicht mehr der Mann, den Schwester und Ehefrau kannten. Das Strychnin hatte eine fürchterliche Verwüstung in seinen Nerven angerichtet. Sein früher so elastischer Gang war schwer und schleppend geworden. Immer wieder befielen ihn Lähmungen an den Händen, den Füßen oder im Gesicht, oder er begann plötzlich zu zittern und hatte sich kaum noch unter Kontrolle. Einmal lief er in krankhafter Erregung hin und her, atmete rasch und flach und starrte aus fiebrigen Augen in die Welt.

Dann wieder sackte er in einem Winkel in sich zusammen und erstarrte in bleierner Apathie. Er wanderte durchs Haus wie ein Geist, nahm Gegenstände in die Hand und stellte sie wieder hin, ohne zu merken, was er tat, aß, wenn man ihn dazu aufforderte, und vergaß es, wenn niemand ihn an den Tisch holte.

Vom Tag seiner Rückkehr an hatte er das eheliche Schlafzimmer nicht mehr betreten, sondern schlief in seinem Arbeitszimmer. Er sprach wenig mit seiner Frau, und wenn, waren seine Äußerungen ihr Anlass zu Kummer und Furcht. Einmal sagte er: »Warum verlässt du mich nicht? Ich habe dir nichts mehr zu bieten. Das einzige, was ich in die Ehe mit eingebracht habe, war meine Zukunft als Wissenschaftler, und die liegt in Trümmern.«

Sie griff nach seiner Hand, die sich kalt und feucht anfühlte. »Das einzig Wichtige, was du in die Ehe eingebracht hast, warst du. Ich wollte dich. Aaron, ich liebe *dich*, nicht deinen Beruf oder den Titel, den du vielleicht einmal bekommen hättest. Es war der schrecklichste Tag meines Lebens, als ich fürchten musste, dich zu verlieren. Du darfst mich nicht verlassen.«

Er starrte vor sich hin, und ohne es zu merken, befreite er die Hand aus ihrem Griff.

Henny war wie betäubt vor Sorge und Kummer. Als der nächste Schicksalsschlag sich ereignete, schmerzte er sie kaum noch.

Professor Pettenkofer hatte mit Besorgnis von der lebensgefährlichen Erkrankung seines Mitarbeiters gehört. Kurz nachdem Aaron nach Hause zurückgebracht worden war, machte er einen Krankenbesuch in der Villa Marsalla.

Henny begleitete ihn nicht bis ins Arbeitszimmer, sondern blieb lauschend hinter eine Biegung des Flurs stehen. Es kam, wie sie erwartet hatte. Aaron musste seinem Mentor reinen Wein eingeschenkt haben, denn bald wurde die unverkennbare, sonore Stimme des Professors immer lauter und zorniger. Schließlich brüllte er, und dann flog plötzlich die Türe auf, so unerwartet, dass Henny sich gerade noch den Anschein geben konnte, mit einem Blumenarrangement am Kopf der Treppe beschäftigt zu sein. Max Pettenkofer stürmte heraus, hochrot im Gesicht, die Augen aufgerissen vor Wut. Über die Schulter zurück zischte er ins Zimmer: »Das verzeihe ich Ihnen nie – beißt die Hand, die ihn gefüttert hat –, aber von einem Schwein kann man ja nichts anderes als ein Grunzen erwarten – Sie … Sie falscher, treuloser Jud!!«

In seiner Eile wäre er beinahe mit Henny zusammengeprallt. Etwas ernüchtert hielt er inne. Seine schäumende Wut ließ so weit nach, dass er die Stimme dämpfte. Kalt und abgehackt klang sie, als er sagte: »Ich muss leider feststellen, Fräulein Dalbeck, dass Sie in der Wahl Ihres Gatten keine glückliche Hand bewiesen haben. Behelligen Sie mich in Zukunft nicht mehr mit Ihrer Gegenwart, es sei denn, Sie haben diesen Judas zum Teufel geschickt!«

Noch ehe sie den Mund aufmachen konnte, war er die steile Treppe hinuntergepoltert, so übereilt, dass er sich wie durch ein Wunder nicht den Hals brach, und war wie ein Ungewitter zur Türe hinaus verschwunden, bevor der erschrockene Butler ihn hinausgeleiten konnte. Schneller als Hausfrau und Butler reagierte der alte Jakob, der in seinem Zimmer neben dem des Hausherrn den Streit mitgehört hatte. So schnell seine wackligen Beine ihn trugen, humpelte er dem Professor nach. Der war noch nicht zur Türe draußen, als er hörte, was der erboste Alte ihm über das Treppengeländer hinweg aus vollen Lungen nachbellte: »Leck uns doch am Arsch, Herr Professor!«

Henny rannte den Flur entlang zum Zimmer ihres Mannes.

Aaron stand am Fenster und blickte hinaus in den Garten. Als er sie eintreten hörte, drehte er sich um. Er hielt sich kerzengerade, aber seine Haut war aschfahl, seine Augen gerötet, sein Haar hing ihm nass und schlaff in die Stirn. Sein ganzer langer, marionettenhafter Körper war in eine unwillkürliche, zwanghafte Bewegung geraten, wie in einer fremden Choreographie. Er grinste seine Frau mit verzerrten Zügen an. »Was meinst du, Henny, wird uns nun auch noch der Freiherr von Lauderbach besuchen kommen, um mir ins Gesicht zu spucken?«

Sie wusste selbst nicht, wie es kam, dass ihre dumpfe Verzweiflung auf einmal zu heller, heißer Wut aufflammte. »Und wenn?«, fauchte sie ihn an. »Was hat das schon zu bedeuten? Dein Diener ist klüger und tapferer als du! Leckt uns am Arsch, alle miteinander, jawohl!«

»Henny!« Er starrte sie an, als wäre sie von allen guten Geistern verlassen.

Aber sie ließ sich nicht mehr aufhalten. »Professor Pettenkofer mag ein bedeutender Wissenschaftler sein, aber so, wie er sich dir gegenüber benommen hat, kann er kein wertvoller Mensch sein. Klein, schäbig, eingebildet und ungerecht ist er! Wenn er dich nur schätzt, solange du ihm die Stiefel leckst, ist er deiner Bewunderung nicht würdig! Ist deine Karriere es wert, dass du um ein goldenes Kalb herumtanzen musst?«

Aaron war erschrocken zurückgewichen. Ihr Wutanfall hatte ihn schlagartig ernüchtert. »Henny …«, stammelte er. »Warum bist du zornig auf mich?«

»Weil du Gift genommen hast, ein schlimmeres Gift als Strychnin! Du lässt dich gehen, du hast den Kampf aufgegeben, bevor du ihn begonnen hast! Du verfällst deiner Melancholie wie einer Droge! Ich weiß, du hast Zeit gebraucht, um dich zu erholen, aber jetzt ist Schluss. Warum machst du immer noch keine Anstalten, dich wieder an die Arbeit zu begeben?«

»Arbeit? Welche Arbeit? Pettenkofer sorgt schon dafür, dass ich nicht einmal mehr als Leichenwäscher Arbeit bekäme.«

»Und wenn? Was kümmert dich das? Du brauchst ihn nicht. Hast du völlig vergessen, dass du ein reicher Mann bist? Du kannst forschen, was und wie du willst – du hast dein eigenes Labor, deinen eigenen Gehilfen –, du brauchst niemand, der dich unterstützt.«

Er sah sie an, als wäre diese Tatsache noch immer nicht in sein Bewusstsein gedrungen: Ja, war er nicht tatsächlich unabhängig? Zumindest finanziell? »Aber Henny, in den wissenschaftlichen Kreisen bin ich ein toter Mann. Pettenkofers Fraktion würde über mich drübersteigen, wenn ich sterbend auf der Straße läge, und glaub nicht, dass Rudolf von Lauderbach mich als verlorenen Sohn an seinen Busen drücken wird. Er wird die Situation nur ausnützen, um über mich zu triumphieren.«

Henny wagte vorsichtig einzuwenden: »Das kannst du ihm wohl auch nicht verdenken – so grausam, wie du ihn getriezt hast.«

»Ja, gewiss. Gewiss. Ich verlange ja auch nicht, dass er mich liebt. Ich wollte dir nur zeigen, wie sehr ich jetzt in München *Persona non grata* bin.«

»Du hast dich auch bislang nicht sonderlich darum bemüht, als Salonlöwe aufzutreten, also sollte es dir nicht allzu viel ausmachen. Aaron, dein Gehilfe sitzt dort draußen im Labor wie ein Hund, der auf die Heimkehr seines Herrn wartet –«

»Joseph? Joseph ist noch da?«

»Ja, gewiss. Minna hat dafür gesorgt, dass er zu essen bekam, sonst wäre er wahrscheinlich auf der Schwelle verhungert. Das ist schon einer, der dir die Treue hält. Und was ist mit Jakob? Mit Minna? Mit mir? Sind wir niemand?«

Er blickte beschämt an ihr vorbei. »Ich weiß, dass ihr mir treu seid.«

Henny griff energisch nach seinen Händen und zog ihn an sich. »Du darfst dich jetzt nicht von mir absondern. Wir sind ein Paar, und wir treten als Paar auf, zu Hause wie in der Öffentlichkeit. Man wird Verständnis dafür haben, dass du noch zu schwach für längere Unternehmungen bist, aber du musst unter die Leute gehen, und wenn es nur eine Viertelstunde da und dort ist. Genau das werden wir jetzt zweimal täglich tun, morgens und abends.«

Aaron stöhnte. Schon bei dem Gedanken an dieses Spießrutenlaufen wurde ihm übel.

Henny fuhr fort: »Es ist gar nicht anstrengend. Wir fahren einfach im Landauer durch den Englischen Garten, und wenn wir jemandem begegnen, den wir kennen, grüßen wir freundlich und fahren weiter. Wir können auch mal auf die Praterinsel fahren, wenn dir das lieber ist, und dort einen Kaffee trinken. Wichtig ist nur, dass alle Klatschtanten uns als ein glückliches und zärtliches Paar sehen.«

Er wandte sich mit einem bitteren Lächeln ihr zu. »Sind wir das denn?«

»Wir könnten es sein«, erwiderte sie unwillig, »wenn du deinen Wert nicht von Pettenkofers Wohlwollen abhängig machen würdest. Wer ist der Mann denn, dass er so über dich bestimmen kann? Wenn du schon meinst, dass du die Unterstützung eines bedeutenden Wissenschaftlers brauchst, um dich wertvoll zu fühlen, was ist mit Henle, mit Snow und Budd, mit Pacini? Sie alle sind jetzt auf deiner Seite.«

Aarons Lächeln verharrte wie eingemeißelt auf seinem Gesicht. »Nicht zu vergessen Rudolf von Lauderbach. Was meinst du, macht er sich bereits Hoffnungen, bei dir wieder in seine Rechte einzutreten, wenn ich aus dem Spiel bin?«

Sie starrte ihn an. Das Blut stieg ihr in die Wangen. Ihre Augen begannen zu glänzen, nicht von Tränen, sondern vom Zorn. »Gut«, sagte sie hart. »Mach so weiter. Verkriech dich in deiner Verbitterung und deinem Selbstmitleid. Zerstör alles, was dir in die Hände gerät. Was würde eigentlich dein Vater von dir halten, wenn er dich jetzt sähe?«

Die Frage traf ihn wie ein körperlicher Schlag. »Mein Vater«, stammelte er, als ergäben die Worte keinen Sinn für ihn.

Henny verließ hocherhobenen Hauptes den Raum und knallte die Türe hinter sich zu.

5

Heinrich Dalbeck war ein großzügiger und – obwohl er selbst sich niemals so bezeichnet hätte – ein edler Mann. Er hatte nie gezögert, ein Unrecht einzugestehen und sich um Wiedergutmachung zu bemühen. Kaum war Aaron so weit wiederhergestellt, dass er das Haus verlassen konnte, schickte der Senator die Kutsche zur Villa Marsalla und ließ seinen Schwiegersohn zu Besuch bitten. Er möge allein kommen, man habe etwas unter Männern zu besprechen.

Heinrich und sein Bruder Friedrich warteten im Arbeitszimmer darauf, ob der Gekränkte das Friedensangebot annehmen würde. Im Zimmer mit seinen verwitterten Ledertapeten war es dunkel wie im Rattenbau, unberührt von der Sommersonne, die das gesamte restliche Palais durchflutete, und sorgfältig abgeschirmt von aller frischen Luft, die den Geruch von Tabakrauch hätte vertreiben können. Nicht dass Heinrich etwas gegen Licht und Luft gehabt hätte – aber in seinem Allerheiligsten wollte er sie nicht.

Während er in seinem geschnitzten Zigarrenkästchen nach der Zigarre seiner Wahl kramte, bemerkte er zu Friedrich: »Diese ganze medizinische Streiterei hat uns einen schönen Skandal eingebrockt. München surrt wie ein Wespennest von gemeinen Gerüchten. Ich halte mir ja das Geschwätz vom Leibe, aber Gustav hat es mir erzählt. Inzwischen wissen sie alle, dass der Professor nichts mehr mit Aaron zu tun haben will und ihn überall schlechtmacht. Verstehst du das? Und alles wegen dieser verdammten Bazillen. Als wäre es nicht egal, woraus eine Krankheit entsteht! Sollen sie sich doch lieber darum kümmern, wie man sie heilt! Ich mache mir Sorgen, weißt du. Jeden Tag legen Schiffe aus England in Hamburg und Cuxhaven an, die die Cholera an Bord haben könnten, und wenn erst einmal der Norden Deutschlands verseucht ist, kommt die Krankheit auch nach Süden. Warum verwenden diese Quacksalber nicht ihre Zeit dafür, Heilmittel zu entwickeln, statt dass sie versuchen, unsichtbare Tierchen zu fangen?«

»Beides hängt zusammen, so viel ich weiß«, entgegnete Friedrich. »Aber ich verstehe selbst nicht, warum die Ärzte einander so an die Kehle fahren. Da denkt man immer, ein Arzt sei doch ein besserer Mensch – edel und uneigennützig und ohne jeden Gedanken an kleinliche Gehässigkeit –, und dann zanken sie wie die Fischweiber. Ich hätte nie gedacht, dass eine Ikone wie Pettenkofer sich in solche Niederungen begibt. Hat Gustav dir auch erzählt, was er an Lügen verbreitet? Dass Aaron dafür bezahlt worden sei, sich seinen Gegnern anzuschließen?«

Heinrich winkte mit einer müden Bewegung ab. »Wenn du mich fragst, leidet der berühmte Herr Professor unter Verfolgungswahn – überall sieht er Leute, die seine Theorien und damit ihn selber lächerlich machen wollen. Er ist sicher –«

Der Diener pochte diskret. »Dr. Nicolai ist angekommen, gnädiger Herr.«

»Gut. Wir lassen bitten.«

Heinrich hatte von Dr. Krause gehört, sein Schwiegersohn sei vollkommen wiederhergestellt, aber als Aaron eintrat, sah er wahrhaftig nicht wie ein gesunder Mann aus. Nachdem er in den ersten Wochen seiner Ehe eben angefangen hatte, ein wenig Fleisch anzusetzen, war er jetzt magerer als zuvor. Die gelbliche Blässe seiner Haut, das fettige, ungepflegte Haar, die rot geränderten Augen verrieten, wie krank er noch war. Er begrüßte die beiden Herren mit einer knappen, stummen Verbeugung.

Heinrich ging auf ihn zu und ergriff seine Linke mit beiden Händen. Er empfand Widerwillen bei der Berührung. Es war, als fasste er eine Totenhand an, so fleischlos, kalt und feucht war sie. Aber er überwand seinen Ekel und zog den jungen Mann herzlich an sich. »Aaron, wir sind so froh, dass du wieder unter uns bist. Es tut mir leid, dass ich dir zu Unrecht Vorwürfe gemacht habe. Ich hatte … ich fürchtete … Henny warf mir vor, es sei meine Schuld, dass du keinen Ausweg mehr gesehen hast.«

»Gewiss nicht«, antwortete sein Schwiegersohn. Seine Stimme war so kalt und leblos wie seine Hände. »Ich war schon vor deinem Besuch entschlossen, aus dem Leben zu scheiden, sobald die Frauen und mein Diener mich allein gelassen hätten. Allerdings war es nicht eben trostreich, zusätzlich als Giftmischer verdächtigt zu werden.«

Friedrich warf ein: »Es war dieser Brief, Aaron. Du musst zugeben, dass die Formulierung durchaus böswillig aufgefasst werden konnte.«

»Aber sicher. Vor allem, wenn man von vornherein bereit ist, mir jede Schandtat zuzutrauen.«

»Wir wären nie auf den Gedanken gekommen, dass ein Wissenschaftler Vorsichtsmaßnahmen wie ein Verbrecher treffen müsste, nur weil er einer Theorie anhängt, die von anderen abgelehnt wird.«

Aaron lachte hart. »Oh, ein Verbrecher hat bessere Chancen, seinem Todesurteil zu entgehen. Er bekommt immerhin einen Verteidiger.«

Er stand immer noch in der Türe. Sein Blick und seine Stimme waren gleichermaßen feindselig. »Kommen wir zur Sache. Ihr habt mich rufen lassen. Womit kann ich dienen?«

Heinrich wies auf den freien Sessel. »Du kannst ein Bier mit uns trinken, und wir können darüber sprechen, wie wir das Beste aus der Situation machen. Komm!« Er fasste den jungen Mann am Arm und zog ihn mit sich, drückte den Widerstrebenden in den Sessel und klingelte nach dem Diener, den er mit dem Auftrag, drei Maß Bier zu holen, in die Küche schickte.

Die Entfremdung zwischen Schwiegervater und Schwiegersohn war so spürbar wie ein kalter Wind, der durch den Raum blies. Aaron war offensichtlich sehr verletzt und erbittert, aber er hatte sein ganzes Leben lang lernen müssen, gute Miene zum bösen Spiel zu machen, also saß er ruhig da, trank einen vorsichtigen Schluck vom Bier und wartete, was die beiden Älteren sagen würden.

Heinrich ließ erkennen, dass er das Gespräch in einer gemütlichen und entspannten Atmosphäre zu führen wünschte. Er trank gemächlich sein Bier zur Hälfte aus, zündete seine Zigarre an und erklärte schließlich: »Wir haben erst einmal die offizielle Version verbreitet, dass du bei deinen Laborarbeiten einen Unfall erlitten hast – eine schwere Vergiftung durch schädliche Dämpfe. Das erspart dir eine gerichtliche Untersuchung wegen deines Selbstmordversuchs. Du weißt, dass ein solcher Versuch in Bayern strafbar ist. Aber das ist unser geringstes Problem, ich bin eng mit dem Polizeipräsidenten befreundet, der das vom Tisch wischen wird. Und was die Kirche angeht … Du musst dich an den nächsten Sonntagen in der Frauenkirche sehen lassen, damit es kein Gerede gibt.«

»Eine Spende an den Armenfonds, und meine Seele wird in Gnaden aufgenommen?«, fragte Aaron. Ein zynisches Lächeln kräuselte seine Lippen.

Heinrich schnaubte. Allmählich wurde er ungeduldig. »Mir geht es hier darum, das Ansehen des Hauses Dalbeck zu wahren, zu dem du ja jetzt gehörst. Mit deinem Gewissen musst du selber zurechtkommen. Frag dich im Stillen, ob es richtig war, wegen einer momentanen Krise alles wegzuwerfen, was du der Welt noch geben kannst, und deiner Frau, deiner Schwester solchen Kummer zu machen.«

Er sah den trotzigen Blick und polterte ärgerlich los. »Ein Mann muss sich beherrschen können, auch wenn seine Welt zusammenbricht. Dass du das im Grunde nicht kannst, auch wenn du noch so diszipliniert tust, habe ich schon bei deinem Streit mit Rudolf von Lauderbach gemerkt. Du wärst allen Ernstes im Stande gewesen, ihn ins Feuer zu werfen, und hättest dich ruiniert und uns mit einem Skandal beladen. Und jetzt ist es wieder dasselbe. Du hättest Henny als Witwe zurückgelassen, du hättest den Ruf der Familie besudelt, in die du eingeheiratet hast, und den deiner eigenen – wir hätten dich wie einen Hund verscharren müssen, weil die Kirche einem Selbstmörder kein christliches Begräbnis gewährt, und deiner Familie wäre der Makel angehängt, dass einer der Ihren durch eigene Hand umgekommen ist.«

Er hatte sich in Rage geredet, aber beim Blick in Aarons verhärmtes Gesicht verstand er, dass dieser sich bereits selber die bittersten Vorwürfe gemacht hatte, und ließ von ihm ab.

»Wie gesagt, das ist deine Privatsache. Aber was in der Öffentlichkeit zu geschehen hat, das bestimme ich. Es hat keinen Sinn, über verschüttete Milch zu jammern. Wir werden eben die Scherben aufsammeln und die Sache so gut wie möglich in Ordnung bringen. Übermorgen sind wir beim Stadtpfarrer eingeladen. Souper mit allem Drum und Dran und einigen sehr bedeutenden Gästen. Du kommst mit, und zwar allein, damit es nicht heißt, du würdest nur als Anhängsel von Henny akzeptiert.«

»Wie du wünschst«, erwiderte Aaron frostig. »Es wäre ja wohl peinlich, das Publikum daran zu erinnern, dass ich nur das Anhängsel von Henny *bin*.«

Friedrich wechselte eilig das Thema, ehe der junge Mann sich weiter in seine Verbitterung hineinsteigern konnte. »Du hast dich mit Pettenkofer überworfen, höre ich.«

»Nein, so kann man das nicht sagen. Das Zerwürfnis ging nicht von mir aus. Eine wissenschaftliche Differenz ist in meinen Augen kein Grund zu persönlicher Feindschaft. Aber der Professor sieht das nicht so.« Sein Atem wurde rau und unregelmäßig, als er hinzufügte: »Er kennt nur eine Antwort auf abweichende Ansichten: die völlige Vernichtung seiner Gegner.«

Heinrich, der gerne Harmonie an allen Fronten gesehen hätte, warf ein: »Ich könnte mit ihm reden … meinen Einfluss geltend machen, dass er nicht so wütend auf dich losgeht.«

Aaron hob stolz den Kopf. Trotz seiner körperlichen Schwäche wirkte er plötzlich kühn und entschlossen. »Nein, Schwiegervater. Es ist nicht notwendig, dass du für mich um Gnade bittest, weder bei ihm noch bei jemand anderem. Er hat mich in einer Weise beleidigt, die es mir unmöglich macht, weiter mit ihm in Kontakt zu bleiben. Ich bin nicht empfindlich. Ich habe Demütigungen mein Leben lang hingenommen, aber ich ziehe doch gewisse Grenzen, und die hat Professor Pettenkofer überschritten.«

Friedrich begann – und hatte schon nach den ersten Worten das Gefühl, etwas sehr Unkluges zu sagen: »Aaron, wir beide sind keine Ärzte, also nimm uns die Frage nicht übel. Wir haben uns gefragt, ob diese Differenzen in euren Ansichten über den Ursprung der Seuchen wirklich so … so bedeutsam sind, dass deine Karriere deswegen ruiniert wird. Ihr stellt euch an, als ginge es um Volk und Vaterland, um Leben und Tod, und dabei geht es um staubkorngroße Bazillen!«

»Diese staubkorngroßen Bazillen«, antwortete Aaron kalt, »haben mehr Einfluss auf Volk und Vaterland, Leben und Tod, als ihr euch vorstellen könnt.«

»Gut, ja, aber warum kannst du das Ganze nicht etwas diplomatischer angehen? Musst du denn den absoluten Konfrontationskurs steuern?«

»Du meinst«, fragte der junge Arzt, »ich sollte Abstriche von der Wahrheit machen, um nicht angefeindet zu werden?« Er zitterte vor unterdrückter Wut.

»Lass ihn«, mischte Heinrich sich ein. »Wenn er unbedingt den Heldentod auf dem Schlachtfeld der Wissenschaft sterben will, dann lass ihn doch. Erinnere dich an unsere Debatten mit Rudolf von Lauderbach! Der ist genauso verbohrt. Die Wahrheit, die Wahrheit, die wissenschaftliche Wahrheit! Dafür lässt so ein Wirrkopf sich auf dem Scheiterhaufen verbrennen, wenn es sein muss. Aber, Aaron«, wandte er sich an seinen Schwiegersohn, »du bist kein Junggeselle mehr, der nur für sich selber sorgen muss. Du bist Teil einer Familie. Wir müssen eine gemeinsame Lösung finden.«

Aaron wandte sich mit wütendem Blick zu ihm um. »Soll ich vielleicht München verlassen? Henny von der Belastung erlösen, die meine Existenz für sie bedeutet? Ich könnte ja eine mehrjährige Forschungsreise in die Antarktis antreten.«

Heinrich, der sich mehr und mehr über seinen Schwiegersohn ärgerte – begriff der Dummkopf denn nicht, dass man ihm nur helfen wollte? –, trat vor ihn hin, verschränkte die Arme vor der Brust und betrachtete ihn mit einem strengen, aber wohlwollenden Blick. »Jetzt hör mal gut zu. Ich sagte, du bist Teil meiner Familie. Das heißt, dass wir für dich einstehen, wenn du angegriffen wirst, egal, in welche Art von Kalamitäten du geraten bist. Wir wollen uns nicht in wissenschaftliche Haarspaltereien einmischen –«

»Das sind doch keine Haarspaltereien!«, schrie Aaron. »Es geht hier um den Unterschied zwischen Irrtum und Wahrheit!«

Er vergaß völlig, was die Ärzte ihm gesagt hatten: dass jede Form von Aufregung zu einem neuerlichen Aufflackern der Vergiftungssymptome führen konnte. Schon begann er um Luft zu ringen, und eine Welle schmerzhafter Krämpfe ging über seinen Körper hin, so dass er sich mit beiden Händen in die Armlehnen des Sessels krallte, verzweifelt bemüht, sich wieder unter Kontrolle zu bringen. Schließlich gelang es ihm, aber der Anfall hatte ihn so ermattet, dass er gegen die Lehne sank. Seine Hand zitterte heftig, als er nach dem Bierglas griff, das Heinrich – der bayrisches Bier für ein gutes Trost- und Heilmittel in allen Lebenslagen hielt – ihm zuschob. Aaron musste mit allen zehn Fingern zufassen, um nichts zu verschütten.

»Ich verstehe nichts von wissenschaftlichen Fragen«, fuhr der Senator fort. »Aber ich verstehe es, mich zu wehren, wenn mein Schwiegersohn zur Zielscheibe bösartiger Angriffe wird. Da eine Versöhnung offenbar nicht möglich ist, werden wir eben trotzen. Niemand soll sagen, die Dalbecks würden sich vor dem öffentlichen Gerede verstecken.«

Aaron lächelte zittrig. »Man soll es auch von den Marsallas nicht sagen.«

»Gut. Ich sehe, du nimmst allmählich Vernunft an. Hör zu, mein Junge.« Er setzte sich ihm gegenüber und beugte sich so weit vor, dass er die Hand auf sein Knie legen konnte. »Wenn du jetzt klein beigibst und dich verkriechst, bist du verloren. Sie werden auf dir herumtrampeln, bis du dich nicht mehr rührst. Du musst anfangen, Widerstand zu leisten. Pettenkofer ist nicht der Herrgott. Es gibt genug Leute in München, die sich keinen Pfifferling um ihn scheren. Auf jeden Fall aber musst du dich in der Öffentlichkeit zeigen. Ausgehen, etwas unternehmen.«

»In meinem Zustand?« Aaron blickte an sich herunter und seufzte bei dem Anblick.

»In einem Landauer sitzen kannst du, auch wenn du dich schwach fühlst. Du musst nichts anderes tun, als dich sehen zu lassen – mit deiner Familie. Wir werden Einigkeit demonstrieren. Jetzt ist erst mal nur wichtig, den Leuten zu zeigen, dass du ein gutes Gewissen hast.«

Er sprach eifrig weiter. Aaron blickte skeptisch. Zu lange war Professor Max Pettenkofer das Zentralgestirn gewesen, um das sein Universum sich drehte, als dass er sich über Nacht vorstellen konnte, ihn als einen unter vielen Planeten zu sehen. Für ihn bedeutete Pettenkofers Zorn den Zorn des Himmels. Aber Heinrich Dalbeck, der in einer völlig anderen Welt lebte und angesichts des berühmten Gelehrten weder Furcht noch Respekt empfand, vermochte es ganz allmählich, ihn auf seine Seite zu ziehen. Wie Henriette zuvor sagte auch Heinrich Dalbeck: »Du hast Geld genug, um bis an dein Lebensende zu forschen, so viel du willst. Du bist nicht abhängig von diesem Mann. Bei Rudolf von Lauderbach ist es genau das Gleiche. Er hat eigenes Geld, und er verkehrt in Kreisen, in denen Pettenkofer keinen Einfluss hat, nur deswegen kann er es sich erlauben, seinen Zorn zu erregen. Das kannst du auch.«

Aaron räusperte sich. Dann sprach er leise mit zitternder Stimme: »Ich bin so enttäuscht von ihm. Er war wie ein Vater … wie ein Prophet … wie ein Gott für mich. Dass er so niederträchtig … so würdelos …«

Friedrich war aufgestanden, um nach weiteren Erfrischungen zu klingeln. Jetzt legte er im Vorbeigehen dem jungen Mann die Hand auf die Schulter. »Kluge Menschen sind nicht immer auch edle Menschen, das solltest du wissen. Vielleicht ist auch er schwach hinter all seinem überheblichen Gehabe vor Angst, bloßgestellt zu werden. Ich weiß es nicht. Aber jedenfalls kann ich dir sagen: Einen Menschen zum Gott zu machen, das ist eine Sünde, und vielleicht erlebst du jetzt gerade die Strafe dafür.« Als Aaron den Kopf hob und ihn anblickte, fügte er hinzu: »Altes Testament.«

6

Aaron wäre nach diesem Gespräch gern zu Fuß nach Hause gegangen, um in Ruhe nachdenken zu können, aber er fürchtete die sengende Hitze, und so nahm er die Kutsche. Schließlich, dachte er, konnte er sich ja auch in der Villa Marsalla zurückziehen, um seine Gedanken in Ordnung zu bringen.

Er hatte sich nichts anmerken lassen, aber er war doch überrascht gewesen, als Heinrich und sein Bruder ihm ihre Unterstützung angeboten, ja ihn praktisch gezwungen hatten, ihre Hilfe anzunehmen. Eigentlich hatte er erwartet, sie würden ihm den Vorschlag machen, sich diskret zu entfernen, vielleicht eine längere Auslandsreise anzutreten, von der er nicht mehr zurückkehrte, damit man irgendwann unauffällig die Annullierung der Ehe einleiten konnte. Den Missgriff hätte man Hennys Jugend zugeschrieben, sie wäre mit einem unbedeutenden Skandal davongekommen und hätte nach angemessener Zeit Rudolf von Lauderbach heiraten können.

Dass die Dalbecks ihn tatsächlich als einen der Ihren betrachteten und entschlossen waren, ihn zu verteidigen, berührte ihn seltsam. Er war es so lange gewohnt gewesen, ohne andere Freunde als seine Schwester und den treuen Jakob auszukommen. Jetzt plötzlich hatte sich ein Wolfsrudel dicht um den verwundeten Gefährten versammelt und fletschte nun gemeinsam die Zähne gegen die Hyänen, die das Rudel umschlichen. Aaron verstand nicht das Geringste von Geschäften oder von Politik, aber er wusste, dass Heinrich in beiden Sparten ein mächtiger Mann war, einer, der es mit Max Pettenkofer aufnehmen konnte. Wenn er sich vor seinen Schwiegersohn stellte, würde der Zorn des Professors an einer Mauer abprallen.

Er schreckte zusammen, als die Kutsche anhielt und der Kutscher vom Bock sprang, um ihm die Türe zu öffnen.

»Soll ich Ihnen die Treppe hinaufhelfen, gnädiger Herr?«

»Danke, Toni. Ich schaffe es schon.« Er lächelte matt. »Sehe ich denn aus, als würde ich nicht einmal mehr die Treppe hochkommen?«

Der Kutscher, ein derber, blondhaariger Bursche, musterte ihn ernsthaft von oben bis unten, dann antwortete er: »Mit Verlaub gesagt, der gnädige Herr sieht aus, als wäre er grad gestorben.«

Aaron klopfte ihm auf die Schulter. »Ehrlich bist du, Toni, das muss man dir lassen.« Ermüdet von der Ausfahrt, trat er in die kühle dunkle Halle und erklomm die Treppe, die ihm wie der Aufstieg zum Montblanc erschien. Um Luft ringend blieb er oben stehen und fühlte, wie das schmerzhafte Zucken in seinen Gliedern begann, das jeder Anstrengung folgte. Eben wollte er die Türe zu seinem Arbeitszimmer öffnen, als Henny hinter ihm die Treppe heraufhuschte.

»Aaron«, rief sie. »Ich muss mit dir sprechen.«

Was war denn jetzt wieder? Hoffentlich nichts, was er entscheiden oder worum er sich kümmern musste. Jede Kleinigkeit erschien ihm als eine unerträgliche Last.

Sie trat an ihn heran, legte die Arme um seine Mitte und drückte den Kopf an seine Brust. Als er nicht reagierte, ließ sie ihn los.

Aaron versuchte sie von sich wegzuschieben. »Ich bin sehr müde und möchte mich hinlegen.« Er legte die Hand auf die Klinke, aber Henny hielt ihn mit einer ebenso zärtlichen wie unerbittlichen Berührung zurück. Ihre Finger schlossen sich warm und kräftig um sein Handgelenk.

»Das ist das falsche Zimmer, Aaron. Wenn du dich hinlegen willst, tu es in unserem Schlafzimmer.«

»Hier fühle ich mich wohler.«

»Wenn du getrennt von mir schläfst, denken die Diener, du wärst nicht mehr mein Mann. Das will ich nicht. Gerade jetzt müssen wir ganz München zeigen, dass wir fest zusammenstehen. Du kommst jetzt mit ins Schlafzimmer.«

Er fühlte sich zu matt, um sich zu widersetzen. Außerdem hatte sie recht. Solange er ernsthaft krank gewesen war, hatten alle Verständnis dafür gehabt, dass er allein schlafen wollte, aber wenn er es zu lange hinauszog, würden sie denken, dass Henny nichts mehr von ihm wissen wollte.

Lustlos folgte er ihr in den Raum, dessen schwere Vorhänge das Sonnenlicht abhielten. Das Himmelbett mit seinen magentaroten Brokatvorhängen erhob sich darin wie ein Katafalk. Die Luft hier war schwer, und der Geruch der Rosen in der Glasschale auf der Kommode erschien ihm zu aufdringlich, aber er war froh über das Zwielicht. »Rufst du Jakob?«, bat er.

»Nein.« Sie schloss energisch die Türe hinter ihnen und drehte den Schlüssel um. »Wenn du Hilfe beim Auskleiden brauchst, werde ich dir helfen. – Aaron, du hast mir gegenüber Pflichten, und du vernachlässigst sie.«

Er glaubte zu verstehen. Sein Blick glitt über das breite Ehebett unter der rosengemusterten Samtdecke. »Mein Gott, Henny … Du erwartest doch wohl nicht, dass ich DAS jetzt zu Stande bringe?«

»Sei nicht albern! Natürlich nicht. Ich rede von meinem Unterricht.«

Er zog sich langsam, mit hölzernen Bewegungen aus und warf seine Kleider auf einen Stuhl, ohne sich darum zu kümmern, dass die Hälfte zu Boden fiel. Übellaunig fuhr er sie an: »Was soll ich dir denn beibringen? Alles, was ich dich gelehrt habe, war falsch.«

»Früher hast du es für richtig gehalten, und damals warst du nicht dümmer als heute. Sag mir, warum du es jetzt für falsch hältst.«

Aaron seufzte, verzweifelt über ihre Halsstarrigkeit. »Können wir darüber reden, wenn ich mich ein wenig ausgeruht habe?«

»Gewiss.« Sie schlug die Tagesdecke zurück, faltete sie und legte sie beiseite. Aaron schlüpfte in sein Nachthemd und streckte sich auf dem Bett aus, auf dem wegen der Sommerhitze an Stelle des Federbetts jetzt nur ein Laken zum Zudecken lag. Henny warf einen Blick auf ihn und erschrak über seinen abgemagerten Körper, der sich unter dem dünnen Tuch abzeichnete. Was für ein teuflisches Gift musste das sein, das einen gesunden jungen Menschen in so kurzer Zeit zu einem Wrack machte!

Sie schritt zur Kommode hinüber. »Du siehst durstig aus, möchtest du etwas trinken?«

Als er bejahte, klingelte sie nicht nach dem Dienstmädchen, sondern ging selbst an den Schrank, füllte ein schön geschliffenes Kristallglas mit Rotwein und reichte es ihm.

Aaron runzelte die Stirn. »Wo kommt der Rotwein her? Hast du – Henny, das ist der gleiche Wein, den dein Vater uns zu unserer Hochzeitsnacht geschenkt hat!«

»Er hat uns noch eine Flasche davon geschickt. Er meinte,

nachdem du kein Biertrinker bist, würde dir ein edler Wein am meisten wohltun.«

Sie reichte ihm das Glas, füllte eines für sich selbst und trank ihm lächelnd zu. »Auf unsere Zukunft, Aaron.«

»Oh. Wir haben eine Zukunft? Das war mir entfallen.«

Diesmal ließ sie sich von seiner zynischen Art nicht verärgern. Ihr Lächeln vertiefte sich noch, als sie die Schürze abband und sich auf die Bettkante setzte, um die Knöpfstiefel auszuziehen.

Alarmiert von diesen Vorbereitungen, fragte er: »Henny, was soll das? Es ist noch viel zu früh zum Schlafengehen.«

»Ach – es ist so heiß. Ich habe keine Lust mehr, herumzulaufen. Ich habe Frau Dörries gesagt, dass wir nicht zu Abend essen, sie soll uns nur einen kalten Imbiss vorbereiten. Ich dachte, ich könnte dir Gesellschaft leisten.«

»Schlafen lässt du mich wohl nicht?«

»Du bist immer müde, wenn du dich verkriechen willst. Aaron, das geht nicht. Jakob ist ganz meiner Meinung.«

»Oh! Meine Frau und mein Diener bestimmen darüber, wann ich müde sein darf?« Es klang so missmutig wie alles, was er in letzter Zeit gesagt hatte, aber sein Blick wurde lebhafter, und er setzte sich auf, denn mittlerweile war Henny ihr Kleid losgeworden und kämpfte sich durch die vielschichtige Unterwäsche. »Lieber Himmel«, sagte er, als sie die langen, schwarzen Zwirnstrümpfe loshakte, »wie hältst du das aus, an einem glühend heißen Tag so eingemummt herumzulaufen?«

»Ich bin ja gerade dabei, mich auszuziehen. Hilf mir die Haken am Rücken aufzumachen.«

Er gehorchte, warnte sie aber: »Henny, wenn du irgendetwas von mir erwartest, sage ich dir jetzt schon, du wirst enttäuscht werden. Keine Aufregungen, hat Dr. Krause gesagt.« Seine Stimme klang streng, und doch: Zum ersten Mal lächelte er wieder.

Beide hatten eine Weile zu tun, bis Henny sich so weit von ihren Hüllen befreit hatte, dass sie im rüschenbesetzten Hemdhöschen dastand. Das zog sie nicht aus, sondern glitt ins Bett.

»Siehst du?«, sagte sie, während sie ihre langen, nackten Beine genüsslich in die Luft streckte und mit den Zehen wackelte. »Ich bin noch angezogen, du kannst ganz beruhigt sein. Ich will ja gar nichts von dir. Ich werde dir eine keusche Krankenpflegerin sein. Fräulein Annette meinte, es würde dir guttun, wenn ich dir den Rücken einreibe – sie hat mir einen Tiegel mit einer Salbe gegeben, die sehr beruhigend wirkt. Sie ist nach einem geheimen Rezept aus Baldrian und Rosen gemacht.«

Aaron drehte sich bereitwillig auf den Bauch, schon damit sie nicht sehen konnte, wie weit die ärztlicherseits verbotene Aufregung ihn bereits ergriffen hatte. Er ließ sich das Nachthemd bis zu den Hüften abstreifen und duldete gehorsam, dass sie ihn mit Fräulein Annettes Wundermittel einrieb. Während er sich entspannte, kam ihm der Gedanke, dass er niemanden namens Fräulein Annette kannte. Anscheinend hatte Henny Freundinnen, die ihm bislang nicht vorgestellt worden waren. Das passte ihm nicht, obwohl er – wenn es um seine eigene Freiheit ging – stets zu sagen pflegte: *Die Frauen leben in der einen Welt, die Männer in der anderen.*

»Von wem, sagtest du, hast du die Salbe?«, fragte er.

»Von einer jungen Frau, die mit deiner Schwester befreundet ist und jetzt auch mit mir. Sie kann wunderbare Salben und Seifen und Essenzen zubereiten und wird uns zeigen, wie man es macht. Dann kann ich diese Salbe jederzeit selber anrühren.«

Eigentlich wollte er sagen: *Lass mich vorher wissen, was du hineintust!* Aber jetzt war nicht der richtige Zeitpunkt, einen Streit mit ihr anzufangen.

Ihre zarten, schlanken Hände glitten warm und zärtlich über seine Haut, lockerten mit geschickten und erstaunlich kräftigen Griffen die verspannten Muskeln. In einer Mischung aus Erschöpfung und Wohlbehagen verfiel er in ein träges Dösen. Henny zog ihm das Nachthemd aus. Sie arbeitete sich seinen Rücken entlang hinunter zum Gesäß, zu den Oberschenkeln, deren Knochen nur noch von wenig schlaffem Fleisch bedeckt waren, zu den abgemagerten Waden. Gleichmäßig und kunstvoll knetete sie die verkrampften Muskelstränge, beruhigte den vom Gift verstörten Körper mit den Strichen eines Magnetiseurs. Halb im Schlaf versunken, fragte er sich, ob er sich das nur einbildete oder ob sie ihn wirklich magnetisierte. Wenn ja, wo hatte sie die Kunst, die er noch nie von einer Frau ausgeübt gesehen hatte, erlernt? Aber solche Fragen würde er später stellen. Jetzt war alles in ihm lustvolle Trägheit. Er wollte einfach nur daliegen, versinken in dem komfortablen Bett, dem Rosenduft, der Wärme, die seinen befriedigten Körper durchströmte.

Es tat gut, so gut.

Sie schlüpfte neben ihm ins Bett, breitete das Laken über sie beide. Ihre Arme schlangen sich von hinten um seinen Oberkörper, ihr offenes Haar fiel über seine Schultern. Eine ganze Weile lagen sie so eng aneinandergeschmiegt in der warmen Dämmerung, dann flüsterte Henriette: »Aaron, du wolltest mir erklären, warum du deine Meinung geändert hast.«

Sein Ton verriet, dass er nicht wusste, ob er sich ärgern oder lachen sollte. »Das willst du *jetzt* erklärt haben? An Ort und Stelle? Soll ich dir einen medizinischen Vortrag halten, während wir beide nackt im Ehebett liegen?«

»Ich bin nicht nackt. Und wir können uns gerne auch anziehen und ins Schulzimmer gehen, damit du mir deinen Vortrag halten kannst, aber warum sollen wir uns die Mühe machen?«

Unwillig warf er den Kopf herum. »Henny, lass mich in Frieden! Hätte ich vor der Hochzeit gewusst, was für ein Blutegel du bist …«

»Oh, du hast es gewusst. Rede dich jetzt nicht heraus. Sag mir: Worin unterscheidet sich deine heutige Auffassung von deiner früheren?«

Aaron merkte, dass ihm nichts anderes übrig blieb, als die Waffen zu strecken. Er stand auf, holte Flasche und Gläser zum Bett und schenkte sich und Henny ein, dann lehnte er sich in die aufgeschüttelten Kissen zurück und begann. »Siehst du, was Professor Pettenkofer lehrt, ist zum Teil durchaus richtig. Der Krankheitsstoff kann in der Luft schweben und durch die Atemwege in den Körper gelangen. Und auch die Kontagionisten haben recht, dass er sich durch Berührung von Mensch zu Mensch überträgt. Aber nur die Bakteriologen haben herausgefunden, dass es sich nicht um einen üblen Dunst oder einen klebrigen Schmutz handelt, sondern um diese winzigen Tiere, die Anton van Leeuwenhoek als Erster im Mikroskop sah und die er ›garstige Biester‹ nannte. Sie sind die Ursache der Krankheit. Sie können sich in verschiedenen Elementen aufhalten, manche können in der Luft schweben, manche können nur im Feuchten leben – beispielsweise die Tierchen, die die Cholera hervorrufen.«

Henny nippte an ihrem Glas. Die Stirne nachdenklich gerunzelt, fragte sie: »Aber wie machen es die Biester, dass sie eine Krankheit erzeugen? Sind sie giftig?«

»Ja, genau das sind sie. Jedenfalls ist das meine Meinung. Für mich ist die nächstliegende Erklärung die, dass sie durch die Körperöffnungen ins Innere dringen und dort im Blut, in den Organen, im Darm ihr Toxin absondern, so dass der ganze Körper gewissermaßen von innen heraus vergiftet wird.« Sein Ton wurde zusehends lebhafter. »Stell dir vor, jemand könnte herausfinden, was das für Gifte sind, und daraus ein Gegengift entwickeln. Dann hätten die Biester ausgespielt.«

»Und wenn es gar kein Gegengift gibt?«

»Doch, es muss eines geben. Woher sonst sollte es kommen, dass Menschen, die gewisse Krankheiten einmal überstanden haben, später nicht mehr daran erkranken? Als ich in Paris mit der Cholera krank lag, sagte mir die Nonne, die mich pflegte: ›Nun, mein Kind, wenigstens vor der Cholera bist du den Rest deines Lebens sicher.‹ Und sie erzählte mir, dass sie schon viele Menschen in vielen Krankheiten gepflegt und daraus erfahren habe, dass man manche Leiden nur einmal im Leben bekommt. Sie erzählte mir, dass die Sklavenhändler in Amerika am liebsten Neger mit Pockennarben kaufen, weil sie wissen, dass diese nicht noch einmal erkranken werden, und mit der Cholera sei es genauso. Weißt du, was das bedeutet?«

Es war nur eine rhetorische Frage, aber Henny antwortete prompt: »Es heißt, dass dein Körper ein Gegengift hervorgebracht hat. Und du könntest einen Weg finden, dieses Gegengift zu identifizieren, es künstlich herzustellen und anderen Menschen einzugeben, so dass niemand mehr krank wird.«

»Das ist mein Traum. Und ich bin dir sehr dankbar, dass du mir mit deinem Geld die Möglichkeit gegeben hast, das zu erforschen.« Müde vom Wein, der Schwüle und dem vielen Reden, schloss er die Augen und ließ sich in die Kissen zurücksinken.

7

Aaron hatte nicht lange die Kraft, sich widerspenstig zu zeigen. Am nächsten Morgen zog er sich stadtfein an, setzte sich neben Henny in den offenen Landauer und hoffte inbrünstig, dass sie möglichst wenigen Bekannten begegnen würden. Henny kannte keine solchen Ängste. In ihrem besten Gesellschaftskleid und einem mit Rosen und Straußenfedern verzierten Hut, der allein schon eine Herausforderung darstellte, saß sie neben ihrem Mann und plauderte angeregt mit ihm, wobei sie freilich die meiste Zeit einen Monolog hielt. Aaron hockte lustlos auf seinem Platz, klagte über die stechende Sonne, obwohl das halb hochgezogene Dach des Wagens genug Schatten spendete, und fragte ständig, wie lange die Ausfahrt noch dauern sollte.

Schließlich verlor Henny die Geduld und fragte ihn unumwunden: »Hast du Angst vor den Leuten?«

»Nein, natürlich nicht. Sie verdrießen mich nur.«

»Das merkt man dir an, so sauertöpfisch, wie du dreinsiehst. Aber wenn sie dich so sehen, wissen sie, dass du ein geschlagener Mann bist. Reiß dich zusammen!«

Aaron sah ein, dass sie recht hatte, aber ihm fehlte der Mut, einer ganzen Stadt zu trotzen. Er war überzeugt, dass jedermann in München ihn verabscheute und verachtete. Er wollte aber auch seine Frau nicht enttäuschen, also nahm er sich zusammen, wie sie es verlangt hatte, ergriff ihre Hand und lächelte sie zärtlich an, sooft ihnen eine andere Kalesche begegnete.

Henny machte einen zufriedenen Eindruck. Sie winkte den Leuten in den Kutschen unbefangen zu, und kaum waren sie vorbeigefahren, flüsterte sie Aaron ins Ohr: »Wir haben Glück! Die schlimmsten Klatschmäuler machen heute ihre Ausfahrt, und sie werden alle brühwarm weitererzählen, wie glücklich und zufrieden wir sind. Komm, wir wollen auf die Praterinsel fahren und uns dort ein zweites Frühstück bestellen.«

»Wie du willst«, stimmte Aaron halbherzig zu.

Allmählich aber begann er Gefallen an der Ausfahrt zu finden, auch wenn er noch ein Weilchen weitermurrte, um Henny keinen allzu leichten Sieg zu gönnen. München bot in diesen Tagen auch tatsächlich einen hochinteressanten Anblick. Am 15. Juli sollte die Erste Allgemeine Deutsche Industrieausstellung eröffnet werden, und je näher sie dem Ausstellungsgelände kamen, desto zahlreicher wurden die Fuhrwerke, die die Exponate anlieferten. Bespannt mit muskulösen Brauereipferden, oft vierspännig, ja sechsspännig, transportierten sie geheimnisvolle, riesenhafte Objekte, die sorgfältig in Stroh und Sackleinen verpackt waren. Auf den Verpackungen standen in schwarzen Lettern die Namen von Klavierfirmen, Webereien, Eisengussfabriken, Schiffswerften und anderen Industrieunternehmen. Werber verteilten Flugblätter, auf denen die zu erwartenden Wunder angekündigt wurden:

> »Nach Übergabe des Ausstellungsgebäudes durch die bauausführende Firma Cramer-Klett am 8. Juni 1854 an das Königliche Ärar musste die Ausstellung innerhalb von nur fünf Wochen aufgebaut werden. 6588 Aussteller – also beinahe ebenso viele wie an der New Yorker Ausstellung von 1853/54 – werden vertreten sein, davon aus Bayern 2331, aus Österreich 1477. Zehntausende Besucher aus allen Gegenden der Welt werden kommen, sogar gekrönte Häupter sind angekündigt.«

Henny war außer sich vor Entzücken. »Aaron, ist das nicht wundervoll? Wir gehen gleich am ersten Tag hin, ja?«

»Am ersten Tag werden wir totgetrampelt«, murrte ihr Gatte. Immerhin stimmte er einem Besuch am zweiten oder dritten Tag nach der Eröffnung zu.

Plötzlich versperrte eine dichte Menschenmenge die Straße, so dass der Landauer Schritt fahren musste. »Aaah!« und »Ooh!« tönte es aus der Menge, alles drängte nach vorne, und ein paar Schaulustige kletterten auf Laternenmasten und Mauersimse, um zu sehen, was sich dort irgendwo hinter der Menschenmenge abspielte. Zwei Dutzend Schutzmänner drängten die Gaffer zurück, wobei sie rücksichtslos von ihren Schlagstöcken Gebrauch machten. Schließlich öffnete sich eine Gasse für die Kutschen, die bereits in langer Schlange warteten.

Als Henny die Ursache der allgemeinen Aufregung entdeckte, stieß sie Aaron aufgeregt an. »Sieh nur!«, rief sie atemlos. Aaron stand halb von seinem Sitz auf. Gezogen von einem Sechsergespann elefantengroßer Kaltblüter, geschoben von einem Dutzend schwitzender und schnaufender Arbeiter, holperte eine hölzerne Plattform auf Rädern über das Kopfsteinpflaster, und auf dieser Plattform stand, nagelneu und im Sonnenschein funkelnd, eine Lokomotive!

Henny schlug begeistert die Hände zusammen. »Oh, Aaron, ist das nicht wunderbar, alle diese Erfindungen, jeden Tag etwas Neues? Wie kann man da von uns Frauen erwarten, dass wir zu Hause sitzen und uns mit dem Sticken begnügen? Die Welt dreht sich immer schneller, und wir allein sollen stillstehen? Nein, deine Schwester hat recht: Wir werden darum kämpfen, unseren Teil zu allen diesen aufregenden Dingen beizutragen. Wir werden lernen –«

Er unterbrach sie, indem er die Hand auf ihren Arm legte. »Wo hast du Magnetisieren gelernt?«

Sie schien keineswegs verwundert über die Frage. »Von Fräulein Stephanie. Sie ist blind und war nicht zufrieden damit, nur versorgt zu werden, und als sie einen Schüler Franz Anton Mesmers kennen lernte, drängte sie ihn, ihr die Kunst beizubringen. Und jetzt hat sie uns unterrichtet – Minna und mich und die anderen Damen.«

»Welche anderen Damen? Sag mal, was geht eigentlich alles vor in meinem Haus, wovon ich gar nichts weiß?«

»Was ging und geht denn in deinem Labor vor, wovon ich nichts weiß?«

»Lass mich in Frieden damit!«

»Das tue ich ja!«, verkündete Henny mit unschuldigem Augenaufschlag. »Daher hielt ich es für das Beste, mir eine Beschäftigung zu suchen, während du arbeitest, damit du kein schlechtes Gewissen zu haben brauchst. So trafen wir uns eben, ein paar bürgerliche und adelige Damen, und haben gemeinsam nach interessanten Unterhaltungen gesucht. Die eine wusste dies, die andere das – wir haben viel gelesen ...«

»In *meinen* Büchern?«

Sie zuckte die Achseln. »Wir haben sie alle wieder ordentlich zurückgestellt und keine Fettflecken oder Eselsohren hineingemacht.«

Wäre er nicht so schwach gewesen, hätte er ihr die Leviten gelesen, so rief er nur empört: »Seid ihr des Wahnsinns? Frauen, die in einer medizinischen Bibliothek lesen? Schämt ihr euch nicht –«

Henny schob ihren Arm unter seinen und drückte ihn zärtlich. »Es hat dir aber doch sehr gutgetan, magnetisiert zu werden, nicht wahr?«

Er zuckte mürrisch die Achseln. »Wenn uns einmal das Geld ausgehen sollte, können wir immer noch eine Schaubude aufmachen; da führe ich dich dann als ›Henriette, die Frau mit den magnetischen Händen‹ vor. Was für abwegiges Zeug hat man dir denn sonst noch beigebracht?«

»Zauberformeln, mit denen man unfreundliche Ehemänner in Kröten verwandelt.« Sie lehnte den Kopf an seine Schulter, schlang den Arm um seine Mitte und drängte sich an ihn. »Also: Du willst nicht wieder massiert werden, wenn wir nach Hause kommen?«

Er sah an ihr vorbei, den Blick in die grünen Baumkronen gerichtet. »Doch«, murmelte er.

8

Wie weit Professor Pettenkofers Einfluss tatsächlich reichte, musste Henny in den nächsten Wochen feststellen. Die Besuche der Kollegen, mit denen ihr Gatte so oft seine Abende verbracht hatte, hatten schlagartig aufgehört. Sie sahen in ihm nicht nur einen Abtrünnigen, sie hatten auch Angst, selbst vom Zorn des Professors getroffen zu werden. Als Dr. Nicolai versuchte, seine üblichen Einkäufe bei dem Drogisten zu tätigen, der ihn seit Jahren belieferte, wand sich der Mann wie ein Wurm. Was der Herr Doktor verlange, sei alles gerade nicht vorrätig, und er wisse auch nicht, wann eine neue Lieferung eintreffen werde. Es sei wohl besser, der Herr Doktor versuche es an anderer Stelle …

Und diejenigen, die seine wissenschaftliche Bekehrung mit Wohlgefallen zur Kenntnis nahmen, waren vom scharfzüngigen Dr. Nicolai zu oft geärgert und gekränkt worden, als dass er dort nun willkommen gewesen wäre, ganz abgesehen von dem persönlichen Groll, den Dr. Lauderbach gegen ihn hegte.

Aaron hatte nicht übertrieben: Ohne den mächtigen Schutz der Familie Dalbeck wäre er verloren gewesen, im schlimmsten Sinne des Wortes, denn nachdem seine berufliche Existenz zerstört war, drohte dasselbe auch seiner bürgerlichen Existenz. Kaum wurde bekannt, dass Pettenkofer die Hand von ihm abgezogen hatte, fielen alle über ihn her, die noch ein Hühnchen mit ihm zu rupfen hatten, und das waren nicht wenige. Cousine Auguste, die Familie Colberg, die entlassene Köchin, die verärgerten Dienstmädchen Frida und Theresa, sie alle lieferten ihre giftigen Zutaten für die brodelnde Gerüchteküche. In den Salons und den Dienstbotenquartieren summten diese Gerüchte wie Schwärme von Schmeißfliegen.

Es heißt ja, er habe seine Frau vergiften wollen und das Gift versehentlich selbst getrunken.

Er wollte Selbstmord begehen, als die Dalbecks ihm auf die Schliche kamen.

Pettenkofer hat ihn hinausgeworfen, weil er irgendetwas verbro-

chen hat, und daraufhin hat er sich an die Gegner des Professors verkauft, dieser Judas.

Es kann nicht mehr lange dauern, bis er verhaftet wird, es heißt, die Polizei suche nur noch nach den endgültigen Beweisen.

Durch seine engen Kontakte zum Polizeipräsidenten erfuhr Heinrich Dalbeck, dass mehrere Anzeigen eingegangen waren, in denen sein Schwiegersohn einmal als ausländischer Spion verdächtigt wurde, ein andermal als Giftmischer und ein weiteres Mal als Betrüger, der sich die Ehe mit Henriette Dalbeck erschwindelt habe, da er kein Katholik sei und sie deshalb gar nicht heiraten konnte. Zweifellos wäre Aaron eine ganze Weile in Untersuchungshaft gesessen, während diese Vorwürfe geprüft wurden, hätte der Polizeipräsident nicht seinem alten Freund, dem Senator, den Gefallen getan und die Anzeigen in den Papierkorb geworfen.

Doch inmitten dieser bedrückenden Situation war Henny glücklich – glücklich, weil Aaron wieder glücklich war. Endlich hatte er das Stadium der Melancholie und Verbitterung hinter sich gelassen und war, zögernd erst, dann mit stetig wachsender Begeisterung, wieder an die Arbeit gegangen. Die »lebenden Gifte«, wie er die Krankheitserreger nannte, faszinierten ihn mehr als alles Vorherige. Er konnte nicht aufhören, davon zu sprechen, und mehr als einmal geschah es, dass das Dienstmädchen mit bleichem Gesicht das Esszimmer verließ, weil er während einer Mahlzeit unbefangen über seine Untersuchungen referierte – und die gnädige Frau zuckte mit keiner Wimper dabei!

»Weißt du«, wandte er sich an Henny, während er Bertha die Tasse hinhielt, um sie nachfüllen zu lassen, »mein Problem ist, dass ich keine lebenden Biester habe. Sie sind schwer zu beschaffen, und die Herren Kollegen, die lebende Bazillen haben, werden mir keine abgeben. Gut, das Problem lässt sich lösen … Ich habe auch schon einen Weg gefunden. Dann werde ich auch sehen, ob es stimmt, was man behauptet: dass nämlich die Sporen des Milzbrandes, die Pollender entdeckt hat, anders aussehen als die *Vibrio cholerae*.«

»Du meinst, es sind verschiedene Biester?«

»Ja. Und einige Wissenschaftler sind davon überzeugt, dass jede dieser Bazillenarten eine spezielle Krankheit auslöst: Cholera, Keuchhusten, Diphtherie, Tetanus, Scharlach … so wie jedes Gift seine eigenen Beschwerden im Körper verursacht. Aconitin wirkt anders als Opium, Arsen anders als Thallium. Natürlich sind das vorerst nur Vermutungen, aber ich denke, man kann sie beweisen. Und weißt du, worüber ich mir noch Gedanken gemacht habe? Hast du von Dr. Jenners Pockenimpfung gehört?«

Henny freute sich, dass ihr das Thema tatsächlich nicht fremd war. »Ja, ich habe etwas darüber gelesen. Er hat – oh! Meinst du etwa, man könnte eines Tages eine Impfung gegen die Cholera durchführen?«

»Vielleicht, ja. Vielleicht auch gegen Typhus, Diphtherie, Scharlach und alle die anderen Geißeln der Menschheit. Ich bin überzeugt, dass man das Gegengift, das bei den Überlebenden im Körper gebildet wird, finden und es dann in einer milden Form den noch nicht Erkrankten einimpfen kann. – Übrigens brauche ich Blut von dir.«

»Du willst mich zur Ader lassen?«

»Ja. Ich habe bereits Blutproben von mir selbst und von Joseph, und wenn ich auch noch eine von dir habe, kann ich überprüfen, wie gesundes Blut aussieht, und dann vergleichen, wie das Blut von an Cholera Leidenden oder Verstorbenen aussieht. Und – was ist denn? Bertha!«

Dem Mädchen war fast die schwere Silberkanne aus den Händen geglitten. Sie hatte sie gerade noch festhalten können und so wuchtig auf den Tisch gesetzt, dass die Tassen klirrten. »Verzeihung, Herr Doktor«, stammelte sie mit hochrotem Kopf. »Verzeihung … aber das ist zu grausig, was Sie da sagen, ich kann das nicht mit anhören!«

Nachdem ihr gestattet worden war, das Servieren für diesmal einer weniger empfindsamen Kollegin zu überlassen, eilte sie in die Küche und erzählte dort allen, dass der gnädige Herr der armen jungen Frau Blut abzapfen wollte und ihr sicherlich noch viel schlimmere Dinge antat, weil man sie doch in der Nacht oft so laut stöhnen hörte, und dass er sogar Leichen Blut abnehmen wollte, und sie wüsste wirklich nicht, ob die Villa Marsalla das richtige Haus für ein anständiges junges Mädchen sei.

Einige Tage später gingen Henny und Wilhelmina auf dem Pfad an der Isar spazieren, der hinter der Villa Marsalla entlangführte, als sie plötzlich Schritte hinter sich hörten. Beunruhigt blieben die beiden Frauen stehen. Es war noch nicht dunkel, aber die Sonne war bereits untergegangen. Im Schatten der Bäume und der Mischhecken aus Hainbuchen, Ilex und Dornen, die den Pfad säumten, herrschte kobaltblaues Zwielicht. Es waren Männerschritte, aber seltsam leicht und verstohlen, als huschte ein Mensch wie ein Dieb durch die Dämmerung. Instinktiv zogen sie sich hinter den Stamm einer mächtigen Ulme zurück. Henny überlegte gerade, womit sie sich verteidigen sollten, falls er sie entdeckte und angriff, als er abbog und sich durch einen Spalt in der Buchsbaumhecke zwängte, die das Anwesen der Nicolais zum Fluss hin abgrenzte.

»Er will zu uns«, flüsterte sie.

Wilhelmina legte den Finger auf den Mund, ergriff ihre Hand und zog ihre Schwägerin mit sich zu der Stelle, wo der heimliche Besucher verschwunden war. Sie hörten den Bullenbeißer heftig anschlagen, hörten Joseph heiser rufen: »Wer ist da?«, und gleich darauf einen leisen, doppelten Pfiff, der nur ein Erkennungszeichen sein konnte, denn sofort wurde die Pforte geöffnet und Aaron trat heraus.

Dicht an die Hecke gedrängt, spitzten die beiden Frauen die Ohren.

Das Gespräch zwischen dem Hausherrn und dem heimlichen Besucher war nur kurz, und beide sprachen mit gedämpften Stimmen.

»Hier, nehmen Sie es, und sagen Sie um Himmels willen niemand etwas davon, ich riskiere meine Existenz!« Das war der Fremde.

»Keine Sorge, Heiner, von mir erfährt niemand etwas. Und es ist wirklich das, was ich erbeten habe? Lassen Sie sich nicht einfallen, mich zu begaunern.«

»Keine Sorge! Frisch und warm direkt aus Dr. Lauderbachs Labor.« Der Mann kicherte, doch dann nahm seine Stimme wieder um einen angstvoll flehenden Ton an. »Ich bitte Sie sehr um Diskretion: Wenn er davon erfährt – und vor allem wenn er erfährt, dass ich das Zeug für *Sie* gestohlen habe –, das wäre mein Ende …«

»Ja, schon gut.« Aaron klang ungeduldig. »Da ist das Geld. Heiner – wenn ich noch etwas brauche, kann ich mich dann wieder an Sie wenden?«

»Vielleicht, aber nur zum doppelten Preis. Das Risiko ist mir zu hoch. Lauderbach ist jähzornig, und er ist im Stande, einen halb tot zu prügeln, das sollten Sie am besten wissen. – Passen Sie gut auf mit dem Material, ich möchte es nicht umsonst gestohlen haben. Es darf nicht austrocknen, sonst sterben die Bazillen ab. Diese Spezies kann nur in Wasser existieren.«

Die Stimmen wurden unverständlich. Henny und Wilhelmina mussten hastig zurückweichen, als der heimliche Lieferant am Rande des Lampenscheins hinter der Ecke auftauchte. Er war in einen Kapuzenmantel gehüllt, eine recht alberne Verkleidung an diesem dumpfheißen Juliabend. In aller Eile zwängte er sich durch die Hecke und hastete den Pfad entlang.

Aaron hielt es nicht mehr für notwendig, seine Stimme zu dämpfen. Er rief nach Joseph, und die Lauscherinnen im Schatten des Buchsbaums hörten ihn sagen: »Ist das nicht spaßig, mein Lieber? Wenn Lauderbach erführe, wer seine Kulturen hat, würde er vor Zorn zerspringen. Aber komm, wir haben eine Menge Arbeit vor uns. Hast du schon einmal lebende Cholera-Erreger gesehen, frisch aus England importiert?«

Josephs Stimme tönte durchs Halbdunkel. »Nicht zu fassen! Das schlammige Zeug da drinnen ist wirklich die Ursache der Cholera?«

»Das könntest du leicht ausprobieren.«

Dass der sauertöpfische Golem über den makabren Scherz

nicht lachte, war zu erwarten gewesen. Mit unbewegter Stimme erkundigte er sich: »Wollen Sie es den Kaninchen eingeben?«

Aaron zögerte eine Weile mit der Antwort. »Probieren würde ich es schon gerne. Aber wenn ich das *Contagium vivum* erst einmal freilasse, wie fange ich es dann wieder ein? Wer sagt mir, dass es wirklich nur im Feuchten existieren kann? Ich habe hier keine ausreichenden Sicherheitsvorkehrungen für ein so gefährliches Vorgehen. Nein, ich sage dir, was wir machen. Wir geben erst einmal ein wenig von der Lösung in Wasser und sehen sie uns unter dem Mikroskop an. Und dann kochen wir das Wasser. Bis jetzt hatte Lazzaro Spallanzani immer recht, wenn er postuliert, dass Bazillen nicht in Flüssigkeiten existieren können, die abgekocht und in luftdicht verschlossenen Gefäßen aufbewahrt werden – aber vielleicht sind die kleinen Scheusale da drinnen widerstandsfähiger. Wir werden ja sehen …«

Mitten im Satz schloss er die Türe hinter sich, schnitt den Lichtstreifen ab, der in den Garten hinausfiel, und Schweigen breitete sich über die dunkelnde Stätte.

Henny merkte, dass ihr Gatte ursprünglich die Absicht gehabt hatte, seinen Erwerb vor ihr zu verschweigen – was kein Wunder war angesichts der kriminellen Herkunft. Aber es war ihm unschwer anzusehen, dass er sich gewaltig über etwas freute. Er rieb sich die Hände, er pfiff vor sich hin, er lief im Zimmer auf und ab, und als Henny ihn unter vier Augen direkt ansprach, konnte er es nicht länger bei sich behalten, und die ganze Geschichte sprudelte nur so aus ihm heraus.

Sie blickte ihn missbilligend an. »Du hast diesen Labordiener zum Diebstahl angestiftet?«

Er zeigte nicht die geringste Reue. Achselzuckend erwiderte er: »In der Liebe und im Krieg ist alles erlaubt. Und wir führen Krieg, Henny – Krieg gegen die scheußlichen Krankheiten, die die Menschheit seit Jahrhunderten terrorisieren. Wenn Lauderbach so kleinlich ist, mir kein Forschungsmaterial zu überlassen …«

Henny lachte. »Nachdem du ihn in den Kamin gestoßen und

mich geheiratet hast, kannst du wohl kaum erwarten, dass er dir kollegial entgegenkommt. – Und was machst du jetzt mit deinen gestohlenen Biestern?«

»Ich werde das Münchener Trinkwasser überprüfen. Joseph wird ein paar Leute anheuern, die von den verschiedensten Zapfstellen Proben mitbringen, genau so, wie Snow und Budd es gemacht haben, und dann werde ich diese Proben untersuchen, genau so, wie ich sie früher auf Toxine hin untersucht habe, nur dass ich diesmal eben nach lebenden Giften suche. Wenn ich irgendwo etwas finde, das Pacinis *Vibrio cholerae* ähnlich sieht, werde ich es dem Italiener und den Engländern mitteilen.«

»Und den Bayern nicht?«

»Natürlich den Bayern auch«, erwiderte er ungeduldig. »Aber ich sage dir jetzt schon: Sie werden es nicht hören wollen.«

In der nächsten Woche hatten die Dienstboten in der Villa Marsalla einigen Anlass, sich zu wundern. Täglich kamen Leute zum Tor, die rohe Holzkisten bei sich trugen und von Joseph, der sie bereits erwartete, zum Labor geführt wurden. Man munkelte und tuschelte, was sich in diesen geheimnisvollen Behältern wohl befinden mochte. Sie alle wären enttäuscht gewesen, hätten sie einen Blick hineinwerfen können. Innen war nämlich ein gelochtes Gestell wie ein Eierbrett angebracht, und darin steckten säuberlich beschriftete Eprouvetten mit Wasserproben aus ganz München. Die Stadt hatte zwei Wasserleitungen, eine königliche und eine städtische, die beide ziemlich veraltet waren, und entsprechend trübe und übel riechend war oft das Wasser in den Proberöhrchen. Die Leitungen der städtischen Brunnen bestanden aus mehr oder weniger verfaultem Holz. Die königliche Leitung galt als besser, da sie Quellwasser aus dem Mangfalltal führte, das in Blei- und Eisenrohren lief, doch zeigte dieses Wasser oft eine gelbbraune Färbung und enthielt viel schwefelsaure und salpetersaure Salze, die ihm einen widerlichen Geschmack und Geruch verliehen. Es war eine altbekannte Tatsache, dass das Münchener Trinkwasser – von Professor Pettenkofer als »wohl trinkbar und vortrefflich mundend« bezeichnet – auf Neuankömmlinge in der bayrischen Hauptstadt wie ein Abführmittel wirkte, was vor allem Dienstboten, Soldaten und Studenten zu spüren bekamen. Es dauerte eine Weile, bis der Körper sich an den Genuss der zwielichtigen Brühe gewöhnt hatte und nicht mehr mit Durchfällen darauf reagierte.

Aaron arbeitete mit Feuereifer. Er konnte es kaum erwarten, bis die täglichen Proben angeliefert wurden, um sie sofort auf den Objektträger zu tupfen und unters Mikroskop zu schieben. Er war immer wieder verblüfft, welcher Reichtum an Farben und Formen sich in einem so farblosen Stückchen Natur versteckte, und manchmal kam ihm der Gedanke, dass viele Tausende solcher von bizarrem Leben überquellenden Tröpfchen die Grundlage für den köstlichen Kaffee bildeten, der ihm jeden Morgen serviert wurde. Sein Hauptinteresse aber galt den hakenförmigen Gebilden des *Vibrio cholerae*, nach denen er im Gewimmel angestrengt suchte. Noch hatte er keine gefunden, dafür eine Unmenge anderer Inhaltsstoffe, die zwar weniger gefährlich, aber um nichts weniger ekelhaft waren. Er fand Dutzende Beweise dafür, dass die Klagen der Bevölkerung über das angeblich »vortreffliche« Wasser ihre Berechtigung hatten. So hatten sich die Hausbesitzer an der Sonnenstraße beschwert, dass im Leitungswasser durchweichte Papierfetzen und Lumpen auftauchten, doch der Magistrat erwiderte, dass das fragliche Brunnenhaus am Graben reinstes Wasser spende. Ebenso hatte sich ein Malzfabrikant am Unteranger bitter beklagt, weil das Wasserwerk am Glockenbach nach Regen und Tauwetter meist trübes und ungenießbares Wasser lieferte, aber auch dieser Beschwerde begegnete man mit der Versicherung, es stünde alles zum Besten.

Contagium vivum

15. Juli

1

Henriette kannte ihren Gatten inzwischen gut genug, um ihn erst gar nicht zu fragen, ob er sie zur Eröffnung der Industrieausstellung begleiten wollte. Wenn er über dem Mikroskop saß, konnte ihn nichts davon wegreißen. Also erinnerte sie ihn nicht an den Termin, der in ganz München Hauptgesprächsthema war, sondern machte sich, von Wilhelmina und ihrer Zofe Rebecca begleitet, allein auf den Weg.

Der Tag war klar und sonnig, wie bestellt für ein gesellschaftliches Ereignis ersten Ranges. Allerdings war es schon am Morgen so heiß, dass vorsichtige Leute die Fenster schlossen und die Vorhänge vorzogen, um die Kühle der Nacht in der Wohnung zu halten. Gewissenhafte Gärtner waren schon in der Morgendämmerung mit der Gießkanne von Beet zu Beet und von Baum zu Baum gelaufen, und der duftende, kühle Dunst des feuchten Grüns waberte ein Weilchen durch die Straßen, ehe die Hitze ihn aufsaugte.

Henny war noch nie so froh gewesen über den Wunsch ihres Gatten, sie möge bitte kein Korsett tragen. Die Strümpfe, Knöpfstiefel und knielangen Flanellunterhosen waren schon schlimm genug. Aber auf die konnte sie nun wirklich nicht verzichten. Nicht auszudenken, wenn ein neckischer Windstoß ihre Röcke gebauscht und allen Leuten enthüllt hätte, dass sie keine Strümpfe trug! Nicht einmal die extravagante Wilhelmina wagte es, einen solchen Skandal zu riskieren.

Wie zwei luftige Organzablüten saßen die beiden jungen Frauen in der offenen Kutsche, Henny in graublauem, mit weißen Irisblüten bedrucktem Musselin, Wilhelmina in Weiß mit Rosenmuster. Beide trugen weit ausladende Strohhüte, die sie mit Seidenschleifen unter dem Kinn festgebunden hatten, und darüber hielten sie – halb zur Zierde, halb zum doppelten Schutz vor Sommersprossen – die eleganten Sonnenschirme. Rebecca im bescheidenen himmelblauen Kleid, ein leichtes Häkeltuch um die Schultern und einen ebenfalls riesigen Strohhut auf dem Kopf, saß auf dem Dienersitz. Ihrem langen, blassen Gesicht war für gewöhnlich kaum eine Regung anzusehen, es blieb stets dieselbe Maske unterwürfigen Diensteifers, aber jetzt merkte Henny ihr doch an, dass sie sich auf die Ausstellung freute.

Obwohl sie so früh aufgebrochen waren, dass sie den Glaspalast erreichen mussten, ehe die Zeremonien zur Eröffnung auch nur begonnen hatten, gerieten sie in der Innenstadt schon bald arg ins Gedränge. Die Plätze und Straßen rund um das Ausstellungsgelände und in dessen unmittelbarer Nähe waren bereits überfüllt. Es wimmelte so von Menschen, dass es sowohl für die Fuhrwerke als auch für die Fußgänger schwer wurde, durchzukommen, und die Ordnung nur mit äußerster Mühe aufrechterhalten werden konnte. Überall war berittene Polizei unterwegs. Mit Säbeln bewaffnete Gendarmen zu Fuß sicherten die Zugänge, um zu verhindern, dass die erregten Massen alles über den Haufen rannten und in die noch geschlossene Ausstellung eindrangen. Viele Besucher, die in Kutschen gekommen waren, wagten nicht auszusteigen, aus Angst, niedergetrampelt zu werden. Auch Henny und Minna blieben im sicheren Gefährt sitzen. Sie wiesen den Kutscher Toni an, im Schatten unter den Überresten des ehemaligen Botanischen Gartens zu halten und abzuwarten, bis das schlimmste Gedränge vorbei war.

Auf diese Art bekamen sie von den langwierigen, feierlichen Eröffnungszeremonien nicht viel mit außer dem gelegentlichen Jubel, wenn der König erwähnt wurde, und dem Hochwerfen der Hüte, mit dem die begeisterten Untertanen ihrem Herrscher für das grandiose Spektakel dankten. Dann, endlich, um 11 Uhr, schwieg die Blasmusik, und in die dicht gedrängte Menge kam

Bewegung. Alles strömte – erst zögernd, dann immer schneller – in Richtung Glaspalast.

Die Türen wurden geöffnet. Reihen bewaffneter Ordnungshüter hielten die Menge gerade noch lange genug im Zaum, dass nach dem König und seinem Gefolge die ausländischen Gesandten und andere hohe Herrschaften ungehindert eintreten konnten, aber dann wichen sie wie brechende Dämme der Sturzwelle von Besuchern, die sich in die gewaltigen gläsernen Hallen ergoss.

Ein ohrenbetäubender Lärm schlug Henny und Minna entgegen, als sie mit ihrer Dienerin die erste Halle betraten – Ausrufe des Staunens und Entzückens, das Getrappel zahlloser Füße, als die Besucher hin und her rannten, um immer noch Größeres, Geheimnisvolleres und Schöneres zu entdecken, und das Surren, Brummen und Tuten der neuartigen Maschinen, die von den stolzen Fabrikanten vorgeführt wurden wie dressierte, exotische Tiere.

Zwei Stunden ließen sie sich schubsen, stoßen und einklemmen, um die Wunder der Ausstellung zu bestaunen, aber dann versagten ihnen die Kräfte. Erschöpft flüchteten sie aus der Haupthalle, in der es inzwischen vor Hitze, Motorengestank und Gedränge nicht mehr auszuhalten war. Ohne Professor Pettenkofers geniales Lüftungssystem wären die Besucher längst zu Dutzenden ohnmächtig geworden vor Luftmangel und Überhitzung, aber auch mit der gut funktionierenden Lüftung verbanden sich die Überfüllung der Hallen, die Glut der Dampfkessel und die Hitze des Sommers zu einer Atmosphäre wie im Bauch eines Kriegsschiffes.

Die drei Frauen sanken keuchend auf eine steinerne Bank, sobald es ihnen unter Einsatz ihrer Ellbogen und Sonnenschirme gelungen war, sich aus der Menge zu befreien. Gierig leerten sie die Flaschen mit Apfelschorle, die Rebecca ihnen in ihrem Korb nachgetragen hatte.

»Oh! Wie mir die Füße wehtun!« Henny schlug die Beine unter den aufgebauschten Röcken übereinander, bückte sich und knetete durch das dünne Leder des Knöpfelschuhs hindurch ihre Zehen. »Ich werde in den nächsten Tagen humpeln wie ein uraltes Weiblein. Rebecca, sobald wir zu Hause sind, musst du mir ein kaltes Fußbad machen und mir dann die Füße massieren.«

»Ja, gerne, gnädige Frau.« Rebecca hatte die liebenswerte Gewohnheit, jeden Befehl mit einem »Ja, gerne« entgegenzunehmen.

»Aber ist das nicht wunderbar«, fuhr Henny fort, »was heutzutage alles erdacht und erfunden wird? Wie gelehrt und einfallsreich müssen diese Ingenieure sein! Erinnerst du dich an die Webmaschine, Minna? Wie schnell sie ein buntes Band ausspuckte? An die riesige Lokomotive? Und das mechanische Klavier, das ganz von selbst eine Polka spielte? Und … und …«

Sie schwatzten aufgeregt über das Gesehene und waren sich einig, dass Aaron viel Interessantes und Staunenswertes versäumte.

»Die Ausstellung wird ja noch eine Weile dauern«, meinte Wilhelmina. »Vielleicht können wir ihn später hierherlocken, wenn er mit seinen Wasserproben fertig ist. Sofern er bis dahin nicht schon wieder etwas Neues im Kopf hat. Es wird ihm letztendlich ergehen wie dem Schäfer, der sich in den Zauberberg wagte: Eines Tages wird er meinen, er sei drei Stunden lang im Labor gesessen, aber in Wirklichkeit waren es dreißig Jahre, und er ist alt und grau geworden, ohne es zu merken.«

Schließlich schickten sie Rebecca zu Toni, der unter den fernen Bäumen wartete, und ließen ihn holen. Wenig später kehrten sie im Wagen zurück zur Villa Marsalla, wobei der Rückweg sich kaum weniger mühsam gestaltete als der Hinweg, denn immer noch stauten sich Fuhrwerke, Reiter und Fußgänger, die alle zum Glaspalast wollten, in den winkeligen Gassen.

Henny lud die Schwägerin ein, noch ein Weilchen zu bleiben, aber die lehnte ab. »Ich will heim und mich abkühlen, und ich kann dir gar nicht sagen, wie sehr ich mich auf mein bequemes Hauskleid freue. Ich werde mich auf den Diwan legen, Eiswasser trinken und die Zeitungen lesen.«

Die Zeitungslektüre war bei Wilhelmina Nicolai ein fester Punkt im Tagesablauf. Sie las alle Zeitungen, die sie bekommen konnte, und überflog sie nicht etwa, sondern studierte aufmerksam jeden Artikel darin, selbst diejenigen, die sie zunächst nicht sonderlich interessierten. Man wisse nie, pflegte sie zu sagen, auf was für überraschende Gedanken einen so ein Artikel bringen mochte.

Sie zog Henny an sich und drückte ihr einen Kuss auf die Wange. »Mach es dir bequem, Liebes, wir haben heute schon genug Aufregendes erlebt.«

2

Wilhelminas bescheidene Wohnung lag in einem behaglichen, limonengrünen Zwielicht. Tiefe Stille herrschte darin, nur von einem einzigen, heimeligen Geräusch unterbrochen: dem murmelnden Gesang einer Frauenstimme. Wilhelmina warf einen Blick ins Wohnzimmer und sah Meta dort mit einer Näharbeit sitzen. Sie hatte nur diese eine Dienerin, ein junges Mädchen, das sie aus einer Anstalt für Findelkinder geholt hatte. Metas geistige Fähigkeiten waren beschränkt, aber sie hatte das Nötigste gelernt, was ein Dienstmädchen können musste, und wenn man ihr etwas oft genug wiederholte, dann merkte sie es sich irgendwann auch. Jetzt sprang sie auf und begrüßte die Herrin mit einem hingebungsvollen Knicks.

Minna nickte ihr zu. »Hilf mir beim Auskleiden, Meta, und dann mach mir einen Krug Zitronenwasser.«

Bald darauf lag sie bequem in ihrem Schlafzimmer auf dem Bett, den Kopf auf zwei rosengeblümte Sofakissen gestützt, las die Zeitung und rauchte eine Zigarette dazu – ein Vergnügen, das sie sogar vor Henny geheim hielt. Sie genoss den Geschmack des süßen, würzigen Tabaks, unbekümmert darum, dass Aaron ihr gegenüber das Nikotin als eines der stärksten Gifte überhaupt bezeichnet hatte. Er hatte ihr vorgerechnet, welche winzigen

Mengen davon genügten, einen Menschen zu töten. Auf ihre Frage, warum all die Zigarren rauchenden Männer dann nicht auf der Stelle tot umfielen, hatte er zugeben müssen, dass der Rauch längst nicht so gefährlich war wie etwa eine wässrige Lösung. Sie schmunzelte bei dem Gedanken, was für eine Szene er machen würde, wenn er sie bei diesem lasterhaften Vergnügen ertappte. Dieser Heuchler! Er selber rauchte nicht, aber sie hatte mehr als nur einen Verdacht, dass er heimlich an seinem Giftschrank naschte. Einmal nämlich war sie spätabends unangemeldet in seine Wohnung gekommen, und ehe Jakob sie hindern konnte, hatte sie ihren Bruder halb nackt und völlig unansprechbar auf dem Bett liegend gefunden, die Augen nach oben verdreht, die Lippen leicht geöffnet, murmelnd und stöhnend und deutlich sichtbar in unzüchtigen Träumen gefangen. Jakob hatte ihr jammernd erklärt, dass der Herr Doktor die Gewohnheit habe, sich hin und wieder an dem Teufelszeug zu berauschen. Minna war zu rücksichtsvoll, als dass sie Aaron jemals verraten hätte, in welchem abstoßenden Zustand sie ihn vorgefunden hatte, aber sie hatte danach weniger Skrupel, sich ebenfalls das eine oder andere Laster zu gönnen.

Sie rückte die zierliche Brille, die sie an einem Samtband um den Hals befestigt trug, auf dem Nasenrücken zurecht und studierte die Meldungen in der ›Nürnberger Allgemeinen Zeitung‹ vom 2. Juli. Die waren natürlich nicht mehr taufrisch, aber es dauerte seine Zeit, bis Minnas Nürnberger Freundin die Zeitung selbst gelesen und dann mit der Postkutsche nach München geschickt hatte.

Ein Schatten glitt über ihr Gesicht, als sie einen kurzen Artikel entdeckte – ein Dementi »unbegründeter Gerüchte«, die über das Auftreten von Cholerafällen in Deutschland verbreitet würden. Es bestehe keine Gefahr, so beschwichtigte der zuständige Redakteur seine Leserschaft, denn die Cholera sei nicht ansteckend, und das Gebiet, in dem die Krankheit herrschte, befinde sich weit, weit weg auf der englischen Insel. Man möge sich also nicht durch Ammenmärchen erschrecken lassen. Doch bald darauf folgte das Eingeständnis: »In den letzten Tagen ist es infolge der rasch eingetretenen Hitze zu Brechdurchfällen gekommen, wobei einige kleine Kinder und ältere Erkrankte gestorben sind.«

In derselben Nummer, ein paar Seiten weiter, erschien die auffallend umrahmte, viertelseitige Anzeige einer Desinfektionsfabrik, die ihre Dienste anbot. Und als die misstrauisch gewordene Minna den Teil mit den Todesanzeigen genauestens prüfte, fielen ihr mehrere Anzeigen auf, in denen man zwar das Wort Cholera peinlichst vermied, doch der Hinweis, dass »der Tod nach sehr kurzem Kranksein« oft »nach wenigen Stunden« erfolgt sei, ließ den wahren Grund erkennen.

Die Cholera war also bereits bis nach Nürnberg gekommen. Jedenfalls war sie am 2. Juli dort anzutreffen gewesen. In den dazwischenliegenden vierzehn Tagen war sie gewiss noch tiefer in den süddeutschen Raum gewandert und würde bald auch München erreicht haben.

Mit pochendem Herzen griff die junge Frau nach den Blättern, die ihr andere Freundinnen zugeschickt hatten. Diejenigen, die aus dem Norden stammten, schob sie beiseite, aber diejenigen aus dem südlichen Deutschland unterzog sie einer peinlich genauen Prüfung. Und überall fand sie, oft nur kaum sichtbar hingesprenkelt, aber auch schon zu bedrohlichen Flecken verdichtet, die Anzeichen, die die Anwesenheit der Seuche verrieten: Seltsam gewunden formulierte Nachrufe, Annoncen von Quacksalbern und Wunderheilern, Einladungen zu obskuren Gesundheitsvorträgen, behördliche Beschwichtigungsversuche, in denen von »den im Sommer üblichen harmlosen Brechdurchfällen« die Rede war.

Sie wusste, dass Aaron kaum jemals Zeitungen las, schon gar nicht, wenn er so beschäftigt war wie jetzt. Sein Interesse an allem, was nicht mit seiner Arbeit zu tun hatte, war äußerst gering. Sie merkte also die Stellen in den Zeitungen, die auch ihm zu denken geben müssten, mit dicken Bleistiftstrichen an und rief dann nach Meta.

»Bring das hinüber zur Villa Marsalla«, befahl sie.

»Oh, gnädige Frau! Muss ich wirklich da hingehen?« Meta, die da und dort eine Bemerkung aus den Gesprächen der Schwägerinnen aufgeschnappt hatte, malte sich die Schrecken des Labors in Farben aus, die eines mittelalterlichen Teufelsmalers würdig gewesen wären.

»Ja, musst du! Aber du brauchst nur an der Türe zu läuten und dem Diener dieses Kuvert für die gnädige Frau zu geben, ich habe alle nötigen Erklärungen dazugeschrieben. Auf dem Rückweg geh beim Zuckerbäcker vorbei und bring zehn Meringen mit. Eine davon kannst du dir selber nehmen.«

Meta seufzte. Nicht einmal die Vorfreude auf die Leckerei konnte sie darüber hinwegtrösten, dass der Botengang in ihren Augen ein überaus gefährliches Unterfangen war.

16. Juli

1

Am 16. des Monats wurde Aaron am frühen Vormittag aus seiner Arbeit gerissen. Henny ließ ihn aus dem Labor rufen und stellte ihm einen völlig aufgelösten Lakaien vor, der sich als Kammerdiener des Major Otto von Koenitz zu erkennen gab.

»Herr Doktor, bitte kommen Sie! Der gnädige Herr ist krank, schwer krank, es sieht aus, als ging's mit ihm zu Ende! Ich sollte seinen Hausarzt holen, aber der ist nicht da, und da fiel mir ein, dass Sie nur zwei Straßen weiter wohnen und …« Der verzweifelte Mensch rang die Hände. »Schnell bitte, schnell!«

»Sind Sie mit einer Kutsche da?«

»Ja.«

Aaron schickte Joseph um seine Arzttasche und sprang in die wartende Kutsche, ohne sich auch nur einen Rock anzuziehen. In Hemdsärmeln kam er bei dem Haus an, in dem der Major wohnte. Dass er trotz aller Eile zu spät kam, verriet ihm das verheulte Gesicht des Dienstmädchens, das die Haustüre öffnete. »Gerade eben, Herr Doktor … ich wollte ihm noch etwas zu trinken bringen, weil er so schlimmen Durst hatte, er war ja ganz ausgetrocknet, der arme Herr … und da machte er plötzlich ›Ah!‹ und weg war er.«

Aaron schob sie beiseite und wandte sich an den Diener. »Führen Sie mich zu ihm.«

Sie durchquerten eine düstere, mit Dutzenden militärischer Andenken überfüllte Halle, stiegen die Treppe empor und folgten einem Korridor, dessen tapezierte Wände mit gewagten Bildern geschmückt waren. Aaron sog die dumpfe übelriechende

Luft ein und rümpfte die Nase. »Hatte Ihr Herr Durchfall?«, wandte er sich an den Diener.

»Ja, sehr schlimm sogar. Ich sagte noch, er hätte besser nicht so viel eisgekühlten Champagner trinken sollen, und das Halbgefrorene dazu, er war nämlich auf einem Gartenfest …«

Der ekelhafte Geruch verstärkte sich beim Näherkommen. Als der Diener die angelehnte Schlafzimmertüre öffnete, schlug Aaron aus dem halbdunklen, mit viel zu vielen Möbeln vollgestopften und unaufgeräumten Gemach eine Übelkeit erregende Wolke entgegen, ein Gemisch von Kot, Schweiß, kaltem Zigarrenrauch und Kümmelschnaps. Letzterer war auf den Boden geflossen, als die Flasche umgeworfen wurde, offensichtlich von der Hand des Majors.

Dieser lag, in ein von Ausscheidungen verschmiertes Nachthemd gehüllt, bäuchlings in einem heftig zerwühlten Alkovenbett. Eines der nackten, haarigen Beine hing halb aus dem Bett, der linke Arm ebenfalls. Aaron registrierte flüchtig, wie weit die deutlich sichtbare venerische Erkrankung des Mannes schon fortgeschritten war – auf Armen und Beinen hatten sich wulstige Geschwüre gebildet –, aber gestorben war er an etwas anderem. Als der Arzt ihn mit Hilfe des Dieners umdrehte, sah er in ein mumienhaftes Gesicht mit schwarzbraun umschatteten, blicklosen Augen. Hätte er nicht gewusst, dass es von Koenitz war, er hätte ihn nicht erkannt. Der Mann hier sah völlig ausgedörrt und verschrumpft aus, mindestens doppelt so alt wie der stramme Offizier, mit dem er auf dem Debütantenball bei Lauderbachs gesprochen hatte.

»Waren Sie während seiner Erkrankung von Anfang an bei ihm?«, fragte er, und als der Mann bejahte: »Wie ist die Krankheit verlaufen?«

Der Diener hatte sich wieder gefasst, als er merkte, dass alle Eile nichts mehr ausrichten konnte. »Vor drei Tagen war er bei einem Gartenfest der Familie Seidensticker, wo es hoch herging, und dort hat er wohl zu viel kalten Champagner getrunken und Sorbet gegessen, denn in der Nacht wurde ihm übel, und er bekam

Magenschmerzen. Er weckte mich, und ich machte ihm eine Wärmflasche, die ich in Flanell wickelte und ihm auf den Bauch legte. Es wurde aber nicht besser. Am nächsten Tag musste er dann so oft hinaus, dass er sich den Nachttopf ins Schlafzimmer bringen ließ – da steht er noch.«

Er deutete auf ein Gefäß, dessen farbloser, mit Schleimflöckchen durchsetzter Inhalt keinerlei Ähnlichkeit mehr mit menschlichem Kot hatte.

»Es rann nur so aus ihm heraus, wenn ich das so sagen darf, Herr Doktor. Nie im Leben habe ich gesehen, dass jemand solchen Durchfall hatte – es kam überhaupt nichts mehr, nur noch Unmengen von Wasser. Und immer wieder wurde ihm übel und er musste sich übergeben. Auch nur Wasser. Man merkte ihm an, dass er kaum noch einen Tropfen Flüssigkeit im Körper hatte, so zusammengeschnurrt sah er aus. Ich dachte immer noch, es käme von dem Eisgekühlten beim Gartenfest, denn er hatte Halsschmerzen und war so heiser, dass man ihn kaum verstehen konnte. Aber dann klagte er über Muskelkrämpfe, und ich bekam Angst, er hätte vielleicht etwas Unzuträgliches eingenommen … sehen Sie, da …«

Er wies mit unsicherer Gebärde, als fühlte er sich als Verräter an seinem toten Herrn, auf das eiserne Nachttischchen. Dort stand eine offene Pappschachtel und darin zwei Dutzend Flaschen, Tiegel und Dosen. Aaron ließ einen flüchtigen Blick darübergleiten. *Also hatte der dumme Kerl keine Vernunft angenommen,* dachte er. Hatte bis zuletzt geglaubt, seine Syphilis mit obskuren Wundermittelchen bekämpfen zu können, die eine Hälfte davon wirkungslos, die andere Hälfte giftig. Gut möglich, dass ein solches Gebräu ihn das Leben gekostet hatte. Aber es gab auch noch eine andere Möglichkeit.

Er öffnete seine Arzttasche und holte das Etui mit den Skalpellen heraus. Mit der Linken ergriff er den Arm des Toten, drehte den Unterarm so, dass die Pulsader oben lag, und schnitt auf Spannenlänge hinein. Hinter sich hörte er ein Poltern und Würgen, aber das kümmerte ihn im Augenblick nicht. Er hatte nur

Augen für das, was er in der aufgeschlitzten Ader sah. Es war fast kein flüssiges Blut mehr darin, nur Blutkuchen, eine dunkle, bröckelige Masse, die das Gefäß verstopfte.

Aaron legte das Skalpell weg und trat ans Fenster. Sein Kopf dröhnte, als ihm eine heiße Blutwelle in die Wangen schoss und dann wieder verebbte. Er meinte seine eigene Stimme zu hören, wie er vor den Erstsemestrigen seinen Standardvortrag hielt.

»Die Cholera oder indische Brechruhr wird als ›blauer Tod‹ bezeichnet, was sich auf eine signifikante Farbveränderung der Haut bezieht: die Zyanose. Das Krankheitsbild ist im Allgemeinen folgender Art: Nach kurzem Übelbefinden und Störungen der Verdauung, besonders mehrtägigem unbedeutendem und leichtem Abweichen, entsteht heftiges Erbrechen und Absonderung schleimiger Teile in bedeutender Menge. Damit einher gehen eine Beklemmung des Herzens, Kälte der Haut, eine schwache und heisere Stimme, örtliche und allgemeine Krämpfe und Zuckungen, ein gewisses Absterben der Haut, die runzelig, feucht und bläulich wird. Der Puls ist schwach, oft nicht fühlbar, der Kranke ist unruhig, wirft sich umher, und die Funktion der Nieren erscheint geschwächt.«

Punkt für Punkt war das bei der Todeskrankheit des Mannes, der da in seinem besudelten Bett lag, der Fall gewesen. Aaron war überzeugt, dass der Offizier an der asiatischen Cholera gestorben war. Wo hatte er sich infiziert? Wie viele andere waren noch erkrankt? Es musste auf der Stelle alles darangesetzt werden, die Quelle des Unheils ausfindig zu machen, um andere vor demselben Schicksal zu bewahren.

Er wandte sich mit einem Ruck dem Diener zu, der mit weichen Knien am Türpfosten lehnte. »Sie begeben sich jetzt gleich zu dieser Familie Seidensticker und fragen nach, ob seit dem Gartenfest irgendjemand im Haus oder unter den Gästen mit ähnlichen Symptomen wie Ihr Herr erkrankt ist. Sagen Sie nichts von seinem Tod. Und beeilen Sie sich.«

Der Diener eilte davon, offensichtlich erleichtert, dem Gestank und der Gegenwart des Adernschlitzers zu entkommen.

Das Sterbezimmer des Majors war ein unerfreulicher Aufenthaltsort, aber Aaron öffnete nicht einmal das hinter roten Samtvorhängen verborgene Fenster. Die Hände zwischen den Knien, hockte er auf einem der Stühle, den Blick nachdenklich auf den Toten gerichtet, dessen Arm und Bein noch immer aus dem Bett hingen.

Er spürte, wie der über die Haut perlende Schweiß seine Handflächen verschmierte. In seinem Magen flatterten Schmetterlinge, und der Schock der Erkenntnis hatte pochende Kopfschmerzen ausgelöst. Wellen von Übelkeit gingen über ihn hin, so dass er schon fürchtete, er müsste sich übergeben. Erleichterung überkam ihn, als das Dienstmädchen – immer noch schluchzend, aber schon wieder gefasst genug, um ihrer Neugier nachzugehen – den Kopf zur Türe hereinsteckte und fragte, ob der Herr Doktor ein Glas Wasser wolle, er sehe ja selbst schon zum Sterben aus. Aaron nickte. Er hätte sich geschämt, um einen Schnaps zu bitten, aber er war froh, als er sah, dass die kluge Magd von selbst daran gedacht hatte, einen doppelten Korn neben das Glas Wasser zu stellen.

Aufatmend ließ er sich gegen die harte Stuhllehne zurücksinken, als der starke Alkohol sein Inneres in Brand setzte.

Er stand vor einer höchst unangenehmen Entscheidung. Die ärztliche Ethik verlangte, dass er in einem so schwerwiegenden Fall einen Kollegen hinzuzog. Aber es gab nur einen, von dem er annahm, dass er sich wirklich auskannte, und seine Kiefer verkrampften sich bei dem bloßen Gedanken an ihn.

Es war ein erbitterter Kampf, den er mit sich selber ausfechten musste, ehe er ein paar Zeilen auf ein Stück Papier schrieb und es dem Dienstmädchen aushändigte. »Bitte fahren Sie auf der Stelle zum Palais Lauderbach und fragen Sie nach Dr. Rudolf von Lauderbach. Wenn er nicht daheim ist, machen Sie ihn so rasch wie möglich ausfindig. Geben Sie ihm diese Nachricht und bringen Sie ihn umgehend hierher.«

2

Er wusste nicht, wie viel Zeit vergangen war, bis er aufgeschreckt wurde von den forschen Schritten auf der Treppe. Einen Augenblick fühlte er einen kalten Knoten im Magen, der Schweiß brach ihm aus, und eine Welle von Schwäche und Übelkeit überschwemmte ihn. Dann, als tauchte er aus einem schmutzigen Wasser empor, glitt das Unbehagen von ihm ab. Er fühlte sich plötzlich kühl und ruhig. Jetzt musste alles Persönliche hintanstehen, die beiden Feinde hatten jetzt einen neuen, einen gemeinsamen Feind, bösartiger und tückischer, als je ein Mensch sein konnte.

Aaron stand kerzengerade neben dem Bett mit der Leiche, als Dr. Lauderbach eintrat. Eine knappe, hölzerne Verbeugung auf beiden Seiten ersetzte den Gruß, den sich keiner von beiden abringen konnte. In leidenschaftslosem Ton zählte Aaron die Symptome auf.

»Erste Anzeichen einer Erkrankung vor drei Tagen nach einer Gesellschaft, bei der Halbgefrorenes gereicht wurde. Inkubationszeit sehr kurz: Bereits in der Nacht traten Übelkeit, Erbrechen und Durchfälle auf. Die ausgeschiedenen Flüssigkeitsmengen waren nach Auskunft des Dieners außergewöhnlich umfangreich. Charakteristischer ›Reiswasser-Stuhl‹. Hier befinden sich noch Reste der Dejekte.« Er wies auf den Nachttopf. »Am Abend des zweiten Krankheitstages Halsschmerzen und Heiserkeit: erste Symptome der Austrocknung. Ansonsten weder Fieber noch Schmerzen. Später Muskelkrämpfe, rapider körperlicher Verfall. So weit die Auskunft des Kammerdieners. Der Major verstarb kurz vor meinem Eintreffen.«

Er trat näher an das Bett heran, vor dem Dr. Lauderbach starr wie aus Bronze gegossen stand. Jetzt fühlte er sich ganz entspannt. Das hier war seine Arbeit, und solange er damit beschäftigt war, würde niemand ihn aus dem Konzept bringen. »Er lag so da, wie er jetzt liegt, ich habe ihn nur kurz umgedreht, um mir sein Gesicht anzusehen. Bei der Untersuchung war der ganze Körper unnatürlich kalt und trocken. Ich machte eine Inzision am Handgelenk. Das Blut war durch den Flüssigkeitsverlust so stark eingedickt, dass es bereits zu Gefäßverschlüssen gekommen war.«

Mit einer eleganten Bewegung trat er zurück und gab den Zutritt zu dem Toten frei. »Ich habe die Diagnose *Cholera morbus* gestellt und bitte Sie, Herr Kollege, diese zu bestätigen oder zu widerlegen.«

Dr. Lauderbach antwortete nicht. Ohne ihm auch nur einen Blick zu gönnen, ergriff er den immer noch beweglichen Arm des Majors und drehte ihn herum. Aaron hörte, wie er zischend den Atem einzog, als er die bröcklige Blutmasse in der Pulsader sah. Ein ähnliches Geräusch folgte, als er den Körper auf den Rücken wälzte und dem Toten ins Gesicht blickte. Seine überhebliche Art wich einem deutlich sichtbaren Entsetzen.

»Er muss sofort obduziert werden«, ordnete er an, mit einer Stimme, der man anmerkte, wie trocken sein Gaumen war. »Dr. Nicolai, Sie arbeiten mit.« Er drehte sich um, und Aaron beobachtete, wie er sich einen Augenblick lang am Türpfosten abstützte, als könnte er die Last der Erkenntnis nicht länger tragen.

Inzwischen kam der Diener, der zur Familie Seidensticker gesandt worden war, wieder zurück. Niemand, so meldete er, war dort krank geworden, und die Herrschaften wollten wissen, warum ein Arzt danach fragte.

Aaron verschluckte einen Fluch. Er hatte gehofft, die Quelle der Seuche bereits gefunden zu haben, aber nun konnte der Major sich überall in München – und vielleicht sogar außerhalb von München – die Krankheit geholt haben. Der Kammerdiener erwies sich als wenig hilfreich. Sein Herr hatte ihm nicht immer gesagt, wohin er ginge, und war viel unterwegs gewesen, häufiger Gast in Kaffeehäusern, Gastwirtschaften und … und anderen Etablissements.

In eisernem Schweigen wickelten die beiden Ärzte den Leichnam des Majors in seine Betttücher, dann in einen dicken, teppichähnlichen Wandbehang, und trugen den nach seinem gewaltigen Wasserverlust erstaunlich leichten Körper die Hintertreppe hinunter zu Lauderbachs Kutsche, die sie diskret im Hof erwartete. Ebenso schweigend verluden sie ihn auf den Platz hinter den beiden Sitzen und stiegen ein. Kein Wort, weder fachlicher noch privater Natur, wurde während der Fahrt gewechselt.

Aaron Nicolai hatte erwartet, sie würden in die Universitätsklinik fahren, und hatte sich bereits innerlich gestählt gegen die Feindseligkeit, die ihm dort entgegenschlagen würde, aber Lauderbachs Kutscher bekam Anweisung, zum Palais zu fahren. Der Wagen rumpelte durch das verschnörkelte Haupttor, fuhr jedoch nicht die Auffahrt hinauf, sondern bog um das Haus herum ab und hielt auf ein einsam stehendes Gebäude im hinteren Teil des Parks zu, das einmal ein Witwensitz gewesen sein mochte. Es war einstöckig, senfgelb getüncht und hatte blaugrüne Lamellenläden an Fenstern und Türen, die trotz des glühenden Sommernachmittags allesamt fest geschlossen waren.

Als die Kutsche vorfuhr, öffnete sich eine der Türen einen Spalt weit, und heraus guckte ein spitznasiger Mensch mit Gummischürze: Es war Heiner, Dr. Lauderbachs Laborant. Sein Blick flackerte, als er Aaron sah, und er wandte sich hastig ab. Vorgestellt wurde er nicht. Auch wurde kein Wort gewechselt, während die Ärzte und der Gehilfe den Leichnam ins Haus trugen.

Aaron blickte sich verstohlen um. Noch vor einem Jahr wäre er vor Neid geplatzt angesichts dieses erstklassig eingerichteten Laboratoriums, wie es sich nur der Sohn einer sehr wohlhabenden Familie leisten konnte. Alles war vom Neuesten und Besten. Nun, jetzt hatte er selbst auch eine solche Arbeitsstätte, und sein Mikroskop war sogar noch eine Spur moderner als das seines Konkurrenten.

Der Gehilfe zündete die Gaslampen an. Helles Licht erleuchtete das ebenerdige Zimmer, in dessen Mitte ein groteskes Möbelstück, der marmorne Seziertisch, stand. Aaron registrierte flüchtig den Kontrast zwischen den Arbeitstischen mit ihrer Vielzahl von Glasröhren und Kolben und der stuckaturgeschmückten Decke, aus deren Ecken neckische Putten mit Füllhörnern in der Hand auf die tragische Szene herabsahen. Sogleich war er völlig damit beschäftigt, die Vorbereitungen für die Sektion zu treffen.

Glücklicherweise wussten sowohl die beiden Ärzte wie auch der Gehilfe, was sie zu tun hatten, so dass sich ein Gespräch erübrigte. Die schwarzen Gummischürzen wurden umgebunden, heißes Wasser bereitgestellt, um verschmutzte Hände und Instrumente abspülen zu können, der Ofen angeheizt, der den ohnehin dumpfheißen Raum zusätzlich grausam erhitzte. Heiner stopfte das besudelte Nachthemd, die Betttücher und den Wandteppich in das rot glühende Ofenloch.

Der Leichnam des Edlen von Koenitz wurde auf den Tisch gelegt und entkleidet. Gezeichnet von zwei furchtbaren Krankheiten, lag er schlaff auf dem graubraunen Marmor, den Mund über dem allmählich erstarrenden Unterkiefer zu einem klaffenden »O« geöffnet.

Dr. Lauderbach zog die Brauen hoch, als er an dem nackten Körper die Verwüstungen der Syphilis sah. Mit dem Skalpell schürfte er ein paar flache Scheibchen von den Geschwüren ab und gab sie in ein Glas, das Heiner ihm hinhielt. Zweifellos wusste er, dass diese schleichende Krankheit nicht den plötzlichen Tod des Offiziers verursacht hatte, aber er würde auch diese Objekte auf Bazillen untersuchen. Aaron war geistesgegenwärtig genug gewesen, sich seine eigenen Proben schon während der Zeitspanne zu sichern, in der er allein im Sterbezimmer gewesen war, denn Lauderbach hätte es ihm nie gewährt. In den kleinfingerlangen Probenröhrchen, die er in seiner Arzttasche immer mit sich herumtrug, befanden sich Stuhlproben, Haare, außerdem Partikel von der Zunge und der Mundschleimhaut des Toten und eine Phiole voll Leichenblut, das er der dicken Halsschlagader entnommen hatte. Er wollte den sicheren Beweis liefern können, dass der Major nicht vielleicht doch an einem seiner verderblichen Tränklein gestorben war.

Die beiden Ärzte sezierten abwechselnd, während der jeweils andere die Bemerkungen des Prosektors niederschrieb. Aaron fand bei jedem neuen Schnitt des Skalpells, jedem Blick in die

Eingeweide des Toten seine Diagnose bestätigt. Der Dickdarm war leer und vertrocknet, der Magen und der Dünndarm dagegen scharlachfarben gerötet und heftig entzündet. Sämtliche inneren Organe waren ausgedörrt wie Backobst. Wo er auch die Gefäße öffnete, selbst im Herzen, fand er fingerlange Pfropfen von gestocktem Blut darin, bröcklig und körnig wie feuchter Sand.

Lauderbach entnahm der Leiche reichlich Organproben, die Heiner in Glasgefäße steckte und mit hochprozentigem Alkohol übergoss. Herz, Därme, Kehle, Zunge, alles wanderte in die gläsernen Zylinder und wurde aufbewahrt. Aaron ärgerte sich, dass er ihm nicht einmal anbot, auch davon zu nehmen, aber dann kam ihm der Gedanke, dass es vielleicht nicht mehr lange dauern würde, bis er mehr Proben sammeln konnte, als ihm lieb war.

Allen drei Männern lief der Schweiß in die Augen, als die Arbeit ihrem Ende zuging. Obwohl das Feuer im Ofen allmählich erlosch, war es im Raum noch immer unerträglich heiß und stickig. Die unbewegte Luft war erfüllt von den Ausdünstungen, die von dem Leichnam ausgingen. Die fest verschlossenen Läden erzeugten ein Gefühl klaustrophobischer Enge. Beide Ärzte waren bleich vor Erschöpfung. Wortlos banden sie die Gummischürzen ab und warfen sie in ein Becken, das mit einer Mischung aus Essigwasser und Alkohol gefüllt war. Heiner brachte zwei Schüsseln für jeden, eine mit Chlorkalklösung, die andere mit heißem Wasser, dem eine scharfe Seife zugesetzt war. Erst als sie sich im Duett die Hände abtrockneten, äußerte sich Dr. Rudolf von Lauderbach zu dem Fall.

»Ich bestätige Ihre Diagnose voll und ganz, Herr Kollege. Es handelt sich um die asiatische Cholera. Ich werde sofort die Gesundheitsbehörden verständigen. Guten Tag.« Letzteres war zweifellos nicht als freundlicher Wunsch gemeint, sondern als Hinweis auf die Türe, die der beflissene Heiner bereits offenhielt.

Rudolf starrte mit verzerrtem Gesicht hinter der eilig den Parkweg hinunter entschwindenden Gestalt des Dr. Aaron Nicolai her.

»Sein Glück, dass er sich so flink aus dem Staub gemacht hat, sonst läge jetzt eine zweite Leiche hier. Kann es wahrscheinlich nicht erwarten, seine geklauten Proben auszuwerten. Hat sich einfach was abgezwickt, ohne mich vorher zu fragen. Mein Gott, wie ich diesen hinterhältigen Kerl hasse!« Dann schüttelte er sich wie ein Hund, der aus dem Wasser kommt, und wandte sich dem akuten Problem zu, das jetzt seine ganze Aufmerksamkeit erforderte.

Er wies Heiner an, Stuhl- und Blutproben des Toten zu verdünnen. Hoffentlich, dachte er, waren die winzigen Teufel bei der trockenen Hitze nicht inzwischen krepiert. Sie hätten gleich im Sterbezimmer Proben entnehmen sollen, aber das hatte er in seiner Eile, die Obduktion durchzuführen, vergessen. Der gerissene Moische hatte seine Proben natürlich in Wasser aufbewahrt – und wenn er Pech hatte, musste er ihn bitten, diese Proben ansehen zu dürfen. Dr. Lauderbach spürte, wie sich sein Magen bei dem Gedanken verkrampfte. Sekundenlang tauchte ein Gedanke in ihm auf, den er sofort erschrocken beiseiteschob: *Ich wünschte, er hätte sich an dem schmutzverschmierten Kadaver infiziert.* Im selben Augenblick, in dem ihm das Gewissen schlug, erkannte er auch, dass Dr. Nicolai, was immer ihm bestimmt sein mochte, nicht an der Cholera sterben würde. Er war ja als Kind daran erkrankt und hatte überlebt, und damit war er für sein ganzes Leben vor der Seuche geschützt.

»Wollen Sie nicht ins Mikroskop schauen, Herr Doktor?«, ermahnte ihn Heiner. »Es ist alles vorbereitet.«

Hastig verscheuchte Dr. Lauderbach seine bösen Gedanken und beugte sich über das Mikroskop. Tatsächlich, da waren sie: Massenhaft wimmelten kommaförmige, sehr bewegliche Stäbchen in den verdünnten Körpersäften herum.

3

Aaron eilte den Parkweg hinunter, den Kopf voll durcheinanderschwirrender Gedanken. Lauderbach würde die Behörden verständigen, aber der junge Adelige war Max Pettenkofer genauso verhasst, wie er selbst es jetzt war, und in München entschied Max Pettenkofer darüber, ob die Cholera ausgebrochen war oder nicht. Er würde sich schon deswegen dagegen wehren, die Meldung ernst zu nehmen, weil es so aussehen mochte, als sei er vor seinem Gegner in die Knie gegangen.

Jeder noch so vortreffliche Mann, dachte Aaron, *hat irgendeine Schwäche. Aber jetzt kann es gut sein, dass Pettenkofers Schwäche, die Ansichten anderer Ärzte nicht akzeptieren zu können, eine Katastrophe heraufbeschwört.*

Er war erleichtert, dass Rudolf erst gar nicht auf den Gedanken gekommen war, ihn zum Mitkommen aufzufordern. Nicht nur, weil sie beide die Gegenwart des jeweils anderen nicht ertragen konnten, sondern weil er es für klüger hielt, einen anderen Weg zu gehen. Sein Schwiegervater war ein einflussreicher Mann, er konnte sich an Stellen Gehör verschaffen, die den Ärzten nicht zugänglich waren. Er hatte Freunde an den höchsten Stellen der städtischen Behörden. Wenn seine Worte nicht ernst genommen wurden, dann hatte niemand eine Chance.

Nachdem es ihm gelungen war, eine Droschke herbeizuwinken, und er die Adresse des Palais Dalbeck angegeben hatte, dachte er nach. Sein Schwiegervater verstand nichts von Medizin, aber er glaubte und vertraute allem, was Dr. Krause begutachtet und für gut befunden hatte. Er musste also mit Krause reden, um Heinrich zu überzeugen.

Die Droschke hielt nach einer unangenehmen Fahrt durch die brütende, staubige Hitze vor dem Portico des Handelshauses. Aaron zahlte, stieg aus und ließ den Klopfer gegen die Türe fallen. Sofort wurde von einem halbwüchsigen Lakaien geöffnet, der ihn erschrocken begrüßte. »Herr Doktor, ist Ihnen nicht wohl? Sie sehen ja ganz schlimm aus. Wollen Sie sich nicht setzen? Ich werde Ihnen gleich ein Glas kaltes Wasser bringen, Sie können sich ja kaum auf den Beinen halten!«

»Schon gut, Fritz, es geht schon. Ich habe einen wichtigen Auftrag für dich. Lauf sofort zu Dr. Krause und richte ihm aus, Dr. Nicolai wolle ihn im Kontor des Senators sprechen – auf der Stelle. Wenn er nicht kommen will, sag ihm, es handle sich um die *asiatica*. Kannst du dir das Wort merken?«

»Ja, gnädiger Herr, Asiatica heißt es.«

»Gut. Beeil dich. Ich sage dem Butler, dass ich dich weggeschickt habe.«

Der Junge eilte davon.

Aaron trat aufatmend in die kühle Dämmerung der Eingangshalle. Er hatte nicht gewagt, dem Jungen eine Botschaft in Klartext mitzugeben, sonst verbreitete sich am Ende das Gerücht durch ganz München, ehe die Zuständigen übereingekommen waren, wie der Fall zu behandeln sei.

Langsam stieg er die gewundene Treppe hinauf und befahl einem mit Lampenputzen beschäftigten Diener, sofort den Senator zu holen, sein Schwiegersohn müsse ihn in einer dringenden Angelegenheit sprechen. Dann trat er in das Empfangszimmer und sank ermüdet in einen der bequemen Polstersessel. Jetzt erst spürte er, wie ausgelaugt er war. Der Schock hatte seine körperliche Schwäche wieder deutlich zu Tage gebracht. Er hatte eiskalte Hände und Füße und zitterte.

Heinrich Dalbeck, den der Bote aus wichtigen Arbeiten gerissen hatte, trat missgelaunt ein, warf einen Blick auf seinen Schwiegersohn und rief: »Um Himmels willen, was hast du denn jetzt schon wieder angestellt? Du siehst aus, als hätte dich die Katze hereingebracht.«

Aaron grinste säuerlich. »So fühle ich mich auch. Hör zu, Schwiegervater. Ich habe Dr. Krause hierherbitten lassen, weil ich in einer sehr ernsten öffentlichen Angelegenheit seine und deine Hilfe brauche.«

»Öffentliche Angelegenheit? Nichts mit dir und Henny?«

»Nein. Ich bin heute zu einem Kranken gerufen worden, weil

dessen Hausarzt nicht erreichbar war. Der Mann starb, kurz bevor ich eintraf. Meine Untersuchung ergab, dass er an der asiatischen Cholera gestorben ist. Sein Tod bedeutet, dass die Krankheit jetzt auch in München ausgebrochen ist.«

Heinrich erstarrte. »Himmel, Arsch und Zwirn!«, stieß er heiser hervor. »Bist du sicher?«

»Ich habe meine Diagnose von einem erfahrenen Kollegen bestätigt bekommen.«

»Ja, dann brauchst du doch wohl nicht meinen alten Hausarzt zu fragen?« Nach einem weiteren Blick auf seinen abgehetzten, verschwitzten und nach Sezierkammer stinkenden Schwiegersohn befahl er: »Du gehst jetzt erst einmal ins Bad und machst dich frisch. Emil wird dir neue Kleider beschaffen, du riechst ja, als wärst du in eine Jauchegrube gefallen. Ich lasse inzwischen Kaffee und Eiswasser bringen.« Er hatte schon die Hand auf die Klingel gelegt, als ihm noch etwas einfiel. Stirnrunzelnd drehte er sich zu Aaron um. »Sag mal – bist du jetzt eigentlich ansteckend?«

»Das weiß ich nicht. Dr. Lauderbach behauptet, die Cholera würde nur selten von Mensch zu Mensch weitergegeben, und wenn, sei der Krankheitsverlauf sehr milde.« Ein schiefes Lächeln verzog sein Gesicht. »Du solltest mich jetzt jedenfalls nicht anfassen, bis ich gebadet bin und mich umgezogen habe.«

Heinrich blickte ihm argwöhnisch nach, als er das Zimmer verließ.

Dem auf sein Klingeln herbeieilenden Emil befahl er: »Geh zu meinem Ausstatter und kauf einen kompletten Satz feine Herrengarderobe, von der Unterwäsche bis zum Gehrock, für Dr. Nicolai. Lass es auf meinen Namen anschreiben. Er ist im Bad. Hol seine Kleider, steck sie in einen Sack und stopf sie samt dem Sack in den Ofen in der Waschküche. Wasch dir dann gut die Hände.«

Emil wich ein wenig zurück. »Sind die Kleider giftig?«, fragte er ängstlich. Dr. Nicolai war ihm noch nie geheuer gewesen, er hatte immer Angst gehabt, der unheimliche Arzt könnte ihn berühren und eines der Gifte, mit denen er ständig hantierte, auf ihn übertragen. Man bekam ja schon Magenschmerzen, wenn er einen mit seinen schwarz glänzenden Augen nur ansah.

»Nein, aber fummle nicht zu viel daran herum, sie sind voll Ungeziefer.«

Emil war anzusehen, dass ihm diese Äußerung kein Trost war, aber als gut geschulter Diener nickte er nur und machte sich auf den Weg.

Bis Dr. Krause erschien – etwas verärgert, weil er den gewitterheißen Nachmittag zu einem Schläfchen genutzt hatte und grob geweckt worden war –, hatte Aaron gebadet und sich neu eingekleidet, Kaffee und ein Krug Eiswasser hatten ihn erfrischt, und nur seine wieder deutlich sichtbaren Nervenzuckungen verrieten seine unterdrückte Erregung.

Zu dritt begab man sich in den Rauchsalon, wo Aaron die Geschichte vom Tod des Majors in allen Einzelheiten erzählte.

Dr. Krause vergaß seinen Ärger über das unterbrochene Nickerchen sofort. Er lauschte mit gespannter Aufmerksamkeit jedem Wort. Schließlich bemerkte er: »Das wird eine Katastrophe, jetzt, wo eben die Industrieausstellung eröffnet wurde! Hunderte und Tausende Fremde in der Stadt, Prominente zu Dutzenden, all die Aussteller und Einkäufer ... Es bedeutet eine schwere Verantwortung, in dieser Situation Seuchenalarm zu geben. Wenn Sie sich nun doch geirrt haben?«

Aaron blickte ihn scharf an. Seine Lippen waren schmal und straff, seine dunklen Augen funkelten aufgebracht. »Ich habe mich nicht geirrt. Und Dr. Lauderbach hat meine Diagnose bestätigt. Wir haben den Verstorbenen in seinem Laboratorium obduziert.«

»Du und Lauderbach? Ihr habt zusammen gearbeitet?«, fragte Heinrich ungläubig. »Und du sitzt hier und lebst?«

Aaron ignorierte den Einwurf. »Es gibt keinen Zweifel, Dr. Krause. Ich habe Blut- und Stuhlproben des Verstorbenen mitgenommen und werde sie zur Sicherheit in meinem Labor überprüfen, aber Lauderbach hatte bereits bei der Obduktion keine Zweifel mehr daran, und wenn ich ihn als Menschen auch den

Schweinen vorwerfen möchte, so bin ich doch von seinen wissenschaftlichen Fähigkeiten überzeugt.«

Krause hegte dennoch Zweifel. »Sie haben gesagt, der Major pflegte seine Syphilis mit allerlei Quacksalbereien zu behandeln. Ist es nicht möglich, dass er an einer dieser Mixturen gestorben ist? Sie haben uns doch selber erzählt, dass es Gifte gäbe …«

»… die ähnliche Symptome bewirken wie natürliche Krankheiten. Das stimmt. Wüsste ich nichts von den Umständen, so hätte ich vielleicht eine Blei- oder Thalliumvergiftung diagnostiziert, auch die gehen mit schweren Durchfällen, Übelkeit und Erbrechen einher.«

»Sehen Sie!«, rief Dr. Krause, nach dem Strohhalm angelnd, der ihn davor bewahrte, eine höchst unangenehme Wahrheit zu akzeptieren. »Das sollte doch zuerst genauestens überprüft werden, ehe wir die ganze Stadt in Panik versetzen und unermesslichen wirtschaftlichen Schaden anrichten. Machen Sie im Labor Proben auf diese Gifte, machen Sie –«

»Den Teufel werde ich!«, rief Aaron, sprang auf und packte den alten Arzt an beiden Schultern. Er schüttelte ihn und stieß ihn dann so heftig in den Polstersessel zurück, dass Dr. Krause nach Luft rang.

Heinrich, der die unkontrollierten Ausbrüche seines Schwiegersohns inzwischen kannte, sprang auf und riss diesen an den Armen zurück. »Aaron, ich muss doch sehr bitten!«

Aaron stand aufgebracht da. Seine Augen blickten wütend in die Runde. »Verdammte Narren!«, fauchte er. »Wirtschaftlicher Schaden? Alles verschweigen, ach ja? Auf die Straße werde ich mich stellen und schreien: Hütet euch! In München ist die Cholera ausgebrochen!«

Heinrich, der ihm ein solches närrisches Verhalten durchaus zutraute, versuchte ihn zu besänftigen. »Jetzt setz dich erst mal. Lass uns die Sache in Ruhe besprechen. Warum kommst du eigentlich damit zu mir? Ich bin kein Arzt.«

Aaron ließ sich wieder in den Stuhl sinken und bemühte sich um Selbstbeherrschung. »Erstens wollte ich dich warnen. In deinem Haus darf kein Wasser mehr zum Trinken oder Kochen verwendet werden, das nicht mindestens fünf Minuten lang abgekocht wurde. Sag das deiner Köchin. Und zweitens: Mach mir den Weg frei zu den höchsten Spitzen der Gesundheitsbehörden. Ich muss sie warnen. Und ich kenne keinen anderen Weg. Bei Pettenkofer komme ich nicht einmal mehr bis ins Vorzimmer.«

Heinrich zögerte. »Du lädst mir eine schwere Verantwortung auf. Wie Dr. Krause sagte, wenn das nun ein falscher Alarm ist …«

Aaron blitzte ihn an, dann griff er nach seiner Tasche und stürmte türenknallend hinaus, die Treppen hinunter und durch die Haustüre, die der erschrockene Fritz gerade noch rechtzeitig aufreißen konnte.

4

Henny stutzte, als sie ihren Gatten heimkommen sah. Aaron führte sich auf, als hätte er einen Sonnenstich. Sie hörte ihn schnurstracks vom Eingangstor in die Küche hinunterpoltern und dort unten die Köchin anschreien. Erschrocken eilte Henny die Treppen hinab. Als sie die Küche betrat, sah sie Fräulein Amalie entsetzt den gnädigen Herrn anstarren, der ihr soeben die Leviten gelesen hatte.

Henny packte ihn von hinten an den Kleidern und bemühte sich, ihn wegzuzerren. »Aaron! Bist du närrisch geworden? Was machst du denn mit der armen Frau?«

Aaron zwang sich mit Mühe zur Selbstbeherrschung. »Verzeihung«, wandte er sich mit einer knappen Verbeugung an die Köchin. »Mir sind die Gäule durchgegangen. Ich bin in großer Sorge, daher war ich so echauffiert. Henny«, wandte er sich an seine Frau, »bitte erkläre du es dem Personal, ich bin zu aufgeregt. Ab sofort darf in diesem Haus nichts mehr gegessen oder getrunken werden, was nicht mit abgekochtem Wasser zubereitet wurde. Fünf Minuten sprudelnd kochen lassen.« Er deutete auf den Küchentisch, auf dem ein kaltes Abendessen mit Waldorfsalat, Galantinen und einer halbgefrorenen Mousse au Chocolat vorbereitet stand. »Das wird alles weggeworfen. Auf der Stelle. Ebenso alles, was an kalten Speisen in den letzten Tagen zubereitet worden ist. Machen Sie zum Abendessen eine Suppe mit Butterbroten und einen heißen Milchpudding.«

Während die Köchin ihn anstarrte wie einen entlaufenen Irren, begriff Henny. Stumm formten ihre Lippen das Wort: *Cholera?*

Aaron nickte. »Bitte sag dem Personal einfach, was zu geschehen hat, das Warum ist nicht nötig.« Dann wandte er sich an die Köchin. »Es tut mir leid, dass ich mich so unbeherrscht gezeigt habe. Machen Sie das Abendessen und nehmen Sie sich dann bis morgen frei. Hier – eine bescheidene Entschädigung für den Schrecken. Aber merken Sie sich: Sie dürfen auch anderswo kein frisches Wasser trinken oder Fruchteis essen.«

Frau Amalie steckte mit einem Knicks das Geld ein und ging rückwärts zur Tür.

»Sie wird kündigen«, seufzte Henny.

»Ihr eigener Schaden!«, versetzte Aaron gereizt. »Dieses Haus wird nämlich eines der wenigen in München sein, das von der Cholera verschont bleibt. Vorausgesetzt, man befolgt meine Anweisungen.«

Henny griff nach seinem Arm. »Komm mit nach oben. Wenn wir hier weiterreden, weiß in einer halben Stunde das gesamte Personal Bescheid.«

Es war aber bereits zu spät für Diskretion. Frau Amalie war mit dem Gemüse für die Suppe gerade rechtzeitig zurückgekommen, um durch die halb offene Türe das Wort *Cholera* aufzuschnappen. Vermutlich wäre sie auch ohne diese Indiskretion rasch darauf gekommen, was Sache war, denn gänzlich unbekannt waren die Gefahren von verunreinigtem Wasser nicht. Speziell die Köchinnen pflegten – zwar ohne jedes medizinische Wissen, aber mit ihrer reichen, überlieferten Erfahrung – den mit Wasser zubereiteten Speisen als Gegenmittel säurehaltige Stoffe beizugeben wie sauren Apfelwein, Berberitzensirup, Zwiebeln oder Essig, auch starker Alkohol wurde Süßspeisen und Saucen zugesetzt. Sogar das teilweise Abkochen von Wasser war gebräuchlich. Wenn so strenge Vorschriften erlassen wurden, wie der gnädige Herr (den Frau Amalie bei sich »den verrückten Moische« nannte) das eben getan hatte, war irgendeine Krankheit unterwegs. Und das hieß ihrer weisen Erfahrung zufolge, dass man besser aus dem Dunstkreis der Erkrankung verschwand.

Sie nahm sich nicht einmal die Zeit, noch das Abendessen zuzubereiten. In aller Stille packte sie ihre Habseligkeiten in eine geräumige Tasche und verdrückte sich durch die Hintertüre, nicht wissend, dass sie einen sicheren Hafen verließ und sich geradewegs in die von unsichtbaren Gefahren wimmelnde Stadt begab.

17. Juli

1

Zwischen Dr. Rudolf von Lauderbach und Dr. Aaron Nicolai mochten Welten liegen, aber einen Tag nach der Obduktion des Major von Koenitz teilten sie ein gemeinsames Schicksal. Lauderbach musste erleben, dass die hochrangigen Ärzte, denen er seine Sorge anvertraute, sofort mit Professor Pettenkofer Rücksprache hielten und dieser strikte Order erließ, prinzipiell nichts zu glauben, was Dr. Lauderbach vorbringen mochte. Von seinen Kollegen als Spinner abgestempelt, versuchte der junge Arzt es bei der ›Illustrierten Zeitung‹. Dort hörte man ihm zwar bereitwillig zu, aber sobald dem Redakteur klar wurde, dass eine Warnung vor der Cholera das Ende der Industrieausstellung bedeutete, warf er den Rufer in der Wüste hinaus.

Aaron erging es nicht besser. Heinrich hatte ihm zwar ein Gespräch mit den Spitzen der Ärzteschaft vermitteln können, aber er war kaum zum Punkt gekommen, als man ihm bedeutete, dass Dr. Lauderbach bereits mit demselben Anliegen an Mauern gestoßen sei. Es gehe nicht an, eine Massenflucht der Besucher und einen in die Milliarden gehenden Schaden für die bayrische Wirtschaft zu riskieren, wenn nicht hundertprozentig feststehe, dass es sich um die *Cholera asiatica* und nicht um die im Sommer so häufigen harmlosen Brechdurchfälle handelte.

»Am Brechdurchfall stirbt man im Allgemeinen nicht!«, hielt Aaron seinen Kollegen entgegen.

Einer der Herren hakte sofort nach. »Aber der Major von Koenitz war bereits krank, da ist es doch naheliegend, dass eine an sich harmlose Brechruhr ihn tötete.«

Ein anderer sekundierte: »Außerdem war doch seine Syphilis weit fortgeschritten.«

Aaron geriet langsam in Zorn. »Das wäre die erste Syphilis in der Medizingeschichte, die durch schwere Durchfälle und Austrocknung zum Tod führt!«

Ein Dritter meldete sich zu Wort. »Kollege Nicolai, als Toxikologe kennen Sie doch sicher die Symptome der Bleivergiftung, der Thalliumvergiftung, der Vergiftung durch Knollenblätterpilze oder den Samen der Herbstzeitlose. Alle haben starke Ähnlichkeit mit den Symptomen von *Cholera morbus*. Können Sie mit absoluter Sicherheit ausschließen, dass der Major eines dieser Toxine versehentlich oder mit Absicht eingenommen hat?«

»Wenn ich genug Zeit hätte, könnte ich mir diese Sicherheit verschaffen, aber Zeit haben wir nicht. Meine Herren, ist Ihnen bewusst, was hier gerade geschieht? Eine oder auch mehrere Zapfstellen unseres Trinkwassers sind mit *Vibrio cholerae* verseucht. Jeder, der davon trinkt, kann erkranken. Es muss um jeden Preis in der ganzen Stadt verkündet werden, dass nur noch abgekochtes Wasser getrunken werden darf, dass Früchte und Gemüse nicht in frischem Wasser gewaschen –«

»Ach, kommen Sie!«, unterbrach ihn einer der gelehrten Herren. »Sie können nicht die ganze Stadt rebellisch machen wegen einer höchst dubiosen Diagnose.«

»Meine Diagnose ist hieb- und stichfest!«, fauchte Aaron wütend.

»Ach ja?«, versetzte der andere mit kaltem Hohn. »Das wundert mich aber bei einem Mann, der seine wissenschaftlichen Meinungen wechselt wie die Hemden und sich einmal dem, einmal jenem Lager zugesellt! Vielleicht sind Sie ja morgen schon wieder der Meinung, es wäre doch keine Cholera, und inzwischen stehen wir vor einem Scherbenhaufen!«

Aaron stand auf. Sein Gesicht zuckte grässlich, aber seine Stimme war kalt und klar, als er sagte: »Das Elend, das diese Stadt heimsuchen wird, werden Sie allein zu verantworten haben.«

Damit verließ er den Saal.

18. Juli

1

Mitten in diese unheilschwangere Stimmung hinein fiel ein Termin, der eine Quelle der Freude hätte sein sollen. Senator Dalbeck hatte bereits vor dem Sommer vier der heiß begehrten Karten für die Aufführung des ›Faust‹ gekauft, die am 18. Juli im Hoftheater stattfinden sollte. Schon damals war es nur über bestimmte Verbindungen möglich gewesen, diese Karten, um die das Publikum sich förmlich prügelte, zu ergattern, und Henny hatte sich lange darauf gefreut, ihre besten Kleider in das prunkvolle Theater auszuführen, dessen Logen gedrängt voll mit Prominenten sein würden.

Aaron reagierte recht unfreundlich auf die Erinnerung daran, dass sie abends mit Senator Dalbeck und Gustav ins Theater gehen wollten. »Himmelherrgott, wir stehen am Rande einer Katastrophe und du willst ins Theater!«, schnauzte er seine Frau an.

Henny zeigte sich vernünftig. »Aaron, du bist seit vorgestern völlig überdreht. Du kannst an nichts anderes denken als daran, ob irgendwo ein weiterer Cholera-Fall auftritt. Aber bis jetzt hat man nichts davon gehört. Es kann doch gut sein, dass sich der Major die Krankheit von einer Wasserleitung weit außerhalb Münchens geholt hat, nicht wahr? Hast du nicht selbst Dutzende von Zapfstellen überprüft und an keiner auch nur den kleinsten Hinweis gefunden? Und außerdem – meinst du, die Cholera wartet nur darauf, dass du sie aus den Augen lässt, um dann auszubrechen?« Sie trat zu ihm und legte die Arme um seinen Nacken. »Komm. Ruh dich wenigstens ein paar Stunden aus, denk an etwas anderes. Die Aufführung soll grandios sein. Und du hast selbst gesagt, dass man sich fast ausschließlich über unreines Wasser ansteckt, nicht durch Berührung. Es ist also ganz ungefährlich, ins Theater zu gehen.«

»Ja, ja. Schwatz mir nicht die Ohren voll mit deinem Plädoyer, du Winkeladvokat.« Er hielt sie auf Armeslänge von sich ab und betrachtete ihr Gesicht. Ein Lächeln stahl sich auf seine Lippen. »Vielleicht hast du recht. Ich werde Joseph sagen, er soll mich sofort verständigen, wenn Nachricht von einem weiteren Fall kommt, und bis dahin mache ich eine Pause.«

Die Vorstellung sollte um 20 Uhr beginnen. Eine Stunde zuvor hielt die Kutsche des Senators vor der Villa Marsalla, und die beiden jungen Leute stiegen zu. Henny freute sich wie ein Kind. Sie hatte sich prächtig herausgeputzt, hatte einmal so richtig die Tochter aus reichem Hause hervorgekehrt, und auch Aaron an ihrer Seite machte einen äußerst distinguierten Eindruck. Viele Blicke folgten dem schönen Paar, als sie vor dem Hoftheater aus der Kutsche stiegen und sich ins Foyer begaben, wo an Stehtischen eisgekühlter Champagner und köstliche Würzbissen auf die geladenen Gäste warteten. Die vier hatten wohlweislich schon zu Hause gegessen, wusste man doch nichts Näheres über die Zubereitung der leckeren Häppchen. Aber sie sprachen mit Vergnügen dem Champagner zu, und Henny sah erleichtert, wie sich ihr Gatte entspannte.

Seine nervösen Ticks ließen nach. Er schien sich auf die Vorstellung zu freuen. Jedenfalls plauderte er gut gelaunt mit seinem Schwiegervater und Schwager und ließ es sich auch nicht verdrießen, als Rudolf von Lauderbach das Foyer betrat, begleitet von seiner Mutter und der wie immer grotesk aufgetakelten Großmutter, der Freifrau Antoinette. Die Greisin mit ihrer ellenhohen weißen Perücke trippelte mühsam, aber hocherhobenen Hauptes am Arm ihres Enkels daher, ein Bild verstaubter, märchenhafter Eleganz, als sei sie selbst einem Theaterstück entstiegen. Rudolf führte sie galant in ihre Loge unmittelbar vor der Bühne, half ihr, sich zu setzen, brachte ihr Programm, Opernglas und ein Glas Champagner und begab sich dann zurück ins Foyer. Als Henny zu ihm hinüberblickte, begrüßte er sie mit einer Verbeugung, kam aber nicht näher, und Heinrich Dalbeck atmete auf. Eine wüste Schlägerei unter den Augen der gesamten Münchener Prominenz war das Letzte, was er erleben wollte.

Schließlich ertönte das Glockenzeichen, sich an die Plätze zu begeben. Die Dalbecks hatten eine Loge auf dem ersten Rang, genau in der Mitte, wo man die beste Sicht hatte. Henny spürte, wie ihr Herz vor Seligkeit klopfte. Sie drängte sich an Aaron und legte den Kopf auf seine Schulter.

»Schläfst du etwa ein?«, neckte er sie. »Das Stück hat noch nicht einmal angefangen, und du langweilst dich schon so sehr?«

»Wenn ich mich während der Aufführung langweile, werde ich nicht einschlafen, sondern mich zu beschäftigen wissen.«

»Was willst du denn tun? Sticken?«

Henny, der der Champagner ein wenig zu Kopf gestiegen war, beugte sich zu ihm und flüsterte ihm etwas zu. Ihre rosa Zungenspitze schnellte heraus und leckte verstohlen über sein Ohr.

Er wurde glutrot und schluckte heftig. »Mach das nicht noch einmal!«, flüsterte er zurück. »Du bringst mich ganz in Verlegenheit.«

Henny setzte sich mit unschuldiger Miene gerade hin und faltete sittsam die Hände im Schoß. Inzwischen hatte sich das Theater bis auf den letzten Platz gefüllt. Ganz München, so schien es, hatte sich hier versammelt, um Zeuge der Taten und Untaten des Doktor Faust und seines teuflischen Gefährten zu werden. Rundum wurde gemurmelt, geraschelt, geschwatzt, getrunken und mit den Türen geklappert. Erst als das dritte Zeichen ertönte, legte sich allmählich der fröhliche Lärm. Die Damen ließen sich auf ihre Stühle sinken und ordneten ihre ausladenden, seidenen Roben. Gläser wurden ein letztes Mal gefüllt und geleert, allerdings nur von den Zuschauern im Parkett und auf der Galerie, wo man keine Möglichkeit hatte, Gläser abzustellen. In den Logen wurden weiterhin zusätzliche Flaschen Champagner geordert. Als eine Lampe nach der anderen erlosch und sepiabraune Dämmerung sich über den Zuschauerraum breitete, wandten sich alle Blicke der Bühne zu, vor der das Orchester nun zur Ouvertüre ansetzte.

Henny hatte sich schon lange nicht mehr so wohlgefühlt. Aaron hatte den Arm um ihre Mitte gelegt und hielt sie auf eine Weise fest, die sie an ihre erste Berührung im Treppenhaus des Palais Lauderbach erinnerte. Sie war sicher, dass er in der kommenden Nacht keine Ausflüchte mehr gebrauchen würde. Seit der schweren Vergiftung war er seiner Männlichkeit nicht mehr sicher gewesen, hatte Angst gehabt zu versagen und sich in der Folge ihren Annäherungen entzogen. Aber jetzt schien er durchaus wieder im Stande, sich seiner ehelichen Pflichten zu erinnern.

Sie rieb zärtlich die Wange an seiner Schulter.

Der haushohe, rotsamtene Vorhang rauschte langsam nach beiden Seiten auseinander. Die Musik nahm einen unheilvollen Unterton an, Bassgeigen und Pauke mischten sich in den heiteren Klang der Geigen und Bläser. Dann verstummten die Instrumente eines nach dem anderen, während auf der Bühne die Schatten zurückwichen und Fausts Studierstube sichtbar wurde, in der der unselige Gelehrte sich eben den Todestrank mischte. Hinter den Fenstern sah man bereits eine Gestalt herumschleichen, die das Gesicht da und dort an die Scheiben presste. Ein greiser Faust beklagte sein Schicksal. Schnurstracks hüpfte auch schon der teuflische Pudel – ein schwarz geschminkter, possierlicher Knabe mit einer Fellhaube, Fellhandschuhen und einem wolligen Schwanz – herein und wurde unter Donnergrollen, Rauch und Feuerschein zum elegant gekleideten roten Junker.

Henny saß reglos da, den Blick fasziniert auf die Bühne gerichtet. Nur am Rande ihres Bewusstseins nahm sie wahr, dass irgendetwas die Stimmung störte. Unten im Parkett entstand eine Unruhe, es raschelte, jemand protestierte gegen die Störung. Dann ein gellender Aufschrei, so panisch, dass Mephisto und Faust auf der Bühne erstarrten.

»Zu Hilfe! Hilfe!«, rief eine Frauenstimme. »Licht! Licht!«

Zwei Lampen gingen an und warfen ihren gelblichen Schein auf eine turbulente Szene unmittelbar vor dem Orchestergraben.

Dort lag die alte Freifrau in ihren längst aus der Mode gekommenen Festkleidern und zuckte und zappelte grotesk in den Armen ihres Enkels. Grässliche Würgelaute ausstoßend, bäumte sie sich auf und sank wieder zusammen.

Henny sprang auf und beugte sich über die Brüstung. Sie wollte gerade etwas zu Aaron sagen, wandte sich zu ihm um und merkte, dass er nicht mehr da war. Er musste gerannt sein wie ein Hase, denn gleich darauf erschien er schon unten im Parkett. Ohne links und rechts zu schauen, lief er zu der kranken Greisin, kniete sich neben ihr auf den Boden und blickte ihr ins Gesicht. Henny sah, wie er und Rudolf gleichzeitig den Kopf hoben. Ihre Blicke trafen sich. Dann, ohne ein Wort, griffen sie zu und trugen die Freifrau aus dem Theatersaal. Vermutlich würden die Besucher annehmen, die Alte hätte einen Herzanfall erlitten, und den Zwischenfall rasch wieder vergessen. Auf der Bühne machten sich Faust und Mephisto bereit, ihr nächtliches Gespräch wiederaufzunehmen. Die zusätzlichen Gaslampen wurden wieder gelöscht. Alles hätte seinen normalen Gang nehmen können, hätte nicht plötzlich eine Frauenstimme im Publikum aufgekreischt: »Seht nur! Seht doch nur, wie blau ihr Gesicht ist!«

Alle Zuschauer, an denen die beiden Ärzte mit der Erkrankten vorbeikamen, sprangen von ihren Sitzen auf und starrten der schlaffen Gestalt entsetzt ins Gesicht. Danach dauerte es nur noch ein paar Atemzüge, bis der panische Schrei durch das voll besetzte Theater gellte: »Cholera!«

Starr vor Schrecken sah Henny zu, wie sich die Panik breitmachte. Immer mehr Menschen sprangen von ihren Sitzen auf. Die ersten begannen schon zu den Ausgängen zu drängen, und je mehr Menschen zu fliehen versuchten, desto kopfloser wurden sie in der Aufregung. Henny hatte plötzlich wieder Aarons Stimme im Ohr, wie er ihr von seinem grauenhaften Kindheitserlebnis in Paris erzählt hatte. Sie sah, wie sich da unten im Parkett und inzwischen auch auf den Rängen Menschenknäuel bildeten, die sich drehten wie Wirbel in einem Malstrom. Man schlug wild um sich, ohne Rücksicht auf den anderen. Die ersten Schreie waren dann auch Schreie der Empörung. Doch zusehends wurden daraus Schreie der Furcht und des Schmerzes.

Senator Dalbeck war aufgesprungen, doch Henny legte ihm die Hand auf den Arm. »Bleib sitzen, Papa. Wir brauchen nicht davonzulaufen. Man kann sich nicht durch die Luft oder durch Berührungen anstecken, das hat Aaron dir doch sicher schon gesagt.« Sie wollte auch Gustav zurückhalten, aber der drehte sich um und zeigte ihr den Vogel, dann stieß er heftig gegen die samtbespannte Türe der Loge und verschwand hinaus auf den Gang, der erfüllt war von trampelnden Schritten und Stimmengewirr.

Heinrich Dalbeck ließ sich in seinen Stuhl zurücksinken. »Ich hoffe, dein Mann hat recht«, bemerkte er sarkastisch. »Aber ich will mir nicht nachsagen lassen, ich wäre davongerannt wie ein scheuendes Pferd, nur weil jemand *Cholera!* gerufen hat. Außerdem scheint mir im Augenblick das Totgetrampeltwerden die größere Gefahr zu sein.«

Tatsächlich wurden die Schmerzensschreie im Parkett und auf den Gängen immer durchdringender, als die Menschenmenge sich vor den engen Ausgängen staute und die Nachdrängenden nicht aufgaben, sich mit Fausthieben und Fußtritten Raum zu verschaffen. Wenigstens hatten die Beleuchter daran gedacht, alle Gaslampen wieder voll aufzudrehen. Als Henny einen Blick auf die Bühne warf, war diese leer. Ein umgestürzter Stuhl verriet, mit welcher Hast Faust und Mephisto sich davongemacht hatten.

2

Aaron Nicolai fühlte, wie die Wellen eines Albtraums über ihm zusammenschlugen. Die Gegenwart mischte sich mit der Vergangenheit. Er war der erwachsene Arzt, der routiniert und völlig auf sein Tun konzentriert alles tat, was er für die sterbende Greisin noch tun konnte, und gleichzeitig der fünfjährige Junge, der in einer fremden Stadt auf ein Szenario des Schreckens und der Verzweiflung starrte. Er und Rudolf hatten Antoinette ins

Kontor des Inspizienten getragen und sie dort auf ein Canapé gebettet. Ihre Tochter stand weinend am Kopfende. Rudolf bemühte sich, seine Großmutter zu beruhigen, er saß dicht neben ihr und wärmte ihre eiskalten Hände, sprach zärtlich auf sie ein, während sie allmählich in den Schatten der Bewusstlosigkeit versank. Aaron hatte ihr die Schuhe ausgezogen, eine Wärmflasche unter ihre schwarzblau angelaufenen Füße gelegt und ein Taschentuch in kaltes Wasser getaucht, mit dem er ihre ausgedörrten Lippen betupfte. Er konnte förmlich zusehen, wie der ohnehin schwache Kreislauf in Windeseile versagte. Der ausgemergelte Leib war eingefallen und hart, Augen und Wangen tief eingefallen, Nase und Kinn spitz und von bläulich violetter Farbe, der Blick gebrochen. Was er vor sich sah, war die klassische *Facies hippocratica*, das »hippokratische Gesicht« der Sterbenden. Zweifellos stand er hier vor der bösartigsten, am schnellsten tötenden Form der Krankheit, der *Cholera sicca,* bei der Erbrechen und Durchfälle fehlten, denn in einem solchen Zustand wäre die Freifrau gar nicht mehr ins Theater gegangen. Oft dauerte es in diesem Fall nur wenige Stunden vom Ausbruch der Krankheit bis zu ihrem tödlichen Ende.

Aaron blickte Rudolf an. »Kein Zweifel?«, fragte er.

»Nein, kein Zweifel.«

»War die Patientin seit heute Morgen außer Haus?«

»Nein.«

»Dann befindet sich eine Ansteckungsquelle in Ihrem Haus.«

In dem Augenblick ließ die Greisin ein schwaches, kindliches Wimmern hören, umklammerte Rudolfs Hand und starb lautlos. Ein paar Sekunden lang blickte der junge Arzt auf das so geliebte und nun so entstellte Gesicht hinunter, dann seufzte er und stand auf.

»Mutter«, wandte er sich an die weinende Frau, »bitte halte du hier die Totenwache. Ich muss rasch zu Hause nach dem Rechten sehen.« Zu Aaron sagt er mit eisiger Höflichkeit: »Dr. Nicolai, Sie werden sich jetzt zweifellos um Ihre eigenen Angelegenheiten kümmern wollen.«

Aaron ging schweigend. Jetzt, wo er nicht mehr am Krankenbett stand, ließ seine Konzentration nach, und wie ein Pferd, dem man die Zügel schießen lässt, ging seine Einbildungskraft mit ihm durch. So heftig überschwemmte ihn die Erinnerung, dass er meinte, mit seinem Vater hier zu sein, und ein paar Herzschläge lang die dazwischenliegenden Jahre völlig vergaß. Dann wurde er mit einem Ruck in die Realität zurückgeholt, denn da, am Rande des Tohuwabohu, standen mit betroffenen Gesichtern ein paar der würdigen Graubärte, die ihn am Tag zuvor weggeschickt hatten. Er stürzte auf sie zu und packte den Nächststehenden am Revers.

»Glauben Sie es jetzt, meine Herren? Glauben Sie es?«

Der Professor sah ihn erschrocken an. »Aber werter Herr Kollege, echauffieren Sie sich doch nicht so! Nur weil der Pöbel in Panik verfällt, brauchen besonnene Menschen –«

»Ja, wie ich sage!«, fiel ein Zweiter ein. »Eine Frau, die bereits in den Neunzigern war, ist im Theater gestorben, sehr bedauerlich, ganz gewiss, aber eben der Lauf der Dinge, und nur das verantwortungslose Geschrei einer Hysterischen –«

Aaron hörte nicht länger zu, sondern stürmte wortlos davon.

3

Der Abend, von dem sie sich so viel Vergnügen erwartet hatten, endete im Chaos. Vor dem hell erleuchteten Hoftheater rannten die Menschen kopflos herum – wie Schafe bei Gewitter. Kutscher peitschten auf die Pferde ein, konnten aber im Gewühl nicht weiterkommen, die Pferde stiegen und schlugen aus, und wütende Fußgänger, die sich in Gefahr sahen, von den eisenbeschlagenen Hufen getroffen zu werden, hämmerten mit den Fäusten an die Kutschen, brüllten Flüche, und einige versuchten sogar, auf den Bock zu springen. Die bedrohten Kutscher verteidigten sich mit ihren Peitschen. Schlägereien brachen aus, in denen sich die Angst und Erregung der Theaterbesucher ein Ventil verschafften. Es dauerte eine gute halbe Stunde, bis es dem Kutscher der Dalbecks gelang, eine Seitengasse zu erreichen, und über Umwege gelangten sie schließlich zur Villa Marsalla.

Henny wollte ihren Vater auf ein Glas Wein hereinbitten, aber er lehnte ab. Ein Seuchenausbruch sei auch eine Herausforderung an die Politiker. Er wolle sich vorbereiten für die Besprechungen, die am nächsten Tag zweifellos auf der Tagesordnung stehen würden.

Sie selbst und Aaron stiegen die Treppe hinauf, achtlos gegenüber den erstaunten Gesichtern der Dienstboten, die ihre Herrschaften erst viel später in der Nacht zurückerwartet hatten.

»Kannst du etwas tun? Ich meine, kannst du die Kranken behandeln?«, fragte Henny mit beklommener Stimme, sobald sie im Wohnzimmer miteinander allein waren.

Aaron schüttelte niedergeschlagen den Kopf. »Nein. Die gesund werden, werden von selbst gesund – die anderen sterben.« Dann, erschreckt von seiner eigenen Resignation, fügte er rasch hinzu: »Der Körper muss zwar selbst mit der Krankheit fertig werden, aber man kann ihm dabei eine gewisse Hilfestellung leisten.«

»Was kann man denn tun?«, fragte Henny, während sie ihnen beiden ein Glas Wein einschenkte.

Er begann, das Glas in der Hand, im Wohnzimmer auf und ab zu gehen. Wie ein Feldherr, der die Bewaffnung seiner Truppen prüft, rekapitulierte er, welche Mittel ihm im Kampf gegen die grausame Krankheit zur Verfügung standen. »Man kann zum Beispiel durch stark stopfende Arzneien die Durchfälle verringern und so den tödlichen Wasserverlust eindämmen. Man kann den Blutkreislauf unterstützen, indem man die Füße des Kranken hochlagert und warm hält, und natürlich muss dafür gesorgt werden, dass dem Körper permanent Wasser zugeführt wird. Und ich werde ein Mittel anwenden, das zwar bei der Behandlung der Cholera noch nie ausprobiert wurde, aber meines Erachtens helfen müsste, und wenn nicht, so schadet es immerhin nicht.«

»Was für ein Mittel?«

»Holzkohle. Es ist bekannt, dass metallische und pflanzliche

Gifte im Darm gebunden werden können, indem man dem Patienten reichlich Holzkohle eingibt. Nun, ich bin überzeugt, dass ich mit derselben Methode auch das Gift der Bazillen unschädlich machen oder es zumindest reduzieren kann. Ich werde die gemahlene Holzkohle mit Weizenkleie mischen, das ergibt einen dicken Brei, der einerseits die Toxine aufsaugt und an sich bindet, andererseits die Entzündung des Dünndarms lindert.« Er trommelte mit den Fingerspitzen auf die Lehne der Récamière, in Gedanken bereits beim Mischen seiner Medizin.

Henny erlaubte sich den Einwurf: »Wäre es nicht sinnvoll, der Mischung etwas beizugeben, das durch den Darm transportiert wird und speziell gegen Entzündungen hilft?«

»Ja, gewiss. Ein Cannabis-Klistier. Das kannten schon die alten Assyrer als bewährtes Mittel gegen Krämpfe, Durchfall und Entzündungen der Eingeweide. Sie kochten die Cannabispflanze und führten den Kranken den Absud als Klistier ein. Das werde ich tun. Zusätzlich werde ich einen Tee aus Mohnkapseln aufbrühen und dem Brei zusetzen, außerdem Salz und Zucker.«

»Wieso das?«

»Salz bindet das Wasser im Fleisch, das müsstest du vom Pökeln her wissen. Aber ich muss es vorsichtig dosieren, weil es sonst Übelkeit erregt und als Brechmittel wirkt, was wir nun wirklich nicht gebrauchen können. Und der Zucker … ich weiß es nicht genau, was er bewirkt, aber auf jeden Fall gibt er Kraft. Hast du noch nie gesehen, wie eine Biene schwach herumtorkelt, und wenn man ihr dann einen Tropfen Honig oder Zuckerwasser gibt, kommt sie sofort wieder zu Kräften? Wie auch immer, schaden kann der Zucker nicht.«

»Nun, das ist doch schon einiges.«

Er zuckte die Achseln. »Es ist der Kampf eines David gegen Goliath.«

Henny lächelte ihn über den Rand des Glases hinweg an. »Aber wie du dich erinnerst, hat David gewonnen.«

»Ich habe nur ein Problem.«

»Und das wäre?«

Er verzog das Gesicht. »Viele Kranke werden sich weigern, die Mischung einzunehmen oder sich klistieren zu lassen, wenn sie ohnehin schon an Durchfällen leiden. In ihren dummen Köpfen herrscht die Vorstellung, bei jeder schweren Erkrankung sei es erst einmal am klügsten, sich schröpfen zu lassen – das heißt, den Körper noch weiter zu schwächen, das Blut noch mehr zu verdicken! Und nicht nur die Patienten sind so uneinsichtig, die Ärzte sind es ja auch.« Er stand auf und strich mit beiden Händen das Haar hinter die Ohren zurück. »Das werde ich wohl kaum ändern … Ich gehe jetzt ins Labor und werde einen ersten Vorrat von dieser Arznei herstellen.«

Sie sprang auf. »Darf ich dir dabei helfen?«

»Joseph wird mir helfen.«

»Ich will es aber. In deiner Medizin ist nichts, was giftig oder gefährlich wäre, es kann mir also nichts passieren.«

»Ich sage aber Nein.«

Sie packte so energisch seinen Arm, dass er unter dem Griff ihrer harten Finger zusammenzuckte. »Du spielst nicht fair! Du erklärst mir ein paar nebensächliche Dinge, aber die wirklich wichtigen, die wirklich aufregenden …«

»Himmel, Arsch und Zwirn!«, schrie er, entnervt von ihrem beharrlichen Drängen. »Hätte ich gewusst, was für einen Quälgeist ich mir auf den Hals lade …«

»Hätte ich gewusst, dass ich mich mit einem Gauner einlasse, der seine Versprechen nicht hält!« Henny streckte sich auf die Zehenspitzen, um gleich groß mit ihm zu sein, und stemmte wutentbrannt die Fäuste in die Hüften. »Heiratsschwindel nenne ich das, eine Frau erst mit falschen Schwüren zu ködern und dann …«

»Ich habe dich durchs Mikroskop schauen lassen!«

»Dass ich nicht lache! Ich will mitarbeiten!«

»Da hätte ich ja gleich einen Studenten heiraten können!«

Sie grinste ihn an. »Ach ja? Und da würde dir nichts fehlen? Aber das sage ich dir, wenn du den Pakt brichst, breche ich ihn auch!«

Aaron streckte die Waffen. »Du hast gewonnen! Aber wehe dir, du fasst etwas an, wehe dir, du *schaust* auch nur etwas an, das ich dir nicht ausdrücklich erlaubt habe, dann … dann mache ich von meinem Züchtigungsrecht Gebrauch!«

Henny strahlte, sichtlich unbeeindruckt von seiner Drohung. »Komm, wir ziehen uns nur schnell um, und dann fangen wir an!«

Aaron Nicolai verstand die Frauen nicht. Nie hatte er Henny so glücklich gesehen wie jetzt, wo sie, eine Gummischürze über dem Hauskleid, neben ihm am Arbeitstisch im Labor saß und mit Feuereifer im Mörser Holzkohle zu staubfeinem Pulver zerrieb. Das Haar hatte sie mit einem Häubchen bedeckt, damit nichts davon in die Zubereitung fiel. Ihr Gesicht war heiß, ihre Lippen standen halb offen, wie er das bislang nur im Zustand höchster Ekstase an ihr beobachtet hatte. Die stickige Luft in dem fensterlosen Raum, der unangenehme Geruch, das in der Luft schwebende Kohlenpulver, nichts schien ihr etwas auszumachen. Vollends aus dem Gleichgewicht geriet sie allerdings, als er den Giftschrank öffnete und das Zylinderglas mit getrockneten Cannabispflanzen herausfischte. Aaron schauderte, als er den Blick bemerkte, mit dem sie die Flaschen und Tiegel anstarrte – so ähnlich seinem eigenen Blick, wenn er sich am Anblick seiner gefesselten Dämonen ergötzte. Wie konnte eine Frau so fühlen, so denken? Was für eine Lilith hatte er da geheiratet?

Als Henny mit dem Pulverstoßen fertig war, sprang sie auf. »Lass mich das kochen, ja? Kochen ist Frauenarbeit.«

Widerwillig erlaubte er ihr, den Topf mit Wasser zu füllen und die dürren Pflanzenstücke darin einzuweichen. Sie beobachtete, wie er einen weiteren Glaszylinder aus dem eisernen Schrank nahm, der bräunliche Samenkörner enthielt.

»Opium?«, fragte sie.

»Woher weißt du das?«

»Nun, du hast gesagt, du willst Cannabis und Opium in die Mischung tun. Das Cannabis liegt bereits dort drüben, also wird das hier wohl das Opium sein.«

Er zuckte die Achseln und begann die Körner zu zerstoßen, während Henny auf seine Anordnung hin aufpasste, dass der

Hanfsud auf dem Gasbrenner nur leise köchelte und nicht zu sehr eindickte.

»Wieso stopft Opium eigentlich?«, fragte sie.

»Weil es den Darm lähmt. Leute, die es über Jahre hinweg nehmen, sterben daran, dass ihre Eingeweide erschlaffen und eine chronische Konstipation eintritt. Aber in vorsichtiger Dosierung stillt es gerade deshalb den Durchfall.«

»Und warum ...«

Er hätte ihr den Hals umdrehen können, und wenn er einen Blick auf Joseph warf, der in finsterem Schweigen am anderen Ende des Tisches saß und das Kohlenpulver mit Salz, Zucker und Weizenkleie mischte, las er denselben Wunsch in den Augen seines Gehilfen. Fragen, Fragen, Fragen!

»Aaron, ich habe dich etwas gefragt.«

Er warf den Kopf zurück. »Ja, zum Teufel! Was denn?«

»Du hast nicht sehr viel Vorrat von diesen Drogen. Wenn jetzt jeden Tag Menschen erkranken, wirst du mehr davon brauchen. Und von der Holzkohle ist auch nicht genug da.«

»Joseph wird gleich morgen früh die nötigen Mengen einkaufen.«

Sie strahlte ihn an. »Ja, gut! Dann kann ich dir ja weiterhin helfen, während er unterwegs ist. Und während du deine Krankenbesuche machst, können Wilhelmina und ich die Medizin zubereiten. Dazu wirst du doch keine Zeit haben.«

»Bist du von Sinnen? Wenn du zu viel Opium hineintust, bringst du mir die Patienten um!«

Sie war gekränkt. »Hör zu. Ich kann kochen! Da werde ich wohl dein simples Rezept auch noch anrühren können, ohne von irgendetwas zu viel hineinzutun! Und hat Minna ihrem Rittmeister nicht jahrelang seine Medizin zubereitet?«

»Das ist etwas ... Ach, hol's der Teufel! Meinetwegen. Ihr könnt die Zutaten vorbereiten, wenn ihr euch unbedingt die Hände rußig machen wollt. Aber die richtige Mischung, das kann nur ich.«

Henny lächelte zufrieden.

Todesfälle

7

Am nächsten Morgen war der Tod der alten Freifrau im Hoftheater in aller Munde. Beunruhigung machte sich in der ganzen Stadt breit. Die ›Illustrierte Zeitung‹ beschrieb den Vorfall in allen Einzelheiten, freilich mit dem Nachsatz, die Greisin sei gewiss an Herzversagen gestorben und nur der Aufschrei einer Hysterischen habe diese Panik ausgelöst. Ärzte und Behörden suchten zu beschwichtigen. Umsonst, denn am frühen Vormittag meldete ein Arzt, dass er bereits am 16. des Monats zu einem Kranken gerufen worden war, dem Portier des Glaspalastes, der an verdächtigen Symptomen erkrankt und bald darauf gestorben war. Er gab zu, dass er eine Fehldiagnose gestellt hatte, als er in den Totenschein »Herzschlag infolge allgemeiner Erschöpfung« geschrieben hatte. Stunden später hatte ihm ein Kollege erzählt, dass er einen Fall von Brechruhr behandelt hätte, der glücklicher verlaufen war. Die Kranke hatte sich wieder erholt und hoffte, bald ihren Dienst als Scheuerfrau in der Ausstellungshalle wieder aufnehmen zu können. Und eben hatte er von zwei weiteren Fällen erfahren, beide unter dem Personal der Ausstellung.

Heinrich Dalbeck wurde zu einer Krisensitzung in den Stadtsenat gerufen, und obwohl sein Schwiegersohn nicht eingeladen worden war, bat er Aaron, ihn zu begleiten. Helle Aufregung herrschte in dem prächtig ausgestatteten Sitzungssaal mit seiner bernsteinfarbenen Wandtäfelung und dem langen Konferenztisch in der Mitte. Politiker und Ärzte – unter ihnen Dr. Rudolf von Lauderbach – standen so dicht gedrängt, dass nur den Gebrechlichen ein Platz am Tisch zugestanden wurde. Die Übrigen lehnten an der Wand oder hatten sich vom Saaldiener zusätzliche Stühle bringen lassen, die sie kreuz und quer im Raum aufstellten. Die Sommerhitze brütete über dem niedrig gewölbten Saal. Die säuerlichen Ausdünstungen vieler Menschen und der Geruch des schweißdurchtränkten Wollstoffs ihrer schwarzen Anzüge mischten sich mit dem Dunst der zahllosen Humpen Bier, die zur Erfrischung serviert wurden, und dem scharfen Rauch der Zigarren und Zigaretten. Jemand verlangte, man solle die Fenster öffnen, bevor noch irgendjemand übel würde. Andere riefen dagegen, man lasse auf diese Art das gefährliche Miasma herein, das mehr Schaden anrichte als Hitze und Mief.

Schließlich erschien, wie Jupiter unter den versammelten Olympiern, Professor Max Pettenkofer. Feierlichen Schrittes begab er sich ans Kopfende des Tisches und blickte in die Runde der hoch angesehenen Ärzte, wie er in die Runde seiner Studenten zu blicken pflegte. Augenblicklich erstarb der Lärm. Ehrfürchtig blickten die Versammelten – mit Ausnahme der beiden rebellischen jungen Ärzte – auf den vortrefflichen Gelehrten. Sogar Heinrich Dalbeck war beeindruckt von dessen Ausstrahlung, die auf einen schwächeren Charakter erst recht überwältigend wirken musste. Pettenkofer wartete, bis auch das leiseste Flüstern verklungen war, dann räusperte er sich und sprach mit seiner tiefen, volltönenden Stimme die versammelten Honoratioren an.

»Meine Herren, machen wir keine langen Vorreden. Ich komme soeben aus dem Haus, in dem der gestern verstorbene Portier noch aufgebahrt liegt, und habe mit eigenen Augen die Leiche besichtigt. Es besteht kein Zweifel daran, dass der Mann an der *Cholera asiatica* verstorben ist. Seine Witwe bestätigte, dass sich die Krankheit bereits am 16. des Monats mit ersten Symptomen bemerkbar gemacht hatte, der pflichtbewusste Mann jedoch wegen eines bloßen Durchfalls nicht seinem Arbeitsplatz fernbleiben wollte. In der Folge nahm die Krankheit einen derartig foudroyanten Verlauf, dass er in seiner Portierloge zusammenbrach und ein Arzt gerufen wurde. Wie Sie wissen, hat dieser eine Fehldiagnose gestellt, die er heute widerrufen hat. Er ist jetzt ganz meiner Meinung. Und, meine Herren« – er ließ den zwingenden Blick seiner schwarzen Augen über die Versammelten schweifen, bis er auch den Letzten in seinen Bann geschlagen hatte –, »inzwischen wurden weitere Fälle vom Ausstellungsgelände gemeldet. Wir können uns der Tatsache nicht mehr entziehen, dass sich die *Cholera morbus* in München verbreitet.«

»Dann ist der Glaspalast die Quelle des Übels?«, fragte einer der Senatoren. »Wie konnte es dazu kommen?«

Pettenkofer zeigte sich ungeduldig. »Wie denn wohl? Auf dem Ausstellungsgelände haben sich Miasmen entwickelt, vermutlich in Folge der Umwühlung des Bodens bei den Bauarbeiten oder durch das Zusammendrängen so vieler Menschen ganz unterschiedlicher Länder auf engem Raum. Doch die Ätiologie zu klären ist jetzt nicht das Wichtigste. Wir müssen handeln.«

»Und was schlagen Sie vor?«, rief Heinrich Dalbeck.

Pettenkofer sprach die gewichtigen Worte mit der ihm eigenen Dramatik. »Das verseuchte Gelände muss auf der Stelle geschlossen werden, niemand darf sich dort mehr aufhalten.«

»Professor!« Es war ein schriller Entsetzensschrei, der sich an mehreren Stellen zugleich erhob. »Das ist unmöglich! Bedenken Sie die wirtschaftliche Bedeutung der Industrieausstellung! Die ungeheuren Kosten! Unsummen wurden in das Gebäude allein investiert! Wie sollen die Aussteller ihre Kosten wieder hereinbekommen? Das ist ungeheuerlich!«

»Beschweren Sie sich bei der Cholera!«, brüllte Pettenkofer, der sich auch von Politikern nicht gerne widersprechen ließ. »Sie haben mich um meinen Standpunkt gefragt, und ich habe Ihnen gesagt, was ich weiß! Das Gelände ist von Miasmen verseucht, wenn es nicht auf der Stelle geschlossen wird, werden täglich ganze Scharen von Menschen erkranken und sterben!«

Es war eine höchst vertrauliche Sitzung, an der nur Fachleute teilnehmen durften, aber es ließ sich nicht vermeiden, dass Diener anwesend waren, die die Getränke servierten und zwangsläufig mithörten, was gesprochen wurde. Während Politiker und

Ärzte noch debattierten, ob man die Öffentlichkeit informieren sollte, pfiffen es bereits die Spatzen von den Dächern: *Das Gelände der Industrieausstellung ist von Miasmen verseucht, wenn es nicht auf der Stelle geschlossen wird, werden täglich ganze Scharen von Menschen erkranken und sterben!*

Der gewitzte Heinrich Dalbeck hatte sehr wohl bemerkt, wie die Lakaien lauschten und tuschelten. Er wandte sich leise an Aaron, der neben ihm saß: »Wenn die Herren Stadtväter glauben, dass sie den Ausbruch der Seuche geheim halten können, sind sie noch größere Idioten, als ich schon immer gedacht habe.«

Aaron flüsterte zurück: »Ich bin froh, dass Pettenkofer den Ausbruch zugegeben hat. Auch wenn er von einer falschen Prämisse ausgeht, so nimmt er doch die Krankheit ernst. Allerdings wird er sich damit zufriedengeben, das Ausstellungsgelände zu sperren. Er ist davon überzeugt, dass die Cholera nicht ansteckend ist.«

»Sagst du das nicht auch immer?«

»Ich sagte, sie ist im normalen sozialen Verkehr nicht ansteckend. Die Bazillen können nur in Flüssigkeiten überleben. Das heißt, es ist gefährlich, mit den wässrigen Dejekten der Kranken zu hantieren. Das muss unbedingt gesagt werden, sonst breitet sich die Seuche aus wie ein Steppenbrand.«

Er hob, ums Wort bittend, die Hand, aber die Versammelten ignorierten ihn. Sie hätten auch Dr. Rudolf von Lauderbach ignoriert, hätte er ebenso höflich aufgezeigt, aber der adelige Arzt sprang auf und donnerte in die Runde: »Es wird nicht genügen, das Gelände zu sperren! Die Cholera verbreitet sich über das Wasser! Wir müssen der Bevölkerung sagen, dass sie nur gut abgekochtes Wasser verwenden darf und Kot, Urin und Erbrochenes der Kranken mit äußerster Vorsicht behandelt werden müssen!«

Aaron war ebenfalls aufgesprungen. »Wir haben die Pflicht, die Leute zu warnen! In jedem Schluck nicht abgekochten Wassers wimmelt es von Bazillen, die den Tod bedeuten.«

»Niemand hat Ihnen das Wort erteilt!«, röhrte Pettenkofer, der unter dem Druck der allgemeinen Spannung noch weniger Geduld als sonst an den Tag legte. »Bleiben Sie uns vom Leib mit Ihren unausgegorenen Spekulationen! Ich sagte, die Cholera ist nicht ansteckend! Sobald die Seuchenquelle abgeriegelt ist, haben wir sie unter Kontrolle!«

Heinrich packte seinen Schwiegersohn am Arm. »Komm mit, Aaron. Die überzeugst du nicht!« Er zog den widerstrebenden jungen Mann mit sich aus dem Saal. Als er dessen bleiches, vor Zorn verkrampftes Gesicht sah, lächelte er. »Du bist noch jung und willst mit dem Kopf durch die Wand, aber glaub mir, du erreichst damit nichts weiter als eine blutige Nase. Die Politiker da drinnen denken nur an eines – wie sie ihre kostbare Industrieausstellung retten können, und wenn sie die Toten bei Nacht und Nebel hinausschleppen müssen. Und die Ärzte werden ihre Ansichten in fünfzig Jahren noch nicht geändert haben.«

Aaron unterdrückte mühsam einen Fluch.

Gemeinsam verließen sie das Rathaus und traten hinaus in die gelbe Hitze der Straße, auf der bereits eine spürbare Unruhe zu bemerken war. Menschen standen in Grüppchen beisammen und diskutierten offenbar die Gerüchte, die aus dem Inneren des Gebäudes getragen wurden.

»Gestatten, die Herren?« Ein junger Mann im schwarzen Anzug war an sie herangetreten und reichte ihnen ein Blatt Papier aus dem Packen, den er in einem Bauchladen vor sich hertrug. Das Flugblatt, das beide Männer zugleich lasen, trug den Text:

> »Vorbeugung gegen die Cholera! Dass der Ausbruch der asiatischen Cholera bei den allermeisten Kranken der nächtlichen Baucherkältung zuzuschreiben ist, steht fest. Daher ist Dr. Carreys patentierte elektromagnetische Leibbinde das beste Schutzmittel gegen die Krankheit! Bestellungen beim Agenten.«

Aaron packte den Burschen am Arm, riss ihn zu sich und stieß ihn so heftig wieder weg, dass er gegen die Hauswand prallte. »Bist du des Teufels?«, brüllte er ihn an. »Du Kurpfuscher, du Betrüger –«

Der schwarz gekleidete Jüngling riss sich geschickt von ihm

los. »He! He, immer langsam mit den jungen Pferden! Ich hab da gar nichts damit zu tun. Werde nur dafür bezahlt, dass ich die Zettel austeile. Wenn Sie die elektromagnetische Leibbinde nicht leiden können – mir ist es egal.«

Heinrich griff ein. »Aaron, der Mann kann nichts dafür. Wende dich an Professor Carrey.« Er reichte dem Zettelverteiler ein Geldstück. »Fürs Anrempeln.« Es gelang ihm, seinen Schwiegersohn wegzuziehen, und allmählich beruhigte sich Aaron wieder. Aber kaum waren sie weitergegangen, sprang ihnen ein Wandplakat ins Auge. Der verheißungsvolle Text lautete:

> »Vorbeuge gegen die Cholera! Zucker befördert bekanntlich Durchfall, Magen- und Darmerkrankungen. Daher ist dessen Genuss während Epidemien strengstens zu vermeiden. Der einzige, beste und geeignetste Zuckerersatz ist SACCHARIN. Man sollte sich daher bei der gegenwärtigen Seuchengefahr nur dieses Versüßungsmittels bedienen, das durch die Verkaufsstellen der Fabrik sowie in Apotheken und Drogerien zu beziehen ist.«

Aaron presste die Fingerspitzen gegen die Schläfen. »Das fängt ja gut an. In den nächsten Wochen kommen dann vermutlich auch getrocknete Kröten und die Nägel aus Selbstmördersärgen auf den Markt. Himmel, wie können die Menschen so dumm sein?«

»Wenn du einmal so alt bist wie ich, wirst du festgestellt haben, dass sie immer noch ein Stückchen dümmer sind, als du es dir in deinen wildesten Träumen ausgemalt hast.«

2

Henny und Minna waren auf dem Weg zum Viktualienmarkt. Sie kauften jetzt selbst ein und kochten auch selbst, seit die treulose Frau Amalie sie verlassen hatte, denn einer Aushilfe hätten sie in dieser kritischen Zeit ihre Gesundheit nicht anvertrauen wollen. Hinter ihnen lief mit zwei Einkaufskörben am Arm der junge Diener Fritz.

Wie immer schwebte eine Glocke von aufreizenden Düften über dem Markt, ein Gemisch aus den Aromen exotischer Gewürze, gebratener Würste, saurer Salate und frisch aus dem Ofen gezogenen Gebäcks. Lebhaftes Gedränge herrschte zwischen den Ständen und Buden, deren Holzdächer in der Hitze einen kräftigen, harzigen Geruch ausströmten. Schwitzende Köche drehten Wurst- und Hühnergrillspieße, Bäcker in feuchtfleckiger weißer Drillichkleidung zogen die glühend heißen Bleche aus dem Backofen. Zwischen Gemüsehändlern, Blumenfrauen, Bäuerinnen mit Sauerkrautfässern und Hausierern mit Holzlöffeln drängten sich Bettler und Taschendiebe. In weiser Voraussicht hatten die beiden jungen Frauen ihre Geldkatzen vorne in die Jacke eingeknöpft, wo nur ein äußerst unverschämter Zugriff sie hätte erreichen können. Henny, in rosa geblümtem Rock und knappem grauem Seidenjäckchen, einen breitkrempigen Strohhut auf dem Kopf, kämpfte sich atemlos durch die Menge und musste gleichzeitig darauf achten, ihre Rocksäume vor dem Teppich aus verfaulendem Obst und Gemüse zu schützen, der das Straßenpflaster bedeckte und einen betäubend maischigen Geruch ausströmte. Und noch ein Geruch hing in der brennenden Luft – beißend, ätzend, faulig: Der Geruch der Bedürfnisanstalten, die da und dort hinter den Marktbuden errichtet worden waren und nichts anderes waren als von hölzernen Sichtschutzwänden umgebene offene Schächte mit einem Sitz obendrauf. Der Gestank, der ihnen bei der Hitze entströmte, verschlug den Vorübergehenden den Atem.

Tausend verschiedene Gesprächsfetzen drangen von allen Seiten auf Henny ein, und alle hatten nur ein Thema: die Cholera. Man diskutierte die Ursachen der Seuche – die meisten Münchner waren überzeugt, dass die vielen Fremden sie mitgebracht hätten. Man schimpfte im Chor auf die Ärzte, empfahl einander im Falle einer Erkrankung bewährte Hausmittel wie heißen Schnaps und getrocknete Wacholderbeeren und bejammerte die finanzielle Katastrophe, die der Stadt durch die Schließung der Industrieausstellung drohte.

Schon waren auch hier, wie die Fliegen auf einem frischen Aas, die Abgesandten und Marktschreier der Wunderdoktoren am Werk und priesen die erstaunlichsten und absurdesten Heilmittel an, die auch bereits reißenden Absatz fanden. Auch die Apotheke, an der sie unterwegs vorbeikamen, war gedrängt voll.

Wilhelmina, deren rosa-graues Schantungkleid in der Sonne glänzte wie Fischschuppen, griff Henny am Arm und zog sie zu einem der Stände, dessen Angebot frisch und appetitlich aussah. Sie füllten einen der Körbe mit Suppengemüse – Suppen mussten lange kochen und waren daher ungefährlich – sowie mit Gurken, Äpfeln und Pomeranzen, die leicht zu schälen waren, Nüssen und Honigmelonen.

Zu Hause hatten sie bereits eine lange Liste von Gerichten zusammengestellt, die sie unbesorgt essen konnten, weil sie gekocht, gesotten und gebraten wurden. Freilich, auf die im Hochsommer so köstlich schmeckenden Salate, Sulzen und süßen Gelees mussten sie verzichten, ebenso auf Gefrorenes, und zu trinken durfte es nur kalten Tee geben. An den Hausbrunnen der Villa Marsalla hatte Minna zum Nutzen jener Diener, die nicht lesen oder sich nichts merken konnten, ein selbst gezeichnetes Schild gehängt mit einem Totenkopf, einem Topf mit kochendem Wasser, einer Hand mit fünf gespreizten Fingern und zuletzt einem durchgestrichenen Totenkopf. Um Joseph brauchten sie sich keine Sorgen zu machen, der wusste Bescheid und kochte jeden Tropfen Wasser sorgfältig ab. Auch Jakob war lange genug der Diener eines Arztes gewesen, um sich richtig zu verhalten. Aber den Hausmädchen, die überzeugt waren, was man nicht sähe, könnte es auch nicht geben, trauten Henny und Minna nicht über den Weg.

Auf den Schütten der Händler lockten riesige hellgrüne Salatköpfe, Lauch, Chicoree, frische Kräuter – ab sofort alles verbotene Dinge. Wenn sie Salat wollten, mussten sie wie im tiefsten Winter eingeweckte Gemüsemischungen nehmen.

Plötzlich lachte Minna und wies auf einen Obststand. »Henny, schau! Da ist etwas, an das garantiert kein Wasser gekommen ist!«

Sie deutete auf einen Haufen braunbärtiger Kokosnüsse. Drei davon wanderten in den Einkaufskorb.

Am Ende des Marktes angekommen, wandten sie sich der Straße zu, und der Augenblick der Unaufmerksamkeit hätte beinahe genügt, dass Fritz sich am Trinkbrunnen erfrischte. Henny packte ihn grob am Arm und riss ihn zurück. »Willst du dich umbringen, Junge?«

Fritz, der zu den Dienern mit schlechtem Gedächtnis gehörte, sprang erschrocken zurück, wischte seine nasse Hand an der Hose ab und entschuldigte sich vielmals.

Minna wies ihn ärgerlich zurecht. »Du brauchst dich nicht bei uns zu entschuldigen, Dummkopf. Es geht doch um dich! Dieser Brunnen kann genauso verseucht sein wie das Wasser im Glaspalast.«

»Ich, ich werd's nicht wieder tun«, stammelte Fritz erschrocken. Rückwärts entfernte er sich von dem Brunnen, den er sorgfältig im Auge behielt, als könnte ein jäher Wasserstrahl ihn vergiften.

Auf der breiten Geschäftsstraße, an deren Rand sie standen, herrschte Tag für Tag lebhafter Verkehr, aber jetzt war die Straße in ihrer ganzen Breite und, so weit der Blick nach beiden Seiten reichte, auch in der Länge heillos verstopft. Peitschen knallten, Kutscher fluchten, aufgeschreckte Pferde wieherten, und die Passagiere steckten die Köpfe aus den Fenstern und fluchten. Henny schien es, als wollten sämtliche Besucher der Industrieausstellung gleichzeitig die Stadt verlassen. Die Menschen flohen wie vor einem wilden Tier, das ihnen auf der Spur war.

Plötzlich entdeckten sie in der Menge Gustav. Schon von Weitem war ihm anzusehen, dass er die vergangene Nacht mit einer ausgiebigen Kneipentour verbracht hatte. Er schwankte auf sie zu, lüftete den Hut und nuschelte etwas.

»Mops, du bist ja betrunken!«, rief Henny vorwurfsvoll.

»Nisch betrunken!« Er wedelte vorwurfsvoll mit dem Zeigefinger vor ihrer Nase hin und her. Dann streckte er sich zu voller Höhe und deklamierte: »Habet Nachsicht mit mir, edle Damen! Es war die Furcht vor der Infektion, die mich zu übermäßigem

Alkoholkonsum getrieben hat.« Und mit schaudervoll gequetschter Stimme begann er zu singen:

»Juppheidi und Juppheida,
Schnaps ist gut bei Cholera!«

Henny versuchte ihm gut zuzureden, er möchte Vernunft annehmen und mit ihnen nach Hause kommen, aber er weigerte sich entschieden. Sie wusste nicht recht, ob er seine Angst vor der Seuche im Alkohol zu ersäufen versuchte oder einfach einen Vorwand gesucht hatte, um wieder einmal mit seinen Kumpanen eine ausgiebige Sauftour zu unternehmen. Auf jeden Fall wies er alle guten Ratschläge zurück und torkelte laut singend weiter.

3

Bald konnte nicht mehr die Rede von einzelnen Todesfällen sein. Überall in der Stadt wurden Menschen krank und starben. Ganz München schüttelte den Kopf über die Behörden, die sich immer noch krampfhaft bemühten, die Gefahr zu ignorieren und zu verharmlosen, indem sie die gehäuften Todesfälle auf »gewöhnliche Brechruhr und ein Dutzend anderer Übel« zurückführten. Doch längst glaubte ihnen niemand mehr. Die Messegäste und auch zahlreiche begüterte Münchner verließen fluchtartig die Stadt, die Straßen lagen wie ausgestorben da, und die Ausstellungshallen blieben leer. Zwar war die Industrieausstellung nicht geschlossen worden, doch lagen die luftigen Hallen verwaist und die Parkanlagen verlassen. Die eben noch so bewunderten neuen Maschinen schwiegen. Ganze sechsundsechzig Besucher zählte man an einem Tag.

Schließlich sahen sogar die Stadtväter ein, dass sie nicht weiter den Kopf in den Sand stecken konnten. Überall wurden ärztliche Beratungsstellen und Suppenküchen eingerichtet. Droschken mussten sich Tag und Nacht an bestimmten Plätzen für Ärzte und Krankentransporte zur Verfügung halten. Da man glaubte, die Furcht vor der Cholera könne den Menschen erst recht empfänglich machen, durften die Särge nicht mehr unbedeckt befördert werden. Auch durften die gefüllten Leichenwagen nicht im Galopp fahren, obwohl eine zügige Beisetzung bei der anhaltenden Hitze dringend nötig war, zumal sich die Friedhofshallen längst als zu klein erwiesen hatten. Die Behörden hatten angeordnet, dass die Begräbnisse unverzüglich stattzufinden hatten – möglichst in der Morgendämmerung, abends oder nachts und ohne Glockengeläut. Nur die nötigsten religiösen Zeremonien waren noch erlaubt, ein kurzer Segen, ein Besprenkeln des Sarges mit Weihwasser, mehr nicht. Auch das Klingeln beim Überbringen des Sanktissimums in die Wohnungen der Sterbenden wurde behördlicherseits untersagt. Militärische Leichenbegängnisse wurden ebenfalls verboten.

In den frühen Morgenstunden des 25. Juli beobachteten Fischer auf der Isar einen gedrungenen, kurzbeinigen jungen Mann, der, sichtlich betrunken, den Uferpfad entlangtorkelte und offenbar zu einer der Villen wollte, die dort in ihren schattigen Gärten lagen. Das Gehen fiel ihm jedoch so schwer, dass er, wie ein Rohr im Winde hin und her schwankend, stolperte und sich auf einer der steinernen Treppen, die zum Wasser hinabführten, mit einem Plumps niedersetzte. Den Männern schien es, dass er sich vorbeugte, um die losen Schnürsenkel an einem Schuh zuzubinden. Vielleicht war ihm auch etwas aus der Hand gefallen, das er aufheben wollte – jedenfalls beugte er sich zu weit vor, verlor das Gleichgewicht und stürzte kopfüber in den kalten, eilig dahinströmenden Fluss. Ein nüchterner Mann hätte sich leicht ans Ufer retten können, aber der Volltrunkene machte erst gar keinen Versuch. Nur einmal streckte er die Arme in die Luft und versank dann wie ein Stein.

In aller Eile ruderten die Männer zu der Unfallstelle, fischten mit ihren langen Stangen in der trübgrauen Flut nach ihm, aber ihre Mühe blieb vergebens.

Erst am nächsten Vormittag wurde am anderen Ende von München eine Wasserleiche aus dem Fluss gezogen und anhand der ungewöhnlichen körperlichen Gestalt wenig später als Gustav Dalbeck identifiziert.

Selbst für viel Geld war kein Leichenwagen aufzutreiben, so dass der Erbe des Handelshauses Dalbeck in der hastig adaptierten Kutsche der Familie zu Grabe gefahren wurde. Heinrich, dessen Bruder, die Tochter und der Schwiegersohn folgten in einer zweiten Kutsche, weitere enge Verwandte in einer dritten. Drückende Schwüle brütete über dem Friedhof, dessen sonst so feierliche Stille einer pietätlosen, hektischen Betriebsamkeit Platz gemacht hatte. Henny zählte auf ihrem Weg zur Grabstelle fünf – sieben – zehn Beisetzungen, die gleichzeitig stattfanden. Da waren reiche Leute, deren Angehörige noch einen Leichenwagen ergattert hatten, und Arme, deren Särge auf Handwagen zum Friedhof gezogen wurden. Die Gruben wurden von den städtischen Totengräbern ausgehoben, um alles andere mussten sich die Hinterbliebenen selbst kümmern. Überall sah man Menschen schaufeln, Särge an Seilen in die Schächte hinunterlassen und diese wieder zuschütten. Den Dalbecks blieb immerhin die schwere, schmutzige Arbeit des Zuschaufelns der Grube erspart, denn Gustavs letzte Ruhestätte befand sich in einer Familiengruft.

Noch auf der Polizeiwache, wohin man den Leichnam als Erstes gebracht hatte, war er nach kurzer Feststellung der Todesursache eingesargt worden, um den Angehörigen den Anblick seines vom Wasser verunstalteten Körpers zu ersparen. In diesem einfachen Holzsarg wurde er auch begraben, denn Särge waren ebensolche Mangelware wie Leichenwagen.

Heinrich legte seiner Tochter die Hand auf die Schulter, als der Wagen inmitten einer Ulmenallee vor dem Familiengrab der Dalbecks hielt. »Später«, sagte er, »wenn alles vorbei ist, werden wir für einen ordentlichen Sarg sorgen. Jetzt sind wir nicht besser dran als alle anderen.«

Mit einem Seufzer entnahm er seiner Tasche den altmodischen Schlüsselbund und sperrte das äußere Gittertor auf, von dem eine zersprungene Steintreppe in die unterirdische Gruft hinabführte.

Ein weiteres Tor, diesmal aus Bronze und mit ziselierten Darstellungen aus der Bibel geschmückt, öffnete sich einem zweiten Schlüssel. Die stumpfe, nach Kalk riechende Luft des tiefen Gewölbes schlug heraus und ließ die Kerzen flackern, die die Trauergäste in Händen hielten. Langsam schritt die Familie die Stufen hinunter und erwartete inmitten der Särge längst verstorbener Dalbecks den Sohn, der hier zu seinen Vätern gebracht wurde.

Vier Diener trugen den Sarg hinunter und stellten ihn auf einem steinernen Tisch ab. Zumindest hatten die Dalbecks einen Priester gefunden, einen müde und gehetzt aussehenden Mann, der die Totengebete mit einer fast schon unziemlichen Eile sprach und den Segen erteilte. Dann wurde der Sarg in eine der Nischen geschoben, in denen bereits so viele andere standen, die ältesten – aus getriebenem Zinn – grünfleckig und von der Zinnpest angefressen, die neuesten noch glatt und glänzend.

Der Priester eilte davon, ehe sie damit fertig waren, denn schon wartete die nächste Trauergemeinde auf ihn.

4

Zwei Tage lang zwang Henny sich, nicht zu trauern, ihr Herz und ihre Hände mit dem unmittelbar Notwendigen zu beschäftigen. Sie bereitete die Arznei zu, kümmerte sich um Haus und Dienerschaft – einige Diener und Mägde waren an der Seuche erkrankt – und um ihren Vater, den Gustavs unerwarteter Tod völlig aus der Bahn geworfen hatte. Wäre da nicht Onkel Friedrich gewesen, der ihm treu zur Seite stand, sie hätte nicht gewagt, ihn allein zu lassen, aus Furcht, er möchte Gustav freiwillig nachfolgen.

Dann jedoch konnte sie einfach nicht mehr an sich halten. Sie überließ es dem Butler Steinheil, sich um den Haushalt zu kümmern, und fuhr, begleitet von ihrer Schwägerin, zum Friedhof. Wenigstens kurze Zeit wollte sie an Gustavs Grab verbringen, um das hastige und lieblose Begräbnis wettzumachen. Onkel

Friedrich hatte ihr die Schlüssel verschafft, ohne ihrem Vater etwas davon zu sagen.

Henny kutschierte selbst. Die Anwesenheit eines Dieners, selbst des liebenswürdigen Fritz, wäre ihr unerträglich gewesen. Sie fuhren langsam, denn die scharfe Glut der Augustsonne war einer dumpfen, gewitterschwangeren Schwüle gewichen, die dem Pferd merklich zusetzte. Die Tiere witterten das Unheil, das die Stadt getroffen hatte, und litten darunter, auch wenn sie selbst davor sicher waren.

»Ist das nicht seltsam«, bemerkte Henny, als der Wallach schleppenden Schrittes die Straße hinuntertrottete, »dass es Krankheiten gibt, die nur Menschen befallen, und andere, die nur Tiere bekommen, und wieder andere, die Tiere und Menschen gleichermaßen bedrohen? Hat Gott das bewusst so geschaffen, oder ist das ein Zufall?«

»Ich weiß es nicht.« Wilhelmina hob den Schleier an, mit dem sie sich vor Staub und Schnaken ebenso wie vor diesem unangenehmen Geruch schützte: Die Luft in der Stadt erschien regelrecht ranzig vom Schweiß der Sterbenden und den Ausscheidungen der Kranken. »Vielleicht werden die Ärzte es eines Tages herausfinden. Ich denke oft daran, wie viele Fragen wir noch zu stellen haben. Was ruft jene Krankheit hervor, was befördert den Ausbruch einer anderen? Warum tötet die eine schnell, die andere langsam? Warum ziehen manche davon rasch durch die ganze Welt, und andere tauchen erst nach Jahrhunderten an einem neuen Ort auf?« Sie lächelte matt. »Früher war es besser, da nannte man jede Krankheit eine Strafe Gottes, bereute seine Sünden und wartete ab, ob man leben oder sterben würde. Die Menschen hatten weniger Hoffnung, gesund zu werden, aber sie hatten wenigstens das Gefühl, dass alles seine Ordnung hatte. Jetzt herrscht überall nur noch Durcheinander.« Dann wechselte sie das Thema. »Hast du gehört, dass Professor Pettenkofer an der Cholera erkrankt ist?«

Henny, die Zügel locker in den Händen, blickte starr geradeaus. »Ja? Da hat er wohl einen üblen Dunst eingeatmet?«

»Ich denke eher, er hat Wasser im Haus des Brunnenmeisters auf der Maxburg getrunken, wo er kürzlich seine Untersuchungen durchgeführt hat. Dort gab es mehrere Erkrankungen, zum Teil mit tödlichem Ausgang. Kein Wunder, wenn das Brunnenwerk infiziert ist, die Maxburg soll ein wahrer Saustall sein. Das Schlimme ist, dass das dortige Brunnenhaus der königlichen Wasserleitung viele Straßen der Umgebung versorgt und die Leute reihenweise erkranken.«

Henny gab keine Antwort. Sie hegte nach wie vor tiefen Groll gegen den Professor, musste aber zugeben, dass er immerhin kein Feigling war. Sie hatte schon davon gehört, dass der Ausbruch der Seuche in München ihn zu fieberhafter Tätigkeit anstachelte. Bemüht, seine angezweifelte Theorie um jeden Preis zu beweisen, hatte er angefangen, jeden Krankheits- und Todesfall im Grundbuch einzutragen, und anhand einer Karte sichtbar gemacht, dass die Cholerafälle stets in bestimmten Gebieten eine außerordentliche Dichte erreichten. Diese Flecken bezeichnete er als Orte mit einem malignen *Genius loci*.

Die beiden Frauen waren erleichtert, als die stinkenden Straßen der Stadt hinter ihnen verschwanden und die Idylle des Alten Südfriedhofs sie aufnahm. Unter den Bäumen war es schattig und beträchtlich kühler, die Hufe des Pferdes klopften weich auf einem Teppich dürrer, modernder Blätter. Die Ulmenallee nahm das Gefährt auf. Hier war alles ruhig und verlassen. Die reichen Familien waren an diesem Tag von neuen Todesfällen verschont geblieben, kein einziges Begräbnis fand statt.

Die beiden erreichten die Gruft, banden das Pferd an einen Baum und schlossen das Tor auf. Keine von beiden empfand Furcht angesichts des düsteren Ortes. Die Eltern Dalbeck hatten ebenso wie die Marsallas dafür gesorgt, dass ihre Kinder eine zwar fromme, aber nicht abergläubische Erziehung erhielten. Die Furcht vor Geistern und Gespenstern war Henny fremd – obwohl sie, wenn sie ganz ehrlich war, zugeben musste, dass sie nicht gerne um Mitternacht durch den dicht bewaldeten Totengarten gegangen wäre. Aber am hellen Vormittag empfand sie vor der letzten Ruhestätte ihrer Verwandten nicht mehr Furcht als vor einem Apfelkeller.

Diesmal war die Welle von Luft, die beim Öffnen des zweiten Tores aus dem Gewölbe entwich, beträchtlich frischer, ein schwacher Rückstand von Weihrauch und Kerzen hing noch darin und das unbestimmte Gefühl einer nebelhaften Verdichtung der Atmosphäre, das die Anwesenheit vieler Menschen an einem sonst selten besuchten Ort hinterlässt. Sie hatten den Einspänner mit Körben frischer Blumen beladen, stellten aber fest, dass sie vergessen hatten, am Brunnen neben dem Eingang Wasser zu holen.

Wilhelmina kehrte zum Wagen zurück. »Ich fahre schnell zum Brunnen und fülle den Tränkeimer an, das sollte für die Vasen reichen. Ordne du inzwischen die Blumen, wenn du willst.«

Henny nickte. Auf dem steinernen Tisch in der Mitte der Gruft standen zahlreiche gläserne und metallene Vasen, die beim Begräbnis mit Blumen gefüllt gewesen waren und jetzt nur noch schleimige Stängel enthielten. Sie leerte das grünliche Wasser darin aus, trug die Vasen zurück und begann aus dem bunten Haufen in den Körben auszuwählen, was zusammenpasste. Sie hatten Blumen aller Art geschnitten, auch rote, gelbe und blaue, die man sonst nicht für einen Totenstrauß wählte, aber Gustav war ein lustiger Mensch gewesen, er hatte etwas Fröhlicheres verdient als einen Kranz bleicher Lilien.

Mitten in dieser Arbeit wurde sie plötzlich angesprochen, so unerwartet, dass ihr einen Moment lang der Atem stockte. »Fräulein Henny …«

Die Gestalt in der Türöffnung war gegen das Licht nur als schwarze Silhouette zu sehen, aber es gab nur einen Mann auf der Welt, der sie hartnäckig noch immer so nannte. Sie erstarrte mitten in der Bewegung. »Rudolf! Was wollen Sie hier?«

»Gustav war auch mein Freund, oder nicht? Ich wollte nicht am Begräbnis teilnehmen, um unerfreuliche Begegnungen zu vermeiden. Umso mehr freut es mich, Ihnen hier zu begegnen, Fräulein Henny.« Er trat einen Schritt näher. Seine Stimme bebte, als er fortfuhr: »Denn für mich werden Sie nie jemand anderer sein als Fräulein Henny Dalbeck.«

»Dann leben Sie in einer Traumwelt, denn ich bin jetzt Frau Henriette Nicolai.«

»Nein. Nein.« Er schüttelte nachsichtig den Kopf, als müsste er einem einfältigen Kind eine unwidersprochene Tatsache begreiflich machen. »Bilden Sie sich das nicht ein. Ich sagte Ihnen schon, diese Ehe ist nicht gültig. Sie waren nicht bei Sinnen, als Sie dem Menschen Ihr Jawort gegeben haben. Sie standen unter seinem Bann. Er hat Sie gezwungen, ihn zu heiraten, und eine erzwungene Ehe ist ungültig.«

»Ich liebe ihn.«

»Das ist nicht wahr. Das bilden Sie sich nur ein. Es ist Teil der Verblendung, deren Netz er über Sie geworfen hat. Könnten Sie nur einen Tag lang klar denken, so würden Sie begreifen, dass Sie ihn nicht lieben – dass Sie ihn niemals geliebt haben. Sie würden erzürnt sein, dass Sie einer solch gemeinen Täuschung zum Opfer gefallen sind.«

Seine Stimme war ruhig und höflich, und dennoch blickte Henny verstohlen die Treppe hinauf, ob Wilhelmina nicht bald käme. Sie bemühte sich, sich ihre Unruhe nicht anmerken zu lassen, als sie sagte: »Wie auch immer, Dr. Lauderbach, ich bin mit dem Schmücken hier fertig und muss mich jetzt verabschieden, meine Schwägerin ist bereits vorausgegangen und wird sich bald wundern, wo ich denn bleibe.«

»Nein«, widersprach er im selben ruhigen Ton. »Ihre Schwägerin steht am Friedhofstor beim Brunnen und schwatzt mit meinem Diener, den ich gebeten habe, sie ein Weilchen aufzuhalten, damit wir hier in Ruhe reden können. Sie denken doch nicht, dass ich zufällig hier bin? Ich habe Ihr Haus beobachten lassen und bin Ihnen zu Pferd gefolgt, sobald ich merkte, dass Sie zum Friedhof unterwegs waren. – Übrigens«, ergänzte er, »da wir von Friedhofsbesuchen sprechen … den Brief, der Sie damals veranlasste, ein Grab auf dem Alten Südfriedhof zu suchen, hat Ihnen meine Großmutter geschrieben. Wir haben eine Kopie in ihrem

Nachlass gefunden. Sie behielt Kopien aller Briefe, die sie versandte. Ihre Zofe hat dann gestanden, dass das schon seit einigen Jahren so ging: Antonia vertrieb sich die Zeit damit, allen möglichen Leuten gemeine anonyme Briefe zu schreiben. Ich wusste wirklich nichts davon. Ich habe es nicht nötig, solche Mittel anzuwenden, um meine Rechte geltend zu machen. Denn ich habe ein Recht auf Sie, Fräulein Dalbeck.«

Henny spürte, wie eine kalte Hand nach ihrem Herzen griff. Sie schmeckte den Kuss, den er ihr damals abgezwungen hatte. Würgender Abscheu überkam sie. Wie hatte sie diesen selbstherrlichen und rücksichtslosen Menschen jemals ernsthaft als Bewerber in Betracht ziehen können? Scharen von Zeitungsartikeln fielen ihr ein, die Auguste ihr im Laufe der Jahre vorgelesen hatte – Berichte über liebestolle Männer, die die geliebten Frauen mit Gewalt nahmen und töteten, damit kein anderer sie haben sollte. Nie hätte sie gedacht, dass Rudolf von Lauderbach einmal als einer dieser Liebeswahnsinnigen vor ihr stehen würde.

Sie griff mit beiden Händen in ihre Röcke und wandte sich zur Flucht. Aber die Bewegung reizte den Jäger in ihm. Er sprang mit einem geschmeidigen Satz auf sie zu, ergriff ihren Arm und drehte sie gewaltsam zu sich herum. »Fräulein Henny. Kommen Sie zur Besinnung, ich bitte Sie! Wir können auf der Stelle aus München verschwinden. Ich bringe Sie in unser Schloss am Ammersee, und Sie werden sehen, wenn Sie erst einige Tage dort mit mir verbracht haben, so wird die närrische Seifenblase Ihrer vermeintlichen Liebe zu Nicolai zerplatzen. Kommen Sie, kommen Sie!«

Er zog energisch an ihr, und Henny, von dem plötzlichen Ruck aus dem Gleichgewicht gebracht, stolperte und fiel rücklings auf die Marmorfliesen der Gruft.

Später fragte sie sich, ob Rudolf in seinem Liebeswahnsinn ihren Sturz so gedeutet hatte, dass sie sich ihm freiwillig ergeben wollte. Er machte eine unwillkürliche Bewegung, um sie aufzufangen, sank unter ihrem Gewicht selbst zu Boden und lag einen Augenblick lang verdutzt neben ihr auf dem feuchtkalten Stein. Dann beugte er sich über sie. Seine Augen schwammen in Tränen, als er flüsterte: »Geliebte … endlich … endlich …« Vielleicht hatte er wirklich vollkommen den Verstand verloren und meinte, ein zärtliches Schäferstündchen in einer Waldidylle abzuhalten. Aber wo auch immer und in welcher Situation er zu sein glaubte, er stürzte sich in blinder Leidenschaft auf sie. Über ihr kniend, warf er ihr mit beiden Händen die Röcke und Unterröcke über den Kopf, zerrte ohne Verstand an ihren Strumpfbändern, ihren Schnürsenkeln, dem geschlossenen Hemdhöschen.

Sie versuchte ihn zu treten, schnappte mit den Zähnen nach seiner Hand, doch das versetzte ihn nur noch stärker in Wut. »Du gehörst mir«, zischte er, »und du wirst dich mir gegenüber entsprechend benehmen!« Er presste die Linke so auf ihren Mund, dass sie ihn nicht mehr beißen konnte – und ihr kaum noch Luft zum Atmen blieb. Dann versuchte er ihr die Jacke aufzureißen.

Im nächsten Augenblick stieß er einen gurgelnden Schrei aus und kippte zur Seite.

Wilhelmina stürmte mit fliegenden Röcken die Treppe herab. »Habe ich getroffen? Habe ich den Saukerl getroffen?«, rief sie, obwohl das angesichts des stumm daliegenden und am Kopf blutenden Mannes ganz offensichtlich war. Sie rannte an Rudolf vorbei, hielt kurz an, um ihm mit dem spitzen Knöpfstiefel einen ungemein brutalen Tritt ins Zentrum seiner Männlichkeit zu versetzen, und half Henny auf die Beine. Dann zeigte sie ihr triumphierend den Stein, den sie geworfen hatte.

»Komm, wir müssen ihn hier herausschaffen – obwohl ich gute Lust hätte, einfach die Türen zuzuschließen und ihn verhungern zu lassen.« Sie bückte sich und zerrte am Bein des verletzten und bewusstlosen Mannes. Henny packte mit an. Gemeinsam gelang es ihnen, Rudolf die Treppe hinaufzuschleifen. Dort warfen sie ihn ins Gras, und Wilhelmina hielt Wache, jederzeit bereit, ihn noch einmal zu treten, während Henny mit fliegenden Händen die Tore versperrte.

Hand in Hand liefen sie auf den Wagen zu, stiegen auf und lenkten das Pferd die Ulmenallee entlang.

Wilhelmina berichtete atemlos: »Der Diener sollte mich natürlich möglichst lange festhalten, aber der dumme Kerl verplapperte sich, und als er den Namen Lauderbach nannte, ging mir ein Licht auf. Ich knallte seinem Pferd mit der Peitsche eins über, danach war er beschäftigt genug, um sich nicht mehr mit mir abzugeben – es hätte ihn beinahe zu Tode getrampelt.«

»Du bist gerade noch rechtzeitig gekommen. Minna, er muss völlig verrückt geworden sein!«

»Wenn du es Aaron sagst, wird er ihn umbringen.«

»Ich muss es ihm aber sagen. Er ist mein Mann. Ich kann so etwas nicht vor ihm geheim halten.«

»Und du würdest das Risiko eingehen, dass er einen Mord begeht, verhaftet und verurteilt wird?«

Henny zuckte hilflos die Achseln.

5

Sie trat ins Haus und atmete auf, als die Kühle der Eingangshalle sie umfing. Langsam stieg sie die Treppe hinauf. Wie sollte sie es ihm sagen? Ihn einfach damit überfallen? Oder auf einen ruhigen Augenblick warten, in dem sie hoffen konnte, seine Wut zu beschwichtigen? Oder hatte Wilhelmina tatsächlich recht, und es war besser, den Schleier des Schweigens über das Ereignis zu breiten? Aber wenn Aaron dann doch auf irgendeine Weise davon erfuhr, würde er dieses Schweigen als Verrat empfinden – würde sich vielleicht sogar einbilden, dass es ihr so unangenehm nicht gewesen sein konnte?

»Henny?«

Sie schreckte heftig zusammen. Er war in dem Augenblick aus seinem Zimmer getreten, als sie an der Türe vorbeiging, und beim Anblick seines bleichen, eingefallenen Gesichts war sie überzeugt, dass er es bereits wusste. Seinen verschwollenen Augen war anzusehen, dass er geweint hatte.

»Ja, Aaron?«, fragte sie.

Er kam mit schweren Schritten auf sie zu, wobei er sich mit einer Hand am Geländer abstützte.

»Jakob ist tot«, sagte er.

Einen Augenblick lang begriff Henny überhaupt nicht, was er da sagte. Sie war vollkommen darauf eingestellt gewesen, dass er sie nach dem Vorfall auf dem Friedhof befragen würde, ihr Vorwürfe machen, Anstalten treffen, sich an Rudolf zu rächen, und jetzt …

Mit trockenen Lippen flüsterte sie: »Cholera?«

»Nein. Er ist einfach eingeschlafen. Willst du ihn sehen?« Er hielt ihr die Türe auf.

Im Zimmer des Dieners war nach altem Brauch ein Fenster geöffnet, damit die Seele sich ungehindert von ihrem irdischen Ort lösen konnte. Der Spiegel war mit einem Tuch verhängt, um zu verhindern, dass sie sich darin verfing. Die Uhr stand still. Jakob lag voll angekleidet auf dem Bett, die runzligen Hände über der Brust gekreuzt, den Kopf auf dem Kissen, eine Decke bis zur Mitte über den Körper gebreitet. Er sah viel kleiner aus als zu Lebzeiten.

»Wie ist es geschehen?«, fragte Henny.

»Ich hatte ihn gerufen, aber er kam nicht, also ging ich nachsehen. Er saß in dem Lehnstuhl dort drüben und entschuldigte sich, ihm sei nicht wohl, er könne nicht aufstehen. Ich sah sofort, dass er im Sterben lag. Ich setzte mich zu ihm, nahm seine Hand und dankte ihm für alles, was er für mich getan hatte. Er lächelte mich an, und dann schien er vor meinen Augen in einer anderen Welt zu versinken. Ich denke, es war die Hitze, die ihn zermürbt hat.« Er wischte sich mit dem Handrücken über den Mund, krampfhaft bemüht, weitere Tränen zurückzuhalten.

Henny trat an den Toten heran, der so rasch ein Mitglied ihrer Familie geworden war, beugte sich über ihn und küsste die kalte Stirn. »Leb wohl, Jakob«, sagte sie. Dann richtete sie sich entschlossen auf. »Ich gehe jetzt und kümmere mich um das Begräbnis. Bleib du bei ihm.«

Jakob wurde von einem Priester eingesegnet, aber die Ironie

des Schicksals verschaffte ihm ein traditionell jüdisches Begräbnis. Er wurde noch vor Sonnenuntergang seines Sterbetages begraben, in einem einfachen Holzsarg und ohne viel Zeremonien. Die Teilnehmer des Trauerzuges mussten mit anpacken, um den Sarg aus der Kutsche zu heben und zu der offenen Grube zu tragen, einem gähnenden Loch inmitten eines Haufens gelber, lehmiger Erde. Vier Burschen in schwarzen Anzügen und schäbigen Zylindern kamen herbei, zogen routiniert zwei Stricke unter dem Sarg durch, ließen ihn hinunter und nahmen die losen Bretter mit, auf denen er gestanden hatte. Sie nahmen sich gerade noch die Zeit, vier erdige Hände nach einem Trinkgeld auszustrecken, dann verschwanden sie und überließen das Zuschaufeln der Grube den Anverwandten.

Als alle sich bereits zum Gehen wandten, bückte sich Aaron, hob einen Stein auf, wischte ihn blank und legte ihn auf das Grab.

Rudolf von Lauderbach tauchte aus einem Nebel von Schmerz und Entsetzen auf. Er fand sich vor der Familiengruft der Dalbecks an einer Kirschlorbeerhecke liegen, sein Kopf dröhnte, in seinen Lenden tobten die roten Blitze atemberaubender Schmerzen. Das Schlimmste aber war, dass er wusste, was er getan hatte.

»Gnädiger Herr? Du meine Güte, sind Sie überfallen worden?«

Als er sich schwerfällig herumwälzte, sah er seinen Kammerdiener vor sich stehen, die beiden Reitpferde am Zügel.

Rudolf hatte keine Lust, dem Burschen zu verraten, dass eine Frau ihn so zugerichtet hatte. Er rappelte sich, auf den Arm des Dieners gestützt, mühsam auf. Wie er in den Sattel gelangt war, wusste er selbst nicht, aber schließlich hatte er es geschafft. Mit schwerer Zunge gab er Befehl, zum Palais Lauderbach zurückzukehren.

Während der Diener die beiden Pferde in den Stall führte, schritt der junge Arzt auf sein Laboratorium zu. Er war verloren, das wusste er. Weder Henny noch ihre Schwägerin würden schweigen. Er würde verhaftet und verurteilt werden, würde ins

Gefängnis gesteckt werden wie irgendein gemeiner Verbrecher. Der Skandal würde ganz München erschüttern, den ehrwürdigen Namen Lauderbach in ein Schimpfwort verwandeln.

Er schloss auf und betrat den lichtlosen, übel riechenden Raum. Heiner, der im Nebenzimmer des Labors gearbeitet hatte, kam beflissen herbeigelaufen, um Aufträge entgegenzunehmen, wurde jedoch sofort weggeschickt.

Rudolf setzte sich an den Arbeitstisch, riss ein Blatt aus dem dicken Buch, in dem er die Ergebnisse seiner Arbeit vermerkte, und schrieb einen Brief an Hugo Messerschmitt, in dem er ihm berichtete, was auf dem Friedhof vorgefallen war.

»... Der Moische ist an allem schuld. Er hat mir mein Glück geraubt, er hat mich um die Frau betrogen, die mir bestimmt war, er hat sich in die Beziehung zwischen zwei Verlobten eingeschlichen und sie zerstört ... Hugo, du warst mir ein getreuer Helfer: Nimm es jetzt auf dich, mich zu rächen. Vernichte sie beide – beide. Auch Henny. Sie ist unter seinem Einfluss zu seiner Kreatur geworden, ihm in allem ergeben und, wie ich jetzt überzeugt bin, mittlerweile so schlecht wie er. Ich sterbe in der Hoffnung, dass beide mich nicht lange überleben werden.«

Wenig später hallte ein Schuss durch den bleiernen Nachmittag.

Hugo fand seinen Herrn, als er eine Stunde später ins Labor kam. Der Freiherr hatte sich am Tisch sitzend erschossen. Sein Kopf lag auf der Tischplatte, die Arme hingen schlaff herab. Die Nachricht verbreitete sich wie ein Lauffeuer in den Kreisen, in denen man Dr. Rudolf von Lauderbach-Sillern gut gekannt hatte, und gelangte so auch ins Palais der Familie Dalbeck. Heinrich sandte auf der Stelle den Lauderbach'schen Kammerdiener, der ihm die Nachricht gebracht hatte, zu seiner Tochter. Schließlich, so dachte er, war sie einmal nahe daran gewesen, den Freiherrn zu heiraten, da gehörte es sich, dass sie aus erster Hand davon erfuhr.

Henny blieb beinahe das Herz stehen, als der Bote seine Nachricht mit dem Satz eröffnete: »Es geht um den jungen Herrn von Lauderbach.«

Sie griff sich an die Brust, überwältigt von dem Gefühl, von einer unsichtbaren Hand an ihrem Herzen gepeinigt zu werden. »Was … worum geht es?«

»Der gnädige Herr hat sich erschossen, Frau Doktor.«

Zweifellos dachte der gute Mann, die Nachricht hätte sie so hart getroffen, als sie rot und wieder bleich wurde und so heftig schwankte, dass Rebecca ihr in aller Eile in den nächsten Stuhl half. Wie hätte er auch wissen können, dass es die reine Erleichterung war, die sie schwanken und hinsinken ließ? Erst nachdem die Zofe ihr ein Glas Wasser gebracht und ihr frische Luft zugefächelt hatte, erholte sie sich so weit, dass sie fragen konnte: »Weiß man, warum er das getan hat? Hat er einen Brief hinterlassen?«

»Nein. Sein Sekretär, Herr Messerschmitt, hat ihn gefunden, und der sagte, es sei kein Brief da gewesen. Er war auch sehr erschüttert über den Tod des Herrn. Wir alle denken, dass es etwas mit der Cholera zu tun hatte, der Herr Doktor war in den letzten Tagen so außer sich, weil man ihm nicht geglaubt hatte, vor allem, nachdem die alte gnädige Frau gestorben war. Er hatte sie ja sehr gerngehabt, obwohl recht schwierig mit ihr auszukommen war.«

»Ja«, murmelte Henny. »Ja, das wird wohl der Grund gewesen sein.«

»Das Begräbnis wird noch heute Abend sein. Sie wissen ja, welche Verordnungen erlassen wurden. Die Familie lässt allerdings bitten, von der Teilnahme abzusehen, es soll im allerengsten Kreis stattfinden.«

Sie atmete auf. So blieb ihr erspart, sich eine Ausrede auszudenken. Sie hätte es niemals zu Stande gebracht, Rudolfs Sarg zum Grab zu folgen. Plötzlich spürte sie, wie ein hysterisches Lachen in ihr aufsteigen wollte. Gustav, Jakob, Rudolf … alle waren sie inmitten des heftigsten Wütens der Cholera gestorben, und doch hatte keinen von ihnen die Seuche dahingerafft.

Hastig, bevor das Lachen hervorbrechen konnte, stand sie auf. »Ich danke Ihnen, dass Sie mir die Nachricht gebracht haben. Ich … ich fühle mich nicht wohl.« Sie überließ es Rebecca, dem

Mann ein Trinkgeld zu geben und ihn hinauszugeleiten – hauptsächlich deshalb, damit er nicht Aaron über den Weg lief und dem die Nachricht mitteilte –, und verließ den Salon.

Sie fühlte sich tatsächlich nicht wohl. Sie fühlte sich sogar sterbenselend. All die Aufregungen, zusammen mit der schweißtreibenden, grauen Hitze und der quälenden Angst vor der Seuche, die wie ein Gespenst durch die Stadt schlich, forderten ihren Tribut. So schwach auf den Beinen, dass sie sich an der Wand abstützen musste, schleppte sie sich die Treppe hinauf und wankte in ihr Zimmer.

Sie erreichte gerade noch das Waschbecken, ehe die erste Welle von Übelkeit ihren Körper erschütterte.

Die Prophezeiung der Wahrsagerin

1

Henny lag am offenen Fenster im Bett und fühlte, wie das Leben aus ihrem Körper wich. Mit jeder neuen Welle von Erbrechen und Durchfall wurde sie schwächer. Sie war überzeugt, dass sie die Nacht nicht überstehen würde. Es war zum Ersticken heiß, sie hatte brennenden Durst, und obwohl Wilhelmina sie zwang, nach jedem Anfall reichlich zu trinken, fühlte sie sich so dürr und spröde wie vergilbtes Papier. Ihre ausgetrocknete Haut, bedeckt mit kaltem, klebrigem Schweiß, war innerhalb weniger Stunden schlaff, faltig und runzlig geworden, als sei sie in der kurzen Zeitspanne um ein halbes Jahrhundert gealtert. Vor allem ihre Hände sahen aus, als hätte sie stundenlang Wäsche gewaschen, so gerunzelt waren die Fingerkuppen.

Aaron saß im Schein der niedrig gedrehten Gaslampe an ihrem Bett, die Hemdsärmel bis über die Ellbogen aufgekrempelt, eine Hand auf ihrem Puls, und zwang sie, in kurzen Abständen den Brei aus gestoßener Holzkohle, Kleie, Opium und in Butter geschmolzenem Cannabisharz zu schlucken, sein bisher einziges Mittel im Kampf gegen die Cholera. Obwohl er die Mischung in Wein aufgelöst hatte, schmeckte sie grauenhaft, und Henny hatte Mühe, sie im Magen zu behalten. Aaron blieb unerbittlich. Er löffelte ihr den schwarzen Schlamm in den Mund und presste dann so lange die Hand darauf, bis sie alles hinuntergewürgt hatte. Erst schien die Behandlung nur insofern eine Veränderung zu bringen, als jetzt an Stelle von farblosem Schleim Unmengen des Kohlebreis ihren Körper verließen, aber sie fühlte sich doch ein wenig besser. Jedenfalls hörten die schmerzhaften Krämpfe in den Eingeweiden auf, als die aufquellende Mischung Magen und Darm füllte und die beiden stark stopfenden Drogen ihre Wirkung entfalteten.

Wilhelmina war ständig um sie besorgt. Sie legte ihr Wärmflaschen unter die eisigen Füße und wickelte sie in warme Tücher, sie reinigte sie nach jedem Anfall sorgfältig und achtete darauf, dass die Bettlaken immer frisch waren, sie wechselte die beiden Eimer, die neben dem Bett standen und kaum ausreichten, das Wasser aufzunehmen, das aus ihr herausrann und ihre Lebenskraft fortzuschwemmen drohte. In jeder Minute, die sie nicht mit diesen Diensten beschäftigt war, massierte sie der Kranken die Glieder mit Essig und Kampfer, um die Blutzirkulation anzuregen. Das gefährlichste Stadium der Krankheit, das *Stadium algidum*, trat ein, nachdem der Brechdurchfall ein Ende genommen hatte. Dann konnte der Körper kein Wasser mehr ausscheiden, der Blutdruck fiel rapide ab und der Körper kühlte bedrohlich aus. In dieser Phase der Krankheit hing alles davon ab, den Kreislauf aufrechtzuerhalten.

Henny blickte zu ihrem Mann auf. »Werde ich sterben?«, fragte sie.

»Ich weiß es nicht«, antwortete er unumwunden. »Aber ich werde alles tun, damit du überlebst. Versuche nur, die Mischung so lange wie möglich bei dir zu behalten. Jede Minute, die du das schaffst, erhöht deine Chancen zu überleben. Und trink, so viel du nur kannst.«

»Ich glaube, ich habe schon ein Fass voll Wasser getrunken.«

»Du hast auch schon ein Fass voll Wasser verloren.« Er nahm ihre Rechte zwischen seine Hände und rieb sie warm. »Lass mich nicht im Stich, Henny. Was sollen die Leute denken, wenn ich nicht einmal meiner eigenen Frau helfen kann? Komm, gib die andere Hand her.«

Sie lächelte kläglich. »Willst du mich nur heilen, um dein Renommee als Arzt – oh!« Ein Krampf schüttelte ihren Körper, wollte ihren Magen umstülpen und alles darin Befindliche nach oben befördern, aber Aaron hielt ihr den Mund zu.

»Schluck! Schluck!«, drängte er. »Das muss unten bleiben!«

Und es blieb unten.

Er ging hinaus und kam mit der Klistierspritze und einem Topf mit einer harzig riechenden, braunen Flüssigkeit wieder.

»O nein!«, jammerte Henny. »Das ist jetzt das dritte Mal, dass du mir das widerliche Ding hineinsteckst. Mir tut schon alles so weh. Ich bin hinten ganz wund von dem ständigen Durchfall.«

Er blieb ungerührt. »Es muss sein, Liebes«, erklärte er, während er die Tülle der Spritze einfettete. »Dreh dich auf die Seite und zieh die Beine an. So!«

»Au! Und ich muss brechen.«

»Minna, halt ihr den Mund zu, bis ich hier fertig bin.«

Henny ließ die Behandlung mit zusammengebissenen Zähnen über sich ergehen. Es tat weh, aber sehr bald entfaltete das Cannabis-Klistier seine wohltätige Wirkung. Die Darmkrämpfe ließen nach. Immer mehr von dem Holzkohlebrei verblieb dort, wo er hingehörte, und wenn sie sich dann entleeren musste, so transportierte er die aufgesaugten Giftstoffe nach draußen.

Aaron beobachtete sie mit einem Blick, als könnte sie sterben, wenn er sie nur einen Augenblick lang nicht ansah. Immer wieder griff er nach ihrem nackten Arm, zog eine Hautfalte hoch und atmete erleichtert auf, wenn sie wieder zusammensank. Auf ihren fragenden Blick hin erklärte er: »Solange die Haut sich wieder strafft, hast du noch genug Wasser in dir. Gefährlich ist es, wenn die in Falten hochgehobene Körperhaut stehenbleibt, dann ist der Körper so gut wie ausgetrocknet.«

Allmählich wurde Henny von dem in hohen Dosen verabreichten Opium und Cannabis schläfrig und begann ihre Umgebung in wunderlich verzerrten Bildern zu sehen, aber sie fühlte sich wohl dabei. Aaron verwandelte sich vor ihren Augen in eine lebende, steinerne Statue, deren Unterarme und Hände von Adern rosig glühenden Lichts durchströmt wurden. Wenn das Licht sie berührte, fühlte sie Kraft und Leben in sich zurückkehren. Angenehm berauscht, entspannt, fast heiter, dämmerte sie vor sich hin und ließ sich ohne Widerstand den Brei und das warme Wasser mit Salz und Zucker eintrichtern. Buchstäblich eintrichtern: Als sie zu schwach wurde, um einen Becher zu halten, und schließlich zu schwach, um von einem Löffel zu schlucken, klemmte er ihr die Tülle eines Küchentrichters zwischen die Zähne und füllte ihn Schluck für Schluck mit der Lösung. Wenn sie sich weigerte, hielt er ihr die Nase zu. Dann *musste* sie schlucken, und diese Prozedur war so unangenehm, dass sie es lieber freiwillig tat.

Stunde um Stunde verging die Nacht. Henny in ihrem Dämmerzustand hatte allmählich das Gefühl, dass ihr ganzes Sein sich in ihrem Mund und Hals konzentrierte. Wasser schlucken. Luft holen. Brei schlucken. Luft holen. Ein- oder zweimal schlief sie ein und wurde von Aaron mit einem energischen »Nicht aufhören! Schlucken!« geweckt. Erst als draußen bereits die Dämmerung anbrach, ließ er sie endlich einschlafen.

Später pflegte Henny zu sagen, es hätte um vieles länger gedauert, sich von Aarons hausgemachter Arznei zu erholen als von der Cholera. Zwei Tage lang lag sie nahezu regungslos im Bett, starrte umnebelt vor sich hin und wunderte sich über die Bilder und Szenen, die wie die Sternchen in einem Kaleidoskop vor ihren Augen auftauchten und wieder in sich zusammenfielen. Sie fühlte sich nicht unbehaglich, aber ein wenig beklommen angesichts der Tatsache, dass alles um sie herum aufs Erstaunlichste verändert war. Die Frau, die sich um sie kümmerte, war Wilhelmina, das erkannte sie – und doch, wie absonderlich sah sie aus! Einmal schien sie zwei Köpfe übereinander zu haben, dann wieder waren ihre Hände lang genug, um das ganze Bett zu umfangen, und ihre Kleider blähten sich und flogen um sie herum wie Segel im Sturm.

Nur langsam ließen die Halluzinationen nach. Eine schwere Erschöpfung überkam sie, und diese Erschöpfung war nicht nur körperlich. Jeder Gedanke erschien ihr wie ein Rinnsal Wasser, das unfruchtbar über ein versteinertes Gehirn rann. Sie wünschte nichts, fühlte nichts, war mit allem zufrieden.

Heinrich Dalbeck drängte darauf, seine Tochter, die ihm jetzt nach dem frühen Tod des Sohnes doppelt kostbar war, zur Erholung in die Berge zu bringen, aber Aaron widersetzte sich. Zum ersten Mal machte er – und verblüffte seinen Schwiegervater damit zutiefst – seine Autorität als Ehemann geltend. Er selbst, sagte er, müsse in der Stadt bleiben, als Arzt könne er die Münchner jetzt nicht im Stich lassen, und allein lasse er Henny nicht gehen. Sie sei jetzt vor der Cholera sicher, und erholen könne sie sich auch in ihrem eigenen Haus.

Woher sollte er wissen, dass er damit beinahe ihr Todesurteil besiegelt hätte?

2

Die Nacht war heiß und sternenlos. Eine dicke Wolkenschicht breitete sich zwischen Erde und Firmament aus und drückte die vom Straßenpflaster aufstrahlende Hitze wieder zu Boden. Die windstille Luft erschien dick wie Sirup. Es konnte nicht mehr lange dauern, bis das erste Poltern des Donners erklang, der erste fahle Blitz aufzuckte. Die Ulmenallee zwischen den Villen am Isarufer war fast vollständig in Dunkelheit getaucht. In weiten Abständen brannten Gaslaternen, deren gelbliches Licht jedoch nur einen kleinen Kreis rund um die gusseisernen Pfähle erhellte und die weitere Umgebung im Dunkeln ließ. Nirgends sonst brannte mehr Licht. Die Herrschaften schliefen alle längst, nur da und dort mochten noch Küchenmägde oder Pferdeknechte ihrer Arbeit nachgehen.

Hugo Messerschmitt stand im Schatten einer Buchsbaumkugel auf der gegenüberliegenden Seite der Straße und fragte sich, was der Mann, den er angeheuert hatte, jetzt wohl gerade tat. Er hatte nur sehr unbestimmte Vorstellungen, was man tun musste, um ein Haus gleichzeitig an allen vier Ecken in Brand zu setzen. Aber er brauchte das auch nicht zu wissen, Hauptsache, der Brandstifter verstand sich darauf. Winckelmann hatte ihm versichert, der Mann sei der Beste, der für Geld zu haben war. Er würde ihn nicht enttäuschen. Nun, hoffentlich nicht. Er war es Rudolf schuldig, dass er dessen letzten Wunsch auf eine Weise exekutierte, die keine Fragen offenließ.

Zusehen wollte er noch, wie die Villa Marsalla in Flammen aufging und der Moische samt seiner treulosen Frau das gebührende Ende fand, dann würde er München verlassen. Der Boden hier war ihm zu heiß geworden. Ohne den Schutz des Freiherrn von Lauderbach war er eine hilflose Beute für Gauner wie Winckelmann, denen plötzlich einfallen mochte, dass er jetzt leicht erpressbar war – schließlich gab es einen ordentlichen Sack voll Untaten, mit denen man ihn unter Druck setzen konnte. Ihn hielt hier nichts mehr. Seine Koffer waren gepackt, die Schiffskarte von Hamburg nach New York hatte er in der Tasche. Dort boten sich einem gescheiten, einfallsreichen jungen Mann jede Menge Möglichkeiten, nach oben zu kommen.

Trotz dieser undurchdringlichen Nacht würde es lange dauern, bis man die Flammen sah. Der Brandstifter hatte seinem Auftraggeber erklärt, dass es kein wild loderndes Feuer brauchte, um die Menschen im Hause zu töten. Er hatte Hugo auseinandergesetzt, was dieser nicht gewusst hatte: Fast nie waren es die Flammen, die die Opfer eines Brandes ums Leben brachten. Es war der giftige Rauch, der von brennenden Stoffen aufstieg. Wenn er das Feuer richtig legte, würden Rauchgase vom Keller ins Haus hinaufsteigen und alle dort Wohnenden wenn nicht auf der Stelle töten, so doch bewusstlos machen. Das unsichtbare und am Anfang auch fast geruchlose Gift würde keinen Unterschied zwischen den Menschen im Hause machen, es würde auch ein gutes Dutzend unschuldiger Dienstboten dahinraffen, aber darauf konnte man keine Rücksicht nehmen – wo gehobelt wurde, da fielen Späne.

Plötzlich zog Hugo die Nase kraus. In der reglosen Nachtluft breitete sich ein Geruch aus, der unangenehm in die Nüstern stieg und gewiss Verdacht erweckt hätte. Petroleum. Nun, es war niemand da, der das Zeug riechen konnte.

Er hatte den Hund im Labor vergessen.

Der Bullenbeißer war es zwar gewohnt, sich nur um Verdächtiges innerhalb der Begrenzungsmauer zu kümmern, aber der fremde, widerliche Geruch störte seine empfindliche Nase. Er nieste und schüttelte den dicken Kopf, nieste wieder und beschloss, die Quelle des Gestanks zu erspüren. Leise winselnd lief er im Hof hin und her, stellte sich mit kratzenden Pfoten an der Mauer auf und stupste mit der Schnauze gegen die Türe.

Joseph, der einen leichten Schlaf hatte, erwachte, als er die Unruhe des Hundes mehr fühlte als hörte. Er stand von seinem Feldbett im Hinterzimmer des Labors auf, zündete ein Licht an und leuchtete zur Türe der Baracke hinaus. Der Bullenbeißer sah seinen Herrn und begann ihm lauthals mitzuteilen, dass ihm etwas missfiel und der Leitwolf sich darum kümmern möge.

Es war kein sonderlich lautes oder aggressives Gebell, aber in der Villa Marsalla fuhr Aaron im Ehebett hoch. Das Labor war sein Ein und Alles, jedes noch so geringe verdächtige Geräusch weckte ihn aus dem tiefsten Schlaf, wie das Wimmern eines Säuglings die Mutter. Er setzte sich auf, und bei der Bewegung merkte er, was für einen schweren Kopf er hatte. Irgendetwas – die Hitze oder seine Müdigkeit nach dem langen Arbeitstag – machte ihn so benommen, als hätte er sich am Abend betrunken. Und jetzt hörte er auch ein Geräusch neben sich, hörte Henny so schwer atmen, als hielte ihr jemand die Nase zu.

Da begriff er.

Mit einem Satz sprang er aus dem Bett, torkelte und wäre fast hingefallen. Er konnte sich gerade noch am Pfosten des Himmelbetts festhalten. Mit aller Kraft warf er seinen langen Körper vorwärts, erreichte das Fenster und riss es auf. Nachtluft strömte herein, gesättigt vom nahenden Gewitter und dem süßlichen Duft der Blumen im Garten, aber rein und gesund. Er fiel vorwärts auf das Fenstersims und atmete tief durch. Dann schrie er – heiser, krächzend, mit schmerzenden Lungen.

Aus dem trüben Durcheinander von Schwarz und Grau unterhalb des Fensters antworteten ihm das Gebell des Bullenbeißers und Josephs Stimme: »Gnädiger Herr! Gnädiger Herr, es riecht nach Petroleum!«

»Die Leiter, Joseph, lehn die Leiter an das Verandadach! Ich bringe Henny hinunter, lauf du ums Haus, schlag alle Fenster ein und versuch die Diener zu wecken, aber sei vorsichtig, das Haus ist voll giftiger Gase!«

Er kehrte zum Bett zurück, leichter jetzt, wo die frische Luft den Rauch vertrieb, hob die halb schlafende, halb bewusstlose Henny auf seine Arme und trug sie zum Fenster. Vorsichtig ließ er ihren Körper auf das schräge Holzdach der Veranda gleiten, die rund ums Haus lief, dann stieg er hinterher. Das lange Nachthemd behinderte ihn, also zog er es über den Kopf und warf es beiseite. Unbekümmert um seine Nacktheit, arbeitete er sich, den schlaffen Körper seiner Frau festhaltend, Stück für Stück die Neigung des Daches hinunter zur Regenrinne. Er selbst hätte zur Not springen können, die Veranda war nicht höher als zweieinhalb Meter, aber er konnte Henny nicht hinuntergleiten lassen.

Er schrie nach Joseph. Der kam auch schon um die Ecke gerannt, die Leiter, die immer an der Wand des Gartenschuppens hing, hinter sich herschleppend. Gleich darauf lehnte sie am Dach, und gemeinsam trugen die beiden Männer die Frau hinunter ins Gras. Henny lag reglos, aber als Aaron ihre Arme packte und rhythmisch über den Kopf hob, um die Atmung anzuregen, hustete sie erst, atmete dann tief durch und versuchte sich aufzusetzen. »Aaron«, krächzte sie, »mein Hals …«

»Schon gut, das gibt sich gleich wieder.« Er hob sie hoch und trug sie zu der Mauer, die das Labor umschloss, sperrte die Pforte auf und legte seine hustende Frau hinter der Mauer auf den Rasen. »Bleib hier und rühr dich nicht, hier bist du sicher!«, befahl er, ließ sie in Gesellschaft des Hundes zurück und rannte zum Haus.

Er und Joseph packten jeder einen der eisernen Gartenstühle, die auf der Veranda standen, und begannen die Fenster eines nach dem anderen einzuschlagen. Der gewaltige Lärm weckte diejenigen Diener, die noch bei Bewusstsein waren. Halb angezogen, schreiend, mit Laternen und allen möglichen improvisierten Waffen in Händen polterten sie die Treppen herunter ins Erdgeschoss, überzeugt, dass eine Horde von Räubern das Haus überfallen hatte. Angesichts ihres splitternackten Herrn, der mit zerzaustem Haar, wilden Augen und einen Gartenstuhl über den Kopf schwingend vor ihnen stand, wichen sie erschrocken zurück, und nicht wenige dachten, nun sei der immer schon Absonderliche vollends dem Wahnsinn verfallen. Sie hätten seinen Befehlen vielleicht gar nicht gehorcht, wäre die Gefahr nicht so offensichtlich geworden. In den unterirdischen Räumen, wo Küche und Speisekammern lagen, ertönte ein Knall, dumpf, aber so gewaltig, dass der Eichenfußboden unter ihren Füßen erbebte, und im selben Augenblick lohte in der Diele draußen der Widerschein der Flammen auf, die im Souterrain tobten.

»Schlagt die Fenster ein!«, schrie Aaron. »Lasst frische Luft herein! Haltet euch nicht mit Löschen auf, holt die Leute heraus!«

Auf einmal gehorchten sie ihm. Überall klirrte Glas, ein Regen von Scherben fiel herunter in die Halle. Aaron merkte erst, als er in einen Glassplitter trat und sich in die Fußsohle schnitt, dass er nicht nur barfuß, sondern auch ohne sonstige Bekleidung dastand. Mit einem unterdrückten Fluch stürzte er aus dem Haus zum Labor hinüber, rannte in die Baracke und wühlte aus dem Haufen schmutziger Kittel einen hervor, den er überzog. Schuhe hatte er hier keine, aber wenigstens ein Paar Pantoffeln, die Joseph gehörten. Trotz der Eile nahm er sich die Zeit, die Schnittwunde erst mit Wasser und dann mit Jod zu übergießen, ehe er einen Leinenstreifen darumwickelte. Es nützte niemandem, wenn er jetzt auch noch eine Infektion bekam. Dann eilte er in den Hof hinaus, um nach Henny zu sehen.

Sie saß, bleich und schlaff wie eine Lumpenpuppe, an die Mauer der Baracke gelehnt da, hustete und spuckte und brachte, als sie ihn anredete, nur ein dünnes Piepsen aus dem wunden Hals hervor. Er griff nach ihrer Hand und zog sie hoch. Über seine Schulter hinweg starrte sie auf die Flammen, die jetzt nach allen Seiten aus dem Haus schlugen.

Aaron fasste sie um die Mitte. »Komm, wir müssen weg hier. Vielleicht greift das Feuer auf das Labor über.«

Er öffnete die Pforte, ließ den Hund frei und kehrte, Henny stützend, zum Haus zurück. Sie verließen den Garten durch eine Seitenpforte und eilten von dort auf die Straße, wo ein paar Frauen aus der Dienerschaft sich jammernd und schluchzend zusammendrängten. Aaron erkannte im roten Lichtschein Hennys Zofe und drückte ihr Henny in die Arme. »Passen Sie auf meine Frau auf, ich muss zurück.«

Er rannte, eine groteske Erscheinung im zuckenden Licht, in kaum knielangem Laborkittel und Pantoffeln zurück zum Brand. Jetzt erst, da er Henny in Sicherheit wusste, wurde ihm der fürchterliche Lärm bewusst, von dem die Villenstraße widerhallte. Das Knattern und Prasseln der Flammen mischte sich mit den Schreien und Rufen der Diener, die die Wagenremise umdrängten und sich bemühten, die Pferde ins Freie zu bringen, ohne von den Hufen der in Panik ausschlagenden Tiere zerschmettert zu werden. Schließlich gelang es ihnen, und vier Pferde rasten mit rollenden Augen aus dem Stall, dessen Dach schon von Funkennestern übersät war. Sie galoppierten quer durch den Garten davon. Überall in dem brennenden Gebäude knallten Explosionen, wenn aufsteigende Gase sich entzündeten. Wo sie von schwerem Tuch, lackiertem Holz und dicken Teppichen mit Gift genährt wurde, verfärbte sich die Flamme. Schwefliges Licht waberte, einmal gelb, einmal leuchtend grün, in den Fensterhöhlen.

Aaron entdeckte den halb angekleideten, vom Schmauch geschwärzten Butler und ergriff seinen Arm. »Sind alle draußen?«, überschrie er das Heulen der Flammen.

Anton Steinheil schüttelte verstört den Kopf. »Ich fürchte, nein. Zwei Dienstmädchen schlafen unten neben der Küche, ich glaube nicht, dass die es geschafft haben, und oben in den Dachkammern fehlen auch einige.« Er rang in wilder Verzweiflung die Hände. »Wie konnte das denn nur geschehen? Wir haben eine Hundstagshitze, alle Kamine sind kalt! Und die neue Köchin erschien mir als eine sehr verantwortungsbewusste Person, sie hätte sicher niemals das Herdfeuer …«

Aaron unterbrach ihn energisch. »Das Feuer wurde gelegt, da bin ich sicher. Trommeln Sie jetzt die Leute zusammen. Schärfen Sie ihnen ein, dass jeder in den Tod rennt, der noch etwas aus dem Haus holen will. Sie sollen sich draußen auf der Straße bei den anderen versammeln.«

Steinheil lief davon, um den Auftrag auszuführen.

Aaron stand noch einen Augenblick da und blickte zu seinem Labor hinüber, das sich als düsterer Umriss von der weithin strahlenden Lohe abhob. Vielleicht würde es von den Flammen verschont bleiben, vielleicht auch nicht. Das war schon gleichgültig. Seine wissenschaftlichen Aufzeichnungen, die er im Arbeitszimmer verwahrte, waren so und so verbrannt. Aber er war jung, er konnte noch einmal neu anfangen. Jetzt, wo er den Weg, den er einschlagen musste, klar vor sich sah, würde ihm das nicht allzu schwerfallen.

Er schlurfte mit schmerzendem Kopf und schweren Gliedern durch die Heckenpforte hinaus auf die Straße, wo sich inzwischen die gesamte Nachbarschaft versammelt hatte. Eine Schar Frauen umdrängte die Geretteten, bot ihnen zu trinken an, brachte Waschwasser, klopfte Hustenden auf den Rücken. Aaron fragte sich, wie viele der so Umsorgten später an der Cholera erkranken würden, weil das Wasser frisch von einem der verseuchten Brunnen kam, aber er wusste auch, dass es keinen Sinn hatte, jetzt etwas zu sagen. Er beeilte sich, zu Henny zu kommen, die mit im Schoß gefalteten Händen auf einem Prellstein saß und ins Leere starrte.

Er dachte schon, sie sei noch immer nicht bei Bewusstsein, aber als er näher trat, richtete sie den Blick auf ihn und lächelte. »Komm, setz dich neben mich. Ich muss dir etwas erzählen.«

Bislang hatte sie Aaron nie etwas von der Sibylle auf dem Volksfest erzählt. Jetzt würde sie es tun. Schließlich endete sie mit den Worten: »Ich hätte nie gedacht, dass mir diese widerwärtige Hexe tatsächlich die Zukunft voraussagen würde. Schau her!«

Sie hob den beschmutzten Saum ihres Nachthemds hoch. »Ich stehe im Hemd auf der Straße, und ein großer Teil der Welt, die ich kannte, ist verschwunden.«

Aaron zog ihren Kopf an seine Brust und hielt sie fest.

Jenseits der Gartenhecke zerfiel die Villa Marsalla langsam zu einem Haufen glühender Asche.

Eine neue Welt

1

Wie oft nach einer einschneidenden Veränderung empfand Henny die nächsten Tage als nebelhaft unwirklich. In geborgten Kleidern waren die beiden jungen Eheleute in der Morgendämmerung im Haus des Senators erschienen und hatten dort Zimmer bezogen. Noch geschwächt von der teuflischen Krankheit, war Henny nun auch noch krank von dem giftigen Rauch, den sie eingeatmet hatte. Jeder Atemzug stach und brannte in ihren Lungen, und sie hatte die schlimmsten Kopfschmerzen ihres Lebens, so dass sie schließlich zum Laudanum griff. Sie saß in einem Schaukelstuhl im Schatten der Gartenlaube, hustete und spuckte und bemühte sich, ihre Lungen mit der frischen, milden Luft des grünen Parks zu beruhigen.

Aaron war den ganzen Tag auf der Brandstätte unterwegs und kümmerte sich zusätzlich um die vielen Behördengänge, die jetzt zu erledigen waren.

Als er am späten Nachmittag zu seiner Frau zurückkehrte, sah er ernst und niedergeschlagen aus. »Es hat fünf Tote gegeben, Henny – die Köchin, zwei Küchenmädchen und drei von den Dienern, die im Dachgeschoss wohnten. Wenn wir das Schwein erwischen, das dafür verantwortlich ist –«

»Dann war es eindeutig Brandstiftung?«

»Ja. Unsere Villa wurde an allen vier Ecken in Brand gesteckt. Und ich habe eine ziemlich genaue Vorstellung davon, wer dahintersteckt, obwohl er die Tat wahrscheinlich nicht selbst ausgeführt hat. Hugo Messerschmitt hat am Tage nach der Brandnacht eine Schiffsreise nach Amerika angetreten.«

»Kann man ihn denn nicht verhaften? Er ist doch sicher noch nicht einmal in Hamburg angekommen!«

»Das müssen wir wohl der Polizei überlassen.«

Henny nickte langsam. Sie fühlte sich jämmerlich beim Gedanken an die Dienstboten, die dem feigen Anschlag zum Opfer gefallen waren. »Wir müssen die Begräbnisse für sie ausrichten«, murmelte sie.

Aaron ließ sich neben ihr auf dem Gartenstuhl nieder. Sein Gesicht war zerfurcht vor Müdigkeit und Niedergeschlagenheit. »Ja, das werden wir.« Er umschloss ihre Hand mit der seinen und seufzte. »Meine Aufzeichnungen sind verloren – jedenfalls die, die ich im Haus aufbewahrt habe. Und das Labor ist so durch und durch beschädigt, dass es nicht mehr zu gebrauchen ist.«

Sie las seine Gedanken in seinen Augen. »Du möchtest die Villa Marsalla nicht wieder aufbauen, habe ich recht?«

Aaron nickte. »Ich habe München so satt. All die kleinlichen Streitereien und Boshaftigkeiten zwischen den Ärzten, Pettenkofers Feindschaft … Wäre ich noch Junggeselle, würde ich Bayern verlassen.«

»Und als verheirateter Mann kannst du das nicht?«

»Ich kann doch nicht …« Er hob den Kopf und blickte Henny an, eine schüchtern keimende Hoffnung im Herzen. »Soll das heißen, du würdest – mit mir gehen?«

Sie lächelte. »Wo die Nadel hingeht, da geht auch der Faden hin, pflegte meine Kinderfrau immer zu sagen. Aber wohin willst du denn eigentlich?«

Sie spürte, dass er schon längere Zeit darüber nachgedacht haben musste, aus Bayern wegzugehen, denn er platzte sofort heraus: »Nach England. Ich möchte John Snow kennen lernen. Und nach Italien zu Pacini.« Dann runzelte er die Stirn. »Das Dumme ist nur, dass ich mir nie die Zeit genommen habe, Sprachen zu lernen. Mein Englisch reicht gerade, um mir eine Tasse Tee zu bestellen, aber nicht für einen wissenschaftlichen Diskurs, von meinem Italienisch gar nicht zu reden.«

Ihr Gesicht leuchtete auf. »Ich spreche sehr gut Englisch und

Französisch, und ich bin überzeugt, dass ich Italienisch im Handumdrehen lernen könnte, wenigstens gut genug, damit wir uns fürs Erste verständigen könnten. Mir fällt das sehr leicht.«

Aaron zog ihre Hand an die Lippen und küsste sie. »Du bist wundervoll.« Plötzlich jedoch verdunkelte sich sein Blick. Erst hatte er nur daran gedacht, um wie viel leichter ihm diese Sprachkenntnisse das Leben machen würden, aber dann wurde ihm klar, dass Henny damit noch weiter in seine ureigene Domäne vordringen würde. Wenn sie für ihn dolmetschte, würde sie auch mitreden wollen, so weit kannte er sie inzwischen. Würde sie denn niemals Ruhe geben? Schon jetzt hatte sie ein dickes Stück aus dem Apfel vom Baum der Erkenntnis herausgebissen, und sie würde nicht aufhören, bis sie nur noch den Stängel in der Hand hatte. Mit Schrecken dachte er an den Blick, den sie auf den Inhalt seines Giftschranks geworfen hatte. Sie wollte da hinein, und sie würde ihn so lange locken und quälen, drängen und umschmeicheln, bis er nachgab. Hatte ein Mann denn nirgends auf der Welt eine Zuflucht?

»Woran denkst du?«, fragte sie sanft.

»Ich? Oh ... oh ... mir fiel nur gerade ein, wie traurig dein Vater und Minna sein werden, wenn wir München verlassen.«

»Papa wird sehr traurig sein, da hast du recht«, stimmte sie zu. »Aber Minna könnte doch mit uns kommen.«

Das hatte ihm gerade noch gefehlt! Wie zwei Katzen links und rechts von der Maus würden sie dasitzen und ihm bei jedem Handgriff über die Schulter starren. »Das – das geht nicht«, murmelte er undeutlich.

Aber Henny hatte ihre Entscheidung bereits getroffen. »Natürlich geht das, Aaron. Sie kommt zu Besuch, da werde ich sie gleich fragen.«

»Unmöglich!«, knurrte er und wusste gleichzeitig, dass er keine Chance hatte. Wenn Minna in den Plan einwilligte, würde er kaum noch gefragt werden.

Henny war in Gedanken schon wieder ein Stück weiter. »Und wenn wir nach England reisen, dann fahren wir von Berlin bis

Hamburg mit der neuen Eisenbahn, nicht wahr? Oh, wird das aufregend! Ich bin noch nie mit der Eisenbahn gefahren. Mit dem Schiff nach Dover und … Ich brauche eine Landkarte! Wie kommt man von Dover nach London? Sicherlich kann man dort eine Kutsche mieten? Oder können wir unsere eigene auf der Fähre mitnehmen? Die armen Pferde – vertragen Pferde eigentlich Seereisen, oder wird ihnen auch übel?«

Er unterbrach ihren Redeschwall. »Du wirst Zeit genug haben, unsere Reise zu planen, denn solange die Cholera in München wütet, muss ich hierbleiben. Und du musst erst wieder zu Kräften kommen.«

»Meinst du, es wird noch lange dauern?«

Er zuckte niedergeschlagen die Achseln. »Ich weiß es nicht.«

2

Doch es dauerte nicht mehr allzu lange. Im September setzte ein jäher Temperatursturz der Seuche ein Ende. Die erschöpfte Stadt hatte kaum noch die Kraft, ihre Erlösung mit Jubel zu begrüßen – zu viele Tote waren zu beklagen, zu viele Menschen hatten die Nächte an den Krankenbetten ihrer Verwandten durchwacht, und zu gewaltig waren der wirtschaftliche und politische Schaden, den der jähe Abbruch der Industrieausstellung bedeutete.

Aaron und Henny jedoch waren glücklich, und Minna ebenfalls. Die beiden jungen Frauen waren vollauf beschäftigt damit, in aller Eile genug Italienisch zu lernen, um Herrn Pacini einen höflichen Brief zu schreiben, außerdem korrespondierten sie mit Dr. Snow und Dr. Budd und übertrugen die Briefe dann für Aaron – der sich angesichts seiner eifrigen Sekretärinnen beinahe als Analphabet fühlte – ins Deutsche.

Dann kam der Oktober, und sie wussten, dass sie sich mit der Abreise beeilen mussten, wenn sie auf dem Ärmelkanal nicht in schlechtes Wetter kommen wollten. Heinrich Dalbeck war sehr traurig darüber. Er hatte gehofft, sie würden wenigstens noch über Weihnachten – sein erstes Weihnachten ohne Gustav – bei ihm bleiben. Doch er schluckte seinen Schmerz hinunter, und als an einem sonnigen Herbstmorgen die beiden Kutschen vor dem Palais Dalbeck warteten, verabschiedeten er und sein Bruder die Tochter und den Schwiegersohn aufs Herzlichste.

Henny küsste ihn mit feuchten Augen. »Ich werde dir schreiben, Papa. Und wenn wir dann nach Italien reisen, kommen wir sowieso in München vorbei.«

»Schon gut. Jetzt verschwindet schon.«

Henny verpasste ihm einen letzten Kuss, bedachte auch ihren Onkel mit einem und stieg dann in die Kutsche. Sie selbst, Aaron und Minna reisten in einer Kutsche, der unverzichtbare Golem Joseph und die beiden Zofen Rebecca und Meta in einer zweiten. Zwei kräftige Diener zu Pferd machten den Abschluss. Henny hatte die gesamte Organisation der Reise übernommen. Die Bahnkarten waren gekauft, die Schiffspassage von Hamburg nach Dover gebucht, eine imposante Suite in einem Londoner Hotel angemietet – schließlich sollten die englischen Kollegen merken, dass hier keine Habenichtse ankamen.

Aaron sah nicht ein, warum man mit Geld protzen sollte, wo es um Wissenschaft ging, aber Henny wusste es besser. »Du willst schließlich nicht, dass sie glauben, du wärst gekommen, um den Spucknapf hinauszutragen, oder?« Da er einsah, dass sie von diesen Dingen mehr verstand als er, hatte er es ihr überlassen, die beiden eleganten Kutschen mit vier schönen, kastanienbraunen Hengsten zu beschaffen, die Dienstboten in neue Livreen zu stecken und ihn selbst so auszustaffieren, wie es die vorsorglich konsultierten englischen Modejournale für den Herrn von Stand vorsahen. Und obwohl er nach außen hin murrte, er wolle nicht zum Modeaffen herausgeputzt werden, war es ihm im Grunde ganz recht, dass er Dr. John Snow als eleganter Kollege gegenübertreten konnte. Lang genug hatte er sich für seinen spiegelnden Hosenboden und die abgewetzten Ellbogen geschämt, jetzt wollte er auch einmal jemand sein.

Dass die beiden Damen an ihrem Äußeren nicht gespart hatten, war nur natürlich. Was sie als »einfache und praktische Reisekleidung« bezeichneten, waren zwei kühne Kreationen aus schwarzem Satin und rehbraunem Samt, mit engen Jäckchen – ohne Korsett darunter – und raffiniert bis zu den Ohren hochgeschlagenen Kragen. Dazu gehörten kecke Hütchen, die nur von einem Regiment Hutnadeln auf der aufgetürmten Frisur festgehalten wurden, Rehlederhandschuhe und sportlich-elegante Knöpfstiefelchen.

»Es soll niemand sagen«, erklärte Henny, während sie im schmalen Innenraum der Kutsche Platz nahm, »dass nur graue Mäuse Interesse an Bildung haben. Sehe ich aus wie eine graue Maus, Aaron?«

»Ich bitte dich!«, murmelte ihr Gatte.

»Und sehe ich aus wie eine graue Maus?«, verlangte auch seine Schwester zu wissen.

»Nein, natürlich nicht!«, sagte Aaron, sichtlich entnervt. »Habe ich das jemals behauptet? Oh, ihr seid wirklich lästig – lästig mit euren fixen Ideen! Gut, hier habt ihr es laut und deutlich zum Mitschreiben: Ihr seht beide hinreißend aus, niemand wird glauben, dass ihr nur etwas gelernt habt, weil ihr euch im Studierstübchen verkriechen müsst, und ich werde zwischen euch bald zur völligen Bedeutungslosigkeit herabgesunken sein, weil ihr lernt und lernt und lernt und mich zwischen euch zermalmt!«

»Sei doch nicht so aufgebracht«, mahnte Wilhelmina, während Henny sich aus dem Fenster beugte und dem Kutscher zurief: »Losfahren!«

Die Kutsche rumpelte über das Straßenpflaster, verfolgt von vielen neugierigen Blicken in den Fenstern der Kontorhäuser entlang des Schrannenplatzes.

3

Den ganzen Tag waren sie unterwegs. Das Mittagessen bestand aus belegten Broten und Bier, denn am Abend würde noch Zeit genug zum Essen sein. Henny hatte sich die Landeskenntnis zu Nutze gemacht, die ihr Vater auf zahlreichen Reisen nach Norddeutschland erworben hatte, und in den besten Wirtschaften entlang der Strecke ihr Kommen angekündigt. So kamen sie am späten Abend im Gasthaus »Zum grünen Jäger« an. Der lange Tag auf der Landstraße machte sich bemerkbar. Sie waren alle durchgerüttelt, müde und durchgefroren, denn das Wetter wurde mit jedem Kilometer, den sie nordwärts fuhren, schlechter. Die Sonne verschwand hinter bleiernen Wolken. Schwacher Regen setzte ein, dessen Tropfen in der Luft schwebten und durch die Kleider drangen. Henny war zu stolz, um zu jammern, aber sie atmete auf, als vor ihnen an der Straße die freundlichen Lampen des Gasthauses auftauchten und die Kutscher wenig später die Fuhrwerke in den geräumigen Hof lenkten. Sie flüsterte Minna zu: »Mir tut der Po weh vom stundenlangen Sitzen, dir nicht?«

Die Schwägerin nickte und seufzte. »Bis wir in Hamburg ankommen, wird er sich in Brei verwandelt haben. Aber lass uns lieber schweigen, sonst heißt es, wir wären zimperlich.«

Wie es der Pakt zwischen den beiden jungen Leuten vorsah, hatte Henny zwar alles organisiert, aber nun war es Aaron, der in würdevoller Haltung aus der Kutsche stieg und sich von dem eifrig dienernden Wirt begrüßen ließ. Henny stellte fest, dass ihr Mann dazugelernt hatte. Er ähnelte inzwischen viel mehr einem Herrn von Stand als am Anfang.

»Komm«, flüsterte sie Minna zu, »lass uns damenhaft sein.«

Sie trippelten hinter Aaron her, grüßten höflich und zurückhaltend und verschwanden auf der Stelle mit ihren beiden Zofen die steile Treppe hinauf zu den Zimmern, denn dass Damen in der Wirtsstube speisten, gehörte sich nicht. Das Essen – das Aaron ausgesucht hatte – wurde ihnen aufs Zimmer serviert.

»Wenn er etwas bestellt hat, was ich nicht mag«, kicherte

Minna, »dann werfe ich es zum Fenster hinaus.« Solch aufsässiges Getuschel erlaubten sich die beiden allerdings nur, wenn Zofen und Diener außer Hörweite waren. Angesichts des Personals hieß es immer: »Wird das dem Herrn Doktor recht sein? Müssen wir da nicht erst den Herrn Doktor fragen? Was wünscht der Herr Doktor?« Henny, die in einem großbürgerlichen Haushalt aufgewachsen war, wusste, wie gnadenlos die Verachtung der Dienerschaft sein konnte, hatte sie erst einmal einen Anlass gefunden. Daher saßen die beiden artig am Tisch und warteten, was die Diener ihnen auf Beschluss des Hausherrn servieren würden.

Draußen war inzwischen aus dem Nieselregen ein ordentliches Geplätscher geworden, das in weitem Bogen aus den Dachtraufen sprang und für die Fortsetzung der Reise schlammige Straßen erwarten ließ. Henny war erleichtert, als das Essen – das durchaus ihrem und Minnas Geschmack entsprach – vorbei war und sie sich mit Aaron ins Schlafzimmer zurückziehen konnte, während Minna mit ihrer Zofe ihr eigenes Zimmer aufsuchte.

Fröstelnd schälte sie sich aus den durchfeuchteten Kleidern und wies Rebecca an, sie in die Nähe des Kaminfeuers zu hängen. Die kluge Magd hatte von selbst daran gedacht, Wärmflaschen zu bestellen, die das breite, altmodische Bett mit angenehmer Wärme erfüllten. Henny wünschte ihr eine gute Nacht und kroch beim Schein einer Petroleumlampe unter die Decken. Sie verschwand beinahe darunter, denn es waren dicke Federbetten, wie sie auf dem Land gebräuchlich waren.

Wenig später trat Aaron ein. Er hatte mit dem Kutscher noch die weitere Route besprochen. Henny sah ihm den anstrengenden Reisetag an. Auch er hatte sich noch nicht wieder richtig erholt von der Erschöpfung, die die übermenschlichen Anstrengungen während der Choleraepidemie mit sich gebracht hatte. Wie zermürbt er war, erkannte sie daran, dass sein nervöser Tick wieder schlimmer geworden war. Sie schlug einladend die dicke Bettdecke zurück. »Wünschen der Herr Doktor ins Bett zu kommen?«

Er war sofort gewarnt. »Henny, ich bin müde.«

»Ja, deshalb frage ich ja.«

»So, wie du mich ansiehst, wirst du mich nicht schlafen lassen.«

»Unsinn!«, erwiderte sie im Tonfall gerechter Entrüstung. »Siehst du nicht, was für ein langes, braves Flanellnachthemd ich anhabe? Sieht so eine Verführerin aus? Außerdem bin ich selbst müde. Lass uns nur ganz lieb zusammen kuscheln, damit wir warm werden, und dann einschlafen.«

»Schlange!«, murmelte er, während er Hemd und Hosen aufknöpfte. »Meinst du, ich kenne nicht längst all deine durchtriebenen Listen? Ich hätte auf dem Heuboden schlafen sollen, dann wäre ich morgen wenigstens frisch.«

Sie lachte. »Na komm schon, ich bin wirklich müde. Auf dem Kaminsims steht eine Kanne heißen Branntweins mit Wasser und Kandiszucker, das ist gut als Vorbeugung gegen Erkältung. Also: du bekommst ja eiskalte Füße, wenn du so barfuß auf dem nackten Boden stehst.«

Er schlüpfte ins Nachthemd und rekelte sich wohlig, weil Henny daran gedacht hatte, es am Kamin vorzuwärmen, dann schlüpfte er ins Bett und stellt die Kanne samt den beiden Porzellanbechern auf den Nachttisch. Er seufzte behaglich, als er sich in die aufgestellten Kissen sinken und ein paar Schluck von dem feurigen Getränk durch die Kehle rinnen ließ. Den Kopf von ihr abgewandt, flüsterte er: »Man sagt ja: ›Wer einmal lügt, dem glaubt man nicht‹, aber … Henny, ich fange an, dich zu lieben. Zuerst dachte ich, du wärst wie alle anderen Frauen, die ein Auge auf mich geworfen hatten. Aber welche von diesen Frauen hätte zu mir gehalten, als ich am Boden lag? Du hattest nichts mehr als einen Skandal von mir zu erwarten, und du warst liebevoller zu mir als je zuvor. Und jetzt gehst du mit mir auf eine so lange und ungemütliche Reise kreuz und quer durch Europa. Henny, warum liebst du mich?«

Sie lachte leise und küsste seine Schulter, von der das Nachthemd herabgerutscht war. »Oh, ich bin einfach nur berechnend. Ich sagte mir, ein Diamant bleibt ein Diamant, auch wenn er mal kurz in den Straßenstaub fällt.«

»Mach jetzt keine Scherze, Henny. Warum?«

Ihre neckende Stimme wurde ernst. »Du hast es doch selbst gesagt – zu Rudolf von Lauderbach, als du mit ihm gestritten hast. *Fräulein Dalbeck ist es gewohnt, das Beste zu wählen.* Das Beste bist du.«

Er reichte ihr einen Becher und starrte an ihr vorbei ins Leere. »Henny, anfangs hast du gedacht, ich sei ein Schuft.«

»Ja, stimmt«, antwortete sie unbekümmert. »Aber es gibt verschiedene Arten von Schuften, und mit deiner Art konnte ich sehr gut leben. Und sind wir denn nicht glücklich geworden?«

Aaron atmete tief durch. »Ja«, flüsterte er. »Ja, das sind wir. Wir sind miteinander glücklich geworden.«

Epilog

Das Schiff »Sardinia«, mit dem Hugo Messerschmitt seine Reise nach Übersee antreten wollte, sollte niemals die amerikanische Küste erreichen. Mitten in den eisigen Wassern des Atlantik brach im Maschinenraum ein Feuer aus, das rasch außer Kontrolle geriet und das gesamte Schiff in ein flammendes Geisterschiff verwandelte. Rettungsboote wurden zu Wasser gelassen und ein Teil der Passagiere, vorwiegend Frauen und Kinder, von den zur Unglücksstelle eilenden Schiffen geborgen. Nur fünfundsechzig Menschen entkamen dem Untergang zwischen Feuer und Wasser.

Hugo Messerschmitt war nicht unter ihnen.

Anmerkung

Vieles an diesem Roman ist fiktiv, aber der Hintergrund des Streites rund um die ersten Entdeckungen lebender Krankheitserreger ist ebenso authentisch wie die Personen der Erstentdecker Aloys Pollender, Filippo Pacini, Jacob Henle, John Snow und William Budd. Eine historische Person ist auch Professor Max Pettenkofer, ein genialer Forscher, der sich leider durch den Starrsinn, mit dem er auf veralteten Theorien beharrte, selbst ins Zwielicht rückte – vor allem aber auch durch seinen Hass auf andersdenkende Wissenschaftler, die er als seine persönlichen Feinde betrachtete. Seine erbitterte Auseinandersetzung mit Robert Koch, dem Begründer der modernen Bakteriologie, ging als unerfreuliches Kapitel in die Medizingeschichte ein. Seine Verdienste um die Entwicklung der modernen Hygiene bleiben jedoch unbestritten.